KYM GROSSO

TRISTAN

Traduzido por Janine Bürger de Assis

1ª Edição

The GiftBox
EDITORA

2020

Direção Editorial: Roberta Teixeira
Gerente Editorial: Anastácia Cabo
Arte de Capa: Dri K K Design
Tradução: Janine Bürger de Assis
Revisão e diagramação: Carol Dias
Ícones de diagramação: Freepik/Flaticon

Este livro segue as regras da Nova Ortografia da Língua Portuguesa.

CIP-BRASIL. CATALOGAÇÃO NA PUBLICAÇÃO
SINDICATO NACIONAL DOS EDITORES DE LIVROS, RJ
Vanessa Mafra Xavier Salgado - Bibliotecária - CRB-7/6644

G922t

Grosso, Kym
Tristan / Kym Grosso ; traduzido por Janine Bürger de Assis. - 1. ed. - Rio de Janeiro : The Gift Box, 2020.
285 p.

Tradução de: Tristan's lyceum wolves
ISBN 978-65-5048-032-5

1. Romance americano. I. Assis, Janine Bürger de. II. Título.

20-62575 CDD: 813
CDU: 82-31(73)

The GiftBox
EDITORA

CAPÍTULO UM

Tristan ajeitou as mangas de seu smoking e endireitou sua gravata. Seus fios platinados se tornaram um tom mais escuro de loiro após o acidente. Ansiando pelo calor do sol, teria tempo o suficiente para correr como lobo depois. Nesse momento, tinha outros planos: virar a cidade de cabeça para baixo para encontrar o babaca que tinha incendiado o seu clube.

Uma mistura de raiva e excitação fervia como um grande incêndio por baixo de sua calma fachada de Alfa. Não somente ele sobreviveu ao desabamento do prédio, como orquestrou o inimaginável, um novo clube inaugurado em uma semana. Hoje, ele demonstraria publicamente sua determinação de aço para as centenas de clientes que aguardavam ansiosamente a grande inauguração. Seu time de guerreiros, seus companheiros de confiança, irão procurar retaliação pela destruição de sua propriedade e ataque à sua irmã, Katrina. Quem quer que tenha decidido atacar sua família terá um acerto de contas, e ele já está criando estratégias em preparação para a batalha.

A pesada batida techno reverberava por seu escritório pessoal, lembrando-o de que precisava subir para receber seus convidados. O novo clube era na cobertura, cinquenta andares na troposfera. Clientes, sujeitos à pesada segurança no térreo, pegavam um elevador expresso que emergia na frente de uma espetacular cachoeira com seis metros de altura que caia em um lago de carpas envolto por pedras calcárias. Belíssimas luminárias de cristal e espetaculares pisos de mármore preto davam um sutil senso de elegância.

O clube principal, envolto em vidro do teto ao chão, se abria para uma vista de trezentos e sessenta graus da Filadélfia, de tirar o fôlego. Uma larga escada espiral de mogno levava a um magnífico terraço, que abria para uma morna brisa de setembro. Plantas ornamentadas com pequenas luzes brancas davam aos clientes um ambiente romântico em contraste com o clube barulhento abaixo.

Quartos luxuosos privados, localizados abaixo do piso principal, permitiam a vampiros e outros sobrenaturais a privacidade que procuravam para se alimentar e para escapadas sexuais. Câmeras de última geração conectadas a uma central de segurança. Cada canto e pedaço do clube, incluindo banheiros, era meticulosamente monitorado para atividades suspeitas por um time de especialistas.

Tristan não precisava ter refeito o clube, seus investimentos em imóveis são tanto lucrativos quanto substanciais, mas o clube era popular com os sobrenaturais e com os humanos. Enquanto lobos e bruxas eram bem-vindos, eram os vampiros que aproveitavam o maior benefício, facilmente encontrando doadores para saciar sua sede sem ter que usar sangue engarrafado. Humanos, por outro lado, procuravam aproveitar a orgástica experiência de alimentar um vampiro, ou simplesmente gostavam de dar um passeio no lado selvagem, deliciando-se com conversas paranormais e ambiente sexual. Era uma relação sinergética, uma que ele pretendia continuar cultivando.

Um novo começo, Tristan pensou, enquanto dobrava a mão sobre a fria maçaneta de metal. Essa era sua cidade, seu território. Forasteiros já estavam completamente cientes de sua presença, já que ele tinha colocado uma ordem em qualquer novo lobo entrando em seu território. Se encontrados entrando sem permissão, seriam mortos em um piscar de olho. Houve tempos em que Tristan exercia abertamente sua dominância, lembrando a todos a sua volta quem exatamente ele era, o Alfa dos Lobos Liceu. E então tudo começava. Deixando seu poder fluir em direção aos seus lobos, alertando-os de sua presença ele avançou na direção dos convidados. Após uma breve aparição na festa de gala, encontraria com seus conselheiros, e então a retribuição iria começar.

Quando o elevador privado abriu, Tristan sorriu confiantemente para seus convidados. Urbano e atraente, ele entrou no salão indiferentemente, demandando a atenção de cada macho e fêmea. Ele acenou para Logan, seu beta, que estava conversando com uma sensual ruiva no bar. Vendo Marcel, seu irmão, o Alfa de Nova Orleans, ele cruzou a pista de dança. Tristan abraçou seu irmão mais velho com força, o suficiente para machucar a maioria dos homens.

— Ei, por que você não foi para o escritório? — Tristan perguntou.

— O que eu posso dizer, irmão? Tem várias mulheres lindas aqui embaixo que requeriam a minha completa atenção. Aliás, belo trabalho com o novo clube. — Marcel olhou casualmente em volta do lugar. Calvin, seu beta, estava sentado no bar, cuidadosamente observando a interação.

— Sempre um mulherengo — Tristan brincou. — Desculpa, mas hoje à noite é só sobre negócios. Quando eu terminar o meu discurso, nós vamos nos encontrar na sala de reuniões. Logan e os outros estão cientes da agenda. — Ele bateu a mão nas contas do irmão.

— Parece bom. Te vejo daqui a pouco. Boa sorte — Marcel adicionou, sabendo que seu irmão adorava a atenção de falar na frente de uma multidão.

Tristan sorriu de volta para o seu irmão e ele fez seu caminho através da multidão em direção ao palco. O mar de clientes na pista de dança se espalhou e ele fez seu caminho para o microfone, todos completamente cientes de que o belo Alfa estava próximo de seus corpos em movimento. Mulheres se esticavam para ter um vislumbre do sensual Alfa, recatadamente fazendo reverência enquanto mostravam seus decotes. Machos abaixavam suas cabeças em respeito, abrindo um largo clarão para o lobo letal.

O notável Alfa era um exemplo perfeito de saúde e força, nem um arranhão dava uma pista de que um prédio tinha desabado sobre ele a menos de uma semana. Ele andou pela multidão e silenciosamente reconheceu membros da alcateia. Sua aura dominante impregnava o ambiente. A banda parou de tocar. Todas as conversas terminaram. Suave e convencido, pegou uma taça de champanhe de uma bandeja na mão de um garçom passando e subiu no palco, requisitando a atenção de todo o clube.

— Bem-vindos ao *Noir, mes amis*! — Tristan alegremente anunciou aos seus convidados ao pegar o microfone. — Eu estou alegre em ter todos vocês aqui hoje à noite para celebrar a grande inauguração do melhor clube noturno da Filadélfia. — Um frio sorriso apareceu em seu rosto quando levantou a mão para reprimir o início dos aplausos. — Sim, sim, eu sei. Ele é bem impressionante. Gostaria de agradecer ao Logan por me ajudar nesse feito incrível. Por favor, vejam a vista espetacular de nossa cidade no bar do terraço.

Ele levantou sua taça para a multidão em celebração.

— Mais uma vez, obrigado por terem vindo hoje à noite. *Vive les loups Lyceum!*

Uma alta comemoração começou quando o Tristan saiu dos holofotes, determinado a encontrar os líderes de sua alcateia. Enquanto ele sentiu uma pequena satisfação com a rápida e bem-sucedida inauguração, vingança consumia seus pensamentos. Ele deixaria os clientes celebrarem, enquanto criava uma estratégia para seu plano de ação. Apertando mãos enquanto fazia seu caminho pela multidão, Tristan olhou para o Logan e acenou com a cabeça. A banda começou novamente, tocando um rock sensual. Corpos ondulando preenchiam a pista de dança, movendo-se com a música.

É por isso que ele era o Alfa. O incêndio mal causou estrago em sua vida diária. Ele se reconstruiu na cara dos idiotas que atacaram o seu território. A ambientação fria de seu novo clube exemplificava tanto sobre ele como sobre o que estava vindo, um dia de ajustes de contas. Quem quer que tenha decidido incendiar a sua propriedade tinha conscientemente declarado guerra à sua alcateia. Era hora de começar os trabalhos, encontrar o inimigo e acabar com a ameaça. Ninguém atacava os Lobos Liceu e sobrevivia.

Tristan se aproximou da entrada privada atrás do bar e pressionou a mão no leitor biométrico. Recebido com um apito e uma luz verde, digitou o código e a porta abriu. Ele marchou pelo corredor coberto de mogno. Logan e Marcel seguiram atrás, garantindo que ninguém o seguiu enquanto a porta fechava. Ao virar no canto, uma loira esbelta e bem vestida em um terno de camurça[1] cor de camelo estava apoiada na parede admirando suas longas unhas pintadas. Mira.

— Ah, *ma chère*. Você está bonita hoje. — Tristan diminuiu seu ritmo, admirando suas longas pernas.

Mira Conners, a fêmea Alfa da alcateia, atraía cada lobo na Costa Leste. Ela e Tristan tinham feito amor em mais de uma ocasião, mas não conseguiam funcionar como um casal. Eles tinham mais do que uma “amizade colorida”, mas eram menos do que amantes. Mira foi a primeira fêmea a ensiná-lo que sexo não era igual a amor. Mas seu relacionamento com ela

1 As roupas de camurça utilizam o couro do lado contrário, ou seja, a parte que fica virada para fora sofre um processo de lavagem e é lixada até atingir a textura rústica, cheia de pelinhos.

também o ensinou sobre amizade e respeito. Estavam juntos há um século, havia um jeito de separar os que você podia confiar dos que não podia.

Tristan prendeu as pernas dela e colocou as mãos em seus quadris.

— Belo couro.

— Belo smoking. — Ela sorriu, apreciando completamente o quão delicioso ele estava vestido para os eventos dessa noite.

— Escuta, Mira, nós temos trabalho a fazer. Não posso me dar ao luxo de me distrair, e você tem um jeito de fazer isso comigo — sussurrou em seu cabelo.

Sem olhar, ele gritou por sobre o ombro.

— Marcel. Logan. Nós encontramos vocês em dois minutos. Tenham certeza de que todos estão aqui.

Marcel e Logan olharam um para o outro, antes de olharem para Mira, evitando o olhar de Tristan. Ela era parte da alcateia desde que eles eram crianças, e era a fêmea mais forte que já conheceram. Perspicácia física e intelectual a colocavam bem acima das outras fêmeas da alcateia. Como Marcel e Tristan, ela estava destinada a ser Alfa.

Abandonada no nascimento, Mira tinha sido criada pelo Alfa dos Lobos Liceu. Ele e o pai do Tristan tinham sido melhores amigos, então decididamente criaram uma forte aliança entre seus filhos. Desde nova, ela passava o verão em Nova Orleans, correndo com seus meninos: Marcel, Tristan e Logan. Os pais de Tristan, o Alfa da Louisiana e sua companheira, tinham apreciado a adição de uma pequena loba em sua casa e alcateia. A mãe de Tristan sempre tinha querido uma filha, então de certa forma, Mira tinha preenchido esse lugar, pelo menos por alguns meses todo ano.

Verão após verão, eles correram no *bayou* e aprontaram todas. Quando Marcel ficou mais velho, ele focou em aprender o papel de Alfa, determinado em assumir o lugar de seu pai. Em sua ausência, Tristan, Mira e Logan fortaleceram sua amizade, passando os dias pescando no pântano e as noites quentes de verão fazendo amor nos campos. Teve um tempo em que os três lobos eram amantes inseparáveis. Em retrospecto, Mira honestamente não sabia quem ela tinha amado antes, Tristan ou Logan, mas, no final, nenhum dos homens virou seu companheiro.

Depois de terminar seu mestrado, Tristan veio para o lado de Mira após seu pai morrer. Determinado em protegê-la, lutou para ser o Alfa dos Lobos Liceu. Em sua nova posição de autoridade, Tristan a colocou debaixo de sua asa, garantindo que continuasse sua educação superior. Quando ela se formou na *Wharton Business School*, entrou suavemente na vida de Tristan como sua secretária executiva. Ela era o encaixe perfeito na sua corporação imobiliária. Bem vestida e com a língua afiada, tinha grande poder na sala de reuniões e na casa da alcateia. Mira estava em uma liga própria no meio das fêmeas da alcateia. E enquanto ocasionalmente ela fazia amor com Tristan e Logan, todos sabiam que isso não resultaria em um par de companheiros para a alcateia. Mesmo assim, ela se encaixava bem na vida de Tristan como sua confidente e amiga.

Tristan gostava de explorar as possibilidades, mas Mira ainda podia fazê-lo ficar duro só com um olhar. Ao colocar o dedo eu sua bochecha, ele soltou um pequeno suspiro. Ela abaixou a cabeça, seus olhos sem encontrar os dele.

— Alfa, o seu novo clube é maravilhoso. Desculpe estar atrasada. A boa notícia é que fechei a negociação do Rapkus, mas fiquei presa no trânsito do horário de pico.

Tristan colocou um dedo sob seu queixo, olhando nos seus olhos.

— Bom trabalho, Mira. Fico feliz que você chegou para a reunião. Sei que você geralmente trabalha na parte de negócios das coisas, mas preciso de você a mão para garantir a segurança de todos os detalhes. Algo me diz que esse ataque não foi o último, e eu estou prestes a entrar na ofensiva.

Mira colocou a mão sobre a mão de Tristan e esfregou a bochecha em seus dedos, procurando por seu toque. Ele respondeu segurando seus quadris no lugar, grudando seu corpo no dele. Seu hálito quente provocava sua garganta e ela gemeu quando ele lambeu sua pele.

— Por favor — implorou.

Tristan riu, sabendo muito bem que eles não tinham tempo para fazer amor.

— Sem tempo, *ma chère*. Mas olhe o que você faz comigo — provocou, grunhindo enquanto se separava dela. Dolorosamente excitado, seu pênis pressionava contra seu zíper. Cacete, tinha sido um bom tempo desde que esteve com uma mulher.

— Mais tarde, talvez? Ou você tem um encontro essa noite? — perguntou com um sorriso torto, sabendo muito bem que ela tinha vários lobos querendo sua atenção. Podia ter quem quisesse qualquer dia da semana. Mas eles dois sabiam que isso não importava. Ela era dele primeiro, não importava os planos que tivesse feito.

— Talvez — ela desviou com um pequeno sorriso provocante. — Mas eu poderia reagendar pelo meu Alfa. Sério, Tristan, você sabe que você e o

Logan me arruinaram para qualquer outro lobo. Quer dizer, sério? Como vou encontrar um companheiro que irá me satisfazer do jeito que vocês fazem?

— Ah, vamos lá, Mir. Você sabe que quando encontrar o seu companheiro, ninguém irá se comparar. É o jeito que isso funciona. Tristemente, você irá nos esquecer facilmente... não importa as habilidades incríveis que eu tenho na cama. — Ele deu um sorriso sedutor para ela, como uma aranha a atraindo para sua teia.

Enquanto Tristan era realmente um amante incrível e ela era uma fêmea desejável, eles sabiam que, quando encontrasse seu companheiro, ela o deixaria no vento. Quando um lobo encontrava sua companheira e iniciava o vínculo final, não existia um rival sexual. Claro, um lobo podia decidir consensualmente com sua companheira de ficar com outro durante as atividades da lua cheia, mas o par de lobos tomaria decisões como uma entidade. Todas as decisões seriam feitas no melhor interesse de ambos os lobos. E seu amor os uniria somente um ao outro.

Mas até que eles encontrassem seus companheiros, estavam todos solteiros e disponíveis. O trio não fazia amor regularmente, mas sua forte amizade podia facilmente se transformar em sexo quente na noite certa, crescendo e decrescendo como a lua. Dada as coisas safadas que tinham feito um com o outro, Tristan sabia que seria difícil para ela encontrar outro macho que iria equiparar a intensidade do trio.

Tristan segurou seu olhar e a tocou novamente, passando os dedos pela curva de sua mandíbula, descendo pelo lado de seu pescoço até que a parte de trás de sua mão esbarrasse na curva de seus seios.

— Até você encontrar o seu companheiro, você vai ter que comparar todos eles comigo... Mas algum dia, eu vou ter que abrir mão de você. Você vai deixar a mim e ao Logan para ter uma casa cheia de filhotes. Nós ficaremos irremediavelmente de coração quebrado. — Ele fingiu tristeza.

— E você, Tris? Sydney está casada agora, está na hora de levar a sério a procura da sua companheira. Os anciões acreditam que está na sua hora — ela rebateu com as sobrancelhas levantadas.

Cerrando os olhos para Mira, ele a soltou e passou os dedos por seu cabelo loiro.

— Por favor, não comece. Eu sou solteiro por uma razão e você sabe bem. Além disso, *eu* lidero os Lobos Liceu, não os anciões. Eu agradeço a opinião deles, mas nós não precisamos de um par reprodutor para cuidar de tudo — ele murmurou, irritado que iria levantar o assunto de seu acasalamento, que não vai ocorrer tão cedo.

— Ok, ok. Deus, eu sinto muito por ter levantado o assunto. — Ela arrumou o cabelo e ficou em pé um pouco mais reta, mas ainda abaixou os olhos em submissão, sentindo sua agitação.

— Eu estou falando sério, Mir. Realmente espero que você encontre o seu companheiro logo, mas estou bem. De fato, estou perfeito... solteiro... do jeito que gosto. Sério — ele enfatizou com um grunhido como se isso a fosse convencer a desistir do assunto. Claro, ele sabia que ela estava esperando por mais de cem anos para encontrar um companheiro. Mas isso não significava que ele queria alguma relação com estar preso a somente uma mulher. *Não, muito obrigado.*

— Vamos lá. Os rapazes devem estar prontos para nós.

Tristan tinha se irritado com o questionamento dela, sabendo muito bem que não estava pronto para sossegar. Claro, ele tinha chamado a Sydney Willows para morar com ele há mais de um mês, mas fez isso sabendo que não eram companheiros. Ele e Sydney tinham tido uma estável "amizade colorida" por mais de um ano. Mas agora que ela estava casada com o seu amigo Kade, ele não tinha nenhuma desculpa para não aproveitar a vida. Além da Mira e da Sydney, Tristan não tinha nem perto do número de encontros que os rumores diziam. Quando era mais novo, tinha aproveitado tanto quanto os outros lobos, mas refinou seus gostos em anos recentes e estava bem feliz com sua vida sexual seletiva, porém dinâmica.

Enquanto andaram para a porta, ele não disse nada deliberadamente, deixando o frio som do silêncio falar por si mesmo. Entraram na sala de reuniões a prova de som sem falar outra palavra. Ele tinha instalado equipamentos de conferência de última geração no novo clube, incluindo projetores de LCD e telas de plasma ocupando a parede inteira. Uma mesa oval de cerejeira com cadeiras de couro para vinte pessoas ficava no centro.

Tristan andou para a cabeceira da mesa, onde Marcel e Logan já estavam sentados na sua direita e esquerda. Três notáveis membros da alcateia, que Tristan tinha em alta consideração, também estavam presentes. Willow Marrow, a anciã mais velha, tinha visto uma vida inteira de guerra entre alcateias. Quando Tristan lutou para ser Alfa, ela ficou grata, porque ele garantiria sua segurança e posição. Seus irmãos, também anciões, Gavin e Shayne, flanqueavam sua irmã.

O filho de Gavin, Declan, sentava a sua direita, e era considerado um lobo sênior, forte e competente. Tristan podia sentir que o Declan estava doido para desafiá-lo, mas sempre foi leal à alcateia. Existia uma grande chance de que Tristan ia precisar da ajuda do Declan nas próximas semanas, e ele queria que ele apoiasse sua estratégia. Como líder, às vezes era melhor persuadir o oponente em virar seu amigo, do que causar fraturas dentro da alcateia.

Tristan silenciosamente acenou com a cabeça para a Mira fechar a porta. Ela digitou o código de segurança para fechar a sala e então graciosamente sentou ao lado de Logan e olhou para o Alfa começar. Tristan fechou os olhos devagar e soltou um fôlego purificador, ciente de que seu poder emanava dele, comandando a atenção de sua alcateia. Seus olhos abriram de repente, os outros sentiram a sua tensão e aguardaram ansiosamente para ele começar.

— Ok, pessoal, escutem. Como todos vocês estão cientes, alguém decidiu declarar guerra aos Lobos Liceu ao atacar o meu clube na semana passada. Agora que o *Noir* está pronto e funcionando e nós tivemos a chance de investigar, está na hora de entrar na ofensiva. Mas, antes de falarmos como tudo vai acontecer, vamos revisar o que sabemos para todos estarem na mesma página.

Cabeças acenaram em afirmação na direção de Tristan, mas ninguém falou nada. Sabiam que era melhor não interromper o Alfa. Mesmo que Tristan apresentasse uma aparência calma e carismática, ele era também reservado e letal, como uma espada de Samurai esperando para ser removida de sua capa. Pegando o controle, ele confiantemente circulou a mesa. Apertando um botão, a larga tela de plasma ligou. Através do vídeo granulado de um cômodo em chamas, uma pequena figura encoberta correu em direção ao aquário atrás do bar.

— A maior parte do vídeo foi danificado no incêndio, mas nós fomos capazes de recuperar esse trecho. Observe essa pessoa que nós temos aqui. Nós não temos certeza, mas pensamos ser uma mulher humana. Eu senti o cheiro do sangue antes do prédio desabar, e uma coisa que eu posso dizer é que ela não é uma *shifter* ou vampira. Na hora eu não pude dizer, porque todo o sangue estava concentrado atrás do bar, mas, como vocês podem ver no vídeo, ela quebra o vidro para pegar a Eve.

Eve era uma enorme jiboia, que tinha sido a peça central atrás do bar. Tristan a tinha criado desde bebê e tinha construído um viveiro incrivelmente elaborado para ela, incluindo luzes e árvores. Mesmo assim, quando entrou no prédio pegando fogo para salvá-la, ela estava desaparecida.

— Só tem alguns segundos restantes nesse vídeo, e como vocês podem ver, ela parece cortar o braço. Ela o enrola em uma toalha do bar e procede para pegar a Eve. Acho muito interessante que alguém se daria ao trabalho de incendiar o lugar, e então perder o tempo para salvar um animal, uma cobra ainda. Mas é isso que nós temos. As únicas marcas que vi quando entrei, foram pegadas ensanguentadas, presumivelmente dela, já que eram pequenas. Não tinha nenhuma evidência de outra pessoa lá, mas, novamente, estava queimando bem. Eu mal podia respirar lá, quanto mais detectar o cheiro de um lobo ou vampiro. Magia ainda está na mesa como uma possibilidade.

Tristan desligou a tela, andou em volta da mesa e se sentou. Ele sentiu a vibração silenciosa na mesa, pegou seu celular e leu a mensagem:

D. nas premissas. Esperando por você na Suíte Luvox.

Tristan impacientemente bateu os dedos na mesa ao descobrir que o vampiro estava presente no prédio.

Olhando para Marcel, ele o direcionou para falar com os seus lobos.

— Marcel vai atualizá-los a respeito dos lobos desgarrados que atacaram a Kat. Ainda não tenho certeza de como eles se interligam nessa situação, mas sei que são uma peça do quebra-cabeças. Marcel?

Marcel acenou com a cabeça e examinou os rostos na mesa. Ele não era o Alfa deles, mas tinha o respeito da alcateia do Tristan.

— No dia do fogo, o carro da Kat foi atacado e seu motorista, Paul, um jovem membro de nossa alcateia, foi assassinado. Kat conseguiu atrair dois lobos para uma área em que nós pudéssemos encurralá-los, mas eles cometeram suicídio antes da captura. Vou dizer para vocês que nunca vi nada assim. Tabletes de cianureto. Isso me diz que eles eram fortemente leais e não queriam arriscar o nosso interrogatório. Infelizmente, os corpos não tinham nenhuma marca identificável. Nós achamos o carro, mas ele era roubado. Placas de Nova Iorque. E isso é tudo que temos.

Marcel apertou a ponte do seu nariz e bufou. Ele continuou.

— Falei com o Chandler pelo telefone. Ele continua a negar qualquer envolvimento. Por mais que eu queira acreditar no cara, nós não podemos ter certeza. Quer dizer, ele não desistiu de querer a Kat como sua companheira até eu e Tristan o confrontarmos. Então ele não é alguém que aceita não como resposta. Pode estar puto e procurando retribuição. Ele pode ter mandado esses lobos para sequestrar Kat e forçar um acasalamento. Agora, por outro lado, se não foi ele, pode ser alguém que está tentando começar um motim dentro da alcateia dele. E você pode ter certeza de que se ele está limpo, está revirando a sua alcateia procurando por traidores.

Jax Chandler era o Alfa de Nova Iorque. Perigoso e astuto, passou os últimos meses tentando convencer a irmã do Tristan a acasalar com ele.

Tristan levantou novamente, interrompendo seu irmão.

— Então, por agora, Kat está segura e escondida em Nova Orleans. Marcel está indo embora hoje à noite para ficar de olho nela e em sua alcateia. E quanto aos Liceu, nós vamos nos fechar. Esse prédio tem vários apartamentos vazios com segurança de última geração. Todos os membros são bem-vindos e encorajados a ficar aqui quando na cidade, ou na casa da alcateia. Até o momento, ninguém assumiu a responsabilidade pelo incêndio, mas isso não significa que tudo acabou. Logan?

Logan, calmo e estoico, levantou o olhar para encontrar o do seu Alfa. Ele era o melhor amigo e confidente de Tristan. Como lobo beta, era o segundo em comando e sempre dividia responsabilidades com seu Alfa, tanto em trabalho quanto em prazer. Logan tinha idolatrado Tristan na infância, conhecendo seu poder em primeira mão. Até pouco tempo, tinha ajudado a gerenciar o *Eden*, mas agora jurava ficar perto de Tristan, guardando-o com a sua vida. No último século, Logan tinha se acostumado com as visões que atormentavam seu sono. Boas ou ruins, ele geralmente só as compartilhava com Tristan. Hoje, pela primeira vez tinha sido solicitado para dividir com um grupo.

Tristan andou em direção a Logan e colocou a mão em seu ombro, dando a ele a garantia de sua proteção. Ele não empurraria Logan tão longe, sabendo que preferia manter suas visões privadas, mas, dessa vez, Tristan precisava que ele contasse aos outros o que tinha visto.

— Eu vi um lobo morto. Um macho. Senti que ele era nosso. Definitivamente não era um dos lobos em Nova Orleans. Minhas visões... — Ele olhou para Tristan, e então de volta para os outros. — Minhas visões não são sempre claras. Mas isso, o que aconteceu com o clube, o que aconteceu com a Kat, é somente o início. Todos os membros da alcateia precisam ficar alertas para lobos de fora do território. No passado, nós fomos relativamente negligentes sobre os que estão entrando e saindo do nosso território. Não mais. Tristan mandou um aviso para todos os outros Alfas. Qualquer um que venha para o nosso território sem ser um membro da alcateia precisa receber a permissão dele, senão terão consequências.

Consequências. Mira e os outros sabiam o que isso significava. Morte. Tristan não hesitaria em matar outro lobo após os ataques recentes. Nem Marcel.

— Além disso, ninguém viaja para fora do nosso território até o problema ser resolvido. — Logan explicou, sua séria expressão colocou uma nuvem escura sobre a sala. Ninguém estava acostumado com Logan falando sobre as suas visões, e agora eles sabiam que a morte estava vindo para alguém deles.

— Isso significa que todos os lobos precisam ser atualizados sobre essa ordem. Willow, você está encarregada de todas as comunicações da alcateia, então, assim que a reunião acabar, faça isso — Tristan ordenou. — As visões. É possível que as coisas possam mudar, mas os nossos lobos são mimados, acostumados a liberdades. Espero que todo mundo aqui leia e digira os dossiês de segurança que o Logan criou para vocês. Qualquer pergunta, procurem-no.

Tristan olhou para a Mira.

— Mira, daqui para frente todas as negociações na minha corporação deverão ser aprovadas pelo Logan. Além do que, espero que você faça uma completa investigação de antecedentes em todos os clientes em potencial, estando eles comprando ou vendendo imóveis.

Ela acenou com a cabeça em concordância.

— Sim, Alfa.

— E, para mim, estou combinando um encontro cara a cara com o Chandler fora do território em uma localidade neutra. Esse encontro será feito nos próximos dias. Mesmo o território sendo neutro, não significa que não existirá um confronto. Se eu sentir que ele é responsável, irei tomar providências. Vocês todos devem estar preparados. — Tristan apontou com uma atitude calma. Ele escutou Mira soltar um suspiro quase inaudível. Todos sabiam que isso podia significar sua morte se ele não vencesse.

Sem encorajar o medo deles, continuou falando.

— Além disso, Léopold Devereoux está aqui no *Noir*, hoje à noite. Para vocês que não sabem quem ele é, ele é o criador do meu amigo Kade. Não tenho certeza do que ele tem, mas Kade disse que está me trazendo informações sobre o incendiário. Então espero ter mais novidades nos próximos trinta minutos. — Tristan levantou uma sobrancelha, inspecionando seus lobos, e então olhou para baixo para checar o horário no seu celular. — Alguma pergunta? Agora é a hora de fazê-las.

Declan foi o primeiro a falar novamente tentando impor sua dominância nos outros lobos.

— Por que nós estamos trazendo um vampiro para os problemas da alcateia? Batalhas de lobos devem ser lutadas pelos lobos.

Tristan sorriu friamente para Declan, olhando até ele abaixar o olhar.

— Ah, *jeune loup*[2]. Existe pelo menos uma coisa pior do que lutar com aliados: lutar sem eles.

Um Declan atordoado o encarou de volta.

— O quê?

— Churchill — Tristan respondeu rapidamente. — Você aprenderá com a experiência que aliados são aliados, não importa a espécie. Guerras são vencidas baseadas em força e informação. É idiotice cortar áreas que possam te trazer um dos dois. Alguma outra brilhante questão? — Ele estava perdendo a paciência, sabendo que Devereoux estava nas premissas. Não tinha tempo a perder. Qualquer informação que o vampiro tivesse, era importante o suficiente para ele visitar o clube.

Léopold Devereoux não era somente ancião e poderoso, com mais de mil anos, mas era bem elusivo. Tristan ficou surpreso quando Kade ligou para dizer para esperar uma visita. Ficou ainda mais surpreso que o Léopold estava vindo vê-lo e não o Kade. O que quer que seja que o vampiro tinha para dizer era muito importante para ele viajar para a Filadélfia e Tristan não ia esperar nem mais um minuto para escutar o que era.

Sem mais nenhuma questão, Tristan levantou. Mira rapidamente digitou o código de segurança, destrancando a porta.

— Bom, então. Cumpram suas ordens. Qualquer coisa fora do comum, contatem ao Logan ou a mim imediatamente. Reunião terminada. Fiquem seguros, meus Lobos Liceu. — Com essas palavras, Tristan saiu da sala de reunião com o Logan logo atrás. Mira observou seus homens saírem, sabendo que o perigo esperava por todos eles.

Tristan bateu uma vez. A resposta "entre" — veio antes de ele abrir a porta. Entrando, ele escutou o fraco som de um zíper sendo fechado e

2 Jovem lobo, em francês.

um homem estava ajeitando suas calças, vestindo-se na frente de um longo espelho. O estiloso vampiro virou de frente para Tristan, um sorriso em seu rosto, bem confortável com a intrusão. Léopold Devereoux, o criador de Kade, parecia estar no final dos seus vinte anos, com seu cabelo curto e escuro cortado como a barbatana de um tubarão. Letal e sagaz, ele casual e tranquilamente começou a abotoar sua camisa feita sob medida. Admirando a loira e a morena nuas, que dormiam satisfeitas na cama ao lado do longo sofá de couro, ele lambeu suas presas em deleite. Um gemido escapou uma das mulheres quando ela virou para abraçar a outra e encontrou o quente seio que procurava.

— Adoráveis, não são? — Léopold perguntou indiferentemente com um leve sotaque francês. — Seu clube *Noir*... *C'est magnifique*[3]. Sangue excelente e sexo ainda melhor.

— *Monsieur* Devereoux? — Tristan questionou, confirmando sua presunção de que o homem na sua frente era realmente o criador do Kade.

— *Oui.*

— *Monsieur* Livingston?

— *Oui.*

— Por favor, me chame de Léopold — insistiu, conferindo a sua aparência novamente.

— Estou feliz que você teve a chance de aproveitar as amenidades do *Noir*, mas nós precisamos falar em privado. — Tristan olhou para as mulheres nuas, sorrindo para Léopold. Por mais que gostasse de ver o sexo oposto sem roupas, os negócios vinham antes.

— Ah, *oui.* — Léopold estalou alto os dedos e as mulheres na cama começaram a se mexer. — Levantem agora, minhas queridas. Hora de ir embora. — Nos vemos quando eu voltar na Filadélfia e tudo mais. Agora vocês vão embora. — Ele deu para cada uma delas um roupão branco felpudo, cortesia do *Noir*. Cada mulher pegou suas roupas e sapatos do chão, envergonhadamente rindo ao sair do quarto.

Tristan sentou na poltrona de couro e apoiou os pés no pufe. Ele gesticulou para o Léopold se juntar a ele.

— Deixe-me dizer que agradeço qualquer ajuda que você possa prover com respeito a localizar o incendiário.

— Negócio desagradável, não? Kade me informou dos seus problemas. Covardes, realmente. Não que eu ligue para vingança ou guerra, quan-

3 É incrível, em francês.

do justificado — Léopold comentou monotonamente.

— Posso te garantir que planejo me vingar. E, quando o fizer, vou olhar direto na alma deles quando suas vidas deixarem essa terra.

Léopold soltou uma bela gargalhada.

— Um homem com o coração como o meu... Sem dúvida você e Kade são amigos. Está bem, eu diria que você vai gostar dessa pequena informação que tenho para você.

— Acredito que irei. — Tristan sorriu, sentindo o gosto da justiça que ele estava se preparando para entregar.

— Vamos lá então. Você conhece a Alexandra? Minha *fille*. Minha filha. Ela toma conta das nossas operações na Filadélfia.

Tristan silenciosamente acenou com a cabeça, com uma expressão completamente sem emoção. Ele conhecia Alexandra? Quem não conhecia? Ela cuidava de seus negócios com um punho de ferro coberto com seda e unhas bem-feitas. "Animalesco" vinha em mente quando ele pensava em como ela desejava tudo com um pau, e concedia pouca misericórdia para seus inimigos. Tristan não a considerava nem amiga nem inimiga, mas geralmente evitava contato.

Enquanto era verdade que ele permitia que ela e seus vampiros frequentassem seu clube, teve que recusar seus avanços sexuais mais de uma vez e não apreciava o pensamento de ter que interagir com a dama de coração negro. Alexandra estava interessada em uma coisa e somente uma coisa: sangue de Alfa. Sangue de Alfa era igual a poder. E, até onde Tristan estava interessado, seria um dia frio no inferno antes de ele fodê-la, quanto mais deixá-la beber dele. Ele silenciosamente rezou para que o quer que fosse que o Léopold dissesse em seguida, não envolvesse uma contrapartida.

Por mais que Tristan tentasse esconder seu desprezo por Alexandra, Léopold começou a rir para si mesmo.

— Alfa, você não precisa esconder os seus sentimentos sobre ela. Eu mesmo não sou muito afeiçoado pela pequena bruxa. Mas, por agora, ela lidera. E acontece que ela encontrou um brinquedo que você ia gostar muito.

Tristan levantou uma sobrancelha.

— Um brinquedo, você diz?

— *Oui*, um brinquedo. Se você conhece a minha *fille*, ele vê a maioria das coisas ou pessoas como comida ou brinquedos. Em alguns casos, eles são a mesma coisa.

— Então vamos dizer que ela realmente tem o que eu gostaria de chamar de "suspeito". Por que ela mesma não veio me ver? Por que mandar você?

— Bem, primeiro, ela gosta muito do brinquedo nesse momento. E segundo, ela iria querer algo em troca pelos seus problemas. Mas, quando eu escutei que você estava procurando por esse "suspeito" e descobri sobre o brinquedo dela, decidi forçá-la a entregar isso para você. Veja, ao contrário da Alexandra, gosto muito do Kade e, ao contrário da maioria dos pais, eu escolho favoritos. Algumas vezes ela precisa de uns tapinhas para ficar na linha, não? — Léopold disse monotonamente enquanto arrumava suas abotoaduras.

— *Monsieur*, eu aprecio, vamos dizer, sua intervenção.

— Você pode pegá-la hoje à noite. Ela está esperando por você. Não posso prometer que o seu "suspeito" não estará machucado. Mas posso dizer que a pessoa estará viva.

— Você tem certeza disso? — Tristan não queria duvidar do vampiro, mas sabia que a Alexandra não era nada menos que cruel.

— Confiança é uma coisa delicada, Alfa. Você não me conhece bem, então eu vou deixar essa passar. Mas saiba que os meus filhos não me desobedecem. Porque, se eles fizerem isso, bem, vamos só dizer que os imortais não são realmente imortais. A morte pode vir para nós dadas as circunstâncias corretas — Léopold respondeu indiferentemente quando levantou e colocou o paletó de seu terno.

Tristan sabia que suas palavras eram verdadeiras. Acerte com uma estaca o coração de um vampiro ou o decapite e o vampiro irá realmente morrer. Lobisomens são quase imortais e podiam sofrer grandes ferimentos, mas podiam ser mortos por evisceração ou pescoço quebrado. Com aquele pensamento sombrio, Tristan levantou e ficou olho a olho com o vampiro ancião.

— Quero que você saiba que os Lobos Liceu agradecem a sua vontade de ajudar. Isso não será esquecido. Se eu puder ajudar no futuro, não hesite em me ligar. — Ele estendeu a mão.

— Alfa, você ajudou o Kade várias vezes, não? Estou somente retornando o favor. E devo dizer que depois de visitar o seu clube, vejo porque ele é tão importante para nossos vampiros de classe alta. Doadores à disposição para sangue e prazer combinados com a atmosfera são uma bela atração na Cidade do Amor Fraternal. *C'est une excelente*[4]. — Léopold aceitou a oferta de Tristan com um sólido aperto de mão. Quando Tristan abriu a porta, o vampiro rapidamente levantou a mão em saudação, antes

4 Ele é excelente, em francês.

de pegar suas coisas para ir embora.

Logan deu um pequeno sorriso para Tristan. Ele tinha ficado de guarda do lado de fora, escutando toda a conversa.

— Ele é um belo vampiro, né? — Logan comentou. — Difícil acreditar que a Alexandra é sua filha, mas vou dizer que os dois são mortais como um ninho de cascavéis.

— Isso é verdade, meu amigo. — Tristan colocou a mão no ombro de Logan, sem vontade de visitar Alexandra, mas de qualquer modo, ele não podia conter a excitação sobre a possibilidade de que o incendiário poderia estar em sua custódia na próxima hora.

CAPÍTULO DOIS

Kalli abriu seus olhos devagar, presa em um obscuro pesadelo. Sequestrada e quase sem sangue, ela mal podia mexer seus membros, quanto mais se sentar na cama. Há dois dias, ela tinha deixado o hospital só para ser atacada por trás por vampiros. Eles a nocautearam para trazê-la para cá, onde quer que ela esteja. De primeira, eles a amarraram na cama, mas agora a própria fraqueza de seu corpo a mantinha prisioneira. Por duas noites, ela tinha sido visitada por uma diabólica dama sugadora de sangue. A demônia o sugava apenas para cuspi-lo; algo sobre veneno, ela lembrava dela gritando.

Kalli não era inocente sobre sobrenaturais, longe disso. Ela sabia quão malignos eles eram, e esse horrível desvio só provava seu ponto. Mas ela era uma sobrevivente. Tinha resistido à sua dita família e passaria por isso também. Os efeitos de seu remédio estavam começando a diminuir, então ela podia sentir sua fera interior chamando, implorando para lutar. Supôs que precisava da força extra que podia trazer, mas seu cérebro recusava a permitir que o animal aparecesse. Ela era humana agora, pelo menos do lado de fora.

Olhando em volta pelo opulento quarto, inclinou o pescoço, tentando identificar onde a tinham levado. Se ela não soubesse a verdade, pensaria que estava em um hotel de luxo. Mas o lençol de algodão egípcio de mil fios não podia esconder sua hedionda isolação, e seus gritos ensurdecedores enquanto era torturada além da razão. Ainda assim, ninguém veio ao seu resgate. Alguém com certeza teria escutado enquanto ela lutava contra as garras vermelhas como sangue que a seguravam enquanto presas afiadas como uma lâmina furavam sua pele.

Ela viu uma garrafa de água e um pacote de biscoito na mesa de cabeceira. Eles a estavam alimentando? Mantendo-a como algum tipo de bolsa de sangue? Ela não se lembrava de ter comido, mas não podia negar que precisava de água. Com um grande esforço e um gemido, pegou a garrafa e abriu. Ela se sentiu quase humana quando o líquido fresco escorregou por sua garganta dolorida. *Quase humana. Essa era a chave*, pensou para si mesma. Por agora, agradecia a Deus por ser humana o suficiente para enganá-los. Enojados pelo seu sangue, não descobriram seu segredo. Ela podia sentir a confusão da cadela quando seu sangue medicado atingiu a língua dela. Certo para cacete, seu sangue não tinha um gosto bom. E mesmo assim a mesquinha sugadora de sangue continuou bebendo, provavelmente para deixá-la fraca de propósito. Ela pode ter sido bem sucedida em drená-la, mas Kalli era uma lutadora.

Deixar a fera assumir o controle era provavelmente sua única opção de escape. Não viu nem escutou ninguém no corredor. Deduziu, pelo pouco tempo no carro, que ainda estava na cidade. Se pudesse sair dessa casa, pessoas não estariam longe, refúgio estava ao seu alcance. Mas seu remédio suprimia a fera. Ela queria isso desse jeito. Ser humano era muito subestimado, mas, nessa situação, não podia negar que ser sobrenatural daria a força a ela para pelo menos andar, achar ajuda, e se esconder.

Não vendo outra escolha, fechou os olhos e respirou fundo, procurando pela coisa dentro dela que poderia salvá-la do tormento que com certeza iria procurá-la novamente. Determinada a encontrar libertação do íncubo, ela deixou o poder da fera preencher suas veias.

Tristan estacionou seu carro na frente da casa de Alexandra, uma casa no estilo Vitoriano com quatro andares. Enquanto ela preferia sua pomposa mansão nos subúrbios, ele sabia certamente que ela o estaria esperando na cidade. As tendências narcisistas de Alexandra a fariam aparecer na exclusiva inauguração de seu clube. Todo mundo que era alguém estava lá hoje à noite, e ela se considerava *"a"* alguém. Provavelmente a estava matando ter que esperá-lo para pegar "o brinquedo", como Léopold tinha chamado a pessoa.

Tristan admitia que ela tinha o seu lugar no mundo sobrenatural. Vampiros precisavam de um líder, e ela mantinha os seus em uma correia curta, impedindo-os de criar confusão na cidade ou em seu clube. Pelos últimos cinquenta anos de seu domínio, crimes de vampiros contra humanos tinham sido mínimos. Se alguém era morto, era com seu conhecimento e aprovação. Tristan respeitava a sua liderança em relação aos *shifters*, ela geralmente respeitava a existência deles. Nunca questionava as punições de Tristan em seus próprios vampiros se eles saiam de mão em seu clube, e eles tinham sido capazes de resolver amigavelmente quaisquer divergências.

Mas a coisa que a Alexandra mais queria, ela não podia ter. O sangue do Tristan. Ele recusou a ela sua veia várias vezes. A negação só aumentava seu desejo, a convencia de que ela podia seduzi-lo dadas as certas circunstâncias. Mas ele sabia que não importava quão bonita ou atraente ela fosse, ele nunca atenderia seus desejos. Ela só queria seu sangue para aumentar seu poder, e até onde ele podia dizer, a vampira já tinha muito, junto com pouca restrição.

Tristan olhou para Logan, que ficou perdido em pensamentos durante o caminho para a casa da Alexandra. Desde o ataque, Logan teve mais visões e Tristan estava certo de que ele não estava compartilhando tudo que tinha visto. Não o pressionava, sabendo que era tanto um presente quanto um peso sentir o futuro.

— Ei, cara. Você está pronto para isso? — Tristan perguntou, desligando o carro.

— Sim, desculpa. Só pensando — Logan murmurou.

— Você está bem, Logan? Eu sei que ver aquela morte não foi fácil. E não sei o que está acontecendo aqui, mas essa não é a minha primeira vez no parque de diversões. As coisas vão ficar bem — Tristan assegurou ao Logan, torcendo para ele sair disso.

O beta sabia que o que quer que seja que estivesse naquela casa, ou melhor, quem quer que seja que estivesse naquela casa, iria mudar as coisas para sempre entre ele e Tristan. Ele não podia sentir se a mudança ia ser boa ou ruim, cobrindo-o em incerteza. Mas agora não era a hora de contar ao Tristan o que ele tinha visto. Além do Alfa ficar puto, iria lutar em todos os passos do caminho. Isso tinha o poder de tirar Tristan do prumo durante essa época de batalha e ele não podia arriscar divulgando sua especulação sem ter certeza. Logan decidiu, com o coração pesado, observar cuidadosamente e esperar antes de contar para ele.

Bufando e soltando seu cinto de segurança, ele colocou a mão no ombro do seu Alfa.

— Estou bem. Agora vamos fazer essa coisa. Não sei você, mas estou pronto para um pouco de ação.

— Ok, aqui está o plano. Nós entramos e saímos. Você conhece a Alexandra. Ela vai querer me manter lá, virando um misto de coelhinha da Playboy com Ana Maria Braga para mim. Sexo ou comida, ela sabe o que eu gosto. — Tristan sorriu, ela o conhecia bem o suficiente para saber suas coisas favoritas. — Um homem e suas fraquezas.

Logan sacudiu a cabeça, desaprovando.

— Ei, no final do dia, eu sou um homem. Quem não gosta de um biscoito com o seu leite? Mas sério, nós entramos e saímos. Sem xícaras de chá. Sem bombons. Nós pegamos o pacote e caímos fora. Isso é sério demais para perdermos tempo.

— Eu concordo com você.

— Mais uma coisa. Talvez o pacote esteja danificado. Léopold me prometeu que estará vivo, mas, conhecendo a Alexandra e o fato de que ele se referiu a ele como um brinquedo, bem, vamos só dizer que talvez tenhamos que carregá-lo.

— Contanto que possamos interrogá-lo em algum momento, tudo ficará bem — Logan comentou.

— Ok, você está pronto? Vamos lá — Tristan ordenou, saindo do carro.

Logan o seguiu pela passagem de paralelepípedos. A extravagante casa tinha sido completamente restaurada e provavelmente estava mais bonita do que tinha sido nos anos mil e oitocentos. Luminárias a gás iluminavam a pesada porta de madeira entalhada. Tristan bateu forte no carvalho envernizado, sabendo muito bem que ela estava ciente de sua chegada. Instintos de sobrevivência a alertariam para a central de poder em pé na frente da sua casa e ela estaria esperando por ele.

Um jovem homem, vestido com um colete turquesa de bobo da corte e uma calça legging preta, abriu a porta e os recebeu com um sorriso alegre.

— A dama os aguarda — anunciou, conduzindo-os para o interior de um vestíbulo espaçoso e em forma de octógono.

Vitrais com molduras de mogno e papel de parede creme com desenhos em vermelho criavam uma ilusão de antiguidade para os visitantes. Pisos de madeira escura destacavam os caros tapetes orientais.

Tristan e Logan observaram o estranho homem andar para um largo salão onde ele se esticou em um longo sofá de veludo. O homem fechou os olhos, ignorando-os. Através de um arco, viram Alexandra graciosamente navegar seu caminho em volta de um piano. Vestida em um espartilho de seda vermelho que levantava seus já firmes seios, ela sorriu friamente, mostrando seus perfeitos dentes brancos. Uma saia justa de couro preto abraçava cada centímetro de seu traseiro, deixando pouco espaço para dar uma passada normal. Seu cabelo negro estava preso em um complicado penteado que chamava atenção para sua lisa pele pálida. Ela parecia em cada centímetro a sanguessuga encantadora, porém perigosa. E, enquanto sua beleza certamente atraía homens como abelhas para o mel, Tristan sabia muito bem que sua picada era mortal.

— Tristan, querido — disse, estendendo os braços para um abraço. — Venha aqui, eu não morderei.

— Ah, *chère*, mas você morde — ele brincou.

Tristan segurou sua mão ossuda na dele e rapidamente deu beijos sem encostar em suas bochechas. Isso foi mais um gesto de paz do que genuína felicidade em vê-la. Ele sabia que ela gostaria do gesto.

— E Logan, tão feliz que você também pode se juntar a nós. — Deu um sorriso arrogante, fingindo inocência, nunca tirando o olhar de Tristan. Sua irritação com o segundo em comando de Tristan dificilmente era um segredo, desde que ela queria estar sozinha com o Alfa. O beta seria somente uma barreira em sua busca por sangue.

Ele ignorou seu comentário, varrendo o cômodo com os olhos por outros. Estava cagando e andando se ela estava feliz ou não. Não teria a mínima chance de que ele deixaria seu Alfa entrar sozinho naquele ninho de vespas.

— Por favor, Tristan, venha beber alguma coisa. Conhaque talvez? E eu seria negligente em não mencionar quão sensual você estava naquele smoking. Sinto muito ter perdido a sua inauguração. Como você sabe, estava planejando estar lá pontualmente, mas...

— Pare, Alexandra. Você sabe o motivo de eu estar aqui, e eu não tenho tempo para essa bobagem. Entregue a mim agora — Tristan comandou, sem se mover do vestíbulo.

Alexandra passou as mãos pelas lapelas de seu paletó.

— Você quer dizer o meu rato? — ronronou. — Léopold realmente não tem graça nenhuma. Eu estava tendo tanto prazer brincando com ela.

— Ela? — Tristan levantou uma sobrancelha.

— Por favor, não finja que você não sabia. Com certeza Léopold deve ter contado a você.

— Não, e francamente eu não ligo se é um homem ou uma mulher. Quem quer que seja que incendiou o meu clube, sabidamente iniciou uma guerra de alcateias. Isso sendo dito, estou interessado em saber como você a encontrou. Como sabia que ela estava lá?

Alexandra admirou suas longas unhas, preparando-se para falar sobre suas extraordinárias habilidades de caça.

— Meu forte Alfa, você sabe como seu pequeno clube é importante para mim e para os meus vampiros. Enquanto você pode não aprovar o meu interesse em seu empreendimento, sabe que eu sempre te quis.

Tristan revirou os olhos.

— Sim, me diga algo que eu não sei.

— Meus vampiros. Eles gostam de serem capazes de irem ao clube ter algo para comer e procurar prazeres carnais. Eles observam. Protegem o que valorizam.

— Você tem vigilância no meu clube? — Tristan mal podia acreditar que ela iria tão longe quanto persegui-lo, mas, nesse ponto, só queria respostas.

— Por favor, querido, não faça isso soar tão grosseiro. Eles não estavam espionando você — respondeu defensivamente. — Estavam meramente fazendo suas rondas, tendo certeza de que nossos escalões estavam se comportando. São os meus olhos e ouvidos. Como líder deles, sempre sei de suas atividades. Alguém precisa manter os vampiros na linha.

— Com certeza — Logan grunhiu baixinho. Ele não confiava em uma única palavra que saía desses lábios finamente pintados.

— Você tinha que trazê-lo? — Alexandra perguntou ao Tristan, bastante aborrecida que fosse permitido Logan falar em sua presença.

Tristan deu para ele um olhar suplicante, como se estivesse pedindo para ele segurar sua raiva. Sabia que Logan não usava diplomacia, enquanto o Alfa estava tentando conseguir o máximo possível de informações sobre o acontecido. A última coisa que precisava era uma guerra com os vampiros, já que talvez possa precisar da ajuda deles contra quem atacou a alcateia.

— Por favor, continue — Tristan encorajou.

Alexandra bufou, ajeitando o cabelo.

— No dia do incêndio, eles estavam meramente fazendo rondas na cidade. Tudo que eles viram foi ela saindo com aquela sua horrível cobra. Honestamente, nem sei porque você mantém aquele réptil nojento. — Ela revirou seus olhos pretos em desgosto. — Mas eu me desviei do assunto. Resumindo, nós a seguimos e a pegamos alguns dias depois em um edifício garagem.

— Mais o que os seus trabalhadores viram naquela noite? Eles na verdade a viram iniciando o incêndio? Ela estava com alguém?

— Não, eles não a viram iniciar o incêndio, nem viram mais ninguém. Por favor, Tristan. Como se eu fosse mentir para você. — Ela bateu as pestanas cheias de máscara para ele. — Agora que eu já te disse o que eles sabiam, nós podemos, por favor, ir para o salão e sentar como pessoas civilizadas? Adoraria escutar todos os detalhes sobre o novo clube — suplicou e virou para andar.

— O que você quer dizer com "sabiam"? Quero falar com os vampiros que a viram naquele dia e com os que a capturaram — demandou. — Eles podem ser capazes de me dizer algo que você negligenciou.

Ela parou imediatamente, virando devagar com um frio olhar de escárnio no rosto.

— Eu acredito que isso não é possível, já que eles não estão mais com a gente. Os vampiros que a viram sair e a pegaram eram os mesmos. Infelizmente para eles, parece que não entenderam o significado de "não toque" e tentaram brincar com o meu novo brinquedo. — *A justiça dos vampiros é rápida e implacável.*

— Está bem. Já que nós estamos prestes a fazer um transporte, preciso saber se a mulher é sobrenatural — Tristan perguntou. Ele estoicamente aguardou por respostas que não vieram, enquanto Logan começou a andar de um lado para o outro.

— Pelo que posso dizer, ela não é de origem sobrenatural; agora, por favor, vamos nos sentar e...

— Alexandra, eu não tenho o dia todo. Se você não tem mais nenhuma informação, então tenho que ir embora. Onde ela está? Ah, e é melhor ela estar viva — Tristan disse bruscamente. Ele estava ficando impaciente.

— O rato? Não se preocupe, eu não a *matei* — zombou. — Simplesmente *brinquei* com o meu brinquedo. Mas, se você está com tanta pressa, vou pedir para o James trazê-la aqui para baixo. Honestamente, ficarei feliz em me livrar daquela coisinha nojenta. Vou te dizer uma coisa, meu querido Alfa: a idiota pode não ser sobrenatural, mas não estou convencida de que ela é completamente humana. Nunca em todos os meus anos eu senti um gosto tão ruim em um humano.

Kalli escutou vozes. Sua fera tinha acordado por apenas alguns segundos somente para se encolher internamente. Mesmo com o remédio começando a sair do organismo, ainda não era o suficiente para permitir uma transformação. Depois de se abrir para o que tem por dentro, ela esperava ter mais energia. Estava agradecida por, pelo menos, poder andar, que é mais do que conseguiu mais cedo. Devagar, virou a maçaneta, não sentindo nenhum guarda. Ao olhar pelo corredor, viu uma escadaria.

Ela hesitou e olhou para seus pés descalços. O que eles tinham feito com seus sapatos? E, mesmo a tendo deixado em seus jeans, rasgaram sua blusa de gola alta sem manga, expondo seu sutiã. Por modéstia, tentou juntar o material, suavemente passando os dedos sobre as marcas em seu pescoço durante o processo. Era setembro, então não iria congelar. Kalli tomou uma decisão repentina: precisava ir embora. Era fugir ou morrer. Uma covarde ela não era.

Andou quietamente pelo longo corredor, encolhendo-se com cada barulhinho que seus pés faziam no velho piso de madeira. Um tremor percorreu sua espinha quando escutou a voz do demônio fêmea que conheceu nos últimos dias. Assustada com a voz alta de um homem com raiva, pulou. Ela trouxe mais vampiros para cá? Eles estavam aqui por ela? Tinha que fugir rapidamente. Iria morrer se perdesse mais sangue.

Desceu as escadas intrepidamente e descobriu que dava na cozinha. Kalli viu uma porta dos fundos a uns seis metros de distância, liberdade tão perto que ela podia sentir o gostinho. Mais alguns passos e ela poderia alcançar a maçaneta. Não viu ou escutou ninguém e correu para a porta.

Dor percorreu seu corpo quando mãos grandes se enrolaram em volta de seu cabelo solto, puxando-a para trás em direção ao chão. Paralisada de medo, ela ofegava por ar enquanto vômito subia por sua garganta. Um grito imenso saiu quando o homem arrastou seu corpo, debatendo-se pelo piso de madeira. Mesmo cheia de confusão e desespero, ela notou sua roupa: um palhaço? Não, era outro monstro, um vampiro. Com as presas de fora, ele silenciosamente continuou a puxá-la em direção às vozes. Debatendo-se, agarrou as mãos dele, tentando se soltar de seu forte punho. Um vislumbre da vampira que a mordeu e de dois homens estranhos cruzou sua visão. *Salvadores?*

— Por favor! Me ajudem! Eles vão me matar! — gritou, implorando por resgate. Lágrimas escorriam por suas bochechas enquanto tentava chutar seu sequestrador em uma tentativa de escapar dos selvagens de presas, sedentos por sangue, que a estavam mantendo prisioneira.

Quebrando o silêncio, o homem vestido de bobo da corte parou e montou por cima dela.

— Silêncio! A dama quer seu rato quieto! — Ela se encolheu quando ele levantou as costas da mão para bater nela.

Tristan escutou os gritos e viu um vislumbre do sorriso maléfico crescendo no rosto de Alexandra. Rosnando, correu na direção do vampiro que estava sentado em cima da jovem mulher, empurrando-o tão forte que ele voou pelo cômodo e bateu na parede. Tristan segurou a cabeça da mulher em seu colo, enquanto Logan bloqueou Alexandra.

Tristan olhou para a mulher maltratada, que parecia abatida e ensanguentada. Cachos negros cobriam seu rosto. Gentilmente, empurrou os fios de cabelo para o lado. Ela gemeu e se encolheu de medo, enrolando-se em uma posição fetal. À primeira vista, Tristan achava difícil de acreditar que uma criatura tão vulnerável podia estar envolvida em começar uma guerra na alcateia.

— Logan, paletó! — Tristan gritou. Ele teria dado a ela o seu próprio, mas se recusava a soltar a mulher com medo de que ela iria correr. Obedientemente, Logan removeu o paletó de seu smoking e o colocou sobre o corpo tremendo, sem nunca tirar os olhos de Alexandra.

Mesmo um de seus melhores amigos sendo um vampiro, Tristan ficou irado quando viu as marcas de perfuração por todo o corpo dela. *Animais.* Ela pode ser uma suspeita no incêndio, mas ele não tolerava tortura. Segurou o pequeno corpo dela em seus braços, e levantou.

Sem nenhuma outra palavra para a Alexandra, Logan abriu a porta para Tristan, protegendo-o. Ele bateu a porta quando saíram, puto com a vampira. Fúria emanava de seu Alfa, quase o fazendo tremer. Se não fosse pela mulher abusada deitada no chão precisando de ajuda, ele tem quase certeza de que Tristan teria matado Alexandra. E ele teria ajudado com prazer.

CAPÍTULO TRÊS

— Foi tudo bem — Logan brincou do banco do motorista. Ele tinha ajeitado Tristan e a estranha no banco de trás, ela estava enrolada de lado, deitada em seu colo. Seus olhos ainda estavam fechados e sua respiração estava ofegante.

— Que confusão dos infernos — Tristan respondeu. — Juro por Deus que gostaria de matar aquela cadela. Olha o que ela fez com essa garota.

— Tris, eu odeio apontar o óbvio. Mas, número um, Alexandra sempre foi e sempre será uma monstruosidade sugadora de sangue. E, número dois, a garota, como você disse, pode estar envolvida com o início do incêndio. Ela pode estar envolvida com os lobos que mataram Paul. Então, se isso faz você se sentir melhor, essa mulher aí atrás pode não ser tão inocente.

— Caralho, Alexandra. Não é de sua responsabilidade fazer isso — ele rosnou raivosamente, sacudindo sua mão sobre Kalli. — Isso... isso é tortura. E isso não será nunca, mas nunca tolerado por mim ou por ninguém da alcateia, entendido?

Logan solenemente considerou suas palavras, sabendo que essa mulher estava prestes a mudar tudo, sem importar sua culpa em qualquer crime.

— Só estou sendo o advogado do diabo. Você sabe que eu não gostaria de nada mais do que arrancar a cabeça daquela vampira. E eu iria sorrir enquanto arrancava — Logan afirmou. — Mas... como está a garota? Ela não parece estar bem.

— Ainda respirando, pelo menos, mas ela vai precisar ser limpa. — *Mentalmente e fisicamente*, Tristan pensou para si mesmo. Seu lobo se agitou, intrigado com a humana aninhada em seu colo. Ele distraidamente passou um dedo por sua testa arranhada. Ela era bonita, mesmo com o hematoma que estava começando a se formar acima de seu olho esquerdo. *Como ela se envolveu nessa maldade?*

Kalli primeiramente se tocou que não estava mais na casa quando sentiu o movimento do carro embaixo dela. O cheiro dos dois diferentes machos despertou sua loba. *Deus, ela precisava de seus comprimidos, estava perdendo controle*. Pensou que devia estar sonhando. Podia sentir o macho dominante chamando por ela. Ele tinha vindo por sua loba, e ela não seria negada. Kalli agarrou o paletó dele, puxando-o para o seu rosto, respirando a masculinidade pura. Ela precisava de mais. Procurando conforto, virou o nariz para o macio material que apoiava sua cabeça, aconchegando-se no calor. *Onde eu estou?*

Tristan se moveu desconfortavelmente em seu assento quando a mulher se virou em direção a ele, colocando sua cabeça bem na sua virilha. Respirou fundo, rezando para o Logan não olhar para trás e ver o que estava acontecendo. Não que normalmente ele ligasse para uma mulher com os lábios em seu zíper, mas isso era errado. Mesmo sabendo o que não deveria acontecer, seu pau, aparentemente, tinha uma mente própria e se mexeu em resposta à pressão. De todas as coisas que ele esperava acontecer na viagem de carro de volta para o seu apartamento, essa não era uma delas.

Um gentil empurrão em seus ombros acordou seus sentidos. Forçando seus olhos a abrirem, sua visão entrou em foco e ela ficou chocada em ver o fecho de um cinto. *Que porra é essa?* Ao virar a cabeça, olhos dourados grudaram nos seus. Ele era o homem mais lindo que ela já tinha visto, mas foi a imensa quantidade de energia que tirou seu fôlego. *Autoridade. Dominação. Alfa.* Mesmo tendo anos desde a última vez que tinha estado perto de um lobo Alfa, não tinha como negar a infinita potência sendo emitida por esse homem. Sua loba cantava por isso, enquanto sua mente entrava em pânico.

Kalli começou a tremer incontrolavelmente enquanto sua loba lutava para emergir. *Deus, isso não pode estar acontecendo. Eu preciso do meu remédio.*

— Por favor — ela implorou, arfando por ar.

— Acalme-se, agora. Você está segura — ele a garantiu. Ela tinha felizmente se movido de perto do zíper dele, mas agora estava começando a subir em direção ao seu rosto.

Kalli se contorcia em seu colo, tentando lutar contra a transformação. Ela se viu agarrando a camisa dele, colocando sua testa em seu peito. Sua loba queria esse homem estranho e ela não podia deixar isso acontecer.

— Por favor. Eu preciso... eu preciso dos meus comprimidos. O hospital. Eu estou doente — ela mentiu. Mas Kalli considerava se transformar um destino pior do que estar doente. Estava contente vivendo sua vida como uma humana e se escondendo. Ela não podia arriscar outros descobrirem que ela ainda estava viva.

— O hospital? Desculpe, *ma chère*. Nós cuidaremos de você quando chegarmos ao clube. — Se eles a levassem para o hospital, era provável que tentasse escapar. Ela estava um pouco arranhada e com certeza precisava de comida. Faria seus curandeiros cuidarem dela quando chegassem em casa.

— Não, você não entende. O Hospital Veterinário Universitário. Garagem, terceiro piso. Meus comprimidos estão no carro. — Ela chorou, enfiando as unhas em seu peito.

Tristan lembrou-se de Alexandra dizendo algo sobre como o gosto dela era "nojento". Talvez seja por causa de qualquer remédio que esteja tomando. Ela estava realmente doente? Ele precisava dela viva se fosse tirar alguma informação dela. Preferindo ser cauteloso, decidiu que um rápido desvio não faria mal. Talvez pudessem pegar sua identificação ou outra informação no carro.

— Logan, dirija para o HVU. Nós podemos olhar o carro enquanto estivermos lá. Vai demorar só um minuto — Tristan falou para ele. Ela parou de se esfregar no seu peito, e sentou novamente no seu colo. *Lá vamos nós novamente.*

— Entendido, chefe. Que tipo de carro nós estamos procurando? — perguntou.

— Preto. Conversível preto. BMW — respondeu, sua voz começando a acalmar. Por causa da exaustão, ela se apoiou no Tristan. Graças a Deus ele tinha concordado em levá-la para o carro. Ela iria pegar os comprimidos e ganhar controle novamente. Ela puxou novamente o tecido preto para o seu corpo, pressionando-o sobre a boca em um esforço para esconder o rosto. Cansada, faminta e fraca, sabia que não tinha como escapar de um lobo Alfa. Mas se ela tomasse seu antídoto, iria melhorar e ganhar tempo até poder escapar. Kalli não tinha certeza de porque ele a salvou ou o que queria, mas tinha algo a seu respeito. Ele não a estava machucando, e parecia que precisava dela por alguma razão. Para o quê, não fazia ideia.

Quando Logan entrou na garagem, ele olhou para a garota que ainda estava enrolada em volta do seu Alfa. Vendo seu rosto, soube com certeza que ela era a garota dos seus sonhos. *Pobre Tristan.* Ele grunhiu silenciosamente, sabendo que o Alfa ia arrancar o seu couro quando descobrisse a verdade sobre a garota, e pior, descobrisse o que ele tinha visto. Mas não estava certo como tudo se encaixava com o fogo e com a morte do motorista em Nova Orleans. Claro, a garota parecia inocente, mas ele sabia que não deveria confiar em uma mulher baseado em aparências.

Logan foi para o terceiro andar, diminuindo quando se aproximou do que assumiu ser o carro dela. Todos os quatro pneus tinham sido rasgados, provavelmente numa tentativa de impedi-la de fugir durante sua captura.

— É esse? — Logan perguntou, sabendo que isso era mais uma confirmação do que ele já sabia.

Kalli esticou os dois braços até alcançar a porta. Levantou devagar, até a ponta de seus dedos alcançarem a beirada da janela do carro. Gemeu, impossibilitada de ir mais longe.

— Espera aí. Deixa eu te ajudar. — Tristan cuidadosamente colocou as mãos em seu tronco, uma mão a segurando logo acima da cintura e a outra abaixo dos seus seios.

Ela olhou pela janela e viu seu pequeno conversível. Respirando aliviada, uma onda de esperança a cobriu. O carro idiota foi a única extravagância que ela se permitiu quando foi embora. O hospital, onde ele estava estacionado, era seu lar, era tudo para ela. Mas será que ela teria sua vida de volta, agora que o Alfa a tinha em suas mãos?

— Meus comprimidos estão no console central. — Chorou, uma única lágrima rolando por sua bochecha. — Coloque-me no banco. Eu não vou correr. — Ela deixou seu corpo relaxar e caiu de costas, olhando cegamente para o teto de couro.

Tristan escutou uma aceitação conformada na voz dela. Era melhor desse jeito. Culpada ou não, tinha entrado em seu mundo, e simplesmente não ia embora depois de virar um suspeito em uma guerra territorial. Ele olhou para os olhos azul-céu dela, vendo que tinha se desconectado dele. Ela precisava de tempo antes que ele fosse capaz de conseguir todas as respostas que precisava.

Logan saiu do carro, completamente preparado para quebrar uma janela. Esperando ter sorte, ele tentou a maçaneta do carro, mas ambas as portas estavam trancadas. Circulando o carro, notou um par de sapatos jogados contra a parede de cimento. Agachou para inspecioná-los e chutou que eles pertenciam à garota. Levantou-se e notou um metal brilhando embaixo do pneu traseiro. Um chaveiro de prata, na forma de um pombo. Ele o pegou e olhou a inscrição, *Libre Volonté*. Livre arbítrio? Do que ou quem ela estava fugindo? Apertando a chave, o carro destrancou.

— Olhe para isso — comentou, sorrindo para Tristan, que o estava vendo. — Eu sou bom.

Tristan abaixou a janela.

— Sim, você é. Agora mova o traseiro, Logan. Algo não está certo com essa garota. Você achou os comprimidos?

Logan segurou um pote marrom e o sacudiu.

— Achei. — Ele revistou o carro por mais alguns minutos, antes de sair e fechar a porta.

— Demorou um bocado, — Tristan comentou quando Logan o entregou o pote de comprimidos. — Água? — perguntou, esperando pelo impossível.

— Desculpa, cara. Não tenho nada. Ela não pode só mastigar?

— Acho que é como vai ter que ser. Vamos lá, *ma chère*. Nós temos os seus comprimidos. — Tristan abriu o pote sem etiqueta nenhuma, e imaginou que tipo de remédio seria. Mesmo não sendo humano e não usando suas farmácias, sabia com certeza que a maioria dos remédios eram etiquetados. Parecia estranho, mas ela obviamente precisa do remédio.

— Por favor, só um — sussurrou, olhando nos olhos dele.

Tristan pegou um tablete branco e colocou na língua dela. Ela fechou os olhos aliviada enquanto seus lábios selaram em volta do dedo dele. A doce amargura queimou sua garganta. *Obrigada, Deus.* Sua loba choramingou em luto enquanto era empurrada para o fundo da consciência de Kalli, enjaulada mais uma vez.

Um pequeno suspiro escapou quando ele tirou o dedo molhado de sua boca. Cacete. A mulher estava arranhada e doente, possivelmente era sua inimiga, e ele estava pensando na porra de um boquete. Merda, precisava voltar para o apartamento e foder alguma coisa, nem que fosse sua própria mão. A pressão de ajudar Kade, depois o fogo, sua irmã... Estava sendo muito. Alguma coisa tinha que ceder.

— O que está acontecendo, Tris? — Logan perguntou, imaginando se o remédio tinha funcionado.

Tristan não queria dizer para ele o que estava acontecendo, porque o que ele estava sentindo era inapropriado, para dizer o mínimo.

— Ela está caindo no sono. O que quer que seja que estava nesse comprimido pareceu acalmá-la. Vamos voltar para o apartamento. Ligue para a Julie. Diga para ela nos encontrar lá. Ela pode curar e tomar conta dessa mulher. E então ligue para a Mira e mande ela nos encontrar no seu apartamento.

Trinta minutos depois, eles chegavam na frente do *Livingston One*. O novíssimo arranha-céu, casa do *Noir*, com escritórios e diversos apartamentos de luxo separados somente para membros da alcateia, brilhava com um refletivo vidro preto. Tristan já era dono do prédio antes do incêndio, chame isso de feliz acaso, mas a construção tinha acabado de terminar. Com o *Noir* ocupando os cinco andares superiores do prédio, a cobertura de Tristan ficava seguramente abaixo do clube, com o apartamento de Logan abaixo do seu.

O carro parou na entrada e Logan entregou a chave para o manobrista.

— Ei, Ryan, cuide bem da minha garota aqui. — Ele colocou a mão no seu carro.

— Com certeza, senhor — Ryan, um jovem lobo, o assegurou.

— Tristan está no banco traseiro. Espere um minuto enquanto eu chamo Toby — Logan instruiu. Ele assoviou para Toby, que veio correndo, sorrindo para ele.

Tanto Toby quanto Ryan foram adotados na alcateia por Tristan depois de terem sido abandonados quando adolescentes. Ele estava pagando pela faculdade deles, e os dois garotos trabalhavam para ele, manobrando carros.

— Toby, segure a porta para mim. Tristan está no banco de trás com uma convidada — Logan disse casualmente, imaginando do que mais poderia chamá-la. Convidada não parecia apropriado, mas prisioneira também não estava de acordo com a situação. Ele deu de ombros; de qualquer maneira, ela estaria subindo. Eles teriam seu nome logo.

— Sim, senhor — Toby respondeu obedientemente.

Toby abriu a porta do carro, segurou-a completamente aberta e Logan se inclinou para ajudar Tristan. Mas Tristan levantou a mão, gesticulando para ele chegar para trás. *Já está começando*, Logan pensou para si mesmo.

— Deixe-a comigo — Tristan disse enquanto, sem esforço algum, saiu do carro segurando Kalli no seu peito como se estivesse segurando um bebê. — Obrigado. Ei, como estão indo os estudos? Mantendo as notas altas? — perguntou em um tom paternal.

— Está indo bem. Minha aula de química é difícil, mas estou estudando pesado. — Toby sorriu.

— Bom saber. Só tenha certeza de que irá manter a cabeça nas notas e as distrações ao mínimo. Escutei que vocês dois estão ficando mulherengos — Tristan brincou, olhando para Ryan pelo vidro, que estava brincando com o rádio, mas olhou para cima a tempo de pegar o que o seu Alfa estava dizendo para Toby. Ele sorriu e fez um sinal de positivo com a mão para Tristan através do vidro.

Tristan acenou com a cabeça e sorriu para ele, reconhecendo sua resposta.

— Sim, senhor. — Toby riu, fechando a porta do carro. Ele e Ryan tiveram um ótimo verão, manobrando carros e conhecendo as mulheres sensuais que frequentavam o clube. Eles não tinham problemas em conseguir encontros.

— Pronto para ir, Alfa? — Logan perguntou, resgatando Tristan de mais conversas. — Eu irei interferir.

Tristan olhou para a calma mulher que dormia em seus braços.

— Sim, vamos lá.

Eles entraram no elevador privado para a cobertura de Tristan, evitando olhares curiosos. Quando as portas se abriram, Tristan foi imediatamente em direção ao quarto de hóspedes.

— Você conseguiu achar a Julie? — perguntou ao Logan, sem olhar para ele.

— Sim, ela já está subindo. Vou esperar por ela aqui e deixá-la entrar — Logan disse para ele, sabendo que teria que abrir a porta para ela. Mesmo o elevador privado abrindo direto no vestíbulo, somente ele e Tristan possuíam o código para pegá-lo. Todos os outros convidados chegavam separadamente.

Julie era uma enfermeira e curandeira da alcateia. Enquanto os lobos se curavam facilmente sozinhos, com uma transformação completa, nem sempre era possível se transformar. Lobos mais novos não se transformavam até a puberdade, e geralmente se enfiavam em confusões. Julie era também uma parteira, e fazia a maioria, se não todos os partos, dependendo do que a mãe queria. Ela praticava tanto medicina tradicional quanto alternativa, focada nos sobrenaturais. Em ocasiões, tratou uma bruxa ou vampiro, se eles fossem amigos, mas eles geralmente não precisavam de ajuda.

Tristan abriu a porta do quarto de hóspedes com o cotovelo, sendo cuidadoso para não bater a cabeça de Kalli. Ela teria que ser limpa e alimentada antes de a colocarem por baixo das cobertas, então ele decidiu deitá-la por cima do edredom. Depositando-a gentilmente, tirou suas mãos debaixo do corpo quente.

Sentou na beira da cama *queen* e suspirou, observando o peito dela subir e descer embaixo do paletó do Logan. Seu lobo o torturou o tempo todo no carro. Implorava para cheirá-la, acariciá-la, lambê-la. E, merda, Tristan queria a mesma coisa! Ele não podia entender porque estava tendo esses sentimentos por uma mulher mortal que tinha acabado de conhecer, uma que podia estar envolvida com o incêndio. Mesmo assim, olhando para seu doce rosto, queria tocá-la.

Julie e Logan observaram enquanto seu Alfa passou os dedos pelo cabelo da mulher. *Merda, aqui vamos nós*, Logan pensou. Ele tossiu, tirando Tristan de seu transe.

— Olá, Alfa. Desculpe interromper — Julie se desculpou. Ela entrou no quarto e olhou para a garota em sua cama, sacudindo a cabeça. — Agora, eu sei que você sentiu a minha falta, grandalhão, mas existem maneiras mais fáceis de me trazer para o seu quarto, — Ela piscou para ele, tentando aliviar a tensão.

— Oh, Jules, obrigado por vir — Tristan a cumprimentou, apertando seu braço, acolhendo-a em sua casa. — Essa aqui, é uma suspeita muito importante. — Ele olhou para Kalli e continuou. — Foi atacada por vampiros. Mas eu preciso que fique bem para ser interrogada. Você deve saber que nós pensamos que ela está doente.

— Ela disse isso para você? O que aconteceu?

— Não, mas dentro do carro, ela ficou desesperada, gritando por seus comprimidos. Nós conseguimos pegá-los no carro dela e demos um a ela. Alexandra disse que o sangue dela tem um gosto estranho. Eu não sei.

— Então ela estava com a Alexandra? Por quanto tempo? — Julie perguntou de uma maneira profissional, mas estava ciente que a garota provavelmente foi torturada pela sugadora de sangue.

— Sim. Por uns dois dias.

— Posso ver os comprimidos que deu a ela?

Tristan pegou o pote no bolso interno do paletó e o colocou na mão dela.

— Aqui está. Logan pegou a bolsa dela. Vou ver se ele achou mais alguma coisa.

Julie empurrou para baixo, abriu a tampa de segurança e depois colocou alguns tabletes em sua mão.

— Hum. O pote não tem marca e os comprimidos também não. Pode ser algum tipo de genérico.

— Não tenho certeza, mas ela parecia bem ansiosa para tomar um.

Quase como se estivesse tendo algum tipo de ataque de pânico. Assim que tomou o remédio, se acalmou imediatamente. Ela está dormindo há uns trinta minutos. Mas eu realmente preciso falar com ela.

— Ok, por que você não descansa um pouco e eu vou cuidar dela? Tentar dar algo para ela comer. Aqui, deixe-me pegar a minha bolsa. — Ela voltou para o corredor, onde tinha deixado seu kit médico. Pegando-o, ela olhou para Logan. Sorriu e sussurrou: — Vai ficar tudo bem. — Ela podia ver que ele estava preocupado com Tristan. — Vocês dois, me deixem em paz. Eu tenho trabalho para fazer — ordenou.

Tristan ficou em pé, esfregando a mão sobre o rosto. Antes de ir embora, virou para Julie mais uma vez.

— Só mais uma coisa: ela pode tentar fugir. Vou deixar o Simeon de guarda nos elevadores. A não ser que ela possa criar asas e voar de mais de quarenta andares de altura, ela não irá longe. Mas nós não sabemos se ela é perigosa, então seja cuidadosa, está bem? Mande-me uma mensagem quando você achar que ela está pronta para falar. Eu vou descer por um tempo para o apartamento do Logan.

— Sem problemas. Pode deixar, Alfa. — Julie sabia que Simeon não deixaria a garota sair do apartamento. Ele era um dos lobos mais fortes que conhecia. Se algo acontecesse, ela ligaria para ele imediatamente.

— Obrigado.

— Obrigado, Jules — Logan adicionou.

Colando a mão no ombro de Tristan, ele desceu o corredor na direção dos elevadores, aliviado por sair de perto da garota por um tempo. Logan sentia a frustração de Tristan por não ter respostas imediatas, mas ainda mais sufocante era a atração de seu Alfa por uma estranha que eles tinham acabado de conhecer. Impossibilitado de parar o destino, ele faria de tudo para proteger Tristan de ser machucado. Mesmo com suas visões, ele ainda não tinha certeza se a natureza dela era boa ou ruim. Mesmo assim, estava certo de que a mulher que eles acabaram de salvar estava prestes a virar o mundo de Tristan de pernas para o ar.

CAPÍTULO QUATRO

Tristan se jogou no sofá macio de couro e suspirou.

— Bom, isso foi divertido.

— É, eu te entendo. Eu estava a dois segundos de estaquear aquela cadela vampira hoje à noite. Sério, Tristan, eu não tenho habilidades diplomáticas — Logan brincou. Ele foi para o bar e colocou para cada um uma bela dose de whisky.

— Eu sei. Se ela não mantivesse os vampiros dessa cidade em uma rédea tão curta, estaria morta. E eu seria o primeiro na fila para matá-la — declarou monotonamente. E, depois de hoje à noite, estava dizendo a verdade. *Como alguém torturava uma humana daquela forma e não sentia nada?* Ele não conseguia entender. Era como se a vampira não tivesse um pingo de compaixão. Os únicos sentimentos que tinha eram sobre suas próprias necessidades.

— Não somente ela é narcisista, mas é uma verdadeira sadista. Não que eu não tenha visto isso antes com outros vampiros, mas, porra, ela é nojenta. — Logan se jogou ao lado do seu amigo, sacudindo a cabeça e entregando um copo ao Tristan.

O Alfa tomou um grande gole do líquido âmbar, sentindo o sabor enquanto ele dançava em sua língua.

— Obrigado, irmão. Juro que me sinto como se estivesse pronto para socar algo. Preciso me transformar. Correr. Alguma coisa. Eu amo a cidade, mas seria bom ficar como lobo nesse momento.

— Eu te entendo. — Logan precisava correr também, queimar energia.

— Você pegou a bolsa dela? — Tristan perguntou. Ele precisava saber mais sobre a misteriosa mulher deitada em sua cama no andar de cima.

— Sim, está perto da porta. Não tinha muita coisa. Coisa normal de mulher. Tinha identificação. O nome é Kalli Williams. Vinte e nove anos de idade. Endereço na cidade. Nada fora do comum para um humano.

— Mais algum remédio estranho?

— Não, nada. Escuta, sei que você está frustrado, mas a garota vai acordar logo e nós vamos ter respostas. — Logan não tinha certeza se o que ele estava dizendo era verdade, mas ele era sempre o otimista.

— Iremos? Tenho que te dizer que não estou convencido que aquela garota deitada na minha cama tem alguma relação com o fogo. O que nós realmente sabemos? Ela é culpada de pegar a porcaria da cobra? Mesmo que eu goste de saber para que lugar ela levou a Eve, nem mesmo os vampiros viram alguém entrar no Eden. Estou te dizendo, Logan. Mais alguma coisa está prestes a acontecer. Sei que você viu isso em sua visão, mas posso sentir e não é nada bom. O encontro com o Jax tem que acontecer logo. Preciso saber se ele está metido nisso. — Tristan passou os dedos pelo cabelo.

— Bem, amigo, nada vai acontecer pelo menos nas próximas horas, então é melhor talvez relaxarmos... talvez com a Mira — Logan sugeriu, levantando uma sobrancelha para o Tristan.

Um sorriso apareceu no rosto de Tristan, sabendo exatamente o que Logan estava pensando, e isso não envolvia exatamente relaxar. Mas depois de ter uma ereção pela última meia hora no carro, ele não podia negar que precisava transar tanto quanto Logan precisava.

Uma leve batida na porta chamou a atenção deles.

— Entra, Mir — Logan gritou, sem vontade de levantar para abrir a porta.

Mira entrou com uma prancheta na mão, batendo uma caneta nela. Tristan e Logan olharam quando ela bateu a porta e começou a andar de um lado para o outro, perdida nos seus pensamentos.

Sem olhar para cima, ela começou a falar.

— Oi, rapazes, eu só queria trazer uma atualização para vocês. Falei com a Willow, e mais ou menos cinquenta por cento da alcateia vai se mudar para a casa dela até o final da semana. A maioria dos outros está indo para as montanhas. Você talvez tenha que falar com Zed e Nile, ambos querem ficar na cidade em suas próprias casas. Não sei o que está acontecendo. Eles disseram para a Willow que é relacionado com trabalho, mas eu apostaria que tem uma mulher envolvida. Provavelmente humana. — Ela revirou os olhos e continuou falando. — Hum, vamos ver. O que mais eu precisava dizer para vocês? Ah, sim, eu revi a lista de todos os clientes em potencial. A maioria já foi verificada e está limpa. Tenho um ou dois que ainda precisam ser liberados.

Ela parou e olhou para os homens, que estavam a encarando com largos sorrisos em seus rostos, aproveitando uma bebida adulta.

— O que? Eu estou entediando vocês? Ou vocês começaram sem mim? — brincou. Tinha soltado seu longo cabelo loiro de seu prendedor.

— Mais para terminando... — Logan respondeu.

— Obrigado pela atualização. Estou feliz em ver que você tem tudo sob controle — Tristan respondeu, elogiando seu trabalho. Ela era uma pessoa totalmente do tipo A e podia dar um curso sobre responsabilidade. Sua personalidade determinada era bem coerente com seu status de Alfa com a alcateia.

— Quer uma bebida? — Logan perguntou, brindando seu copo no ar.

— Não, obrigada, eu estou bem.

— Sim, você está — Tristan provocou e bateu na almofada entre ele e Logan. — Venha, Mir. Sente conosco. Relaxe um pouco. Foi uma longa noite.

Mira tirou o paletó e chutou o sapato de salto. Obedientemente, ela escutou, e se apertou entre os dois homens fortes.

— Agora, você não acha que vai se livrar se sentando desse jeito, acha? Venha cá. — Tristan apoiou o copo na mesa de centro e então a virou para que a parte de trás de sua cabeça ficasse no colo dele. Logan colocou as pernas dela no colo dele e começou a acariciá-la.

— Eu amo quando você não usa meia-calça — Logan falou.

Tristan tirou o cabelo dela do rosto e esfregou sua cabeça com uma de suas mãos, apoiando a outra abaixo dos seios dela.

— Ai, meu Deus, acho que morri e fui para o paraíso. O que fiz para merecer isso? — Mira gemeu.

Tristan queria um escape e Mira podia dar isso para ele. Seu lobo estava arranhando dentro dele, tinha algo sobre a mulher humana no andar de cima. Raramente ele se sentia confuso sobre suas emoções. Um dos benefícios de ser Alfa era a serenidade de saber o que fazer em quase todas as situações. Nasceu um líder: decisivo, autoritário. Tendo a habilidade de rapidamente verificar o estado das coisas e determinar o curso correto de ação, ele não vacilava. Ele e seu lobo estavam sempre em sincronia.

Mas, desde que ele pegou Kalli em seus braços, seu lobo queria o que não deveria ter. Não que o pau de Tristan discordasse, mas sua cabeça dizia outra coisa. *Você não pode confiar em uma mulher baseado em aparências.* Ele nem a conhecia. Talvez o casamento de Sydney o afetou mais do que ele pensava. Ou talvez fosse que ele simplesmente não tinha tido um descanso desde a batalha que ajudou Kade a lutar. Estava lidando com a perseguição incansável do Jax Chandler por sua irmã. Depois um incêndio e a reconstrução do clube.

Ao acariciar o cabelo da Mira, ponderou que às vezes as coisas simplesmente não faziam sentido. O que ele tinha era uma bela fêmea em seus braços, e seu beta, ambos que iriam diminuir qualquer tensão que estivesse sentindo pelo último mês. Ao invés de se preocupar com a suspeita, ele precisava se atentar às suas próprias necessidades sexuais.

— Logan, a Mir não está muito bonita hoje? — Tristan massageou os ombros dela, que fechou os olhos e gemeu.

— Sim, ela está, Tris. Você sabe, tem um longo tempo desde que fizemos isso. Nós três... juntos. Senti falta disso — Logan disse enquanto seus dedos passavam pelo interior das panturrilhas dela. Ele observava os lábios de Mira abrirem enquanto a provocava em direção à sua coxa. Seus quadris começaram a remexer, chamando-o em direção ao seu centro.

Tristan olhou para Logan e encontrou seus olhos.

— Também senti falta disso. Agora olhe como ela é bonita, Logan. Aposto que ela está deliciosa e molhada para você. Sim, bem assim — ele encorajou quando Logan enfiou a mão por baixo da saia dela, ainda mal tocando suas coxas. — Mir, diga para ele o que você quer.

— Por favor, Logan. Me toque — sussurrou, esticando a mão para o peito de Tristan.

Tristan encontrou a abertura lateral da saia dela e abriu o zíper. Então Logan puxou a saia até só sobrar a calcinha. Tristan começou a desabotoar cada pérola de sua blusa. Logo, seus seios estavam quase desnudos, faltando somente seu sutiã de cetim bronze. Esfregou suas mãos por todo o seu peito e barriga, provocando-a sem tocar diretamente seus seios.

Mira inspirou de repente quando o ar frio atingiu sua pele. Ela olhou nos olhos de Tristan, determinada a fazer amor com os dois homens.

Logan gradualmente escorregou o dedo no fino material, somente o suficiente para provocá-la.

— Logan. Tristan, por favor — ela implorava.

O pau de Tristan endureceu enquanto ela suplicava. Enterrar-se em seu doce ardor podia aliviar a tensão do seu dia. Deus, ela era tão responsiva, mesmo depois de todos esses anos. Não, ela não era sua companheira. Mas era leal, sensual e disponível. O que mais ele precisava? Seu lobo rosnou em protesto, e Tristan o empurrou de lado. A coisa racional seria fazer amor com essa mulher pronta e disposta em seu colo. Ele tinha feito isso várias vezes antes, então por que seu lobo estava aborrecido? Ignorando a fera interior, ele estendeu uma garra e cortou o sutiã dela, expondo sua pele sedosa. Seus mamilos endureceram em resposta e ela suspirou com o ato.

— Me toque — ela demandou.

Tristan, feliz em obedecer, passou a ponta dos dedos sobre um mamilo.

— Mais — ela chorou.

— Logan, eu acho que nossa pequena loba está ficando impaciente. Será que devemos ajudá-la?

— Ah, sim, — Logan grunhiu quando colocou seus dedos nas dobras molhadas dela. — Ela está tão quente e molhada. Ah, querida. — Ele recolheu a mão por um segundo, só para rasgar a calcinha de seu corpo.

Mira gemeu em protesto.

— Não se preocupe, nós vamos cuidar de você, Mir — Tristan assegurou, segurando um seio em sua mão. Merda, Logan o estava excitando pelo jeito que a tocava. Algumas vezes Tristan imaginava se poderia abrir mão de ter ménages com seu beta. Compartilhar experiências sexuais com seu melhor amigo completava tudo que ele precisava. Ele e Logan nunca fizeram sexo sozinhos, um com o outro, e nem se amavam desse jeito, mas ele o amava e queria compartilhar tudo com ele.

Logan circulou o clitóris dela devagar com o dedo indicador. Ela levantou o quadril, procurando mais pressão, mas ele ainda não daria isso para ela. Não, ele queria esticar, fazer a tensão e o prazer durarem.

Mira esticou a mão para o cinto de Tristan, tentando abri-lo freneticamente. Ela o queria desesperadamente em sua boca, procurando seu duro comprimento através do tecido de suas calças.

— Caralho — ele chiou com sua intromissão e segurou o pulso direito dela.

Ela gemeu novamente em protesto.

— Ainda não, *ma chère*. Não se mexa, só sinta. Concentre-se no que o Logan está fazendo com você.

— Eu preciso de mais — Logan grunhiu e ficou de joelhos, colocando as pernas dela em cima dos seus ombros. — Eu não posso esperar para sentir o seu gosto.

Ela colocou a mão no peito e o apertou, mas Tristan também a pegou e colocou os braços dela sobre a cabeça, segurando os pulsos firmemente.

— Não, não, não — brigou. — Sem se tocar também. Hum, talvez nós tenhamos que espancar o belo traseiro dela hoje à noite. Ela não está escutando. — Tristan sabia que só o pensamento iria excitá-la. Ela amava ser espancada no traseiro enquanto ele fazia amor com ela por trás.

— Pare de me provocar. Eu não aguento. Ai, meu Deus! — gritou, quando Logan passou a ponta da língua por seus lábios internos.

Tristan esticou a outra a mão e a abriu, dando melhor acesso ao Logan. Mira levantou os quadris, procurando alívio. A pressão de seu orgasmo cresceu. Ela estava quase pronta para gozar, mas precisava só de um pouco mais.

— O gosto dela é tão bom — Logan grunhiu enquanto pressionava os dedos fundo dentro dela. Mira começou a tremer, estava quase lá. Os lábios de Logan seguraram sua doce pérola, chupando gentilmente enquanto movia os dedos lá dentro. Ela gritou de prazer e se desfez em um orgasmo.

Excitado e pronto, o encanto quebrou para Tristan quando seu celular vibrou no bolso. Soltando os pulsos da Mira, ele imediatamente pegou o telefone e leu a mensagem.

Ela está acordada.

Os pensamentos de Tristan voltaram imediatamente para a mulher na sua cama no andar de cima.

— Desculpa pessoal, a festa acabou... Bem, pelo menos para mim. Mas, por favor, continuem se divertindo, ok? — Tristan beijou a cabeça de Mira e ela sorriu para ele, satisfeita no momento. Ele gentilmente se moveu, endireitou suas roupas e andou para a porta.

— Você precisa de mim? — Logan rezou para ele não precisar.

— Não, está tudo certo. Eu te ligo mais tarde.

Logan pegou Mira no colo como se ela não pesasse nada.

— Está bem... Acho que a sua perda é o meu ganho — declarou sorrindo, enquanto carregava a Mira para o seu quarto. Ele sabia que era melhor não perguntar duas vezes.

— Tchau, Tris — Mira acenou rindo, enquanto desaparecia no corredor.

A mente de Tristan acelerava. Ele mal podia esperar para interrogar a suspeita. Tinha algo sobre a situação como um todo que não fazia sentido. E Kalli era a chave para a resposta.

CAPÍTULO CINCO

Água morna pulsava em volta de seu corpo e o cheiro perfumando de lilases dançava em sua mente. Ela se sentia aquecida e segura. E então imagens de Alexandra apareceram. Sangue. Vampiros. Um Alfa. Gritando, seus olhos abriram de repente, varrendo o ambiente. Pânico percorreu por cada célula de seu corpo em uma reação de correr ou lutar.

— Ei, você está segura. Você está bem — uma reconfortante voz feminina a aconselhou. Ela olhou para o lado e viu uma jovem mulher com longos cabelos castanhos ajoelhada ao lado da banheira. Uma banheira? Seu coração acelerou, percebendo que estava completamente pelada em uma banheira cheia de bolhas quentes e jatos pulsando em volta de sua pele machucada.

A mulher olhou para a banheira como se soubesse o que Kalli estava pensando.

— É só um banho morno para te limpar, querida. Nada aconteceu. Eu sou uma enfermeira. Sério, viu? — Ela se inclinou e pegou um estetoscópio em sua bolsa preta.

Kalli não disse nada enquanto pesquisava o ambiente em sua volta. Ela estava em uma larga banheira de hidromassagem, lâmpadas quentes acesas acima. O banheiro parecia escuro e rico com suas paredes pintadas de marrom e as sancas[5] envernizadas em um castanho-claro. A chama de uma única vela dançava através do granito preto da pia e armário castanho. Mesmo podendo pensar em piores lugares para se encontrar, acordar em um local estranho já estava virando rotina.

Ela lutou para encontrar sua voz, ciente que a garganta estava machucada de tanto gritar.

— Onde eu estou?

— Você está na casa do sr. Tristan Livingston, Alfa dos Lobos Liceu

---

5 Sancas são uma espécie de modelagem entre a parede e o teto para que seja feita uma iluminação diferenciada no ambiente.

— Julie respondeu alegremente. — Você está a salvo, mas um pouco machucada por causa do encontro com aquela vampira horrível. Mas não se preocupe. Seus sinais vitais estão bons. Nós precisamos que você descanse e coma alguma coisa. Você deve estar bem em alguns dias.

— Alguns dias? Eu realmente preciso ir para casa e... — Sua voz sumiu quando Julie levantou uma mão, silenciando-a.

— Querida, eu sei que você teve um momento difícil e tudo mais, e eu não vou julgar, mas o Alfa quer falar com você. — Ela continuou com suas tarefas, pegando uma toalha aquecida. Colocando-a sobre o ombro, ela se inclinou e passou a mão por trás das costas da Kalli e por baixo de seu braço.

— Vamos lá, eu quero ver se você consegue ficar em pé. Apoie-se em mim e eu vou enrolar a tolha em volta de você. Isso.

Kalli deixou seu peso se apoiar na mulher desconhecida enquanto tentava levantar. O Alfa queria falar com ela? Ai, Deus. Ela sabia que não devia ter entrado para pegar aquela cobra. Ele iria perguntar sobre o incêndio e o que ela tinha visto. Ela não queria se envolver. Não podia deixar que *eles* descobrissem que ela estava viva.

Encontrando suas pernas, levantou-se até estar em pé. Suspirou quando a quentura da toalha a envolveu.

— Isso. Olhe para você, de pé sozinha. Deus, Alexandra é uma víbora. Eu não posso acreditar que ela fez isso com você. Você consegue sair da banheira? Segure em mim quando você se mover, ok?

— Alexandra? — Kalli fez como instruída, como se estivesse em um torpor. Ela deixou Julie secá-la, tentando focar em ficar estável em seus pés. Fraqueza não era algo que estava acostumada a sentir e não gostava de ter que confiar em alguém para ajudá-la, mas, nesse momento, não tinha outra escolha.

— Sim, você sabe, a sugadora de sangue que te drenou.

— Eu... eu não sabia o nome dela. Não devia ter ido sozinha para a garagem. Eu devia ter... — A suave voz de Kalli desapareceu quando uma pequena lágrima rolou por sua bochecha. Ela devia saber que alguém a tinha visto no clube. Vergonha a inundou, sabendo que tinha deixado isso acontecer. Mas tinha outra emoção que atormentava sua mente. Raiva? Sim, ela estava puta, com certeza. Mas, mais que tudo, no momento, sentia-se violada. Não existe um lugar nesse planeta que ela podia ficar a salvo de violência?

— Ei, eu sei o que você está pensando. Pare agora mesmo. Os vampiros.

Eles podem até pegar nós lobos, sabia? Uma mulher humana não é páreo para eles. Não tem nada que você tenha feito para causar isso que aconteceu — Julie disse para ela. Uma sombria expressão passou pelo seu rosto.

Se você soubesse, Kalli pensou silenciosamente.

— Agora, vamos lá, vamos vesti-la e colocá-la na cama.

— Eu não tenho nada para vestir — Kalli começou a dizer e parou quando viu a Julie segurar uma larga camiseta masculina com um emblema de um lobo preto escrito: *Harley-Davidson*.

— Isso vai servir. Espere até o Alfa descobrir que eu fui mexer em suas coisas — ela brincou. — Ah, a emoção disso tudo.

Kalli teve dificuldades em não sorrir de volta para a amável enfermeira. Ela gratamente deixou Julie colocar a camiseta por sobre a sua cabeça. Era melhor do que estar suja e infinitamente melhor do que estar coberta em seu próprio sangue e suor.

— Agora, para a peça final. — Julie segurou um par de cuecas boxer. — Você vai provavelmente nadar nessas, mas achei um pacote novo no quarto dele e, bem, é melhor do que ficar sem nada. Vou deixar você escolher.

— Obrigada, eu vou, hum, vou ficar com elas. Elas ficarão bem até alargarem. — E então elas devem cair, mas não tem a mínima chance de ficar na casa de um lobo sem nada. Ela tinha que encontrar um modo de escapar do inferno que tinha se enfiado. Olhando para a porta, considerou fugir. Tontura atormentou seu cérebro quando começou a oscilar.

Julia segurou nos braços de Kalli quando ela bambeou, quase caindo no chão. Ela a colocou sentada e esfregou suas costas.

— Ok, eu diria que isso é exercício suficiente por hoje. Só espere um segundo e respire. Isso. Você está bem sentada. Melhor agora? — Kalli acenou com a cabeça quando Julie passou a toalha pelo longo cabelo preto de Kalli. Depois de secá-lo, ela jogou a toalha no chão, e pegou um pente para desembaraçar.

— Ah e, querida, nem pense em sair desse quarto nesse momento. Sim, eu vi você olhando para a porta — disse, continuando seu trabalho.

Apanhada no ato, Kalli grunhiu internamente. Quem ela estava enganando? Ela mal estava boa o suficiente para ficar de pé, quanto mais andar.

Julie terminou e colocou o pente na mesa de cabeceira.

— Eu provavelmente me esqueci de mencionar que nós estamos no quadragésimo-quinto andar de um arranha-céu, então só existe uma saída aqui e o meu amigo Simeon está de olho nela. Além do mais, estou te dizendo que você está segura, ok? Nada vai acontecer com você aqui. Eu prometo. E, além do mais, você não tem condições de ir embora.

Um arranha-céu? Merda. Sem chance de sair daqui. Kalli gostava de uma bela visão da cidade como todo mundo, mas tinha pavor de altura. Conformada com o fato de que teria que encarar o Alfa, deixou Julie acomodá-la na cama macia.

— Vamos ver, então, sopa é o próximo item da agenda. Pedi um simples caldo e biscoitos. Já deve ter chegado. Tem mais alguma coisa que eu possa pegar para você?

— Não, obrigada por me ajudar — Kalli conseguiu falar, apertando as mãos nervosamente.

— Não se preocupe. Só descanse, eu já volto.

Kalli deixou a cabeça cair no travesseiro e olhou para a intrincada luminária, que era feita de pequenas borboletas de vidro azul-real. As belas criaturas de asa complementavam perfeitamente os tons de marrom e bege de sua quente e convidativa gaiola dourada. Ela respirou fundo e soltou o ar, relaxando na cama. Impossibilitada de negar como as serenas comodidades tinham ajudado a acalmar seus nervos, ela se curvou no edredom, querendo se curar. Fechando os olhos, seus pensamentos foram para o Alfa que a tinha resgatado.

Em sua mente, ela se lembrou de como o belo desconhecido a tinha salvado do vampiro vestido com o ridículo colete de bobo da corte. Um homem alto e musculoso, com cabelo loiro escuro, ele parecia um sensual James Bond com o smoking. Tentando lembrar-se do seu rosto, seus penetrantes olhos âmbar entraram em foco. Como supernovas amarelo-laranjas, eles eram notáveis e memoráveis. Será que seus olhos mudavam quando ele virava lobo? Que cor era o seu pelo? Seu poder emanava dele como tsunami no carro. Autoritário e mortal, um Alfa que tomava o que queria.

Kalli pensou em seus dias na alcateia de onde tinha escapado, seu estômago apertou. Ela era um híbrido. Sua mãe, humana, morreu quando Kalli tinha somente quatorze anos, deixando-a para sobreviver sozinha na terrível alcateia. Três anos depois, seu pai, um malvado filho da puta, lutou para ser Alfa e perdeu. O Alfa reinante mandou buscarem-na logo depois, atacou-a e explicou que ela iria servir aos homens dele pelo resto da vida. Cansada da violência infinita, tomou a decisão de ir embora.

Ela sabia que mesmo sendo considerada abaixo de um ômega por seus genes humanos, eles nunca a deixariam ir embora. Eles iriam usá-la até não poder mais. Morte era a única maneira de sair da alcateia, e uma opção que ela escolheria, se necessário. Então em um final de tarde de verão, ela saiu com o barco de pesca de seu pai para o Atlântico, na costa da Carolina do Sul, e pulou na água escura e fria. Claro, seu corpo nunca foi encontrado, mas o pequeno barco foi recuperado dois dias depois. Tinha tido a previsão de uma pequena tempestade, então ninguém questionou o seu desaparecimento, somente mais uma alma perdida para o mar. Com nada além de uma mochila e um pouco de dinheiro que tinha guardado, foi para a cidade de Nova Iorque.

Chegando lá, começou a trabalhar de garçonete e guardou seu dinheiro. Foi mais fácil do que ela imaginou encontrar alguém para mudar seu nome. Com algumas notas de dinheiro, Kalli Anastas se tornou Kalli Williams. Depois, continuou a trabalhar para conseguir ir para a faculdade. Mas, no seu segundo ano, não podia mais prevenir sua loba de emergir. Como adolescente, tinha passado fome, prevenindo a transformação. Mas quando estava sozinha, ganhou peso e transformar-se em lobo ficou inevitável. Por semanas ela teve pesadelos, sempre com o animal arranhando para sair e ter o que era seu. Ela se lembrava das histórias contadas pelas outras garotas da alcateia, descrevendo os sintomas de sua primeira vez. Era assim que olhava para isso, uma doença a ser curada. Kalli sabia que viria na lua cheia, e não havia nada que podia fazer para pará-la.

Assustada e sozinha, conseguiu sair da cidade para as montanhas em preparação. Alugou um chalé isolado em *Catskills* e esperou. A dor excruciante da transformação a pegou de surpresa, mesmo sabendo que aconteceria. Depois de correr e matar pela noite, acordou nua, enrolada em um buraco de uma árvore podre. Coberta de sangue e sujeira, chorou histericamente, acreditando que estava amaldiçoada pela vida inteira. Por anos repetiu o terrível processo, mês após mês, até que virou uma doutora e descobriu "a cura".

Depois de se formar, ganhou uma bolsa de assistente, que pagou por sua especialização. A vaga de residente na Filadélfia virou uma posição permanente na HVU. Ela podia atender pacientes, usando medicina de última geração, enquanto continuava a se misturar na sociedade. E foi lá que encontrou a salvação da fera.

Na realidade, a droga não a curou da loba. Mas a mantinha de lado, enjaulada e impossibilitada de se transformar. Kalli tinha trabalhado incansavelmente, raramente comia ou dormia, determinada a desenvolver uma droga para parar a transformação. Em sua vigésima-segunda tentativa, funcionou. *Canis Lupis Inibidor* (CLI) a impedia de se transformar, mesmo na lua cheia. Efeitos colaterais, além de prevenir a transformação, incluíam calafrios e dores, mas eles só corriam se ela perdesse uma dose diária. Audição e olfato apurados eram um pouco suprimidos, mas não completamente removidos. A descoberta permitia que Kalli passasse meses sem se transformar e ela regozijava finalmente ser humana. Melhor de tudo, nenhum lobo ou vampiro podia detectar sua loba, que ela pudesse dizer, pelo menos. Claro que um simples exame de sangue iria revelar sua verdadeira natureza, mas, além disso, ela parecia ser completamente humana.

Depois que começou a tomar o CLI, continuou melhorando a droga, procurando outros usos para ela. Experimentou, teorizando que a droga poderia ajudar animais no *canis genus* a reduzir a ansiedade. Já que eles não eram sobrenaturais, ela imaginava um tratamento de uma dose que poderia afetar positivamente suas emoções. Ainda não tinha chegado longe com esse lado de sua pesquisa, mas projeções iniciais pareciam promissoras. Mesmo assim, mantinha seu trabalho em segredo em uma tentativa de esconder sua identidade.

Verdade seja dita, Kalli evitava contato de propósito com sobrenaturais. Ela tinha feito somente um teste completo da fórmula para ver se seria ou não detectada como lobo. Para todos os propósitos, o exercício tinha sido um sucesso, mas aquele experimento provou ser seu erro mais crítico. Mês passado, ela e alguns colegas de trabalho foram no Eden. Mais do que ciente de que o dono era um lobo e o local era frequentado por vampiros, sua curiosidade tinha sido maior que ela.

Kalli dançou a noite toda, esperando que seus feromônios fossem atrair um vampiro ou lobo. Mas cada homem que se aproximou dela era humano. Ela ainda se aproximou de lobas e vampiras, conversando casualmente, e nenhuma delas a identificou como loba. Ao contrário, foi chamada de humana por mais de um sobrenatural. Saiu do clube sentindo-se vitoriosa, celebrando o sucesso de sua droga.

Mas, em seus esforços de pesquisa, ela também tinha notado a jiboia amarela de mais de quatro metros deslizando por trás do bar. Um animal espetacular e saudável, era como ter uma visita privada à exibição de répteis no zoológico. Mesmo que não fosse especialista em répteis, mantinha certa admiração pela espécie que tinha sobrevivido por eras.

O viveiro, extraordinariamente grande, com suas pedras aquecidas, árvores e água corrente, era um excelente exemplo de como uma grande cobra podia ser mantida seguramente em cativeiro. Pessoalmente, ela não defendia ninguém ter ou criar um animal selvagem, mas jiboias eram rotineiramente vendidas em lojas de animais. Era reconfortante ver como um dono de animal iria tão longe para cuidar dele, o oposto ao que vários donos descuidados faziam quando a cobra ficava grande demais, soltando-a em qualquer lugar onde teriam que se virar e podiam procriar ou morrer. A Flórida tinha um sério problema com grandes serpentes atualmente.

Então, naquele fatídico dia, ela sabia que teria que salvar a cobra. Era sua hora do almoço, e ela estava caminhando, limpando a mente. Ao virar a esquina, sentiu o cheiro da fumaça e viu dois lobos saírem correndo do prédio. Estavam em forma humana, mas ela podia ver que estavam prestes a se transformar, notando as garras estendendo em suas mãos. Ela entrou numa viela, esperando-os passar. Imaginando onde os bombeiros estavam, ela esperou. Quando ninguém apareceu, ela correu para dentro do clube por instinto, para ter certeza de que todos tinham saído do prédio. Não vendo ninguém, quebrou o vidro e pegou o animal deslizante. Infelizmente, no processo, ela cortou a mão. Mas ainda conseguiu tirar o pobre animal do prédio. Os carros de bombeiro corriam em direção ao inferno e ela fez a rápida decisão de levar a cobra de volta para o HVU para ser examinada.

Quando mais tarde ela ponderou o fato de que a cobra pertencia a um sobrenatural, decidiu mandar uma enfermeira ligar para o Eden e deixar uma mensagem para o gerente. Mas, antes que tivesse a chance de dar a ordem, foi atacada no estacionamento. Ela não deveria estar trabalhando naquele dia, mas tinha sido chamada para uma consulta de emergência e correu para o hospital somente com sua identificação e chaves, trancando sua bolsa no carro.

Depois de terminar, voltou para o carro. Sua pele arrepiou em reconhecimento instantaneamente quando viu dois homens estranhos se aproximando dela. Tentar correr se provou inútil, já que eles a pegaram com sua velocidade sobrenatural. Protestando veementemente, ela deu uma joelhada no saco do primeiro de seus atacantes. Mesmo ele a tendo soltado, o outro vampiro rapidamente a segurou pelos ombros, enfiando sua cabeça no concreto. Quando ela acordou com uma horrível dor de cabeça, Alexandra estava no seu pescoço.

Enquanto a história do que aconteceu atormentava seu cérebro, ela se sentiu mal. Abrindo os olhos, impossibilitada de descansar, desejou ser como uma dessas borboletas tão lindamente reproduzidas na luminária acima, capaz de voar para longe de seus problemas. Pelo menos ela estava limpa, numa cama quente e prestes a ser alimentada, ponderou. Tinha sido promovida da casa de horrores e não era mais uma bolsa de sangue.

Fechando os olhos, virou de lado, esperando que a nova posição fosse ajudá-la a encontrar o descanso que precisava desesperadamente. Seu corpo começou a se mover em direção aos sonhos, mas ela escutou o barulho de tecido mexendo. Com medo, fechou bem os olhos, fingindo estar dormindo.

— Olá, Kalli — uma voz grave e sensual disse, assustando-a. Seu coração começou a bater rapidamente. Ela não queria responder a ele. *Por favor, vá embora*, rezou silenciosamente.

Tristan tinha falado com Julie na cozinha enquanto ela estava preparando a sopa. Ela tinha avisado seriamente para não perturbar Kalli, atualizando-o do estado dela. Estava preocupada de que o passarinho tentaria voar, e tinha certeza de que, se tentasse, Kalli ia cair de cara no chão.

Mas Tristan estava ansioso para ver a intrigante mulher que tinha caído no ninho da Alexandra. Ele precisava ver seu rosto, cheirar sua pele, tocá-la. Revirando os olhos, xingou a si mesmo. Seu lobo tinha que estar influenciando seus pensamentos. Lutando para não ir até ela, tirou o paletó, desabotoou as mangas e sentou na poltrona de veludo que ficava diagonal à cama. Seu cabelo encantador, espalhado sobre os lençóis brancos, implorava para ser tocado. Quando escutou seu batimento cardíaco, sabia que ela estava acordada.

— Kalli — repetiu, mais alto desta vez. — Sei que você está acordada. Vamos lá, *ma chère*. Vamos conversar, certo? — Sua voz tinha um quase indetectável sotaque Cajun sulista.

Kalli cerrou os dentes. Ela odiava que lobos tivessem uma audição tão boa. Seus batimentos a entregaram. Passando a mão pelo cabelo bagunçado, ela o empurrou para o lado e virou na cama. Levantou-se um pouco, para estar deitada mais ou menos num ângulo de quarenta e cinco graus, não bem sentada, mas claramente ciente de seu comando. Desviando o olhar, brincou com as mãos, esperando que pudessem fazer isso rápido. Determinada em ficar por cima na situação, lutou para levantar os olhos e direcionar a conversa.

— Dra. Williams. Meu nome é dra. Williams — corrigiu, tentando se separar da hierarquia dos lobos que ela sabia muito bem faziam suas opiniões não valerem nada. Era humana agora, lembrou a si mesma. Ela propositadamente se protegeu com seu título, abraçando o decoro profissional que sempre conseguia trancar sentimentos indesejados.

— O que? — Tristan perguntou, surpreendido com o tom pretencioso. *Ela estava falando sério?*

— Eu disse que o meu nome é dra. Williams.

Ela nervosamente se forçou a sentar um pouco mais alta, mas sua respiração falhou quando fez contato visual com o carismático Alfa. Ele era atraente, com esses notáveis olhos âmbar que ela lembrava. Só que agora ela sentia como se ele estivesse vendo direto em sua alma. Seu cabelo loiro escuro penteado para trás emoldurava o rosto bronzeado, um sensual início de barba aparecia na superfície de sua pele. Um sorriso sexy revelava perfeitos dentes brancos. Por que ele estava sorrindo? *Melhor para te morder, minha querida.*

Seu coração foi parar na garganta em antecipação. O que estava acontecendo com ela? Involuntariamente, seus mamilos contraíram contra o tecido da camiseta quando o seu corpo reconheceu o incrível macho viril falando com ela. Sua loba uivou, implorando para correr e pular nele. Ela respirou fundo, tentando forçar seu corpo a relaxar. Isso não podia estar acontecendo. *Eu agora sou humana.*

Tristan riu. Então era assim que ela ia se comportar. Ele podia sentir sua excitação e, porra, isso o fazia querer realmente aproveitar esse pequeno interrogatório. Seu coração estava batendo como um beija-flor, mas mesmo assim ela fingia estar calma. Ele lambeu os lábios e levantou uma sobrancelha, sorrindo para ela.

— Ok, doutora. Pessoalmente eu acho que nós dois ficaríamos um pouco mais confortáveis se nós ficássemos informais, mas, de qualquer jeito, você escolhe. Eu sou o Tristan Livingston. Alfa dos Lobos Liceu. Seja bem-vinda à minha casa.

CAPÍTULO SEIS

Kalli imediatamente abaixou a cabeça, olhando para baixo.

— Obrigada, Alfa — disse suavemente, surpreendida com sua presença imponente.

Segundos após fazer isso, ela ficou consciente de que tinha revertido para o protocolo de alcateia. Confusa com seu próprio comportamento, rapidamente olhou para cima, ajustando sua postura. Como isso pode ter acontecido? Ela estava longe de lobos há quase sete anos, mesmo assim o homem na sua frente a deixava atordoada. Sua voz suave registrava fundo dentro dela, como se ela o tivesse conhecido anos atrás. Mas ele não era o Alfa de sua infância.

Sua conduta era calma e digna com um pouco de humor que podia ser visto no sorriso que alcançava seus olhos. Ao invés de atacá-la fisicamente, mandou uma curandeira para o lado dela. Ela a resgatou da vampira e garantiu que ela estivesse limpa, aquecida e alimentada. Mas, no fundo, ela sabia que não devia ser enganada por seu gentil exterior. Um lobo dominador estava dentro dele, uma beleza notável e uma personalidade envolvente eram somente um lado do homem em sua frente.

Ela olhou para baixo, notando os arrepios em seus braços. O que ele estava fazendo com ela? Apertando o lençol sedoso, ela o puxou para cobrir seus seios endurecidos e o segurou embaixo do queixo.

— Eu, hum, realmente agradeço você ter me salvado dos vampiros. Não achei que sobreviveria — ela gaguejou, lutando para parecer coerente. Tristan considerou sua resposta inicial. — Obrigada, Alfa.

Não era tanto o que ela disse, mas como disse. Seu posicionamento submisso veio tão naturalmente, que ele teria jurado que ela era lobo. Saber que ela era humana era um paradoxo, dado o gesto. A única explicação poderia ser que ela passou muito tempo com lobos. E então, tão rápido quanto, como se um interruptor tivesse sido apertado, ela facilmente voltou para um tom de confiança em sua voz.

Ele podia detectar sua luta interna de como interagir apropriadamente. Vê-la defensivamente trazer o material de algodão para o peito disse a ele que ela sabia que estava na beira de excitação, lutando para tomar controle de seu próprio corpo. Enquanto ele estava acostumado a lobos jovens adultos mostrarem comportamento errático na presença de seu Alfa, indo de servil para agressivo, ele não conseguia entender porque ela, uma humana, iria mostrar uma conduta conflituosa.

Sua pele morena empalidecida ainda não tinha retomado sua cor saudável, mas seus belos olhos azuis estavam radiantes com excitação enquanto o estudava. Ela cheirava a sabonete limpo e lilases, o que agradava seu lobo. Cachos escuros e brilhosos escorriam pelos lençóis, chegando aos seus cotovelos. A visão dela fez Tristan imaginar como seria passar os dedos pelo seu cabelo, enfiar seu rosto nele, enrolar seu punho em volta dos fios enquanto ele metia nela por trás. Perdeu o fôlego e rapidamente olhou para o lado, desviando o olhar enquanto tentava esconder seus pensamentos ferais. O que ele estava pensando? Estava aqui para pegar informação sobre o incêndio, não descobrir como dormir com ela. Mas, quanto mais tempo passava perto dela, mais a queria.

Ele precisava retomar o controle, e rápido. Respirando fundo, tentou mover a conversa na direção correta.

— Bem, eu também estou bem feliz que você está viva. Alexandra pode ser bem perigosa. — Ele cerrou os dentes só em pensar no que ela tinha feito com Kalli. — Mas nós tivemos sorte. Jules disse que você irá se recuperar rapidamente.

— Sim, obrigada novamente pela sua gentileza — respondeu formalmente.

— Você gostaria de me dizer por que você acha que os vampiros te pegaram? — Ele estava brincando um pouco com ela, sabia que era mais fácil das pessoas falarem quando a discussão não estava focada no tópico real.

— Bem, eu realmente não sei. Você vê, sou uma veterinária no HVU. Fui chamada para uma consulta de emergência. Quando voltei para o carro, tinham dois homens... esperando por mim. Não sei o motivo. Tentei lutar, cheguei a acertá-los, mas não consegui fugir — ela explicou por entre as lágrimas que escorriam por suas bochechas.

Determinada a guardar bem fundo cada coisa horrível que já tinha acontecido com ela, onde podia compartimentalizar a dor, jurou que não iria chorar por causa disso. Enxugando os olhos com as costas das mãos, levantou o olhar para Tristan. Por favor, me deixe ir para casa. Eu não consigo fazer isso. Silenciosamente ela implorava, mas sabia que não aconteceria.

— Você é uma veterinária? — Tristan perguntou, intrigado por sua profissão. Inicialmente, quando ela disse que era uma doutora, ele pensou que curasse humanos.

— Sim, trabalho na emergência.

— Interessante. Então você não trataria répteis no HVU?

Seus olhos arregalaram.

— Répteis? Hum, bem, sim, eu sou mais generalista, mas trato répteis de vez em quando. — Seu coração começou a acelerar. A jiboia. *Por favor, não a deixe ser dele... Por favor, não a deixe ser dele... Por favor, não a deixe ser dele.*

Ele sorriu, imobilizando-a com seus olhos hipnotizantes. Podia escutar sua pulsação aumentar, cheirar seu medo. Inclinando-se para frente, apoiou os braços nos joelhos e inclinou a cabeça.

— Então você não trata cobras regularmente? Você sabe, como uma jiboia de quatro metros, por exemplo?

Como um dique arrebentando, ela não podia mais segurar, suas palavras começaram a sair. Ela não estava certa se devia implorar por misericórdia ou simplesmente contar a história. E, antes que percebesse, fez os dois.

— Por favor, Alfa. Você precisa saber que eu ia mandar minha enfermeira ligar para os donos do clube. Eu juro para você. Sinto muito. De primeira, eu não tinha certeza para quem ligar, e então eu decidi mandá-la ligar para o Eden e deixar uma mensagem. Mas aí eu esqueci. Tenho estado tão ocupada. E então fui sequestrada, mas você sabe dessa parte. E ah, eu acho que deveria ter começado por isso, mas sim, eu cuido de cobras, e ela está bem saudável mesmo com a inalação de fumaça. Um belo animal, sério. Prometo que a retorno para você o mais rápido possível.

Sacudindo a cabeça, ele levantou a palma da mão para silenciá-la. Resistindo a vontade de ir até ela e segurá-la em seus braços, optou por andar para o final da cama. Segurando o final do móvel fortemente com as duas mãos, uma séria expressão tomou o seu rosto.

— Olha, dra. Williams, eu não tenho certeza porque você pegou a cobra, mas eu preciso saber de tudo, e eu quero dizer tudo, sobre o dia do incêndio. Você começou o incêndio?

Ai, meu Deus. Ele achava que ela tinha iniciado o incêndio. Ela se encolheu. Se contasse para ele sobre os lobos que viu naquele dia, ele talvez peça que ela os identifique. Se ela o fizer, talvez chegue à sua alcateia que ela está viva. Ou pior, eles podem vir atrás dela para matarem-na. Que merda de confusão. Ela devia ter continuado andando naquele dia quente de setembro, mas não era de sua natureza ficar parada e não fazer nada. Ela era uma doutora. Uma curandeira. E uma lutadora, não era covarde. Ela não pensou duas vezes sobre correr para dentro de um prédio em chamas para ter certeza de que outros estavam a salvo.

— Kalli — Tristan disse firmemente, sacudindo-a de seus pensamentos. Ele soltou a cama e circulou em volta, perseguindo-a como o lobo que era.

— Eu estava lá no dia do incêndio — começou calmamente. Determinada a manter sua dignidade, ela enrijeceu e olhou para ele. — Tinha fumaça. Dois homens saíram do prédio. Ninguém estava lá. Nenhuma sirene. Nada. Eu tinha que entrar, porque sabia que o animal estava lá. Quer dizer, chamei antes de entrar, sabe? Mas ninguém respondeu. E então vi a cobra. O que eu devia fazer? Deixá-la morrer? Eu não podia. Então corri para trás do bar e quebrei o vidro, me cortando no processo. Mas consegui pegá-la. Eu peguei a cobra e fui embora.

Ele sentiu a honestidade em suas palavras e gestos, mas precisava saber a extensão do seu envolvimento.

— Você começou o incêndio?

— Deus, não. — Ela suspirou. — Como você poderia pensar isso? — Ocorreu a ela que ele não a conhecia, sem mencionar que ela tinha admito ter pegado a cobra.

Ele se moveu para mais perto e sentou na beira da cama, a meros centímetros dos seus pés.

— Me conte sobre os homens. Você pode descrevê-los? Eles eram humanos? — Sua voz estava dura como aço, exatamente o tom frio que ela se lembrava de seus dias na alcateia.

— Sim, mas...

— Sim, você pode descrevê-los, ou sim eles eram humanos? — interrompeu.

Ela engoliu seu medo, recusando-se a ser intimidada por um lobo novamente.

— Sim, eu posso descrevê-los. Mas não, eles não eram humanos. Eles eram lobos — ela disse na voz mais firme que conseguiu.

— Descreva-os — ordenou.

— Ai, Deus, por favor, não me faça fazer isso. Foi só um incêndio. Um prédio. Ninguém se machucou. Se eu contar para você, eu sei o que vai acontecer. Você talvez encontre os lobos e comece algum tipo de guerra territorial, mas eu vou acabar morta. Você e eu sabemos que eles irão me encontrar — rebateu. Kalli tremeu internamente, percebendo quão francamente ela basicamente mandou o Alfa ir se foder e revelou para ele, novamente, seu conhecimento de sociedade na alcateia.

— Olha, dra. Williams, por cortesia, eu vou ignorar a sua insolência, já que você não é lobo, mas deixe-me ser completamente claro. Você irá descrever os homens que viu. E negócios da alcateia não são da sua preocupação. Agora me diga por que você pensa que esses homens eram lobos — ele demandou.

— Está bem, Alfa — ela falou a palavra de maneira arrastada, esperando que ele sentiria a raiva em suas palavras. — Primeiro, eu disse que era uma veterinária, o que significa que eu também entendo de fisiologia humana. Então a não ser que seja uma nova característica para humanos crescer garras, eles eram lobos. — Ela se recusou a dizer para ele que, mesmo não sabendo seus nomes, ela reconheceu os dois homens como membros de sua antiga alcateia. Mas, ainda que não pudesse nomeá-los, Tristan saberia que ela estava em perigo.

— Segundo, se eles fossem vampiros, estariam se movendo como um flash ao invés de estar correndo. — Ela podia sentir a emoção subindo como uma fonte que não podia controlar. Mesmo grata por ter sido resgatada, ela estava também com medo de ser questionada como estava sendo.

Tristan podia sentir que ela estava próxima de sair correndo pela porta, antes mesmo de ela saber o que estava pensando. Ele decidiu continuar pressionando, pois precisava de respostas.

— Você conhecia os homens?

— Não, eu não os conhecia — ela mentiu. Puxou as pernas para o peito e colocou os braços em volta protetoramente. E se ela estivesse errada sobre esse Alfa? E se ele fosse inclinado à violência como todos os outros que conhecia? Ela precisava escapar.

— Tem certeza de que não os conhecia? Você falou com eles? Você os viu começarem o incêndio? Eles a viram saindo? — Tristan incansavelmente jogou perguntas para ela, testando sua honestidade. Tudo que ela dizia parecia verdade, mas ele sentia como se tivesse algo que ela não estava contando para ele.

— Eu disse para você que não os conhecia. E não, eu não falei com eles ou os vi iniciarem o incêndio. Disse a você, eu os vi saindo e então vi fumaça. Não tinha mais ninguém por perto. Eu não sei de mais nada!

— gritou, seus olhos indo para a saída. Qual era a última pergunta que ele tinha feito? *Os lobos a viram saindo?* Perceber que os lobos podem tê-la identificado parecia como um soco no estômago. Ela trabalhou tão duro para construir sua vida como humana. Uma vida que ela valorizava.

— Ai, meu Deus, eu preciso sair daqui. Preciso voltar para a minha vida. Meu emprego. Por favor, me deixe ir embora — ela implorou, tirou as pernas da cama e colocou no chão. Depois de ficar presa por Alexandra, ela não podia aguentar mais do seu inquérito. Seu estômago embrulhou com o pensamento de ser forçada de volta em sua antiga alcateia. Ela se recusava a deixar isso acontecer. Em uma idiota tentativa de fuga, náusea e tontura a dominaram e ela foi puxada para o chão, como se tivesse uma âncora em volta da cintura.

Tristan xingou, vendo que tinha ido longe demais. Seu desejo pela verdade tinha feito Kalli surtar. *Cacete.* Ele devia tê-la assegurado de sua proteção. Depois de ter sobrevivido sendo uma almofada de alfinetes humana pelas últimas quarenta e oito horas, nenhum humano teria sido tão forte. Ele podia dizer que ela estava pensando em fugir, mas não podia acreditar que ela tinha realmente tentado. Além de ela estar doente, deveria saber que não tinha como ser mais rápida que ele. Que pessoa sã corria de um lobo Alfa? *O que ela estava pensando?* Ela estava achando que ele era um babaca completo e estava certa, pensou para si mesmo.

Quando ela caiu, ele a pegou sem esforço algum antes que atingisse o carpete. Segurando-a em seus braços, ele a encostou na cama e sentou, só olhando para ela. *Quem é você, Kalli Williams?* Tinha algo em seu feroz espírito que chamava por ele, algo que ele não conseguia identificar. Seu corpo doce e quente se encaixava tão bem em seus braços, e ele suspeitava que aconchegar-se com ela na cama seria o paraíso. Ele não deveria estar pensando nela desse jeito dada sua condição, mas, porra, seu lobo não ligava. Isso era tão errado. Tirando o cabelo da testa dela, viu enquanto seus lábios rosa, macios e beijáveis se abriram.

— Tristan — ela sussurrou.

Ele enrijeceu, escutando o seu nome nos lábios delas como o chamado ofegante de uma amante.

— Kalli, você está bem, eu vou cuidar de você.

— Doutora — ela respondeu suavemente com um pequeno sorriso nos lábios.

Ele riu. Desmaiando e impossibilitada de ficar em pé, ela estava brincando com ele.

— Minha culpa — ela disse com a voz fraca. — Eu não devia ter tentado me levantar. O que eu estava pensando?

— Você estava pensando que eu estava te dando a Inquisição Espanhola e, como todo bom prisioneiro, tentou fugir. Claro, eu nunca vi ninguém na sua posição tentar correr de mim, mas você ganha pontos por tentar — adicionou, esperando fazê-la sorrir.

— Eu estou com medo — Kalli admitiu. Sua cabeça tinha finalmente parado de rodar.

— Por favor, não se inquiete, *chèr t'bébé*[6]. Ninguém pode te pegar aqui. Você está segura. — Ele suspirou, puto que a tinha levado ao limite de propósito. — Sinto muito por todas as perguntas, mas eu preciso saber o que aconteceu. Não é só o incêndio. Eu não posso falar sobre tudo agora, mas, por favor, saiba que eu precisava perguntar. E precisarei da sua ajuda para encontrá-los. Mas, nesse momento, você precisa descansar. Venha, entre na cama. Por favor, fique, eu prometo não machucá-la.

Ela se remexeu para longe dele, que ficou em pé para colocá-la gentilmente na cama. No processo, sua camiseta levantou, enrolando embaixo dos seus seios. Sua firme barriga ficou exposta ao ar frio, mas ela olhou para baixo para ver sua pele descoberta e pegou os olhos de Tristan, que desciam devagar para sua roupa íntima. Ele levantou uma sobrancelha com a descoberta e sorriu timidamente.

— O que? Julie disse que elas eram suas, mas que eram novas. Você preferia que eu não usasse nada? — ela disse, puxando a blusa para baixo. Flertando com o Alfa? Ela estava brincando com fogo.

— Agora que você pergunta, o pensamento passou pela minha cabeça — respondeu, sem perder o ritmo. — Roupas são muito superestimadas, sabia? Mas eu talvez não conseguisse trabalhar muito se soubesse que você estava dormindo nua no meu quarto de hóspedes, sem mencionar que nós acabamos de nos conhecer. Mas, não se preocupe, nós teremos tempo de sobra para nos conhecermos melhor amanhã — prometeu.

Kalli sorriu e fechou os olhos, fingindo que não tinha acabado de dizer o que ela pensou ter ouvido. *Nua? Com o Tristan? Juntos?* Ela respirou fundo e soltou, tentando controlar sua excitação. Em minutos, uma parede de exaustão caiu em cima dela, levando-a para um sono muito necessário. Seus últimos pensamentos foram de que iria se preocupar com seus sentimentos

---

6 Querido bebê, em francês.

pelo sensual lobo amanhã. Nesse momento, ela precisava melhorar.

Tristan sentiu todo o sangue de seu corpo correr para o seu pau quando ela mencionou não usar nada. E, ver o doce corpo dela em sua camiseta e cueca... Jesus, ela estava tentando matá-lo? Ele teria que garantir que Julie arranjasse roupas adequadas para ela usar.

Ele puxou as cobertas até o pescoço dela, forçando sua ereção a diminuir. *Se não podia ver o que estava embaixo da fofa nuvem de cobertas*, ele pensou, *poderia se controlar*. Porra, ele estava enlouquecendo. Talvez devesse mandá-la ficar com o Logan? Ficando no seu apartamento, ela iria certamente embaçar seu julgamento quando ele precisava estar na sua melhor forma. Estava confiante que seu beta a guardaria com sua vida e garantiria que ninguém chegasse perto dela. Mas conhecia seu beta tão bem quanto a si mesmo e não podia pensar na ideia de Kalli nua na cama de Logan, não pelo menos sem ele.

Tristan segurou a mão dela e esfregou círculos em sua palma devagar. Tinha algo sobre ela que parecia extraordinariamente sobrenatural. Trazendo seu pulso sedoso para o seu nariz, ele inalou seu delicioso aroma feminino, detectando somente sangue humano. Não tinha certeza do que achar, mas, enquanto ela estivesse em sua casa e em sua cama, planejava explorar completamente a atração.

Julie enfiou a cabeça no canto em tempo de ver Tristan descer o longo corredor. Ela rapidamente voltou ao trabalho, irritada que ele tinha ido tão longe em sua investigação. As vozes tinham chegado facilmente na cozinha durante o auge de sua discussão. Ela ficou tentada a intervir, mas sabia que não deveria atrapalhar os negócios do Alfa.

Entrando na cozinha, Tristan olhou para Julie em pé ao lado do fogão, colocando o caldo em potes.

— Ela está dormindo? — Julie perguntou, já sabendo a resposta. Ele ficou no quarto dela por mais de uma hora, sentado em total silêncio, vendo-a dormir, e ela achou curioso que ele estava se interessando tanto por uma mulher humana machucada.

— Você não trouxe a sopa — comentou.

— Você estava ocupado — respondeu curtamente.

— O que foi, Jules? Diga o que é.

— Eu acho que não deveria estar surpresa que você não aceita ordens bem, Alfa. Acho que você está mais acostumado a dar ordens do que de seguir — ela bufou. — Eu podia ouvir o barulho daqui. Sem querer desrespeitar, mas disse para você não a aborrecer, não disse?

— Ah, bem, não é fácil ser rei — disse com um tom brincalhão, pegando um pote de sopa. Ele sentou no balcão e começou a comer enquanto ela terminava de trabalhar.

— Desculpa, não quis ser dura com você. Sei que você faz o que precisa ser feito. É que vendo-a daquele jeito... Todos os arranhões, hematomas e marcas de mordida... Meu Deus, ela estava um desastre. Acredito que estava sendo meio mãezona com você. Não estou acostumada a ter que lidar com tanta violência. Você é bom para a gente, aqui.

— Sem problemas. Tudo deu certo. Ela é durona, sabia? Acredite em mim, ela estará ótima em breve. Meu sentido de aranha me diz — ele brincou.

— Está bem então, vou deixar alguns biscoitos e algo para ela beber para ser colocado ao lado da cama caso acorde faminta no meio da noite. Consegui dar um pouco do líquido com eletrólitos para ela antes de ela acordar completamente. Tenho que dizer que é incomum para um humano não estar desidratado. Acho que ela devia estar bem, mas bem saudável antes disso acontecer com ela. É quase como se... bem, nada demais.

Tristan parou de comer e olhou para a Julie, que parecia estar perdida em pensamentos.

— O que é?

— Ah, eu estou sendo doida. Eu só ia dizer que era quase como se ela tivesse a constituição de um lobo. Doideira, né?

— Sim, doideira. — Tristan mordeu um biscoito, considerando a avaliação dela. Doideira? Ou bem no alvo? Ele também sentiu isso. Algo sobre aquela mulher não era exatamente humano, mas também, ela não era completamente sobrenatural.

Julie pegou a bolsa e deu um rápido abraço e um beijo na bochecha de Tristan.

— Ok, querido, bom, me ligue se precisar de alguma coisa. Eu venho amanhã ver a nossa garota. Talvez também trazer algumas roupas para ela. Descanse, está bem? Te amo! — disse ao entrar no elevador e as portas fecharam.

Tristan aproveitou a quietude à sua volta. Ele precisava pensar em seus próximos passos, sua estratégia. Planejava trazer um desenhista forense, para eles poderem colocar um rosto nos incendiários. O encontro com o Jax Chandler era dali a dois dias, e ele precisava se controlar antes que tudo acontecesse. Jogando o pote na pia, foi tomar um banho quente. Precisava pensar, sem sua libido interferir. Era como se tivesse recebido mais algumas peças de um quebra-cabeças que não tinha o retrato. Mas ele era astuto, e isso era o que fazia de melhor, trabalhar o impossível para fazer o possível acontecer. Ele era Alfa.

CAPÍTULO SETE

Gotas escarlate molhavam o seu rosto. Ela tentou tirá-las com sua mão, mas elas continuavam caindo mais forte até estar encharcada do grudento e sanguinolento jato. Sentiu-se pesada, suas roupas ensopadas de sangue. Então escutou aquilo, a voz. Virando a cabeça na direção do grito ensurdecedor, fez uma careta, cobrindo os ouvidos. E então ela viu, o vampiro, as presas.

Num vislumbre de sonho, estava presa com algemas de ferro numa cruz de madeira, dentes batendo na distância. Apertou os olhos, rezando para aquilo ir embora. Mas a criatura queria tudo dela: sua pele, seu sangue, sua mente. Metal cortava os seus pulsos, ela estava quase se soltando. Um pouco mais e elas abririam. Escapar era iminente. Seus olhos abriram de repente, ela só viu rapidamente as presas afiadas com lâminas que cortaram seu pescoço, rasgando a delicada pele em fiapos.

Kalli gritou alucinadamente, pulando na cama, jogando as cobertas para o lado. Suor cobria seu corpo inteiro. Grudenta, tremeu com o frio do ar condicionado que espetava sua pele. Pesquisou o ambiente a sua volta, o quieto barulho de um ventilador antirruído colocado na mesa de cabeceira. Notando a comida e a bebida que tinham sido deixadas ao lado do ventilador, pegou alguns biscoitos e o refrigerante, suspirando de alívio de tão bom que era colocar algum alimento de volta em seu corpo.

Depois de usar o banheiro, sentou de volta na cama, ainda bem cansada pela perda de sangue. Esperava que pela manhã se sentisse mais forte, ser capaz de ir embora. Desconfortável, ela puxou a gola da blusa, encontrando-a molhada. Não podia dormir em uma camiseta molhada, então tirou-a pela cabeça e virou para pendurá-la no canto da cabeceira. Reagindo ao frio, seus mamilos endureceram instantaneamente e arrepios apareceram por toda sua pele. Ao virar para pegar a manta, viu os olhos brilhantes de um lobo na sua porta.

Em sono profundo, o Tristan escutou o grito horripilante vir do corredor. *Kalli.* Ele imediatamente se transformou em lobo, preparando-se para uma luta. Correu na direção do quarto dela e sentiu que não tinha mais ninguém em sua casa. Enfiou a cabeça no cômodo, com cuidado para não a assustar, e viu que ela estava comendo o lanche que ele deixou. Graças a Deus ela estava bem. Ela deve ter sonhado.

Ele rapidamente voltou para as sombras e foi verificar o resto do apartamento. Teria sido quase impossível para alguém entrar na sua casa sem ele saber. Guardas bloqueavam os únicos elevadores que iam para lá vinte e quatro horas por dia e, uma vez dentro, a pessoa precisava de um código para subir e outro código para abrir a porta interna de casa. Tanto o elevador privado quanto o público tinham combinações diferentes. A escada era a outra única entrada e ele tinha instalado jogos duplos de portas de aço, novamente com os códigos em sequência e leitores biométricos. Ele não tinha como ser cuidadoso demais, sentindo que uma guerra estava prestes a acontecer.

Mais uma verificada em Kalli e ele jurou que voltaria para a cama. Seu cérebro e seu corpo precisavam descansar para ele estar cem por cento nos próximos dias. Chegando no quarto de hóspedes, andou calmamente e devagar, tentando não a alarmar. Ela não tinha visto seu lobo ainda. Sendo humana e veterinária, ela pode não gostar muito de ver um animal selvagem solto.

Em minutos, retornou para ela e encontrou a visão mais fascinante e espetacular que já tinha visto em toda sua vida. *Kalli.* Na luz fraca, observou atentamente enquanto ela pegou a bainha da camiseta, expondo seus brancos seios para a noturna luz da lua. Seus perfeitos bicos protestaram a fria temperatura em resposta. Ela se moveu para pendurar a blusa, seu cabelo roçou em uma rígida e rosada aréola, escondendo-a e então revelando, provocando-o enquanto ele observava.

Sabia que devia sair, mas estava inegavelmente cativado pela beleza dela e pela mera visão de sua pele. Ela se esticou para pegar a manta e congelou. Ele estava tentado a sair, mas, ao invés, se viu indo em direção à cama dela, como ele tinha ido mais cedo na noite como homem. Surpreendentemente, ela ficou parada, deixando-o vê-la nua e indefesa.

Kalli sabia que era ele. *Tristan.* Meu Deus, ele era magnífico. Tinha um exuberante pelo preto com os mesmos olhos âmbar que a tinham fascinado mais cedo, ele era o mais belo lobo que ela já tinha visto. Olhou para a própria pele, ciente de sua nudez, e descobriu que queria que ele a visse.

Sua loba queria isso também, mas infelizmente ela estava enjaulada e só podia admirar de longe o quão forte e dominante ele realmente era.

Ela devagar se esticou para pegar as cobertas e deitou a cabeça no travesseiro, nunca desviando o olhar do lobo.

— Tristan — ela sussurrou e se virou de lado de frente para ele. — Venha deitar ao meu lado. Eu não estou como medo. Você pode ficar como está. Por favor, venha dormir e me proteger — pediu em uma voz suave. Não tinha como negar que ela queria o homem, mas, hoje à noite, no escuro, sentia-se segura com o lobo.

O coração de Tristan pulou com as palavras dela. Mesmo estando incerta em querê-lo como seu Alfa, ela queria sua proteção e aceitava o seu lobo. Achou extraordinário que ela tenha sido capaz de saber que era ele e que ela tenha falado com ele, ciente de que ele a entendia como se fosse um homem. Foi até ela, enroscando-se ao seu lado.

Kalli ficou deitada imóvel, enrolada em tecido macio, estranhamente aliviada que ele tinha vindo até ela. Em minutos, podia sentir o calor dele irradiando pelas cobertas. Relaxou, certa de que não iria se transformar. A última vez que ela dormiu ao lado de um lobo, era uma jovem menina, junto com seus amigos enquanto os adultos corriam sem eles. Mas, como adulta, ela tinha temido tanto os machos quanto as fêmeas, ciente da brutalidade que podiam causar. Mas, nesse momento, ela sentia uma tranquilidade e uma proximidade que nunca tinha tido como mulher.

Nenhuma palavra foi dita. E, enquanto ela sabia que ele a tinha visto nua, não tinha nada sexual sobre a experiência. Era uma demonstração de confiança. Ele se revelou para ela e ela se revelou para ele. Pode ter parecido como uma troca física para alguém de fora, mas ela reconhecia a importância da interação, um marco significante que criava um vínculo entre eles. Deliberadamente, ela colocou a mão sobre ele, silenciosamente o agradecendo por tê-la salvado.

Tristan relaxou em seu toque, tentando ignorar a mensagem que seu lobo estava mandando. Mas ele não podia negar que não tinha sentido esse tipo de intimidade com uma mulher desde que pudesse lembrar.

CAPÍTULO OITO

Luz entrava pela janela, acordando Kalli. Mesmo só tendo passado um dia desde que tinha sido resgatada, já se sentia melhor. Sabia que eram os seus genes lupinos, que suportavam a cura avançada. Os comprimidos impediam a transformação e enfraqueciam outras características, mas eles não podiam mudar completamente sua estrutura celular. Se alguém testasse seu sangue, daria positivo para lobo.

Mexendo-se na cama, ela ficou completamente ciente do calor emanando sob a sua mão. Abrindo os olhos devagar, ela quietamente suspirou, reconhecendo a sensação de pele. Pele quente, bronzeada e masculina. Pele que pertencia para um bem pelado, bem musculoso, Tristan Livingston. Sem mover, ela se permitiu a indulgência de olhar o poderoso Alfa enquanto ele roncava suavemente. Fascinada, não podia tirar os olhos de seu rosto, ele era incrivelmente belo. Um nariz reto, uma mandíbula masculina com lábios macios. Ela imaginava que ele era bem hábil com esses belos lábios e tremeu pensando sobre as coisas que podia fazer nela com eles.

Dado que ele estava perfeitamente desnudo, deitado em cima da cama, ela agradeceu a deusa por seu próprio corpo estar embaixo das cobertas. Ela não estava certa se ficava feliz ou aborrecida de ele ter dormido de barriga para baixo, mas não podia deixar de apreciar os duros contornos de seu corpo, de suas costas bem definidas, sua bunda firmemente esculpida, até suas fortes coxas e panturrilhas. Senhor Jesus, o homem era completa perfeição. O David de Michelangelo perdia em comparação.

Ela tinha de alguma forma dormido com a mão no ombro dele e agora deixou seus dedos voluntariamente descer pelas suas costas. Curiosa, ela não pode resistir, cedendo à experiência de tocar um macho tão espetacular. Gentilmente, ela se sentou e continuou a passar a mão por uma nádega e por sua coxa. Apertando as pernas, ela se forçou a se concentrar enquanto sua excitação crescia. Nenhum conflito interno a atormentava enquanto o impulso para tocá-lo dominou seus pensamentos. Nem loba nem humana, ela era simplesmente uma fêmea que queria muito o desejável macho em sua cama.

Tristan se retraiu levemente, acordado pelo toque da mão dela em suas costas e o doce cheiro de sua excitação. Transformando-se de volta depois que ela tinha atingido o estágio REM de seu sono, ele teve que se forçar a se acalmar. Poderia jurar que passou a noite inteira duro. Nessa manhã, ele fingia estar dormindo, sabendo que, se abrisse os olhos, ela iria sair correndo da sua cama como um gato de rua assustado. Mas quando ela passou os dedos por sua bunda, ele jurou que seu pau ameaçou catapultá-lo da cama.

A leve retraída a alertou que ele podia estar acordando, e ela não queria estar na cama com ele quando isso acontecesse. Então pegou a camiseta. Agora seca, ela a colocou sobre a cabeça e entrou no banheiro para se refrescar. Depois de escovar os dentes e o cabelo, ela colocou novamente a cueca larga demais, que claramente tinha alargado e não desejava mais ficar em seus quadris. Perdendo a batalha, ela a deixou cair no chão e decidiu ficar sem, aceitando uma manhã sem roupa íntima. Porque sua extralarga camiseta caía por sobre as suas coxas, ela se sentiu relativamente coberta. Pronta para encarar o Alfa, abriu um pouco a porta.

Não tinha certeza de para onde Tristan foi quando ela saiu do banheiro, mas estava com fome e não ia esperar por ele. Em poucos minutos, ela rapidamente achou a cozinha e a tão importante máquina de café. Ligou-a, colocando uma cápsula e começou a abrir armários procurando por canecas. Colocando duas canecas no balcão, abriu a porta da geladeira, tirou o creme e continuou a procurar na bagunça pelos ovos. Sentia-se faminta e precisava de proteína.

— Vamos lá, onde vocês estão, ovinhos? Tristan tem que ter ovos. Todo mundo tem ovos — murmurou, falando consigo mesma.

— Tristan tem — disse para ela com um sorriso, surpreso em achar Kalli procurando por comida. Mesmo tendo tomado um banho gelado, estava instantaneamente duro novamente ao ver seu belo traseiro desnudo, que aparecia para ele por baixo de sua camiseta. Ele não queria nada mais nesse momento do que tomá-la por trás e entrar fundo em seu centro quente. A tentação era grande, mas ele conteve seus desejos.

Kalli pulou com sua voz, rapidamente virando.

— Oi, hum, eu só ia fazer algo para comer — disse nervosamente.

— Sem dúvida — concordou confiantemente, passando por ela com somente uma toalha em seus quadris. Sua ereção levantava o tecido, e ele não tentou escondê-la.

Era praticamente impossível ignorar tanto o carisma quanto a sexualidade crua que o Tristan exalava. Devagar, os olhos de Kalli percorreram todo seu torso, espantada com a audácia que ele exibia enquanto estava praticamente nu. Músculos endurecidos ondulavam em seu abdômen na direção da toalha. Lutando para encontrar palavras que nunca chegaram, ela não podia controlar sua reação natural, que era olhá-lo uma última vez. Envergonhada, sabia que ele sabia que ela tinha acabado de olhar para a região da sua virilha, que parecia estar crescendo. Ah, Deus. Ela esfregou as mãos nos olhos e sorriu para si mesma. *O que é isso sobre esse homem? Controle-se, Kalli. Diga alguma coisa.*

— Hum, ok então, os ovos. — Ela abriu a geladeira, cuidadosa em segurar a camiseta para ela não subir novamente.

— Gosta do que vê? — perguntou sedutoramente enquanto colocou a caneca de café ao lado da mão dela, esperando a próxima caneca encher.

— O que você acabou de dizer? — Chocada, ela pegou o caixa de ovos e rapidamente levantou, batendo a cabeça. Ela virou, segurando o pacote em uma mão e, com a outra, esfregando o ponto dolorido em sua cabeça.

Ele olhou para ela, pegando os ovos de sua mão e os colocando no balcão. Ela encostou-se ao balcão quando ele a prendeu, empurrando seu corpo contra o dela.

— Eu disse... Gosta. Do. Que. Vê? — sussurrou em seu ouvido, acentuando cada palavra.

Ela respirou fundo e milhões de respostas concisas encheram sua cabeça. Mas o duro volume pressionado contra seu corpo e seus perigosamente duros mamilos fizeram com que fosse impossível para ela responder coerentemente.

— Hum. — Deus, ela se sentia como uma completa idiota. Oito anos de faculdade e tudo que ela conseguia dizer era hum?

— Eu vou considerar isso um sim — ele respondeu brincando, beijando suavemente sua orelha. Esticou-se para pegar a caneca de café, o que fez com que ele se pressionasse nela ainda mais forte.

Ela respirou fundo com a bem-vinda intrusão. Tinha uma parte dela que pensou que ele talvez a beijasse. Imobilizada contra seu duro tronco, ele a tinha exatamente onde a queria, ou melhor, onde ela queria estar.

Mas, ao invés de beijá-la, colocou os dedos em volta da alça de cerâmica e saiu com um largo sorriso em seu rosto, sem dizer outra palavra. Sentou na ilha e ligou seu iPad, checando seu e-mail, já que ele pretendia ignorá-la. Quando Kalli virou para fazer os ovos, deixou seus olhos se desviarem para suas macias nádegas, que resistiam para ficar cobertas por sua camiseta. A bainha subiu quando ela se inclinou um pouco para ligar o fogão. Porra, essa mulher o estava matando.

Tristan não podia lembrar-se da última vez que tinha dormido pelado com uma mulher. Claro, ele tinha fodido várias, mas não realmente dormido com uma. Tinha ficado como lobo o máximo que podia, valorizando sua confiança, ensinando-a que ele não a machucaria. Mas agora que ela estava melhorando e andando por sua casa como se pertencesse aqui, sentiu a pressão no seu peito junto com a dor entre as suas pernas.

Eles tinham criado um vínculo na noite passada, mas ele não queria apressar as coisas e assustá-la. Ao mesmo tempo, sabia que ela estava segurando informação. Algo pequeno, talvez, mas tinha algo. Voltando sua completa atenção para o tablet, digitou um rápido e-mail para o Logan, pedindo para ele fazer uma pesquisa de segurança completa em "Kalli Williams". Ele não era um idiota. A mulher podia ser uma veterinária brilhante, mas achava muita coincidência que ela calhou de estar no incêndio.

Ela podia ter ido em qualquer direção naquele dia quando decidiu almoçar, mas tinha passado pelo seu clube. Por que não ligar assim que resgatou a cobra? E então tinha a hesitação dela em contar a ele sobre os lobos e a aparência deles. Ele entendia que ela estava correndo sério perigo, mas devia saber que no minuto que ela os viu, eles a podiam encontrar baseado somente em seu cheiro. Ela disse que não os conhecia pessoalmente, mas seus olhos tinham uma terrível trepidação, um tipo de mau presságio, como se ela soubesse exatamente o que eles eram capazes de fazer com ela.

Também tinham a estranha maneira de seus trejeitos, que sugeriam que ela tinha passado algum tempo perto de uma alcateia. Ele podia dizer que ela estava ciente do protocolo pelo modo que tinha abaixado a cabeça de modo submisso para ele quando o viu pela primeira vez no quarto. Claro, ela tinha quebrado o encanto, arrastando seus olhos para ele, mas foi forçado. Era como se ela estivesse tentando esconder o fato de ter estado perto de um Alfa no passado. Seu "sinal" a entregou. Ela agiu por instinto quando desviou o olhar. Mas a postura confiante que adotou foi ensaiada. Como um ator interpretando o papel de um lutador, poderia ter sido crível para a maioria das audiências, mas não para um campeão. Outros podiam não notar, mas ele sabia. Eram as pequenas coisas que sempre entregavam as pessoas, não importa o quanto elas acreditavam na mentira.

Kalli respirou fundo enquanto fazia as omeletes, nunca virando, com medo que ele visse através da sua alma. Lesse sua mente. Ela não queria mentir para ele, mas acabou de conhecer o homem. A intimidade que eles compartilharam na noite anterior dizia muito sobre o tipo de homem que Tristan era, mas não estava pronta para confiar nele com o seu segredo. Ele nunca entenderia como era ser um híbrido na alcateia, nem mesmo ômega. Ela era o mais baixo dos baixos.

Ele era belo, um forte Alfa, provavelmente tinha sido desse jeito desde o nascimento. Como entenderia a infância que ela passou? Ele pode ser capaz de simpatizar, mas não era nem híbrido e nem fêmea, ambos que eram insignificantes, indesejáveis e, muitas vezes, irrelevantes na vida da alcateia. Fêmeas Alfa eram utilizadas para acasalar e procriar, mas mesmo essa não teria sido a sua vida. Ela não era Alfa, ela não era nem mesmo lobo por inteiro, ela era vista como nada mais do que uma mestiça contaminada.

Desse modo, o Alfa a mandaria trabalhar para a alcateia em qualquer capacidade que os outros achassem necessária. Chegando a lua cheia, quando os lobos estão mais sexualmente ativos, ele tinha planejado usá-la como prostituta para qualquer macho de hierarquia inferior que não tinha ganhado o direito de procriar. E se por um acaso ela engravidasse, foi deixado claro que abortariam a criança, usando força se necessário. Ninguém queria que ela espalhasse os genes humanos pela alcateia. Desde a puberdade, o Alfa garantiu que ela aprendesse o protocolo da alcateia. Ele não tinha a mínima intenção em deixá-la ir embora, mas a queria pronta para o seu novo "papel" quando tivesse a idade certa. Sua vida já tinha sido um inferno crescendo, e ela se recusava a aceitar o futuro brutal e misógino que ele planejou. Fugir era a única maneira, e ela não podia confiar em ninguém além de si mesma.

Mas Tristan parecia tão diferente dos outros que ela conhecia. Não tinha como não reconhecer seu espírito dominante, mas ele a tinha salvado, sem pedir nada em retorno além de informação sobre aquela noite. Ela precisava de tempo para pensar, para avaliar se podia ou não confiar implicitamente nele não só com seu segredo, mas com sua vida.

— Ei, aqui está. Espero que você goste de bastante queijo — disse, colocando o prato na frente dele.

Ele levantou os olhos de seu trabalho.

— Obrigado. Faz muito tempo que eu tive alguém me fazendo café da manhã. — Começou a comer, só para ficar espantado com o próximo comentário dela.

— Eu acho isso difícil de acreditar. Você é Alfa. Aposto que tem várias mulheres em fila para te servir. — As palavras estavam fora de sua boca antes que ela pudesse as pegar de volta. *Ai, meu Deus. Que porra eu acabei de dizer?*

— O que fez você dizer isso? Você passou bastante tempo perto de um Alfa antes? Você tem conhecimento pessoal de como Alfas se comportam e de quem cozinha suas refeições? — rebateu, querendo saber exatamente onde ela tinha aprendido sobre alcateias.

Ela quase engasgou com os ovos.

— Desculpa, eu não devia ter dito isso. Eu só estou nervosa. Você sabe, enfiar os pés pelas mãos. — Mascarando sua gafe e não querendo respondê-lo, ela forçadamente engoliu sua comida e continuou com o próximo item em sua agenda. — Então, Tristan, eu realmente preciso voltar ao trabalho hoje — disse categoricamente, mudando o assunto. Ela sabia que ele era inteligente demais para notar, mas ela não ia começar a discutir seu conhecimento de lobos.

— É, sobre isso. Não. — *Bela tentativa*, ele pensou para si mesmo. Ela pode não querer falar sobre como ela sabia o que disse, mas não ia deixá-la sair de sua vista. — Aliás, ótimos ovos.

Ele acabou de me dizer não?

— Mas eu preciso ir. Eu estive sumida por dias. Como devo explicar ao meu chefe? Tenho pacientes, eles precisam de mim.

— De novo, a resposta é não. Você não vai retornar para o trabalho até o problema da minha alcateia ter sido resolvido. Eu tenho um desenhista forense vindo agora pela manhã. Você pode trabalhar com ele, e nós vamos ver o que conseguimos.

Frustrada, Kalli acidentalmente bateu sua caneca de café no balcão um pouco forte demais, derrubando café.

— Você escutou o que eu disse? Eu tenho pacientes. Um trabalho. Eu não quero ser demitida.

— Ah, eu te escutei, mas você precisa lembrar com quem você está falando, doutora. — Ele usou seu título profissional esperando que isso a alertaria que ele estava sério sobre o tópico de ela voltar para o trabalho. Ele levantou, ficando muito mais alto que sua pequena estatura.

— Mas eu preciso... — ela gaguejou, imediatamente se sentindo pequena em sua sombra. Ela estava tentada a se acovardar na presença dele, mas endureceu sua espinha e levantou o queixo para ele. Gratamente, ele se moveu em volta dela e colocou seu prato na pia.

— Mas nada. Você está em perigo. Não vai retornar até tudo isso acabar. Fim de papo. Depois que nós fizermos os desenhos, nós vamos te levar ao hospital, para você finalizar o que precisar para a sua "licença". Você pode falar com o seu chefe e explicar que precisa de uma licença médica por causa do ataque na garagem. Vou ligar para Tony na delegacia e fazer um boletim de ocorrência para você, se o hospital já não tiver te reportado como desaparecida. Se eles te causarem algum problema, vou ligar para o presidente do HVU. Eu doo dinheiro suficiente para aquele lugar e eles podem ficar sem você por algumas semanas.

Kalli ficou abismada que ele já tinha acertado tudo em sua mente. Ela sabia que ele estava certo. Onde iria? Seu apartamento? Os vampiros a tinham achado facilmente em seu trabalho, seria ainda mais fácil atacá-la em casa. Se os lobos decidirem vir atrás dela, não tinha nada que podia fazer para impedi-los. Colocou a mão no pescoço, sentindo as cicatrizes recém curadas e tremeu. E se a filha do diabo, Alexandra, viesse atrás dela novamente? Ela concordava que precisava da ajuda do Tristan. E, por mais que ela não quisesse admitir, ele também precisava da dela.

— Você está certo. Eu vou ficar — ela consentiu. Indo para a pia, começou a lavar a louça em derrota. Ela tentou pensar no que iria dizer para o seu chefe.

— Eu acabei de escutar você dizer que eu estava certo? — Ele riu em triunfo.

Ela realmente não tinha chance. Era quase cômico que ela realmente pensasse que tinha. Ele iria ignorar sua insolência, considerando que ela não era de sua alcateia. Mas, na verdade, ele simplesmente não queria discutir com ela. Com as damas, preferia ser um amante do que um lutador.

— Sim, eu disse. Tenho certeza de que você escuta isso o tempo todo. — Ele era Alfa. Decidindo não dar mais munição para ele, tentou outro pedido. — Mas eu preciso ir ao meu apartamento pegar algumas coisas. Você tem certeza de que está tudo bem eu ficar aqui com você? Eu poderia ir para um hotel se você...

— Não — ele interrompeu, chegando perto dela por trás. — Você ficará comigo... na minha casa... na minha cama. Eu não vou deixar você ir, dra. Williams. — Seu tom firme não deixou espaço para desentendimentos. Estando perto o suficiente dela, podia sentir o calor de sua pele. Ele queria arrancar sua toalha, inclina-la sobre a pia e enfiar seu pau dentro de sua doce boceta até que ela gritasse seu nome sem parar. Mas ele nem consideraria tentar convencê-la a isso. Não, quando eles fizerem amor, ela irá se submeter por vontade própria, implorando por um orgasmo. Ele não tinha certeza porque era tão importante para ele que ela se comportasse como membro da alcateia; ela era humana, afinal de contas. Talvez fosse o seu lobo o avisando, mas ele não podia ter isso de nenhum outro jeito. Até lá, ele iria provocá-la e seduzi-la cada segundo que ela estivesse com ele.

Ela não estava certa se era seu tom de comando que a tinha deixado no limite. Ou talvez fosse o conhecimento de que sua excitação nua estava diretamente embaixo daquela toalha na cintura dele, mas o corpo inteiro de Kalli vibrava em excitação quando ele tocou as costas de sua camiseta com seu forte corpo. Não tinha como imaginar a tensão sexual, ela ameaçava colocar fogo na cozinha. Tristan era incrivelmente magnético e ela se sentia como uma caixa de clips que estava prestes a explodir, ela ia grudar nele todo. Passou vários anos escondendo sua verdadeira identidade, nunca ficando próxima de ninguém. Os homens no trabalho a convidavam para sair, mas convenientemente jogava seu discurso de "ética profissional". Ela não podia deixar ninguém em sua cama, quanto mais em seu coração. Mas Tristan era maior que a vida em todas as maneiras. De um dia para o outro, ela tinha se desfeito, tudo por causa dele.

O atraente Alfa ameaçava quebrar suas paredes emocionais cuidadosas e hermeticamente fechadas, mais fortes que aço. O calor era demais. Como qualquer metal, dada uma temperatura alta o suficiente, ele podia derreter. Ela tentou se concentrar. Como iria se controlar? Precisando se acalmar, procurou por um escape. Colocando a última louça limpa no secador, desligou a água e desviou dele.

Mesmo enquanto se espremia por ele, sabia que era porque ele a tinha deixado ir. Ela estava praticamente tremendo de excitação quando chegou na curva do corredor. Xingou silenciosamente a umidade entre suas pernas. Tristan a olhava da cozinha com um leve sorriso no rosto. Ele sabia. Ela não faria nada sem ele saber, exceto talvez o segredo que estava em seu pote de comprimidos.

— *Ma lapin*, eu pensei que você tinha parado de correr na noite passada. Você encarou o lobo. Aceitou-o. — Ele andou em direção a ela, mas parou e colocou a mão na ilha.

Kalli olhou nos seus olhos. Parecendo relaxando e confiante, ele era deliciosamente fresco, como uma casquinha de sorvete em um dia quente de verão. Pronto para ser lambido. Ela partiu os lábios, inconscientemente os molhando em resposta. Ela sabia que se ele não tivesse sentido o cheiro de sua excitação, certamente viu seus mamilos, que pressionavam o tecido de sua camiseta.

— Noite passada. — Ela parou no meio da frase quando sua memória lembrou. Nua para ele fisicamente, emocionalmente. Recebendo-o em sua cama. Ele provou que era confiável, revelando-se para ela. Talvez fosse hora que ela desse mais dela para ele, o máximo que era ela capaz, de qualquer jeito. Pode não ser o suficiente para ele, mas era tudo que ela tinha. Ele se moveu devagar na direção dela, sentindo sua luta interior, o cheiro dela enchendo seu sistema olfatório, o som de seus batimentos acelerados assaltando seus ouvidos. Mas sua pequena coelha não estava com medo, ela estava sexualmente excitada, querendo-o, mesmo que ainda não pudesse agir em seus sentimentos.

— Tristan... — ela começou quando ele chegou mais perto. — Na noite passada, eu precisava de você. Acho que não sabia realmente quanto — confessou. — Seu lobo foi... ele é... você foi magnífico, tão belo. Mas você precisa saber que eu nunca... que eu nunca fiz nada como isso antes. Foi tão íntimo. Eu estou... eu estou tentando fazer isso funcionar. Você me salvou — sussurrou, esperando que ele pudesse entender o que ela estava tentando dizer para ele. Intimidade sempre pareceu algo estupendo para a Kalli, se não impossível de obter... até a noite passada. Ela sacudiu a cabeça em decepção com sua falta de articulação.

Sua admissão o deixou abismado. Ele também sentia isso, mas ele não entendia como era difícil para ela dizer como se sentia até esse momento. Claro, ele mal a conhecia, mas queria conhecer. Queria saber cada coisa sobre ela, de trás para a frente.

Era demais, sua excitação, suas palavras. Ele não podia aguentar. Em duas passadas, ele a tinha contra a parede. O lobo tinha a coelha encurralada novamente, mas dessa vez ela não estava correndo. Dessa vez, ela olhou para ele com tristes olhos sonhadores. Sua mão parcialmente aberta e ele atacou.

Enfiando os dedos no cabelo dela, puxou sua boca para a dele, chupando, saboreando. Kalli se sentia aliviada que ele tinha feito o primeiro movimento, beijando-a, permitindo que ela finalmente agisse em sua paixão. Ele enfiou a língua em sua boca, ela passou a sua na dele, regozijando no poder do beijo. Ela gemeu, mas se recusou a soltá-lo quando suas mãos se prenderam em volta do pescoço dele.

Tristan estava se afogando em sua doce boca. Precisando de mais, segurou embaixo do joelho dela, esfregando seu corpo no dela. Sua toalha soltou, e sua pele encontrou a dela.

Kalli sentiu o pau duro como pedra pressionar contra a barriga dela quando a toalha caiu e a camiseta enrolou embaixo dos seus seios. Perdida em seus braços, seus lábios se soltaram dos dele por um mero segundo, o suficiente para ela gemer o seu nome:

— Tristan.

— Kalli — ele grunhiu em resposta, achando sua boca novamente. Ele planejava beijá-la completamente até que ela soubesse o que ele queria dela, tudo.

Ela escorregou a mão pelo seu forte peito, passando o dedo em cada músculo abdominal e então esticou a mão e segurou seu firme traseiro. Com o toque dela, ele a pressionou mais fortemente contra a parede, deixando suas próprias mãos passearem até encontrar seu macio seio. Ele apertou um mamilo endurecido, fazendo-a gritar de prazer, e então dobrou seus joelhos para que a ponta de sua ereção esfregasse em seu púbis. Por mais que gostaria de fodê-la contra a parede, e ele estava prestes a fazer isso, ele a queria em sua cama com seu pescoço descoberto para ele em submissão. A primeira vez que a tivesse, tinha que ser. Ela precisava se entregar por inteiro para ele, sem segredos.

Um barulho de seu elevador privado o alertou que Logan estava prestes a entrar em casa. Ele se arrancou de seus lábios, dando pequenos beijos em seu pescoço.

— Kalli — ofegou, tentando chamar sua atenção.

Ela estava perdida em êxtase quando o escutou chamando o seu nome. Sem fôlego, ela desceu a perna e ele a soltou a dobra de seu braço. Ela instintivamente abaixou a bainha da blusa, que tinha sido levantada para o seu pescoço e suspirou.

— Tristan.

Cada um tinha um braço em volta do outro, relutante em soltar. Olhando nos olhos um do outro, registrando os fogos de artifício entre eles, uma voz os tirou de seu transe erótico.

— Não demorou muito, Alfa — Logan comentou. Ele não estava tentando ser desrespeitoso, mas era naturalmente cético em relação à dra. Williams. Ele a tinha visto em seus sonhos, mas, mesmo assim, não tinha certeza de suas intenções.

Tristan rosnou.

— Chega, Logan. Sala de estar, agora. Deixe-nos — ele ordenou sobre o ombro, protegendo a Kalli da visão de seu beta e nunca tirando os olhos dela. — O desenhista forense chegará em breve, assim como a Julie com algumas roupas. Por que você não vai relaxar no seu quarto?

Recuperando-se, Kalli percebeu o que quase tinha acontecido. Isso a apavorava, fazer amor com o Alfa, ele iria destruí-la. Mas, como uma mariposa com uma chama, ela não podia resistir.

— Ok, está bem — ela conseguiu dizer, saindo de seus braços. Correu pelo corredor em direção ao quarto, precisando se recompor.

— Ah, e Kalli — chamou.

Ela parou, mas não virou.

— Sim.

— Isso não acabou, sem a mínima chance. Nós vamos terminar mais tarde. Eu prometo.

Kalli não respondeu, escolhendo fugir para a segurança de seu quarto. E o que ela iria dizer? Tinha praticamente se jogado em cima dele no corredor. E ela sabia que, como Alfa, ele poderia ter o que quisesse, pelo menos era assim que funcionava na alcateia. Mas ela não era da alcateia.

CAPÍTULO NOVE

Tristan foi para o seu quarto e se vestiu antes de falar com Logan, que estava sentado no sofá lendo as notícias em seu tablet.

— Oi — ele saudou e foi pegar outro copo de café. O ambiente de seu apartamento era aberto, então a cozinha e as salas eram essencialmente um grande espaço compartilhado. — Café?

— Não, obrigado — Logan respondeu, sem olhar para cima.

— Então, você recebeu meu e-mail? Faça-me um resumo.

— Sim, eu estou fazendo as pesquisas nesse momento. Devo ter alguma informação hoje à tarde. Tony mandará alguém para fazer os retratos na próxima hora. O encontro com Chandler está marcado, daqui a dois dias. Território neutro. Jersey. Tudo está combinado. E não se esqueça de que o baile beneficente do prefeito é amanhã.

— Mais alguma coisa? — Tristan andou até as portas de correr e olhou para fora.

Logan colocou o tablet na mesa de centro e olhou para cima.

— Hum, sim. Nós vamos conversar sobre o que acabei de presenciar?

— O que tem para conversar?

— Sério? Ok, talvez o fato que ainda não sabemos a história dela. Ou que você a conheceu ontem. Vamos lá, Tris, me diga que não dormiu com ela. — Logan precisava perguntar, considerando o forte cheiro de excitação que o atingiu quando as portas do elevador abriram.

— Sério, irmão? — Tristan deu de ombros. — Ok, vamos lá. Eu a interroguei, e sim, ela está escondendo algo. Mas também posso sentir que ela não é perigosa e não começou o incêndio. E não, não dormi com ela. Bem, tecnicamente, eu *dormi* com ela, mas se você está perguntando se fizemos sexo, então não. — Ele não mentiria para Logan, mas sabia que era só uma questão de tempo antes de fazerem amor. E ele planejava fazer a noite toda.

— É bom ser Alfa, né? — Logan brincou.

— É, algo assim. O que há sobre isso?

— Então me deixe ver se entendi direito. Você, meu amigo, só dormiu com ela na noite passada, quer dizer, deitado na mesma cama, olhos fechados, nada de rala e rola?

— Não foi planejado. Meio que aconteceu. Eu virei lobo — admitiu.

Logan levantou uma sobrancelha para Tristan.

— Está bem.

— Ela teve um pesadelo. Precisava de mim. Fala sério, para de me olhar desse jeito — respondeu com um pequeno sorriso e levantou as mãos em protesto. — Olha, eu não sou nada mais que um cavalheiro.

— É, está bem, mas me faça um favor: não se jogue mais fundo até descobrirmos o que está acontecendo. Eu sei que ela é importante para você, mas... — Sua voz parou. Ele estava tentado a contar para Tristan sobre suas visões, mas elas não eram claras. Se ele dissesse que a tinha visto, não se sabia como ele reagiria.

— Pode deixar. Ela é boa, sério. E, falando em Kalli, precisamos levá-la no hospital hoje para amarrar todas as pontas soltas. Não a quero longe de mim. Ela viu dois lobos saírem do clube no dia do incêndio. Eles podem tê-la visto entrar ou sair com a cobra. E ainda não posso confiar que Alexandra irá manter suas presas longe dela. Ela estava descontrolada ontem. Estou mandando uma mensagem para Kade para ele poder passar o recado para o Devereoux. Ele precisa controlá-la, para que não decida pegar a Kalli novamente. A expressão no rosto dela ontem quando fomos embora... Ela é uma cadela malvada.

— Com certeza. — Logan sacudiu a cabeça. — Acho que deveríamos mantê-la fora do *Noir* também. Sei que ela ficará puta, mas passou dos limites.

— Concordo. Mas vamos deixar essa com o Devereoux. Ele a criou, precisa lidar com o que é dele. Não posso tê-la perdendo o controle do meio de uma guerra territorial.

— Então, tem mais alguma coisa que eu precise saber sobre a Kalli? — Logan perguntou, assim que ela entrou na sala usando o roupão do Tristan.

Tristan respirou fundo ao vê-la de banho tomado, e endureceu com o pensamento de que estava completamente nua embaixo do roupão preto atoalhado. Ele levantou correndo, pegou a mão dela e puxou-a para seu lado. — Ah, *chère*. Sinto muito sobre as roupas. Escute, Julie deve chegar daqui a pouco com alguma coisa para você usar. Prometo.

Kalli se sentiu envergonhada, vestindo quase nada. Ela desajeitadamente tentou ficar atrás de Tristan em um esforço para não olhar para Logan. Outro lobo. Medo a dominou.

Tristan imediatamente notou a apreensão de Kalli e tentou tranquilizá-la.

— Kalli, está tudo bem. Esse é o Logan, meu beta. Você se lembra dele de ontem?

Seus olhos arregalados encontraram os de Logan, e ela rapidamente desviou o olhar.

— Eu lembro de ver dois homens — respondeu receosamente.

Preocupada de estar mostrando o comportamento submisso de um lobo e que ele a reconheceria por outra coisa além de humana, forçou-se a olhar nos olhos dele e estendeu a mão.

— Oi, meu nome é dra. Williams, mas, por favor, me chame de Kalli. Não posso agradecer o suficiente por me resgatar ontem. — Pronto, conseguiu. Internamente ela se parabenizou por ter agido tão completamente normal... humana.

Logan apertou sua mão, olhando-a com curiosidade. É como se ela tivesse mudado de submissa para dominante em segundos. Olhou para Tristan, dando um olhar intenso para ele, e de volta para Kalli. *Que porra foi essa?* Ele perguntaria para Tristan depois o que estava acontecendo. Ele tinha que ter notado. Sutil, mas o Alfa não perdia nada.

— Ei, sem problemas. Só lamento que você teve a infeliz experiência de conhecer Alexandra. Eu a chamaria de malvada, mas isso seria um eufemismo.

— Isso eu devo admitir, a amante do Satã é fiel à sua natureza. Nem todos os vampiros são más pessoas, mas eles definitivamente andam sobre a linha da moralidade. Alexandra é uma predadora e não liga para quem saiba. Mas tenho um sentimento que isso vai acabar com ela estaqueada. Ela piorou nos últimos dez anos — Tristan comentou.

— Sem dúvidas — Logan concordou.

Fiel à sua natureza. Kalli considerou como evitava a sua. Autopreservação tinha uma tendência a levar as pessoas a tomarem atitudes desesperadas.

— Kalli é uma veterinária — Tristan explicou. — O que explica porque ela estava no HVU. Ela resgatou a Eve.

— Bom, isso é uma boa coisa. Não sou um grande fã de cobras, mas a velha garota me conquistou com o tempo. Onde ela está? — Logan perguntou.

— Ela está no hospital. Estou com ela na área de observação agora. Uma cobra tão bela, bem calma, gosta de ser segurada. Ela está ótima. — Seus olhos brilharam quando ela falou sobre sua paciente. Qualquer um podia ver como era apaixonada por seu trabalho. — Se você quiser mandar alguém para pegá-la, assinarei os papéis de liberação quando nós formos lá hoje. Vou ter que tirar uma licença até toda essa confusão se resolver, mas havia uns filhotes severamente desidratados que alguém abandonou em uma lixeira. Quero ver como estão se saindo. Eles talvez estejam prontos para ir para o abrigo. Realmente não sei como podem abandonar os animais, abusar deles. As pessoas podem ser cruéis — falou, pensando em como os humanos podiam ser tão malvados como a Alexandra. — Sei que meus pacientes ficarão bem com a equipe, mas preciso saber como estão... paz de espírito e tudo mais. Sei que não devo me apegar, mas, às vezes, não tem como.

— Isso me lembra... — Logan andou para o elevador e pegou alguma coisa do chão. — Aqui está a sua bolsa. Nós a pegamos no seu carro. Infelizmente alguém cortou os seus pneus. Vamos chamar um reboque para você e consertá-los, não se preocupe. Tristan me disse que você vai ficar com a gente por um tempo, então parece que não precisará dele.

— Obrigada, e hum, obrigada pelos meus comprimidos. — Tossiu, lembrando-se de seu desespero no carro. Remexendo na bolsa, ela olhou para cima. — Alguma chance de você ter achado meu crachá do trabalho? — A sequência de eventos era embaçada, mas ela se lembrava de levar o crachá e as chaves e deixar o resto no carro. — Antes que Logan tivesse a chance de falar, ela respondeu a própria questão. — Deve ter caído quando me pegaram. Deixei as minhas coisas no carro. Só levei as chaves.

— Ei, eu sei que você passou por muita coisa, mas quero que você saiba que nós agradecemos a sua ajuda — Logan ofereceu.

— Bem, para ser honesta, ainda corro um perigo considerável. Esses lobos que eu vi podem estar atrás de mim... Se não estavam antes, estarão depois que eu fizer esses retratos. E tem a vampira, sei que ela não me entregou pela bondade de seu coração frio e sombrio. Não estou feliz com isso, mas preciso ser discreta por um tempo... Isso é, se eu quiser viver. E eu meio que gosto de viver. Gosto bastante, na verdade — ela tentou brincar.

— Viver funciona para mim também. Mas sério, nós a manteremos segura aqui. Tudo ficará bem — Logan encorajou com um sorriso.

Mesmo que inicialmente ela tenha tido medo de Logan, rapidamente descobriu que era fácil falar com ele. Também não atrapalhava ele ser bonito. *Como Tristan, tinha pelo menos um metro e noventa, era musculoso e charmoso*, pensou para si mesma. Seu cabelo castanho escuro passava de seus ombros, mas, mesmo com cabelo longo, ele de alguma maneira parecia um cara típico americano.

Logan estudou a bela doutora, ciente de sua pacata personalidade. Podia ver porque Tristan a achava atraente, com seu rosto inocente e olhos azuis claros. E aquele cabelo, com cachos pretos que estavam começando a secar em brilhosos espirais, descendo por seus ombros. Ela parecia vulnerável, mas, ao mesmo tempo, exibia tendências fortes. Foi somente ontem que ela estava desmaiada no carro, mordida e ensanguentada. E hoje, mesmo ainda machucada, estava conversando com eles como se estivesse perto de sobrenaturais por toda sua vida.

Tristan observava cuidadosamente seu beta do outro lado da sala, como se pudesse escutar os pensamentos de Logan. Ele estava flertando com ela? Seu lobo rosnou, minha. Ah, não, Tristan pensou. Ele não ia reivindicar essa mulher como sua. Ele nem fez sexo com ela ainda. Uma noite dormindo com ela e seu lobo estava pronto para tomá-la? Uma humana? Por que o lobo a queria? Isso era insano, e mesmo assim a sua parte humana sentiu uma forte dor fundo em seu estômago quando viu Kalli sorrir para Logan. *O que foi isso?* Logan esticou o braço para colocar uma reconfortante mão no ombro dela, Tristan se escutou rosnar.

Tanto Logan quando Kalli travaram com o ameaçador aviso. Ambos sabiam o que isso significava sem uma palavra ser dita. Logan olhou para Tristan, surpreso com a advertência territorial.

Tristan passou a mão pelo cabelo, percebendo o que tinha acabado de fazer. Como um cachorro comum protegendo um osso, ele rosnou para eles. *Caralho.* Não podia nem acreditar que era capaz de uma reação tão intensa. Mesmo assim não havia como negar as confusas emoções rolando dentro de seu peito. Aliviado em escutar o elevador tocar, ele silenciosamente andou para lá e digitou o código.

Os olhos de Julie foram do Alfa para o beta, e de volta para o Alfa. Ela não estava certa do que estava acontecendo, mas a tensão estava forte. De qualquer modo, tinha um trabalho a fazer.

— Bom dia, pessoal! — Ela falou, entrando com uma larga sacola. — Kalli! Você está de pé! Meu Deus, eu não esperava vê-la andando hoje. Você tem certeza de que está bem? Essa dupla de He-Man a arrastou aqui para outro interrogatório? Hum, quero dizer, questionamento — ela corrigiu, dando um olhar questionador para o Tristan e o Logan.

— Não, eles estão bem. Hum, eu estou bem, obrigada — Kalli respondeu, movendo-se para longe do Logan de propósito.

— Bom, vamos para o seu quarto. Quero verificar os seus sinais vitais. Trouxe roupas para você também, o que acho que você irá aprovar. Você está em desvantagem perto desses dois. E estar nua não te ajuda. Talvez a eles, mas definitivamente não a você — disse com uma piscada para Tristan. Colocando o braço em volta de Kalli, levou-a pelo corredor.

— Que. Porra. Foi. Essa? — Logan falou assim que as garotas estavam fora de alcance. Ele escutou o rosnado de Tristan um milhão de vezes, mas nunca direcionado a ele, e nunca em relação a uma mulher. Passar sua vida protegendo o cara meio que dava a ele esse privilégio, de falar do modo que acabou de falar. Logan era a única pessoa no mundo, que, numa situação crítica, Tristan deixaria confrontá-lo.

— Não é nada — Tristan protestou.

— Negação deve ser um ótimo lugar para estar, Tris. Sério? Por ela? — pressionou.

— Está bem. Eu sinto muito que, hum... rosnei. Deixa isso pra lá. Fim de papo — Tristan respondeu, ciente de que perdeu o controle momentaneamente.

— Está bem — Logan concordou olhando para o seu telefone, lendo uma mensagem. — Ei, o artista está aqui. Mira está subindo com ele.

Logan precisava daquele relatório de segurança da Kalli rápido. Rezava para ele vir limpo. Ela era atraente, sem dúvida, tanto física quanto intelectualmente. Mas seu único propósito era defender seu Alfa e a alcateia, e algo dizia que ele não podia confiar nela. Não ainda. Planejava ficar por perto até ter algo sobre ela, e mais perto ainda do Tristan. Claramente irritado com sua natureza territorial sobre Kalli, Tristan se desligou. Logan recuou, sabendo que ele precisava de espaço para se controlar.

O Alfa estava sendo sugado pelo redemoinho da misteriosa mulher, e ele suspeitava saber a causa. Logan desejava poder livrá-lo disso, mas, como todas as coisas na vida, era o ciclo natural das coisas. O destino era uma cadela insensível. Não fazia sentido para ele como a deusa podia trazer uma humana para acasalar o seu Alfa. Talvez ela não fosse a escolhida. Suas visões não eram claras, mas, estando perto da Kalli, vendo seu rosto, seus trejeitos, ele se sentia cada vez mais certo de que era ela em seus sonhos.

CAPÍTULO DEZ

Tristan respirou fundo, equilibrando-se. Precisava ficar no controle, tantas pessoas dependiam dele. Ele mal podia esperar para ter os retratos feitos. Além de compartilhá-los com Marcel e Chandler, planejava mandá-los para o Tony. Eles talvez ajudem do lado dele. Tony Bianchi, o antigo parceiro de Sydney, ainda trabalhava na área de homicídios no departamento de polícia da cidade. Já que o incêndio tinha sido determinado como criminoso, Tony não estava trabalhando no caso, mas era o único que Tristan confiava na força policial.

A P-CAP[7] estava ciente do caso, mas já que nenhum sobrenatural foi morto, eles não pegariam o caso. Tristan não os queria envolvidos de qualquer jeito, já que os vampiros de Alexandra estavam enraizados na organização. No mês anterior, dado que um assassino em série estava atacando jovens mulheres, Kade tinha se colocado na P-CAP em uma tentativa de avançar o caso. No final das contas, assuntos da alcateia seriam tratados internamente. Ele faria justiça, não deixaria isso para a polícia.

Mas Tony podia despachar um boletim para a cidade inteira com os suspeitos ou talvez conseguir o nome deles antes do seu encontro com o Chandler. Seria um tiro no escuro se Jax conhecesse os lobos que começaram o incêndio. E mesmo que ele os conhecesse, Tristan não estava certo de que cooperaria. Trabalhar todos os ângulos era prudente, dada a falta de informações.

Logan digitou o código, deixando a sempre bem arrumada Mira entrar no apartamento. Ela usava um vestido social rosa xadrez com saltos pretos, e seu cabelo preso em um coque banana. Ele sorriu para si mesmo, pensando em como ela podia mudar de um tubarão nos negócios em um minuto para uma gatinha ronronando no próximo. E como ela ronronou para ele na noite anterior.

Um homem desleixado, carregando bolsas tipo mensageiro, a seguia,

---

7 Sigla da polícia paranormal alternativa.

tropeçando em Logan.

— Logan. Tristan. Esse é o sr. Mathers. Ele vai fazer os retratos-falados. E, antes que você pergunte, sim, eu verifiquei seu distintivo — afirmou, andando primeiro para Tristan, e dando um beijo em sua bochecha.

— Por favor, sente — Tristan solicitou, apontando para uma cadeira de visitas na sala de estar. — Você precisa de alguma coisa para trabalhar?

— Ah, não. Somente a testemunha. Vou fazer os desenhos. Depois, posso mandá-los para quem você quiser — explicou. Pegando um grande tablet e sua caneta específica, ele ajeitou seu equipamento. — Deve ser mais fácil para eu trabalhar na mesa de jantar. Você se incomoda?

— Não, de jeito nenhum. Mir, você pode ajudá-lo? Eu vou pegar a Kalli — Tristan disse para ela.

Kalli saiu do banheiro, vestida em uma calça jeans justa, e uma camiseta amarela apertada. Colocando o cabelo de lado, ela gratamente aceitou o par de sapatilhas bege de Julie e o colocou nos pés.

— Obrigada novamente. Prometo devolver essas coisas quando pegar as minhas no apartamento. É bom finalmente ter roupas novamente. Eu quase me sinto normal — ela declarou, sorrindo.

— Sem problemas. Preciso dizer que estou bem impressionada em como você está se curando rápido. Você tem certeza de que não está sentindo mais nenhuma tontura? — Julie perguntou, intrigada no quão rápido ela se recuperou da perda de sangue.

— Estaria mentindo se dissesse que não estou um pouco cansada, mas sem tontura. Devo ter um coração forte — sugeriu, sabendo que eram seus genes de lobo que a ajudavam a se recuperar tão rápido.

— Bom, antes que você vá, quer falar sobre isso? — Julie mostrou o pequeno pote que tinha seus comprimidos.

— Hum, bom, eles são algo que eu tomo para me ajudar a ficar equilibrada. Ajudam a controlar espasmos musculares. É meio que experimental, algo que estou trabalhando — ela meio que mentiu.

Ela odiava enganar a Julie, a mulher tinha sido tão boa para ela. Sempre escutou que, se você precisasse mentir, deveria fazer isso colocando a mentira numa história que era verdade em sua maior parte. *Espasmos musculares?* Bom, tecnicamente era isso que acontecia quando ela se transformava. E ser indetectável como lobo era definitivamente bom para seu estado mental. Desde que ninguém soubesse sua verdadeira identidade, ela seria capaz de relaxar. Sua antiga alcateia não podia encontrá-la.

— Eu posso parar um pouco? — Kalli perguntou, depois do primeiro desenho pronto.

— Bom, eu realmente sugiro continuar. Preciso voltar para a delegacia — sr. Mathers respondeu, claramente irritado que ela queria parar.

— Bem, ok, mas pode ser mais produtivo se eu parar um pouco para me refrescar — persistiu.

Seu rosto começou a corar enquanto aprovava o primeiro retrato. Ele trouxe de volta a realidade da situação. Ela não iria voltar para casa ou para o trabalho. Não, ela decidiu ficar com lobos desconhecidos, quando passou os últimos dez anos tentando ficar longe deles.

Olhar sem parar para o desenho do lobo foi o suficiente para fazê-la ter um completo ataque de pânico. Ver seu rosto lembrou a ela de que tinha os dias contados. Se a encontrassem, eles a arrastariam a qualquer custo para a Carolina do Sul. E, se decidissem não matá-la na mesma hora, seria submetida a meses de estupro pelos homens que não eram permitidos procriar. *Ai, Deus. Eu não posso voltar.* Com esse pensamento, seu peito apertou. Era como se um elefante estivesse sentado em cima dela, fazendo ser difícil de respirar. *Ar, eu preciso de ar.* Sua garganta começou a fechar. Ela colocou a cabeça nas palmas das mãos.

Tristan estava conversando com Logan e Mira sobre a última aquisição quando escutou Kalli ofegar. Assustado, correu para ela, pegando-a em seus braços.

— O que você fez com ela? — gritou para o artista, que estava digitando em seu tablet.

— Eu? Bem, nada. Quer dizer, ela queria uma pausa, mas funciona melhor se continuarmos enquanto os detalhes estão frescos — explicou nervosamente.

— Idiota — Tristan murmurou baixinho. Ele acariciou o rosto de Kalli com suas mãos, em uma tentativa de fazê-la respirar normalmente. — Hora de um intervalo. Vamos lá, baby, está tudo bem. Respire. Isso. Só me sinta.

Tristan a levou para o sofá e colocou-a em seu colo. Enviou ondas tranquilizantes para ela, esperando que seus poderes pudessem ser sentidos por um humano. Ela se aconchegou em seu calor corporal, tentando se concentrar em suas palavras. Escutando sua forte respiração e seus fortes batimentos cardíacos, ela se concentrou em sincronizar os dela com os dele, como se fossem um só.

Logan e Mira ficaram boquiabertos, espantados com a cena, enquanto Tristan colocou a mulher em seu peito. Ele agia tão protetor com ela, como se fosse seu companheiro. E ele não sabia disso. Ambos se sentiram meio que voyeuristas, mas não tinham como não estar atraídos à visão em sua frente. Mira estava mais do que atônita, ela estava irritada. *Como isso podia acontecer? Ela era humana.*

— Eu estou bem — Kalli garantiu a Tristan, levantando a cabeça e pressionando a mão no peito dele. — Ai, meu Deus. Eu estou tão envergonhada! Sério, foi só um ataque de pânico. Eu estou bem.

— Não fique envergonhada. Você passou por muita coisa nas últimas setenta e duas horas. Você está se recuperando da perda de sangue. Ele foi um babaca. Você perguntou, ele não escutou. Não se preocupe, *chère*.

Tristan sentia como se seu coração tivesse sido arrancado de seu peito ao ver Kalli tão estressada com os retratos. Ele completamente entendia o que eles representavam, mas o rosto dela estava pálido como se tivesse visto um fantasma.

Percebendo que todo mundo estava olhando para eles, Kalli tentou sair de perto de Tristan. Não podia mostrar fraqueza na frente dos lobos dele, eles a comeriam viva.

— Ei, onde você está indo? Tem certeza de que está bem? — perguntou, recusando-se a deixá-la levantar. Ele a segurou apertado, sem ligar para o que os outros pensavam.

— Obrigada, eu estou bem. Você está certo. Deve ser a perda de sangue. Acho que estou bem agora. Vou ao banheiro e já volto — disse para ele, esperando que a deixasse levantar.

— Ok. — Tristan a soltou, vendo-a disparar pelo corredor.

Pode ter sido pânico, mas ele podia sentir o completo terror correndo pelo seu corpo. Ela estava com medo de alguma coisa. Talvez os lobos que ela estava desenhando a assustaram. Mas ele tinha uma sensação única de que ela não estava dizendo a verdade para ele. Era só uma questão de tempo antes que descobrisse o que estava acontecendo com ela. Dando um olhar para Logan, gesticulou para ele vir até o sofá.

Logan obedeceu.

— O que foi, chefe?

— Como está a pesquisa? Alguma coisa? — perguntou impaciente.

— Não muito. Até agora só temos os registros criminais, o que não nos diz muito. Nenhuma prisão. Nem mesmo uma multa por estacionamento. Paga as contas em dia. Trabalha na HVU há dois anos. Ainda procurando. Devo ter mais informações hoje à tarde.

— Quero saber assim que você tiver notícias do seu cara. É sério, assim que você tiver notícias. Sem atrasos — ele orientou. — Ela está escondendo alguma coisa, e eu com certeza quero saber o que é.

Mira escutou a conversa deles do outro lado da sala e veio ver o que estava acontecendo. A demonstração íntima de Tristan com a desconhecida a perturbava em um nível visceral. Que porra ele via nela? Mira não era normalmente uma mulher ciumenta. Tristan tinha fodido um bando de mulheres em todos esses anos. Ele até ficou sério, mantendo encontros sexuais por bastante tempo com a detetive Sydney Willows. Até a tinha chamado para se mudar para a casa dele, mas ela teve o bom senso de negar.

Mas essa mulher tinha se insinuado na vida dele em menos de vinte e quatro horas. A única maneira de que isso poderia acontecer seria se ele tivesse encontrado sua companheira. Companheira? Sem chance. Nenhum Alfa acasalava com uma humana. Além do mais, ela saberia se ele tivesse encontrado uma companheira. Logan saberia. Toda a alcateia saberia. Eles iriam sentir isso. E quando Tristan soubesse, iria espalhar a notícia com um satélite. Tinha algo sobre essa mulher humana que estava errado, e ela estava determinada a descobrir o que era. Enquanto isso, planejava fazer a vida dela um verdadeiro inferno, mesmo Tristan tendo decidido que ela iria ficar com ele.

— Ei, o que está acontecendo? — perguntou inocentemente.

— Nada. Só conversando com Logan sobre o relatório de segurança da dra. Williams — explicou.

— Doutora, hein? Parece que é ela que precisa de um comprimido se você me perguntar. E, enquanto estamos compartilhando informações, por que você a estava seguindo pelo lugar todo?

Logan revirou os olhos, esperando que Mira saberia quando parar.

— Não sei do que você está falando. — Tristan sorriu, tentando fazer com que ela se esquecesse do assunto. — Estou só dando um pouco da doce medicina do Alfa. Você devia saber tudo sobre isso, Mir.

Uma risada saiu do Logan. O homem tinha um bom papo. Ele podia tirar as calcinhas de uma freira com suas frases.

— É, bem, é melhor você prestar atenção, Tris. Ela é humana. Sem mencionar que você mal a conhece — ela avisou.

— Obrigado pela sua preocupação, *chère*, mas eu te garanto que o seu Alfa pode cuidar de si mesmo.

— Mas você não pode seriamente estar pensando em deixá-la ficar aqui — interveio, aumentando a voz.

— Já está decidido. Ela vai ficar comigo, na minha casa e não ficará com mais ninguém — disse, olhando para Logan, lembrando-se do incidente de mais cedo.

— Mas...

Ele a interrompeu antes que pudesse dizer outra palavra. Ela estava passando dos limites. Olhando nos olhos dela, ele a forçou a abaixar o olhar em submissão.

— Esquece, Mira. Sério, nenhuma outra palavra. Ela está sob os meus cuidados. Ela é minha.

Ele entendeu as implicações de reivindicá-la, no instante que a palavra "minha" saiu de seus lábios. Olhando para os rostos de Logan e Mira, sabia que eles interpretaram isso como muito mais do que o contexto que foi dito. Como Alfa, seus lobos eram dele. Eles estavam todos em sua responsabilidade. Só porque era ela humana, bem, isso não deveria fazer diferença. Ela precisa de sua proteção, e ele precisa dela; apenas para informações, claro. Ela era com certeza incrivelmente atraente e dava a ele uma dolorida ereção toda vez que fala com ela, mas isso era só atração, pura e simples. Ele teria que estar morto para não querer fazer sexo com ela.

Mira e Logan trocam olhares interrogativos e ele cerrou os olhos para eles.

— O que foi?

— Nada — ambos disseram ao mesmo tempo.

Terminando a descrição do segundo lobo, Kalli esperou o artista fazer sua mágica. Ela ficou sentada pacientemente, sabendo que ele pediria para ela confirmar o retrato. A loira alta estava arremessando adagas nela desde que retornou para a sala. Kalli de vez em quando olhava para Tristan e Logan trabalhando no outro lado da sala e notou que a mulher nunca saía do lado do Alfa.

Sua roupa de trabalho e o laptop sugeriam que ela trabalhava para Tristan de um modo formal, mas seus gestos íntimos para os dois homens indicavam mais do que uma relação profissional. *Amigos?* Não, seu ocasional toque no rosto de Tristan dizia mais. *Amantes?* Por alguma razão, o pensamento de ele ter outras amantes deu a ela um pequeno aperto no estômago. Ela brigou silenciosamente consigo mesma pelo sentimento. Só o conhecia há um dia. E daí se ela estava desejando-o como uma cadela no cio? Ele não era dela.

O fenômeno da atração física era inegavelmente irresistível dada a química certa entre as pessoas certas. Ele mal podia ser controlado. E também tinha o fato difícil de ignorar de que Tristan era um Alfa que parecia ter transformado sedução em uma arte, com a habilidade de ligar e desligar seu charme intoxicante com um piscar de olhos. Qualquer mulher que somente olhasse em sua direção estaria irremediavelmente perdida. Ela não tinha a mínima chance.

Ela bem sabia que ele provavelmente tinha um harém de mulheres, sobrenaturais e humanas, prontas e dispostas a aquecer sua cama. Que tipo de idiota se envolvia com um Alfa quando ela, ela mesma, estava pretendendo ser humana e fugindo de sua própria alcateia? *Uma tola.*

Mas ela não podia negar que o queria sexualmente, e não de um jeito bonzinho, segurando mãos, fazendo sexo na posição papai-mamãe. Visões dela agarrando a cabeceira enquanto ele metia nela fortemente, agarrando seu cabelo longo, era mais assim. E ela, gritando enquanto prazer no limite da dor a arremessava de cabeça em um orgasmo... Ah, sim, era assim que ela o queria. Rápido e duro. Mordendo e arranhando. Animalesco.

De qualquer modo, não podia deixar esses sentimentos temporários, guiados por desejo, anuviarem seu julgamento. Ela não era ciumenta. Talvez o que a irritasse, era que essa mulher, que nem a conhecia, não gostava dela. Kalli não entendia o motivo, mas também não importava. E, se estava lendo as coisas corretamente, existia a possibilidade de que também teria que passar tempo com ela nos próximos dias.

Não que ela não esteja acostumada a lidar com donos de animais intratáveis e até mesmo cruéis de tempos em tempos, ela se tornou uma perita em colocar sua aura profissional falando numa voz calma e dominante. Articuladamente eviscerar donos de animais que eram abusivos era uma infeliz realidade na cidade. Ela não era o tipo de levar desaforo para casa de ninguém quando o assunto era proteger seus animais. Ponderou que poderia cuidar da loira irritada. Não seria bonito, mas ela não estava aqui para fazer bonito. Precisava ficar viva e ajudar Tristan a encontrar os lobos que mataram o homem na Louisiana e incendiaram seu clube.

Quando tudo isso acabasse, planejava voltar para a sua missão de vida de curar animais e ensinar aos outros como ajudá-los. Voltaria a se esconder como um lobo em roupas humanas. Talvez finalmente namorar um humano que não se incomodava com uma mulher inteligente que trabalhava longas horas e chegava em casa coberta de pelos de animais. Um beijo quente, um que a deixou de pernas bambas, com um espetacularmente lindo Alfa não iria mudar aquele resultado tão real. Ela olhou para ele, esperando que não a veria olhando mais uma vez. *Deus, ele é delicioso. Eu poderia lambê-lo...*

— O que você acha? — o artista perguntou, tirando-a de seus pensamentos carnais.

— Hum, sim, isso, hum, parece bom — ela gaguejou. — Terminamos?

— Sim, estou só salvando e então vou enviá-los por e-mail para o Tristan, Logan e Tony — murmurou, continuando a trabalhar.

— Ok, obrigada. — Cansada de trabalhar, Kalli levantou, inconscientemente erguendo os braços sobre a cabeça como um gato que acabou de acordar de um longo cochilo.

Tristan parou de falar, notando que ela tinha acabado. Seu pau começou a prestar atenção quando ela começou a se espreguiçar na frente de todo mundo, seus rígidos mamilos pressionando na camiseta. Ela estava excitada? Com frio? Ele precisava dela mais perto, agradecendo à deusa que o artista não a estava observando. Ele teria um ataque do coração com a deliciosa visão.

Um baixo rosnado saiu dele quando cruzou o cômodo e colocou os braços em volta da cintura dela. Não queria que mais ninguém visse a bela visão que tinha acabado de testemunhar. Ah, ele queria ver os mamilos dela rígidos com certeza, mas não queria nenhum outro macho os vendo, especialmente em sua própria casa. Sem nem pensar, ele a abraçou, passando as mãos pelas costas dela e apoiando-as logo acima de seu traseiro. Respirou fundo, inalando o cheiro dela e gemendo, e então a soltou, vendo que tinha uma audiência. Viu o largo sorriso de Logan. A boca da Mira estava apertada em um tom desaprovador.

— Tudo pronto? — perguntou à Kalli e olhou para o artista que estava guardando o tablet.

— Sim — disse, surpresa que ele a tinha abraçado do nada. Ela não tinha certeza do que achar disso, mas era bom estar em seus braços.

— Sr. Livingston, mandei os arquivos para o seu endereço de e-mail. Tony já deve tê-los recebido. Foi um prazer trabalhar para você.

— Obrigado, eu agradeço o seu trabalho. E lembre-se, você deve manter isso em segredo. Isso significa que você não conta para ninguém, entendeu? Nem para a sua mãe — ordenou.

Apreensivamente, o artista apertou a mão de Tristan.

— Sim, senhor.

— Logan, por favor, acompanhe o sr. Mathers até a saída. Pode ser?

O artista correu para o elevador, parecendo que mal podia esperar para ir embora. Simpatizando, Kalli entendia como era ser intimidada por sobrenaturais. Mesmo que o pobre homem não passasse muito tempo com eles, teria conhecimento dos perigos. Eles exalavam uma aura naturalmente intimidante, e a maioria dos humanos tinha o bom-senso de reconhecer o perigo. Um alce não precisava saber de tudo para ter medo de uma alcateia de lobos indo em sua direção. Ele institivamente sabia que tinha que fugir.

— Vem aqui. Eu quero que você conheça uma pessoa antes de irmos para o hospital — Tristan insistiu, puxando-a pela mão para conhecer a mulher de gelo.

— Mira, eu quero que você conheça a...

— Dra. Kalli Williams — Kalli interrompeu, colocando seus trejeitos profissionais. Ela estendeu a mão como faria com um paciente, olhando-a diretamente nos olhos. — Já que você é amiga do Tristan, por favor, me chame de Kalli.

Mira apertou a mão da humana, espantada que ela fosse tão audaciosa. Qualquer lobo a teria reconhecido como a fêmea Alfa e teria abaixado os olhos. *Humanos*. Eles a enervavam.

— Encantada, tenho certeza — disse abruptamente, olhando para o Tristan.

Kalli removeu a mão rapidamente. Não tinha tempo para uma competição idiota. E se fosse ter uma, sua oponente perderia.

— Sim. Ok, bem, prazer em conhecê-la, Mira — respondeu, sem saber o que mais dizer.

Ela não sabia o que aconteceu, mas do nada virou as costas para a Mira. Diminuindo a distância, pressionou o corpo no de Tristan, quase tocando, seus seios a poucos centímetros de distância dele. Colocando uma mão possessivamente na cintura dele, colocou a outra palma no seu peito. A tensão elétrica pairava no ar entre eles.

— Preciso me arrumar. Depois disso podemos passar no hospital? Tenho que ir lá antes que me demitam.

— Está bem. Vou rever os desenhos rapidinho com Logan para vermos se algo nos é remotamente familiar. Nós vamos enviá-los para o resto da alcateia, assim eles também podem ficar de olho. Vá em frente. Demore o tempo que precisar — sugeriu, sem se mover.

— Obrigada. — Kalli respirou fundo, tirando as mãos, mas deixando seu seio roçar rapidamente nele quando se virou.

Antes que Mira pudesse dizer outra palavra, Kalli falou.

— Prazer em te conhecer. — Com confiança, jogou o cabelo para o lado e foi se arrumar.

— Humanos. — Mira fungou. — Deus, Tristan, é provavelmente uma boa coisa que ela não seja lobo. Talvez eu tenha que abaixar um pouco a bola dela.

Logan se aproximou por trás dela, colocando os braços em volta da cintura de Mira, aconchegando-se no pescoço dela.

— Mir, qual o problema, baby? Nós não nos divertimos na noite passada? Nunca vi você tão irritada. Tris, nossa garota acordou no lado errado da cama. Viu o que acontece quando você vai embora no meio da nossa diversão?

Tristan tentou focar na reação de Mira com a Kalli, mas estava tendo dificuldades, dada a dor que ele sentia abaixo da cintura. O mero toque de Kalli o deixava louco. Precisava tê-la logo, tirá-la do seu sistema para poder pensar direito.

— O quê? — perguntou, não tendo escutado a pergunta. Ignorando isso, olhou novamente para Logan e Mira. — Escuta, Mir, eu não sei o que tem de errado com você, mas preciso que você seja legal com a Kalli. Ela já é arredia perto de lobos.

— Eu fui perfeitamente legal — ela protestou, pegando suas coisas. — Se você parasse de babar por cinco segundos, talvez notasse que quem foi desrespeitosa foi ela.

— Sério? Porque ela não desviou o olhar? Ela é humana. Você precisa se acostumar com isso. E ela também tem uma posição de autoridade. Caso você não tenha escutado da primeira vez, ela é uma doutora. Sinto que ela não mede as palavras. Mesmo com o que aconteceu, ela não é uma mosca-morta. Ela é forte. Está em sua natureza — ele disse para ela.

Humilhada, Mira revirou os olhos.

— Natureza humana. Não se esqueça disso, Tris — respondeu, colocando a mão no rosto dele brevemente. Virou, dando um beijo no rosto de Logan antes de entrar no elevador.

Tristan considerou o que tinha acabado de acontecer. Conscientemente ou não, Kalli bloqueou fisicamente para que Mira não o tocasse, possessivamente esfregando as mãos por todo o seu torso, assim afirmando seu papel na vida dele. E ela fez isso na frente de seu beta, que também viu. Mira ficou sacudida com razão. Ele entendia o motivo, mas isso não mudava o que tinha acontecido. Não importa quão vulnerável Kalli pareceu ontem, era impossível não ver a dominância escondida dentro dela.

CAPÍTULO ONZE

Kalli estava sentada na frente do dr. Marcus Cramer, que não estava nem um pouco feliz com seu pedido de licença.

— Dra. Williams — começou. — Nós realmente não podemos ter nossos doutores tirando licença de qualquer maneira. Entendo que você teve um incidente na garagem há alguns dias, mas você parece bem para mim.

— Dr. Cramer — ela se dirigiu a ele usando seu nome profissional, pensando que dois podiam jogar o mesmo jogo. — Você parece não entender. Eu realmente não tenho escolha. Estou requisitando uma licença pessoal, começando imediatamente, o que, de acordo com o meu contrato, eu tenho direito. E eu realmente gostaria da sua aprovação, mas levarei aos superiores se necessário.

Ela não queria fechar nenhuma porta, mas ela também não deixaria o babaca intimidá-la. Ela ponderava que ele estava tentando forçá-la, porque sabia que era só uma questão de tempo antes de ela estar completamente a frente de seu próprio departamento. Supunha que ele achava que ela precisava cumprir a sua parte antes de subir na administração. Mas, além disso, o homem parecia ser uma pessoa desagradável, não importava com quem estava falando, seja funcionário ou paciente.

— Acho que, por cortesia, você deveria me dizer por que está tirando a licença. É por motivo médico? Você está grávida? — provocou, aumentando a voz.

— O quê? — ela quase gritou de volta para ele, incrédula que ele faria uma pergunta tão pessoal. — Isso não é da sua conta. Preciso de uma licença pessoal. Não tenho nenhuma obrigação contratual de explicar as razões.

Tristan escutou o suficiente. O chefe da Kalli acabou de perguntar se ela estava grávida. *Que porra é essa? Isso é permitido legalmente?* Mesmo ele não querendo sair do seu lado, ela insistiu que ele e o Logan esperassem no corredor enquanto explicava as circunstâncias de sua ausência para o seu supervisor. Claro que isso não o impediu de escutar a conversa inteira, dado os seus sentidos aumentados.

Logan levantou uma sobrancelha para o seu Alfa e respirou fundo, sabendo que a merda estava prestes a atingir o ventilador. Na verdade, o chefe da Kalli parecia um total babaca e merecia o que estava prestes a receber. Ele sorriu, pensando para si mesmo que seria divertido de assistir.

Tristan se levantou da cadeira e cruzou a sala de espera. Para o desespero de uma recepcionista bem preocupada, Tristan abriu a porta da sala do seu chefe como um tornado. Dr. Cramer literalmente pulou em sua cadeira com o barulho da porta batendo na parede. Quando ela voltou, ele olhou para cima e viu um macho grande e bem irritado o encarando.

— O que você está fazendo aqui? Quem é você? Saia daqui agora, antes que eu chame a segurança — mandou.

Tristan rosnou, punhos cerrados no seu lado. Ele segurou a fera dentro dele, que estava pronta para arrancar a garganta do bom doutor.

Kalli ficou em pé de repente, pronta para segurá-lo.

— Tristan, está tudo bem.

Ele olhou para ela, advertindo-a.

— Sente, Kalli.

Ela se encontrou obedecendo sem argumentos. Nervosamente o observando, tentou conter a semente de excitação crescendo em sua barriga. Sua dominância chamava por sua loba.

— Dr. Cramer, deixe me apresentar. — Tristan se inclinou para frente, colocando as mãos na mesa.

— Eu estou ligando para a segurança agora — o doutor tentou interromper.

Tristan pegou o aparelho de telefone da mão dele e com força o arrancou da tomada. Pedaços de gesso se espalharam pelo chão.

— Estou tão feliz em ter a sua atenção. Como estava dizendo, o meu nome é Tristan Livingston. — Ele deliberadamente enfatizou seu sobrenome.

— Livingston? Como no *Centro de Recuperação Equina Livingston?* — O rosto do doutor empalideceu. Boquiaberto, ficou sentado silenciosamente estupefato.

— Sim, esse Livingston. Agora, é isso que vai acontecer. Você vai se desculpar com a dra. Williams pelo seu terrível comportamento. E se eu escutar você falar daquele jeito com ela mais uma vez, irá procurar por mais do que um novo trabalho. Fui claro?

— Sim, sim, senhor. Eu sinto muito, senhor. Sr. Livingston, por favor, saiba que nós apreciamos muito suas doações e contribuições para a nossa bela instituição. Nós não teríamos como funcionar sem doadores como você.

Tristan circulou a mesa em dois segundos, segurando o homem pela gola, levantando-o da cadeira.

— Peça desculpas. Agora.

— Sim, sim, eu sinto muito dra. Williams. Não se preocupe com nada. O dr. Kepler pode assumir os seus casos, e tudo estará em ordem quando você voltar. — Ele parecia estar prestes a chorar.

Os olhos de Kalli arregalaram com a exibição de proteção do seu Alfa. *Seu Alfa.* Sua loba queria ficar de barriga para cima e expor a garganta.

— Feliz que isso esteja acertado. Muito obrigado por entender, Dr. Cramer. Nós vamos embora agora — Tristan disse bruscamente para ele, segurando a mão de Kalli e a ajudando a se levantar gentilmente.

Enquanto andavam no corredor, Kalli não disse nada. Ela não estava tão incomodada com o que o Tristan tinha feito, mas sim com a sua reação a isso. Dizer que ela estava excitada não era nada. Xingou silenciosamente e sentiu a umidade em sua calcinha.

— Tristan, preciso pegar algumas coisas no meu escritório. Bem aqui. — Ela apontou para uma área aberta, com várias divisórias. — Hum, eu fico ali... bem no canto. Ah, oi, Lindsay. — Ela acenou para uma jovem mulher que a divisória ficava bem na frente do seu escritório.

— Oi, dra. Kalli. Como você está? — Lindsay, uma estudante jovem e bonita mexia em papéis em sua mesa. Seu longo cabelo loiro, com mechas vermelhas, caía em seu rosto.

Kalli ficou amiga de Lindsay quando ela começou seu estágio há mais de um ano. Ela a ensinou como ajudar com projetos de pesquisa, e também os básicos de cuidados diários dos animais. Kalli admirava a determinação de Lindsay e sua forte ética de trabalho. Sua atitude de compaixão com os animais a convencia de que Lindsay um dia seria uma boa veterinária.

— Oi, eu só queria que você soubesse que vou tirar uma licença por algumas semanas. Se você precisar de alguma coisa, me ligue. Além disso, espere uma ligação hoje ou amanhã para pegarem a jiboia amarela. Eu assinei a liberação.

— Ok, Doutora. Tem alguma coisa que eu possa fazer enquanto você está fora? Posso trabalhar compilando para você os dados estatísticos do MA036, mas preciso de acesso. O seu laptop está aqui? — perguntou alegremente.

— Não, todas as pesquisas serão suspensas até eu retornar. Não quero ninguém mexendo nos meus dados. Você sabe como é — Kalli falou pela porta aberta. Ela estava enfiando algumas pastas em uma bolsa, olhando as suas coisas para ver se não teria mais nada que realmente precisasse levar com ela. Esperava voltar para o escritório em algumas semanas, mas não sabia com certeza quando as coisas voltariam ao normal. Olhando para Tristan e Logan, que pareciam estar estudando sua estante lotada, quase tinha certeza de que as coisas nunca mais seriam as mesmas para ela.

— Eu sinto cheiro de lobos. Fique para trás — Logan ordenou e ele abriu a porta para o apartamento de Kalli. Ela insistiu em pegar algumas coisas para vestir, já que ficará com o Tristan. Mas, assim que entraram no prédio, o cheiro era tão forte que até a Kalli reconheceu o aroma mortal: lobo.

— Ei, Tris, talvez você queira levar a Kalli de volta para o carro — sugeriu, olhando a bagunça que eles fizeram.

— Não — gritou, forçando a passagem por Tristan. — Caralho, que porra de lobos! — Ela não podia acreditar que eles destruíram seu apartamento.

— Não se contenha, Kal — Tristan brincou, um pouco entretido com seu temperamento. Bom, ela precisava ficar com raiva, furiosa até. Essa luta não seria fácil.

— Por que cacete eles precisavam fazer isso? Quer dizer, se eles me queriam, podiam só ter aberto a porta, olhado e ido embora. Por que destruir tudo? — reclamou.

O sofá estava destruído, esfaqueado. Sua estante foi revirada. Todos os armários da cozinha foram abertos, as louças e alimentos estavam todos espalhados pelos balcões e chão. Ela suspirou, olhando para a bagunça em volta. Sentando em uma cadeira na cozinha, colocou a cabeça nas mãos, enquanto Tristan e Logan olhavam seu quarto e o quarto de hóspedes.

Ela não podia acreditar que seu mundo estava enlouquecendo. Por que eles fizeram essa zona? Era como se estivessem procurando por algo. Algo importante. Em um segundo, o coração de Kalli acelerou em pânico quando o motivo para a bagunça ficou claro. *Sem chance. Ninguém sabia. Eles não podiam saber.* Toda a sua pesquisa era em segredo. Ela não contou para ninguém. Ninguém nem a via tomar os comprimidos. Claro, nos estágios iniciais de pesquisa, ela levou o laptop para o trabalho. Imprimiu somente algumas coisas, sempre em sua impressora particular e sempre tendo certeza de que não existiam cópias, picotando qualquer lixo restante.

Desde o efetivo desenvolvimento do CLI, ela parou completamente de carregar seu laptop. Depois de memorizar a composição e apagar todos os dados do seu computador, guardou todas as informações em um pendrive que mantinha escondido. Mas se alguém soubesse... Se eles soubessem da existência do CLI ou pelo menos suspeitassem que era possível desenvolver uma droga do tipo, seria desastroso. Não era como se ela não tivesse imaginado os cenários durante a criação: o possível uso por pessoas inescrupulosas como uma punição para prevenir um lobo de se transformar, ou pior, utilizá-lo como uma arma. Nas mãos erradas, lobos em todos os cantos ficariam vulneráveis.

Mas ela não podia ter certeza de que era isso que tinha acontecido. Nesse momento, ela precisava assumir que os lobos definitivamente a viram saindo do incêndio, e sabiam onde ela morava e trabalhava. Eles podiam estar só demonstrando poder, destruindo seu apartamento para assustá-la. Só existia um modo de descobrir se sabiam. O único outro suprimento de comprimidos além do que estava na casa do Tristan, eram seus comprimidos de emergência, que ela também escondia. E ela precisava procurá-los sem alertar Tristan e Logan.

Ela pulou, assustando-se quando Tristan colocou a mão no seu ombro.

— Kalli, os quartos estão uma bagunça. Sinto muito. Você quer que eu e Logan a ajudemos a arrumar uma bolsa? — perguntou suavemente. Não importa o quão forte ela era, essa invasão iria afetá-la.

Levantando, afastou-se dele. A mentira iminente parecia um bolo em sua garganta. Se os comprimidos ou o pendrive tivessem sumido, então ela teria que contar a verdade. Não existia outra opção.

— Posso ficar um minuto sozinha no meu quarto? — perguntou.

— Você tem certeza?

— Sim. Eu posso fazer isso. Preciso fazer isso.

— Ei, Logan — Tristan chamou.

— Sim, o que foi? — Logan respondeu, voltando para a cozinha.

— Ela vai pegar algumas coisas. Sozinha.

— Eu só preciso de um pouco de privacidade. Um minuto para pensar. — Ela deu um leve sorriso para os dois, que não alcançou seus olhos.

— Ei, doutora. Eu sinto muito. Babacas — Logan disse, olhando a zona na cozinha. Cascas de ovos e gemas secas grudadas como cola em todas as superfícies.

— É, eu não vou mentir. Isso é uma grande violação. Estranhos dentro da minha casa, destruindo tudo. Sério, é uma merda. Mas você sabe, são coisas. — Ela gesticulou para seus livros rasgados, pedaços quebrados de louças e decorações. — É tudo só... bom, é só um bando de coisas. Não são animais ou pessoas, tudo pode ser substituído.

Logan colocou uma mão reconfortante no ombro dela. No mesmo momento, acenou com a cabeça para o Tristan, cuidadoso para não ultrapassar nenhum limite. Logan amava seu Alfa. Ele sabia que as coisas estavam mudando. Sonhou com a companheira do Tristan. Mas, ao contrário do seu Alfa, teve tempo para se preparar mentalmente. De qualquer modo, nunca imaginou o senso de proteção que sentia em relação a ela. Ficou confuso ao tentar entender o motivo. Considerando que ela era humana, e não parte da alcateia, não fazia sentido ele se sentir tão compelido em protegê-la do perigo, de dores. Ele notou primeiro no hospital. Enquanto sempre gostou de ver seu chefe dominar, escutar Tristan atacar o terrível chefe dela o deu uma alegria inusitada. Sabia que se seu Alfa não tivesse se intrometido, ele teria.

Tristan o estudou, controlando a irracional possessividade relacionada à Kalli. Isso continuava a irritá-lo, o fato de que ele se preocupava. Continuava voltando ao fato de que acabara de conhecê-la. Além disso, não era como se nunca tivesse compartilhado mulheres com Logan, então por que isso era diferente? Logan era mais que um amigo, dado quantas vezes tinham sido íntimos. Eles nunca eram íntimos um com o outro sexualmente durante suas escapadas, mas se tocavam, compartilhavam um carinho, talvez até se dirigissem um ao outro durante um encontro com uma mulher sortuda. Se fosse a namorada do Logan ou do Tristan, sempre estava claro que nenhum homem estava com sua companheira. Então, ciúmes nunca tinham aparecido. Não existiam limites.

Mas com a Kalli, ele sentiu a necessidade de possuí-la, corpo e mente. E se ele um dia compartilhasse, seria somente nos seus termos. Ninguém a tocaria sem sua permissão, e ela somente seria tocada no modo que ele comandasse. Não poderia ser de outro jeito. Tristan ficava cada vez mais irritado que seus sentimentos territoriais ficavam mais fortes a cada hora que ficava perto dela. Era desconfortável pensar em uma mulher dessa maneira, mas parecia tão natural quanto nascer.

Kalli viu Tristan observando sua interação e se distanciou de Logan. Estava agradecida que ele se preocupava, mas culpa a consumia. Ela precisava contar a eles sobre a fórmula. Temendo isso, teria que confessar mais cedo ou mais tarde se o pendrive ou os comprimidos tivessem sumido.

— Acho melhor eu ir pegar as minhas coisas — comentou ao se conformar com a tarefa. Parecendo terrivelmente derrotada, saiu da cozinha. Quando Kalli chegou em seu quarto, trancou a porta. Sabia que um dos dois lobos podia facilmente entrar se realmente quisesse, mas eles não pareciam o tipo de invadir o quarto trancado de uma dama.

Correu para o banheiro, tentando evitar os cacos de vidro espalhados pelo cômodo. Eles quebraram os espelhos da porta do closet e também o da pia do banheiro. Abrindo as gavetas da pia, procurou pela pequena caixa de comprimidos onde mantinha seus comprimidos extras. Uma a uma, não encontrou nada. Seu estômago embrulhou com o pensamento. *Eles roubaram o CLI.* Pensando que poderia vomitar, ela se inclinou na pia e respirou fundo, fazendo a bile voltar para o estômago.

Ela rezou silenciosamente para que não tivessem levado o pendrive. Sem os dados, eles provavelmente não seriam capazes de replicá-lo. Mesmo se analisassem a composição química, a criação era um processo complicado. Este processo e todos os detalhes estavam nesse pendrive.

Abrindo o armário embaixo da pia, ela procurou por sua bolsa de maquiagem. Produtos de limpeza foram derramados dentro do armário e as caixas de lenço estavam estufadas, cheirando como pinho e cloro. O que não achou foi o pendrive. Dobrando os joelhos, ela agachou, olhando o chão todo. Atrás do vaso sanitário, sua pequena bolsa rosa a olhava. Ela se inclinou e a pegou e, mesmo estando aberta, a maioria do conteúdo ainda estava dentro. Sombra. Delineador. Base. Blush. Batom.

— Graças a Deus. — Ela respirou fundo. Seu batom rosa ainda estava ali. Gentilmente rodando o topo, ele abriu, revelando o compartimento secreto. O pendrive estava seguro ali dentro. Ela comprou o pequeno cofre em uma loja de espiões online. Dada a opção de latas de refrigerante, creme de barbear ou livros, decidiu pelo batom. Era pequeno o suficiente para transportar, mas fácil de esconder, especialmente no meio da sua coleção de batons.

Colocando-o no bolso, saiu do banheiro e foi para o closet arrumar uma mala. Depois de pegar roupas casuais, roupas íntimas e sapatos, destrancou a porta. Felizmente, possuía uma pequena bolsa que mantinha para viagens que já estava pronta com escova de dentes, talco, lâmina de barbear e outros itens convenientes. Com um suspiro, olhou uma última vez para a bagunça que era seu quarto e fechou a porta.

Eles foram em silêncio no caminho de volta para o apartamento de Tristan. Tristan e Logan tinham escutado a maçaneta trancar quando ela foi pegar suas coisas. Por que ela achou que precisava trancar a porta, a não ser por estar fazendo algo em segredo? Algo que ela não queria que soubessem? Ela não trocou de roupa e não demorou nem dez minutos. O que ela estava escondendo? A intuição de Tristan o lembrou de que ela não havia sido completamente sincera. O sentimento de desconfiança foi confirmado quando ela se recusou a olhar nos olhos dele depois que saíram do prédio. Também não ajudava que ele não podia parar de pensar no modo que os lobos haviam destruído o local. Claro, eles podiam ter feito isso por maldade, mas provavelmente estavam procurando por algo. E se isso era verdade, então Kalli estava envolvida até o pescoço em problemas.

O elevador subiu e Tristan decidiu que precisava de um tempo longe dela. Estava com raiva por ela não estar contando tudo. Se ficasse com ela, iria ou forçá-la a falar que porra estava acontecendo, ou iria tê-la novamente contra a parede. Enquanto ambas eram opções possíveis, nenhuma parecia a coisa certa a fazer. Ele precisava de espaço. Tempo para pensar e colocar sua cabeça no lugar. Tristan realmente não queria deixa-la sozinha com outro homem, mas até ele tinha seus limites.

Quando chegaram em seu andar, falou com Logan, ignorando Kalli completamente.

— Preciso que você fique aqui com a Kalli por algumas horas, está bem? Vou para o meu escritório trabalhar um pouco e talvez vá dar um passeio ou na academia. Se precisar de mim, mande uma mensagem.

— Sem problemas. Demore o tempo que precisar — Logan respondeu, sentindo a tensão. Seu Alfa parecia prestes a explodir. E Kalli estava em segundo lugar.

Kalli não disse nada quando as portas do elevador se fecharam. Ela colocou a mala no chão ao lado da porta, entrou na sala e se jogou na poltrona que ficava de frente para a parede de janelas do teto ao chão. Jogando a cabeça para trás, colocou as mãos sobre os olhos e bufou. Precisava contar para eles sobre o CLI.

— Ei, doutora. O que está acontecendo? Quer conversar sobre isso? Sou um bom ouvinte — Logan ofereceu, sentando no sofá perpendicular a ela.

Tirando as mãos do rosto, ela olhou pela janela.

— Eu preciso falar com o Tristan sobre o que aconteceu hoje.

— O que aconteceu com o seu chefe ou o que aconteceu no seu apartamento?

— Eles estavam procurando por uma coisa — ela disse categoricamente.

— Sim, eu presumi isso. Tenho certeza que o Tristan também suspeita.

— Eles pegaram algo. — Ela se inclinou, apoiando os braços nos joelhos e apertando a ponte do nariz com os dedos.

— Você quer me dizer o que foi? — perguntou, mordendo o lábio superior. Ele queria que ela falasse logo.

— Sim. Não. Está bem, sim, mas eu preciso dizer primeiro para o Tristan. — Ela suspirou frustrada. — Me diz, Logan, você já teve que contar alguma coisa para alguém? Algo que era um segredo bem grande? Mas, contando esse segredo, você estaria colocando a sua própria vida em risco?

Ele a observou silenciosamente, já ciente de que sua vida estava em perigo. Ela era uma mulher inteligente e tinha que saber o perigo que corria, afinal, concordou em ficar com o Tristan. Que porra ela sabia que a colocaria ainda mais em perigo? O que quer que fosse, ele podia dizer que não era nada bom.

— O negócio é o seguinte, Kalli. Nos Lobos Liceu, nós somos um grupo. Mentiras não funcionam bem aqui. E sim, eu mantive coisas para mim mesmo em ocasiões. — Ele não queria mencionar suas visões para ela ainda. — Mas não posso dizer que coloquei a minha vida em perigo. Se a minha vida estivesse em perigo, minha alcateia estaria comigo, então eu não manteria o segredo.

— Quão bem você conhece o Tristan?

— Como um irmão. Cacete, eu o conheço tão bem quanto a mim mesmo.

— Então como ele é realmente?

— Ele é foda — disse sorrindo. — Tem mais confiança do que eu já vi em um lobo, mas é merecido. Ele é extraordinariamente poderoso, tanto física quanto mentalmente. Feroz em batalha e absolutamente leal. E aqui está algo que você deve se lembrar: no final das contas, ele é justo. Eu até diria que ele é cuidadoso.

— Você o ama, não ama? — falou sem pensar.

— Agora é você quem faz as perguntas? Vamos lá, doutora. É claro que eu o amo. Sou seu segundo em comando. Nós somos melhores amigos e fazemos quase tudo juntos. É o nosso modo — ele revelou pensativamente.

— Lobos? — Ela questionou.

— Sim. Quer dizer, existem brigas dentro da alcateia de vez em quando, mas nós vivemos para apoiar um ao outro. É como deve ser. O amor e a devoção comunitários estão na nossa natureza. É difícil explicar para alguém que é humano, mas tenho certeza de que você sente um pouco disso. Certo? — Ele queria dizer que ela era a companheira de Tristan, mas não era o seu papel. Eles precisavam achar o caminho de um para o outro através da própria jornada.

— Sim, mas e a brutalidade? Você sabe, a procriação e acasalamento forçados? As brigas por dominância? Isso não é tão amável — ela disse diretamente, lembrando de sua vida na Carolina do Sul.

— Espera aí. Essa merda é antiquada e eu posso te garantir que não acontece por aqui. Agora, isso pode ser parte da razão de estarmos prestes a ter uma guerra territorial, quem sabe? Mas posso te dizer que o Tristan e o Marcel não distribuem nossas fêmeas como prostitutas. Elas podem tomar suas próprias decisões sobre acasalar quando estiverem prontas. E sobre a violência, coloque um grupo de homens humanos juntos e você verá que o que acontece não é muito diferente por aqui. Mas posso garantir que você não verá nenhuma "brutalidade" como você disse tão delicadamente. — Logan cerrou os olhos para Kalli. De onde ela estava tirando essas coisas? Claro, brutalidade era comum antigamente, mas as coisas mudaram, pelo menos na maioria das alcateias.

— Me desculpe, Logan. Eu não quis insultar você ou a alcateia. Eu... eu tive uma experiência diferente. Passei um tempo perto de lobos antes... não aqui... e não foi prazeroso — admitiu.

— Sem ofensas. Eu gosto de você, doutora. Gostaria que você ficasse um tempo por perto e não só porque precisa. Posso dar um conselho?

Ela revirou os olhos e sorriu.

— Sim, claro. Por que não? Eu com certeza preciso de alguns.

— O que quer que esteja acontecendo com você, nós vamos lidar, ok? Mas você precisa contar para o Tristan. Logo. Vou ser honesto com você. Sua vida já está em perigo. Então qualquer pedacinho que você tenha guardado na manga não vai te colocar mais em risco. Mas ao não mostrar todas as cartas, você pode muito bem estar colocando outros em perigo. Sei que você não faz parte da alcateia, mas devia considerar se juntar ao nosso time, por assim dizer — ele disse com um sorriso. — E é um ótimo time. O único requerimento para adesão é honestidade. Além disso, temos ótimos benefícios. Você ganha não só a proteção de um lobo Alfa forte, mas também do seu beta. Nós somos dois pelo preço de um. E mais, tem ótimos amigos aqui, corridas na selva, mas você pode precisar de um cavalo para isso — brincou.

Kalli riu baixinho.

— Vou falar com ele hoje à noite.

Ele inclinou a cabeça para o lado, como se não acreditasse completamente nela.

— Eu juro — ela prometeu, levantando. — Ok, acho que vou tomar um banho quente demorado e tentar relaxar antes de ele voltar. Obrigada. Eu realmente agradeço a conversa.

Ele a observou descendo o corredor e se viu querendo que Kalli fosse a companheira de Tristan. Ela era inteligente, bonita e cheia de vida. Quanto mais tempo passava com ela, mais confirmava suas visões. Mas ele se preocupava com suas razões para mentir, sentindo que algo muito ruim tinha acontecido com ela. Se tivesse que adivinhar, diria que ela sofreu abuso. Algo causava seu medo de lobos, mas ela exibia conhecimentos que só podiam ser aprendidos passando um bom tempo com uma alcateia. A maneira sutil que abaixava o olhar perto de Tristan dizia para ele que conviveu com um Alfa.

Mas até agora, ela não admitia prontamente que esteve perto de uma alcateia. Por quê? Ela estava com medo da "brutalidade", como se referiu na conversa deles? Algum lobo tinha feito algo terrível com ela ou sua família? Agora que pensou nisso, ela não mencionou sua família. Sua vida inteira estava relacionada com o trabalho. Nada disso fazia sentido. Mas rezava para ela contar tudo logo. Ela estava bem enrolada. E Tristan... Merda. Ele estava se descontrolando desde o minuto que a encontrou. As coisas estavam saindo dos eixos. A alcateia, incluindo Kalli, precisava ser forte se eles fossem prevalecer.

Uma mensagem apareceu na tela do seu telefone, trazendo-o de volta para a realidade. Ele leu as palavras e sacudiu a cabeça. Sabendo que Tristan estava recebendo a informação no mesmo momento, respirou fundo e bufou. As coisas ficariam bem sérias rapidamente, e era melhor Kalli estar pronta para dizer a verdade ao seu Alfa assim que ele chegasse em casa.

Tristan jogou os pesos no chão. A mensagem do investigador do Logan foi a última gota. Nenhum passado da Dra. Kalli Williams desde a faculdade. Todo mundo que era uma pessoa real possuía um passado, bom ou ruim, excitante ou chato, difícil ou fácil, ele existia. Ao contrário, pessoas que não deixavam uma trilha de papéis do seu passado, elas estavam escondendo algo, provavelmente usando a identidade de outra pessoa. Elas eram mentirosas. Ele gostaria de fingir que isso não era uma descoberta significante, mas não podia.

Não existia dúvida de que a bela mulher que ele conhecia, a que estudou por oito anos em Nova Iorque, que trabalhava no HVU, era a Dra. Williams. Mas, antes disso, não existia nada. Sem certidão de nascimento. Sem carteira de motorista. Sem diploma de Ensino Médio. E então pronto, um dia Kalli Williams era uma caloura na NYU. Era como se ela tivesse se materializado do ar.

Porra. Kalli o estava deixando maluco. Ele queria gritar com ela. Fazê-la contar a verdade. Ao mesmo tempo, queria fodê-la até perder os sentidos. A situação era de enlouquecer. Sobre que porra ela estava mentindo e por que ela não contava para ele? O apartamento dela estava completamente destruído e ela estava totalmente calma. *"Coisas podem ser substituídas" é o cacete.* E quem diz isso? Ela teve que deixar o trabalho. Suas coisas foram destruídas. Iria precisar de uma britadeira para tirar as cascas de ovos dos armários. Porra, o apartamento inteiro teria que ser refeito.

E qual foi a reação dela? Ela calmamente foi para o quarto e arrumou uma mala. Sério? Ah, e trancou a porta enquanto isso. A pergunta milionária era por que e o que ela estava fazendo lá? Quando voltou, recusou-se a olhar nos olhos dele. Como um gato em um teto de zinco quente, correu do prédio. Durante a torturante viagem de carro para casa, ela não disse nada, olhando pensativamente pela janela.

Ele estava com tanta raiva que poderia ter arremessado o peso de cinquenta quilos pela janela. Em vez disso, pegou a toalha, secou o rosto e foi em direção ao vestiário. Caralho. Ele precisava transar. Gastar energia. Sabia que Mira toparia qualquer coisa que pedisse sexualmente, ela faria o que ele quisesse. Se não Mira, outras estavam prontas para atendê-lo. Com uma mensagem, não existia nada que ele não pudesse ter. Um a um. Ménages. As mulheres eram muitas. Lobas, humanas e até vampiras, se elas não mordessem. Houve um tempo em que ele iria querer isso. As mulheres estavam disponíveis e dispostas vinte e quatro horas por dia. E ele era um amante justo... Aliás, costumava ser.

A questão era essa, ele não era mais essa pessoa. Nos últimos anos, fez amor discretamente com a Sydney, algumas vezes se satisfazendo com Logan e Mira. Era bom? Sim. Mas era gratificante? Seu lobo estava em paz? Inequivocamente não. Mas o que ele deveria fazer? Sair em busca de uma companheira? Sem chance. Ele estava feliz com a liberdade de saber que podia fazer o que quisesse, quando quisesse, e não ia abrir mão disso. Ele não se submeteria a um acasalamento forçado, algo que era feito antigamente. Nunca seria natural. Ele estaria preso como um animal de zoológico, nunca mais permitido a correr na natureza.

Mas conhecer a bela doutora tinha virado seu mundo de pernas para o ar, e ele não sabia se de uma boa maneira. Em vinte e quatro horas, ele mudou de calmo e confiante para quente e excitado, impossibilitado de pensar direito. Queria tirar a roupa dela, virá-la e fodê-la, não necessariamente nessa ordem. Mas tinha aquela porcaria de coisa que o estava impedindo: sua consciência. Como poderia fazer amor com ela, sabendo que ela estava mentindo para ele? Tinha quase certeza que ela não era nem *Kalli Williams*. Não que ele precisasse saber o nome de cada mulher com quem ele transou, mas quando ele estivesse com a doutora, iria fazer amor com ela forte e por um bom tempo. E estaria ferrado se não fosse capaz de chamá-la por seu nome verdadeiro quando entrasse fundo nela.

Isso decidia. Não existia outra opção, precisava descobrir o que ela estava mantendo em segredo. Não importa o que seria preciso, tinha que descobrir, lidar com o que era e resolver, então podia se concentrar em encontrar o babaca que queimou seu clube. Nesse ponto, não era só sobre o clube. Um dos lobos do Marcel estava morto, e eles não faziam nem ideia se isso estava relacionado. Kat estava escondida. Existiam muitas pontas soltas. Questões não respondidas e mentiras no ar.

Entrando no banheiro, abriu um chuveiro. Tristan tentou sacudir o sentimento de mau presságio que o envolveu quando o jato de água quente dançou em sua pele. Planejava voltar para o seu apartamento para interrogar Kalli. Ele não queria machucá-la, mas a responsabilidade sobre a alcateia ficava nos ombros dele. A verdade iria chegar, e ele iria fazer isso se realizar.

CAPÍTULO DOZE

Tristan estava no elevador, pronto para discutir com ela, pedindo uma explicação, mas travou. *Luz de velas? Alho? Tomates? Merda. O que ela fez? E onde estava Logan?* A raiva que passou as últimas três horas alimentando derreteu em segundos quando se tocou que ela cozinhou o jantar para ele. Ninguém, além de sua mãe, havia cozinhado para ele. Claro, várias mulheres tentaram, mas ele sempre conseguiu evitar a experiência, sabendo muito bem o que isso representava: comprometimento, amor, casamento. Ele ficou boquiaberto andando em direção ao maravilhoso cheiro. *Sem chance.* Esfregou a mão no rosto, não acreditando.

Choque seria a melhor palavra que Tristan poderia usar para descrever a surreal situação na sua frente. Preparado para questioná-la até que ela falasse a verdade, sua mente ficou fora de controle, como se tivesse enfiado o dedo em uma tomada. Logicamente, ele sabia que deveria dizer a ela que precisavam conversar agora, forçar a discussão a ocorrer. Mas a comida... o vinho... e de onde vieram todas as velas? Ele possuía velas? E o que ela estava usando? Calcinha e uma camiseta, cobertos por um avental? Que tipo de mulher cozinhava em roupas íntimas? Ele sorriu, sacudindo a cabeça com o total absurdo da situação.

Kalli estava inclinada sobre o fogão, calmamente mexendo o conteúdo fervente de uma panela. E, mais uma vez, suas nádegas estavam aparentes para ele quando a parte de trás do avental levantou. O seu membro imediatamente reagiu ao vê-la. De todas as coisas que esperava hoje à noite, essa era a última que previu.

— Kalli? — murmurou, sem palavras. — Onde está o Logan?

— Olá. Ele acabou de ir embora, disse que sabia que você estava no prédio — explicou, continuando a mexer o macarrão.

Tristan rosnou baixinho para si mesmo, irritado que Logan havia deixado-a sozinha. Falaria com ele mais tarde.

— Então, espero que você não se incomode, mas decidi fazer o jantar para a gente hoje. Como um agradecimento por me salvar da Alexandra. Nada demais.

— Está bem — respondeu, andando em direção a ela como se estivesse preso em um campo magnético.

Kalli parou de mexer por um minuto e olhou para Tristan. Ela passou a tarde inteira pensando em como contar para ele tudo sobre seu passado, a fórmula, e mais importante, o CLI *roubado*. Ela tinha pavor do tipo de violência de como ela cresceu, nunca sabendo quando o Alfa atacaria. Mesmo se Tristan fosse capaz de controlar sua raiva, ela considerava a possibilidade de perder sua proteção, e que ele a jogaria para os lobos... literalmente.

Ao olhar para ele, instintivamente baixou os olhos, descendo-os pelo seu peito, até os pés, e subindo novamente. Ela suspirou e fechou os olhos por um segundo e o desejo surgiu em sua barriga. Tristan estava incrivelmente sensual em sua camiseta justa e calças jeans largas. Ela olhou para os pés dele, que estavam dentro de coturnos. Em sua mão esquerda ele carregava um capacete de moto, e ela imaginou que tipo de moto ele possuía. Revirando os olhos numa tentativa de se recompor, ela pensou que não importava o tipo de moto. Ela montaria nele, hum, numa moto com ele, qualquer dia da semana. Podia sentir sua calcinha umedecer com o pensamento. Apertando as coxas, rezou para ele não saber quão molhada ela estava só de olhar para ele. *Controle-se, Kalli. Ele ficaria sabendo que, ao invés desse maravilhoso jantar, eu preferia comer ele, aqui e agora*, pensou envergonhadamente. *Ele é Alfa. Ele sabe.*

Kalli decidiu que era melhor mudar o assunto e olhou de volta para o fogão. Ela teve dificuldades em se recompor.

— Então, sim, eu estava ficando doida presa aqui dentro. Hum, eu não quis dizer que a sua casa não é bonita. Ela é ótima, aconchegante e arejada. Na verdade, nunca estive numa cobertura antes... Sabe, do tipo que a porta do elevador abre dentro do apartamento — ela divagou.

Ela sabia que as coisas estavam prestes a explodir e achou que se talvez tentasse se abrir pelo menos um pouco, só entreabrir a porta de aço do seu passado, só um pouquinho, talvez ele amolecesse.

— Na verdade, eu gosto de cozinhar, mas eu sou sozinha, então eu geralmente não cozinho. A minha mãe — sua voz ficou mais suave com a memória —, ela era grega. E uma cozinheira maravilhosa. Fazia coisas ótimas. Ela realmente era maravilhosa. Eu queria ter prestado atenção.

— Onde ela está? Sua mãe? — Tristan perguntou, cuidadosamente, vendo que isso era uma abertura para seu questionamento.

— Ela morreu. Quando eu estava com dezessete anos. Eu não tenho família, bom, não de sangue. — Parou de mexer o macarrão e virou para pegar a alface que estava secando em um papel-toalha. — Eu realmente trabalho muito. E cuido de um abrigo para animais, então sempre que tenho tempo, estou lá. Considero os animais a minha família. Preciso deles tanto quanto eles precisam de mim. Amaria ter animais um dia, mas passo muitas horas longe do meu apartamento. E, de qualquer modo, ele não é bom para animais. É pequeno, não tem quintal, você sabe. Bom, acho que poderia ter um gato, mas não é justo com o animal se eu não fico lá.

— Você gosta de cavalos? — Tristan ficou ao lado dela, vendo-a cortar a alface e colocá-la em um pote. Ele queria falar sobre os pais dela, mas podia ver que ela ficou prestes a chorar ao falar da mãe morrendo. Achou que se ela começasse a falar sobre sua vida, continuaria a compartilhar com ele o que ocorreu.

— Ah, sim, eu os amo. Claro, nunca tive nenhum na infância, mas eu os estudei na faculdade. Aliás, eu não disse nada na hora, mas estou realmente impressionada que você bancou o centro de reabilitação. É um local excelente, ajuda tantos cavalos. Nós podemos ir lá qualquer hora visitar. É engraçado, eu sei tudo sobre ele, mas porque ele é tão afastado da cidade, nunca vou lá. — Kalli parou de falar após sugerir planos para o futuro... um futuro com o Tristan nele.

Tristan sorriu, vendo seu deslize. Antes de ter qualquer tipo de futuro para eles, ele precisava dos fatos. Podia ver que ela estava tentando, mas precisava de mais. Precisava de honestidade.

— Sim, claro, nós podemos ir no centro. Nós podemos andar a cavalo também, se você quiser. Andar nas trilhas — ele sugeriu.

— Sério? Nós podemos montar? Ai, meu Deus, isso seria tão bom. Fiz isso algumas vezes na faculdade, mas nunca por muito tempo, e eu não estava com um amigo — ela exclamou excitadamente.

Tristan deu um largo sorriso dessa vez, olhando nos olhos arregalados dela. Ela era como uma criança que foi autorizada a ir a um parque de diversões. Era quase como se ela tivesse perdido muitas coisas na vida e estava tendo a oportunidade de viver, experimentar. Seu coração se contraiu com o trágico pensamento.

— Claro — respondeu, pegando a salada que ela fez. Ele andou até a mesa e sentou.

— Hum, então, eu também pensei que poderíamos conversar depois do jantar. Eu, hum, tenho algumas coisas que preciso contar para você. Mas vamos comer antes, está bem? — disse. Ela não estava ansiosa para essa conversa.

— Sim, está ótimo — Tristan teve dificuldade em responder, decidindo que podia esperar trinta minutos para eles jantarem. Ele podia ver que ela estava ficando pronta para contar, e preferia que ela se submetesse por conta própria e que dissesse a ele sem briga. Mas mesmo que isso fosse a última coisa que fizesse hoje, teria a verdade dela na próxima hora.

De algum modo, eles passaram pelo jantar sem se engasgarem ou arrancarem a roupa do outro. Ambos pareciam possíveis, considerando a tensão incendiária que ameaçava explodir a sala. Depois de tudo limpo, a hora da verdade chegou. Não existiam mais louças para lavar ou comidas para guardar. Era somente o Tristan e a Kalli e a verdade esperando para ser contada.

Tristan andou na direção das portas de correr, sentindo sua hesitação. Ela limpou a pia e o fogão de cima a baixo, procrastinando para evitar o inevitável. Ele cansou de esperar. Ele estava prestes a chamá-la, mas ela nervosamente mexeu no cabelo e então soltou o avental, revelando uma camiseta rosa e uma calcinha preta. Todo o sangue correu para o seu pau, respondendo à visão do material que parecia uma segunda pele. Jesus, ela estava o matando. Rezou para a conversa ser rápida, para então poder remover a pouca roupa que ela estava usando.

Apontou o dedo para ela e então o dobrou, indicando que estava na hora. Ele sabia disso. Ela sabia disso. Escutou os batimentos dela acelerando quando ela diminuiu o espaço entre eles. Sua respiração falhou ao olhar nos olhos de Tristan. O dedo dele a chamava para se juntar a ele. Suas pernas estavam se movendo antes de pensar que disse sim. Quando chegou perto, ele abriu a porta.

— Venha, Kalli. Vamos conversar — instruiu. Esticou a mão, gesticulando para ela sair.

— Eu... eu não posso ir lá — gaguejou. — Eu não estou nem vestida.

Bem, não muito. — Ela tinha pavor de altura. O tempo todo que esteve com ele, evitou as janelas o máximo possível. A vista era linda, mas seu estômago embrulhava assim que chegava perto do vidro.

— Sim, você vai, Kalli. A verdade. Agora. Por que você não quer sair?

Um teste?

Ela olhou para os pés e então para ele novamente. Ela cruzou os braços sobre os peitos protetoramente.

— Ok, está bem. Eu odeio altura. Satisfeito? Vamos só ficar aqui... por favor — implorou.

— Não, Kalli. Nós vamos ali fora. É uma linda noite. Poucas pessoas podem ver a cidade assim, sozinhos na varanda de uma cobertura. Considere isso meu presente para você.

— Presente? Eu não entendo como...

— Enquanto você viver na minha casa, no meu prédio, eu sou o seu Alfa. Você aceitou isso quando aceitou a minha proteção. Os lobos, eu também os protejo. Guio quando necessário. Do filhote mais novo ao lobo mais antigo, tenho os melhores interesses deles em mente em tudo que eu faço. Esse é o seu presente. Te ensinar a confiar no seu Alfa. Agora venha para mim, Kalli — demandou com uma voz suave e sensual.

Parecia que não existia nada que ela consideraria negar a ele quando ela esticou a mão para segurar a dele.

— Isso, *chère*. Venha comigo — encorajou e levou-a para o lado de fora. Ele riu quando ela segurou no braço dele, apertando-o.

Tentou se concentrar em sua respiração em uma tentativa de acalmar o medo que ameaçava tomar sua razão. Seus pés descalços tocaram no piso de cerâmica e ela fechou os olhos.

— Viu como é bom? Não tem nada melhor que uma noite quente de setembro. — Ele olhou para Kalli e viu que seus olhos estavam completamente fechados. — Nós estamos trapaceando? — Ele riu. — Ok, garota valente. Feche os olhos o quanto você quiser, por agora. Mas eu tenho algo que quero te mostrar, e você precisará abrir os olhos — disse com confiança.

Levou-a para o guarda-corpo de ferro e sorriu. — Está bem, vamos lá, vire para mim.

Soltando o braço do forte aperto dela, ele gentilmente a segurou pela cintura e a virou em direção à vista da cidade. Olhou para ela e viu que ela ainda não estava olhando. Ela era teimosa, pensou para si mesmo. Será divertido tirar esse hábito dela. Planeja ensiná-la uma lição que ela não esqueceria tão cedo.

Colocando as mãos nos ombros dela, esfregou gentilmente. Um pequeno gemido escapou dos lábios dela.

— Isso, baby, relaxe. Quero que você aproveite o meu presente. — Com uma última carícia, ele deixou as mãos descerem pelos braços dela, nunca perdendo contato com a pele. Quando alcançou as mãos, ele as colocou no ferro frio do guarda-corpo. Então colocou os dedos dela em volta do metal até segurá-lo completamente.

Colocando as mãos em volta da cintura dela, pressionou o corpo contra o dela até o duro volume de sua ereção estar aninhado no seu traseiro. Ela soltou um pequeno suspiro com sua deliciosa intrusão.

— Ok, Kalli. Está na hora. Você pode fazer isso. O seu Alfa está com você. Você está segura. Eu não deixarei nada acontecer com você. Você precisa confiar em mim. Pronta? Um, dois, três. Abra os olhos. Agora — ordenou.

Quando seus olhos abriram, ela estava tão excitada que até esqueceu onde estava. Com Tristan segurando sua cintura e suas mãos presas nas barras, ela deixou o medo ir embora e suspirou com a vista incrível. A vista da cidade dançava com luzes para uma orquestra de música urbana. Era magnífico, como nada que ela havia visto.

— Tristan, meu Deus. É lindo. Obrigada. — Respirou fundo, ciente de que realmente tinha recebido um presente, um que ela nunca teria experimentado se não fosse por Tristan e pela confiança que colocou nele.

— O que você vê, Kalli? — perguntou.

— Luzes, prédios, sombras... — ela não sabia o que ele queria dizer.

— Sim, isso é tudo verdadeiro. Mas deixe-me contar o que eu vejo. Eu vejo a minha cidade, meus lobos. Vejo a minha responsabilidade. E os meus lobos, estando nas montanhas ou na cidade, sabem que podem confiar em mim para liderá-los e protegê-los. E você, Kalli, também pode confiar em mim.

— Sim, eu sei. — Ela gemeu novamente. Confiava nele. Mas uma parte dela não queria mais falar, simplesmente queria esse homem. — Preciso contar para você. Tristan... meu apartamento. Eles pegaram uma coisa. Algo muito importante.

— O que, *chère*? O que eles pegaram?

— Comprimidos. Meu remédio. Mas eu estou com medo... eu preciso... eu preciso... — Ela tirou uma das mãos do guarda-corpo e esticou para trás para tocar a coxa dele.

Algo em Tristan arrebentou. Ele sabia que deveria continuar com a confissão dela, mas a sensação de sua mão quente na coxa dele, meros centímetros de sua dura excitação, cresceu seu desejo. Seus dedos escorregaram para dentro da camiseta de algodão, até que suas mãos estavam cheias com os seios macios dela. Ele gentilmente beliscou os mamilos, gostando da sensação de sua pele excitada e macia.

Kalli respirou fundo com o toque de Tristan. A doce picada enviou um pico de desejo para o seu cerne. Precisando de mais, ela se remexeu para trás, gostando da sensação do pau dele na sua bunda.

— Sim, por favor — ela implorou.

— *Ma chérie*, do que você precisa? Me diga — sussurrou no ouvido dela. Assim que a palavra *chérie* saiu de seus lábios, ele rapidamente notou do que a havia chamado. Era um termo que reservava somente para uma namorada. Intelectualmente, sabia que ela não era, mas seu corpo discordava.

— Por favor. Por favor, me toque. Eu quero você.

Ela estava implorando para ele tê-la. Com sua admissão, Tristan grunhiu. Jurou que seu pau iria rasgar o zíper enquanto ele pulsava em euforia. Prometeu a si mesmo que não faria amor com ela sem saber tudo, mas isso não significava que não podia ter uma pequena prova. Enquanto dava beijinhos atrás da orelha dela, enfiou a mão em sua calcinha. Esfregando o dedo do meio em suas dobras molhadas, roçou nela por trás. Porra, sentia que ia gozar nas calças como um adolescente.

— Caralho, Kalli, você está tão molhada para mim — grunhiu. Esfregou o clitóris dela devagar, para cima e para baixo, amando a sensação de sua pele macia.

— Tristan, sim — ela gritou. O toque em seu amontoado de nervos enviou arrepios por todo o seu corpo, podia sentir o precipício de seu orgasmo ao alcance. Ela não queria gozar tão rápido, mas não conseguia mais controlar o próprio corpo. Ele era poderoso, sexual e Alfa. E ela o queria por inteiro.

Ele a estava provocando, circulando seu clitóris e parando. Descendo mais, finalmente enfiou dois dedos dentro dela, acariciando o clitóris com o dedão.

— Ah, assim, baby. Aceite a minha mão. Você é tão apertada.

Ela estava ofegando fortemente. As luzes da cidade piscavam no céu, buzinas apitavam. Assim que ele a penetrou, o corpo de Kalli explodiu e a onda do orgasmo quebrou sobre ela. Ela tremeu, enquanto ele a segurava com o braço em volta da cintura.

— Tristan, sim! — gritou, impossibilitada e sem vontade de conter sua emoção.

— *Ma chère*, você é tão bonita quando está gozando — disse e a virou de frente para ele.

Sem dar a ela a oportunidade de se recuperar, Tristan rapidamente a beijou. Foi um beijo duro e forte que deixou Kalli saber que ele era o Alfa. Ela respondeu do mesmo modo, colocando os braços em volta do pescoço dele e pulou para colocar as pernas em volta da sua cintura, enquanto ele a segurava no traseiro. Seus lábios sugavam e mordiam, línguas dançando uma com a outra. Kalli perdeu o controle oficialmente. Sua loba chorou, implorando para ser libertada. Esse homem era dela, e ela daria tudo para ficar com ele, até ser humana.

— Tristan. — Uma voz masculina chamou de dentro do apartamento.

— Ignore isso — Tristan rosnou quando Kalli mostrou o pescoço para ele. Seu lobo uivou com a submissão. Ele gentilmente mordeu sua garganta, alternadamente lambendo e beijando.

— Tristan! — Logan gritou novamente. Ele ficou parado, observando Tristan e Kalli na varanda. *Ela estava se submetendo a ele?* Ele queria não ter que interromper a visão tão íntima e erótica de Seu Alfa no pescoço dela, mas não existia outra escolha.

— Tristan — repetiu suavemente enquanto se aproximava deles. Ele sabia que Tristan estava muito envolvido e seu lobo consideraria atacá-lo, dada a interferência.

— Cai fora, Logan. Agora não — Tristan ordenou sem virar.

— Tristan, é o Toby e o Ryan. Algo aconteceu. Nós temos que ir agora.

CAPÍTULO TREZE

Tristan pegou sua moto, sabendo que o trânsito da cidade podia ser uma bosta de carro. Na correria, ele se esqueceu do capacete, mas foi assim mesmo. Pediu para Logan levar Kalli, então eles chegariam lá em breve. Mas não podia esperar, nada importava, além dos garotos. Ele entrou na Unidade de Terapia Intensiva, procurando uma enfermeira.

— Ryan Pendleton. Toby Smith. Onde eles estão? — Tristan mais demandou do que perguntou.

Uma jovem enfermeira olhou para ele, ainda digitando no computador.

— Eu já te atendo em um segundo — respondeu. Depois de mais algumas tecladas, ela olhou para ele. — E você é?

— O pai deles — Tristan disse raivosamente. Toby e Ryan não deveriam estar no hospital. Lobos raramente iam para um hospital humano, dados seus extraordinários poderes de cura. Geralmente, a maioria das lesões podia ser curada com uma transformação. E, em outros casos, eles pagavam bruxas que ajudavam com feitiços de cura.

A enfermeira olhou para ele e deu a volta na mesa.

— Por favor, venha comigo — instruiu. — A mãe deles já está aqui.

Tristan assumiu que ela estava falando da Julie, que ele já havia sido informado que já estava no hospital. Andavam pelo corredor e ele viu o detetive Tony Bianchi falando com médicos e enfermeiros. *O que ele está fazendo aqui?*

A enfermeira apontou para esquerda.

— Aqui estamos.

— Senhora, qual a condição dele? — Tristan perguntou calmamente. Podia ver pela janela retangular, e Ryan parecia estar inconsciente.

— A médica explicou tudo para a sua esposa, hum, para a mãe deles — corrigiu. — Ele chegou com vários ferimentos a bala. Um na perna. Outro no ombro. Os tiros não foram em áreas vitais, mas ele perdeu uma quantidade considerável de sangue. Então nós estamos de olho nele aqui por um tempo, antes de transferi-lo para a área de recuperação.

— E Toby?

— Senhor, eu sinto muito — ela disse olhando para o relógio. — Vou pedir para a médica vir falar com você assim que terminar de falar com o detetive. Você pode entrar agora... somente duas pessoas por vez, está bem? A médica virá logo, eu prometo.

Uma onda de luto atingiu Tristan no peito com as palavras dela. Ele sabia que a enfermeira estava evitando dizer para ele que Toby estava morto. Emanou seu poder procurando pelo garoto, mas não existia nada. Sua mandíbula tensionou com raiva. Ele queria forçar a enfermeira a dizer mais, mas através do vidro podia ver Julie chorando. Ela precisava dele. E Ryan também. Porra, por que os garotos não se transformaram?

Julie olhou para cima com olhos inchados, lágrimas evidentes em seu rosto. Ela se jogou nos braços dele.

— Alpha, graças a Deus você está aqui. Os garotos. Ryan, ele está melhor. Mas o Toby. Ah, Deus, Toby. — Ela chorou. — Eles o mataram. Ele está morto.

Escutando as palavras da morte de Toby, parecia que alguém havia atirado nele, seu estômago queimava com angústia. Isso não era possível. Como ele podia estar morto? Ambos os garotos eram como filhos para ele. Ele e Logan os adotaram informalmente quando eram somente filhotes, adolescentes na verdade. Eles perderam os pais numa luta territorial e Tristan os encontrou perambulando pelas ruas da cidade. Ele os recebeu em sua alcateia, deu casa e comida, mandou para a escola. As outras mães da alcateia ajudaram a criá-los. Alcateia era assim. Era responsabilidade de todo mundo criar os filhotes. Um pai nunca ficava sem suporte.

Tristan segurou Julie, chorando histericamente em seus braços. Ele olhou para Ryan, rezando para a deusa que isso não fosse verdade. Não fazia sentido. Tiros podiam ferir um lobo seriamente, mas uma transformação com certeza curaria os ferimentos. Seriam várias transformações antes de eles estarem curados completamente, mas a maioria dos lobos sobrevivia.

Cheio de raiva e mágoa, Tristan estoicamente deixou suas emoções de lado. Ele lidaria com elas mais tarde. Nesse momento, sua alcateia precisava do Alfa deles. A calma no meio da tempestade, eles o guiaria para longe da dor.

— Julie, o que aconteceu com o Toby? Você falou com Ryan? — perguntou.

Secando as lágrimas, Julie sentou ao lado de Ryan e segurou a mão dele.

— Toby foi atingido, múltiplas vezes. Mas eu acho que eles usaram uma faca — ela chorou, sua voz falhou. — A médica não me deixou vê-lo. O que quer que seja, foi horrível.

Tristan moveu-se para o outro lado da cama, sentou numa cadeira e segurou a mão de Ryan. Ele parou e cheirou o pulso do Ryan.

— Você está cheirando isso? — Ele questionou com a voz firme.

— Eu sei, Alfa. Ele cheira... ele cheira...

— Humano. — Tristan terminou as palavras e ela acenou com a cabeça confirmando. — Que porra aconteceu? Nós dois sabemos que ele é lobo.

— Ele tomou algo — Julie respondeu. — Antes que você pergunte, eu não sei o que foi. Ele acordou por uns minutos e disse que eles estavam numa festa da faculdade a tarde toda. Ele e Toby tomaram algo... uma droga.

— Isso não faz sentido. Eu conheço os meus garotos, eles não usam drogas.

— Eu sei. Mas o que mais poderia ser? Algo tem que ter feito isso com ele.

Tristan sacudiu a cabeça, confuso. Nada disso parecia real. Sentindo Logan, ele ficou apreensivo que eles não chegariam ao quarto, dadas as regras. Mas, mesmo assim, quebrar um pouco as regras era o menor dos problemas deles. Antes de ter a chance de pedir para a Julie chamar Logan, ele e Kalli entraram no quarto.

— Desculpe estarmos atrasado. O transito estava péssimo como sempre. Nós tivemos que entrar sorrateiramente porque disseram que somente duas pessoas eram permitidas, então nós arrumamos uma distração. O que está acontecendo... — Logan parou de falar de repente quando também notou. Ele correu para o lado da cama e cheirou. — O que está errado com o Ryan? O que deram para ele? Ele cheira... — Perplexo, Logan passou a mão no braço de Ryan, preocupado.

— Humano. Eu sei. Eu também senti o cheiro. Julie disse que ele talvez tenha tomado alguma coisa — Tristan adicionou.

— Onde está o Toby?

— Ele não sobreviveu. Ele se foi.

Logan tropeçou na direção de uma cadeira em choque.

— Não, não, não.

Julie correu para Logan e abraçou-o, os dois chorando abertamente.

Ansiedade tomou conta de Kalli quando ela entendeu o que deve ter ocorrido. Não tem como alguém ter mudado de lobo para humano sem intervenção, sem o CLI. Alguém pegou seus comprimidos, e esse mesmo alguém os deu para os lobos do Tristan. Alguém pegou o CLI, e o usou como uma arma como ela imaginou em seus piores pesadelos. Seu coração apertou com culpa e raiva. Gostando ou não, precisava confessar.

— CLI. Canis Lupine Inibidor — Kalli sussurrou. — É por isso que ele cheira como humano.

Estupefato, Tristan virou para Kalli. *Ela acabou de dizer que sabia por que o Ryan cheirava como humano?* Como ela sabia disso? Comprimidos desaparecidos. Na varanda. Ela disse que pegaram algo de seu apartamento. Sua visão afunilou nela, e por alguns segundos, ele sentiu como se estivesse vendo as coisas por um caleidoscópio. Kalli estava envolvida no assassinato de Toby?

Antes de perceber o que estava acontecendo, ele pulou da cadeira, rosnando. Logan pulou no meio deles, levantando as mãos.

— Acalme-se, Tris. Só deixe-a explicar — pediu.

— Você sabia sobre isso? — Tristan acusou Logan.

— Não, eu não sei de nada. Mas nós precisamos da ajuda dela. Ela talvez seja capaz de ajudá-lo, ou pelo menos nos dizer que porra está acontecendo.

— Certamente, dra. Williams, que provavelmente não é nem o seu nome real, explique. Quer dizer, um dos nossos jovens lobos está morto. E o Ryan aqui, é aparentemente humano. Pelo menos uma vez, eu quero a porra da verdade — Tristan gritou com ela.

Tanto Logan quanto Julie se encolheram ao escutar sua voz elevada. Tristan era consistentemente calmo, mesmo durante as negociações e discussões mais tensas. Mas a morte de Toby o levou ao limite, ele estava fervendo de raiva.

Kalli, impossibilitada de lidar com a situação em um nível pessoal, reverteu para sua máscara profissional. A única maneira que ela podia lidar com violência e morte era compartimentalizando a informação, senão ela iria simplesmente cair no choro, especialmente sabendo que sua fórmula havia causado isso. Ela esticou a coluna, se aprontando para encarar o Alfa.

— Tentei te contar mais cedo, Tristan. Você sabe que eu tentei. Mas nós, nós terminamos, você sabe o que aconteceu — Kalli insistiu. — Posso examinar o Ryan? Quer dizer, eu preciso vê-lo para ter certeza.

Tristan acenou com a cabeça furiosamente e gesticulou para ela se mover em direção a cama. Ele estava puto com ela e consigo mesmo por ter perdido tempo na varanda. Ele devia tê-la pressionado pela verdade, mas ele foi fraco. Olhou para Kalli, vendo-a pegar um estetoscópio na parede. Ela o colocou no ouvido e começou a abrir a camisola hospitalar do Ryan.

— Eu sinto muito, Tristan. Sinto muito não ter contado tudo para você, mas eu estava com medo. E agora... — Ela olhou para Ryan. — Bom, você queria a verdade? Aqui está... a triste e horrível verdade. Eu disse a você que os meus pais morreram, mas o que eu não disse é que eu pertencia a uma alcateia. Isso mesmo. O filho da puta do meu pai era lobo, e a minha mãe era humana. E eu era uma reles híbrida. Ignore isso. Eu era uma reles híbrida, que conseguiu sobreviver abuso dia após dia. Eu era a híbrida que o grande, todo poderoso Alfa planejava utilizar como concubina para os lobos que não eram permitidos procriar. Eu odiava aquela alcateia e todo mundo dentro dela. Então eu fugi para bem longe. Mudei minha identidade. Mas não era suficiente. Eu precisava ser humana. Nada mais serviria. Eles iriam me encontrar. Só um minuto.

Kalli parou para auscultar o coração de Ryan. Ela segurou o pulso dele para verificar a pulsação. Tristan e Logan a encaravam sem acreditar enquanto ela continuava sua confissão.

— Eu trabalhei na fórmula desde a minha especialização, mas só a aperfeiçoei há dois anos. Nada mais de me transformar na lua cheia, acordando sozinha e nua na floresta. Sem mais medo de ser descoberta e arrastada de volta para aquele inferno. Pela primeira vez na minha vida, eu podia viver calmamente com o meu trabalho e os meus animais.

Kalli tirou o cabelo do rosto, e andou para o outro lado da cama. Sua voz começou a tremer quando seus olhos encheram de lágrimas.

— E se eu não tivesse ido caminhar naquele dia, salvado a porcaria da sua cobra, ainda estaria vivendo desse jeito. Mas isso não estava nos planos. Os lobos que eu vi, eles são da minha antiga alcateia, eu reconheci o rosto deles. E, sobre os comprimidos, alguém, não sei quem, sabe sobre a minha pesquisa. Era o que eles estavam procurando. Pegaram os meus comprimidos reserva, e é isso sem sombra de dúvidas que está correndo pelo corpo desse menino. Mas, depois de examiná-lo, parece que não deram uma dose completa para ele. Talvez tenham colocado na bebida dele e ele não bebeu tudo.

Kalli pegou o oftalmoscópio da parede, levantou as pálpebras de Ryan e o examinou.

— Eu diria, pela minha experiência tomando o CLI, que ele deve ser capaz de se transformar em umas duas a quatro horas. O efeito já está sumindo. Quem deu isso para eles sabia qual era o efeito. Eles provavelmente estavam testando a droga, queriam ver se poderiam se transformar quando machucados, porque isso é exatamente o que a droga faz, previne transformações. — Kalli suspirou, olhando para a saída.

Ela tinha tido o suficiente: o suficiente de mentiras, o suficiente de violência, o suficiente de alcateias. Mas pelo menos tudo estava às claras, eles todos sabiam. E mesmo apavorada que os lobos de sua antiga alcateia a encontrariam, a pior coisa era como Tristan estava olhando para ela, não dava para aguentar. Ela temia que ele nunca a perdoaria. Mesmo não tendo intenção de machucá-lo ou alguém de sua alcateia, sua criação matou aquele garoto. Claro, a droga a mantinha escondida dos outros que a matariam, mas agora alguém lá fora a estava usando para matar lobos.

Sentindo que ia passar mal, foi em direção à porta. Ela precisava ir. Não pertencia a este lugar, com o Tristan e seus lobos. Depois de tudo que contou, não ficaria surpresa se ele a odiasse.

Tristan cerrou os punhos aos seus lados, chocado com a confissão dela. Ela era a porra de um lobo e não contou para ele. Ele queria odiá-la, mas seu lobo não permitiria. Seu lado humano estava furioso. Olhou espantado enquanto ela tentou sair do quarto, sem nem discutir isso. *Sem chance, doutora.*

— E onde você pensa que está indo, Kalli? E esse é o seu verdadeiro nome? — Ele desdenhou.

— Eu disse a você que precisei mudar a minha identidade. Eu não tive outra opção. Eles me encontrariam. Mas só para você saber, Kalli é meu nome verdadeiro. Williams não é, mas eu ainda sou a mesma pessoa por dentro. E para todos os fins, dra. Williams é quem eu sou — ela retrucou, segurando um soluço.

— Mentir para mim é uma coisa, mas não minta para si mesma. Você não é humana, não importa o quanto você queira ou quantos desses comprimidos você tome — disse para ela. — Eu não posso falar com você agora. Então, se você quer ir embora, vá. Saia da minha frente. Eu não posso nem olhar para você. Logan, leve-a para o seu apartamento. Mova as coisas dela.

— Eu vou para um hotel...

— Você vai é o cacete. Escute aqui, doutora, gostando ou não, eu talvez precise de você para achar os filhos da puta que fizeram isso... o incêndio... o assassinato do Toby — ele engasgou, tentando não gritar. — Você não está segura, na verdade, está em mais perigo ainda. Eles sabem que você está viva, onde você trabalha... Eu não vou perdê-la. — Tristan tremia de raiva, sabendo que ainda a queria muito. Confuso, ele precisava de espaço. Por mais que odiasse a ideia de ela ficar com outro homem, sabia que podia confiar em Logan com a sua vida.

Quando percebeu que Tristan não a queria mais, o coração de Kalli pareceu quebrar em um milhão de pedaços. Cheia de vergonha e decepção, sabia que merecia isso. Mas, mesmo assim, como ele podia mandá-la embora com outro lobo? Logicamente, não deveria estar surpresa dado como ela havia sido criada, o modo que os machos tratavam as fêmeas. Era só que, com o Tristan, ele parecia tão progressivo, gentil... amável até. Sentindo-se abatida, ela silenciosamente aceitou que teria que se mudar. Para que perder tempo discutindo? Ele precisava da ajuda dela para achar os assassinos. Ela precisava da proteção dele. Teria que ficar com o Logan. Além do que, com quem mais ela ficaria?

Passando os dedos pelo seu longo cabelo, ela olhou para o Logan.

— Preciso sair daqui. Estarei na sala de espera. Venha me pegar quando estiver pronto. — Dando um olhar triste para Tristan, ela saiu do quarto, certa de que ele e Logan não tentariam impedi-la. Iria provocar um espetáculo e ela estava certa de que não queriam isso.

Tristan considerou ir atrás dela, mas a médica entrou no quarto no mesmo momento. Preocupado de que já tinham muitas pessoas no quarto, olhou para Julie sair. Com um aceno de cabeça, ela entendeu e foi.

A médica parecia ter por volta de quarenta anos, com um cabelo curto e crespo, usando o tradicional jaleco branco com o nome bordado. Olhando os dois homens, ela esticou a mão para o Tristan.

— Olá, eu sou a dra. Shay. A enfermeira disse que o informou das lesões do Ryan. Ele é um jovem sortudo — comentou, olhando para seu paciente. — Quase perdeu todo o sangue, mas nós chegamos a ele antes de ele entrar em choque hipovolêmico, e ele ficará bem. Os dois tiros foram bem limpos, entraram e saíram, mas aparentemente ele ficou na viela por um bom tempo antes de alguém encontrá-lo. Então nós vamos mantê-lo aqui por mais algumas horas por precaução, e então será transferido para o quarto andar. Quando for liberado, terá que voltar para uma revisão para remover os pontos. Minha maior preocupação nesse momento é o risco de uma infecção na lesão. Mesmo a gente tendo limpado, infecções bacterianas ainda podem ocorrer. Você tem alguma pergunta?

— Sim, é do meu entendimento que qualquer coisa que nós discutirmos precisa ser mantido em segredo, isso é correto? — Tristan perguntou, já sabendo a resposta.

— Sim, está correto — ela respondeu.

— Eu vou te dizer uma coisa e eu não quero que você repita isso nem mesmo para a enfermeira. Nem eu quero isso escrito no prontuário dele — Tristan explicou. — Eu não tenho certeza de quanta experiência você tem com sobrenaturais, mas eu sou Tristan Livingston, Alfa dos Lobos Liceu. E esse garoto, ele é meu.

A médica corou com a revelação.

— Ah sim, claro que eu estou ciente que existem outros. Esses que não são humanos. Mas senhor... Bem, não tem como ele ser lobo. Eu acabei de operá-lo, então eu acho que eu saberia se ele não fosse humano. Não, não pode ser — protestou.

— Bem, doutora. Às vezes as coisas não são o que parecem ser. — Ele olhou para Logan, que sabia que ele estava falando da Kalli. — E quando isso acontece, é duro de engolir. Vamos só dizer que fiquei sabendo que o Ryan foi exposto a algo muito perigoso que atrapalhou tanto sua capacidade de se transformar quanto suas habilidades de cura naturais. Ambos o teriam prevenido de visitar seu belo estabelecimento. Nós achamos que ele se transformará em algumas horas, e nós gostaríamos de ficar com ele até lá. Depois, vamos sair pela porta da frente.

— Bem, eu não sei, mas acho que se ele se transformar, não posso me opor à sua saída, mas precisarei examiná-lo antes — insistiu.

— Obrigado pela sua cooperação, mas tem mais uma coisa. Aquela coisa perigosa que o Ryan foi exposto... eu preciso manter em segredo até nós descobrirmos quem deu isso a ele. Tony... Detetive Bianchi. Nós também vamos falar com ele. Ele irá confirmar o que estou lhe dizendo. Nós estamos olhando para um assassinato.

A médica acenou solenemente com a cabeça.

— Sim, eu acabei de falar com o detetive, mas, como disse para ele, eu não vi o outro garoto. Ele foi encontrado morto na cena do crime. Os paramédicos disseram que ele foi atingido por tiros e esfaqueado. Sinto muito pela sua perda.

— Obrigado — Tristan disse calmamente. O encontro com o Jax Chandler não aconteceria rápido o suficiente. Quando ele encontrar os lobos que Kalli ajudou a desenhar, eles morreriam em uma morte lenta em suas mãos.

A médica saiu do quarto, deixando Tristan e Logan. Nenhuma palavra podia descrever a perda de Toby. Tudo que restava era aguardar até que o Ryan se transformasse para então eles descobrirem o que havia acontecido. Como ele pegou a droga? Ele sabia que o Ryan e o Toby se divertiam bastante, mas era diferente do que a maioria dos estudantes universitários fazia. Eles não usavam drogas, ele sentiria o cheiro em um minuto se eles experimentassem. Não, alguém deu isso sem eles saberem, talvez como Kalli tinha sugerido em uma bebida ou até em comida.

A vigília acabou quando o Ryan se mexeu na cama. Abrindo os olhos devagar, lambeu os lábios ressecados.

Logan correu para segurar sua mão, enquanto Tristan ficou de pé do outro lado da cama. Esfregou a mão no cabelo despenteado de Ryan, e se inclinou para falar com ele.

— Vá com calma, Ryan. Você está seguro. Nós estamos todos aqui com você — Tristan o confortou.

Os olhos de Ryan encheram de lágrimas.

— Toby... ele não sobreviveu — sussurrou, choramingando silenciosamente. — Nós não podíamos nos transformar.

— Nós sabemos, Ry, nós sabemos. Acredite em mim, nós vamos ficar de luto. E nós vamos vingar a morte dele. Prometo para você. Mas, nesse momento, preciso saber o que aconteceu. Quem drogou vocês?

— Nós estávamos numa festa. Nada grande. Uma garota. Lindsay. Ela perguntou se queríamos tomar algo. Você nos conhece, dissemos não. Eu juro — Ryan afirmou. Ele olhou nos olhos de Tristan. — Nós ficamos para tomar outra cerveja, e então saímos para ir para casa. Nós andamos. Nós sempre andamos. Dois homens. Lobos. Eles tinham uma arma e nos empurraram em uma viela. Nós sabíamos que não podíamos enfrentá-los. Mas aí nós não conseguíamos nos transformar. Nós tentamos correr, mas nossos lobos não apareceram. Eu me escondi numa lixeira depois de ser atingido, mas o Toby... — ele parou de falar, olhou para o lado e fechou os olhos.

— Escute-me, Ryan. Isso não é sua culpa. Alguém te drogou. Não teria como você saber. Agora você precisa descansar. Kalli disse que você será capaz de se transformar em algumas horas. Depois, nós vamos sair daqui. Veja... Julie está aqui. Logan está aqui. Nós todos estamos aqui para você. E, quando nós chegarmos em casa, você sabe que estará nas mãos das mães da alcateia, elas nunca vão deixar você sair da vista delas. Nós vamos passar por isso.

Lindsay? Não era esse o nome da garota do escritório da Kalli? Ele planejava pedir ao Tony para mandar alguém ao HVU para encontrá-la. Tristan levantou e virou em direção à porta em uma tentativa de esconder a dor que ameaçava parti-lo ao meio. Escutar Ryan contar o que aconteceu com lágrimas cheias de culpa acabou com ele. Não deveria ser desse jeito para os dois. Eles eram somente crianças, mas alguém foi deliberadamente atrás dos seus filhotes. Mataram Toby. Uma coisa era certa, estava prestes a chover sangue nessa cidade e dessa vez seriam os Lobos Liceu que iriam derramá-lo. Não existia nada doce nessa vingança, mas ela iria acontecer.

— Logan, fique de olho no Ryan. Preciso achar o Tony — Tristan grunhiu. Precisava dizer a ele tudo que havia acontecido. Não tinha a mínima chance que ele deixaria a P-CAP assumir a investigação. Pelo que eles sabiam, atiraram em um humano e ele morreu. Mas, na possibilidade de eles decidirem se envolver, ligaria para o Léopold e pediria ajuda. Por mais que detestasse Alexandra, ele sabia que podia contar com ela como uma aliada.

Ele virou no final do corredor e viu Tony em uma conversa íntima com Kalli. *Que porra é essa?* Ela acenou com a cabeça em concordância com o que ele acabou de dizer para ela. Seus olhos azul-claros, avermelhados por causa do choro, estavam focados no detetive.

Sem dúvida, o detetive Tony Bianchi, antigo parceiro de homicídios da Sydney, era um dos melhores policiais da cidade. Tenaz, mas com um bom caráter, o belo detetive italiano nunca deixava uma pista sem ser investigada. Mas Tristan podia dizer por sua aparência, que hoje à noite ele viu o corpo do Toby. A pele morena de seu rosto parecia estar retraída e seu curto cabelo escuro não estava mais cuidadosamente penteado. Como um cão de caça sabendo onde achar seu osso enterrado fundo no quintal, Tony estava ocupado cavando por sua próxima pista.

Tristan cerrou os dentes quando ele colocou uma mão reconfortante no ombro de Kalli. Ela começou a chorar novamente, e ele podia ver que ela também estava sofrendo. Tristan queria ser o homem a segurando, dizendo que tudo ficaria bem. No fundo, também sabia que parte da razão que ela estava se descontrolando era por causa dele. Ao invés de atacá-la na varanda como um maníaco faminto por sexo, deveria ter deixado-a terminar de contar a verdade. Ele disse que ela podia confiar nele, mas, no minuto em que ela confessou, ele a atacou e ordenou que ficasse com outro homem. Sentia-se como um babaca, mas só podia lidar com um certo número de coisas ao mesmo tempo. Tossindo alto, Tristan cuidadosamente se aproximou deles.

Kalli fez uma careta para Tristan antes de virar de costas. Ela não podia olhar para ele sem chorar histericamente e odiava ser *aquela* mulher. A mulher que era tão fraca, que precisou colocar toda sua confiança e sentimentos em um homem e agora não conseguia controlar as próprias emoções. Odiava ser a mulher que um homem usaria sexualmente e depois jogaria para um de seus amigos. Odiava ser a mulher que criou a droga que eventualmente matou Toby. Kalli se recusava a deixá-lo ver o quanto estava sofrendo por dentro. Se ele não a queria, ela teria que pelo menos salvar o que restava de sua dignidade.

— Kalli — Tristan ofereceu, incerto do que dizer para ela. Não estava pronto para se desculpar, mas ao mesmo tempo precisava dela. Ele precisava do conforto dela tanto quanto ela precisava do dele.

— Vou pegar um café — disse abruptamente, impossibilitada de tomar outro esporro. Passou a última hora dizendo ao detetive tudo que sabia sobre seu passado, as pessoas que trabalhavam com ela, cada detalhe sobre o CLI e como ele funcionava, e os nomes de todos os lobos que lembrava. Ela não sabia os nomes completos dos lobos que ajudou o artista a desenhar. Achava que um era Sato e o outro era Morris, mas não tinha certeza. Mas ela podia lembrar o nome de seu antigo Alfa, Gerald. Até contou para ele tudo que aconteceu com ela, incluindo o incêndio, o sequestro e o resgate. Descreveu em detalhes o que estava fazendo na casa do Tristan, o que envolveu uma pequena menção do que aconteceu na varanda. Claro que ela não entrou em detalhes, mas queria ter certeza que ele entendia como ela lamentava sua decisão de confiar o suficiente em Tristan.

Estranhamente, o detetive simpatizou com sua decisão, dado o passado de abuso dela. Disse que via constantemente mulheres e crianças espancadas e podia entender o medo entranhado em sua mente há tanto tempo. Simplesmente falar para ela compartilhar informações que poderiam expô-la para seus abusadores novamente não era o suficiente para conseguir fazê-la se abrir sobre seu passado. Ela achou irônico que a única pessoa que parecia entender seu suplício era humana.

Vendo Tristan aparecer no corredor, lutou contra seu primeiro instinto que era de correr para os braços dele. Apesar de suas palavras raivosas, ela não queria desistir do relacionamento que estava surgindo entre eles, que definitivamente estava bem enraizado na categoria de "é complicado". Ao mesmo tempo, seu saudável senso de autopreservação anulava a necessidade de perseguir um homem que claramente não a queria, não importa quão incrível ele era.

Tony acenou com a cabeça para Tristan. A dor emanava dele como um rio transbordando. Mesmo Tony não sendo lobo, jurava que podia sentir. Conhecia Tristan há um bom tempo, tendo sido apresentado a ele pela Sydney. Tony o olhava com admiração, como um líder que se preocupava com os seus lobos e com o que acontecia em sua cidade.

— Sinto muito pela sua perda, Alfa.

— Obrigado, Tony. Você falou com a Kalli? — Tristan perguntou, já sabendo a resposta. Ele só não sabia a extensão da conversa.

— Sim, ela me contou tudo. É surpreendente dado todo o trauma que ela passou — Tony afirmou.

— Sim, acho que ela mencionou que Alexandra a sequestrou.

— Sim, ela mencionou, mas quando eu digo trauma, eu estou me referindo ao abuso que ela sofreu na infância. Ela está apavorada, mas parece serena.

— Desconectada? — Tristan rebateu.

— De uma forma. Se você tivesse sido espancado, dissessem que seria torturado pelo resto da sua vida, você também colocaria alguns muros. Nós estamos falando sobre sobrevivência. De qualquer modo, da infância dela até o exame do Ryan, eu me sinto confiante de que me contou tudo. Você, hum, talvez queira pegar leve com ela. — Tony deu um olhar preocupado para Tristan.

Tristan se encolheu internamente. O quanto ela contou para ele? Sobre o que aconteceu na varanda? Que ele gritou com ela? Como ele a mandou para a casa do Logan?

— De qualquer modo, é uma boa coisa ela estar sob a sua proteção. Ela vai precisar disso com certeza. Entendo que ela estava ficando com você, mas agora irá ficar com o Logan? — Tony perguntou, lendo nas entrelinhas.

Sim, aparentemente ela contou tudo para ele. Merda.

— Sim, ela ficará com o Logan hoje à noite. — Ele tentou soar indiferente, mas as palavras possuíam sabor de veneno quando as falou em voz alta. — Minha alcateia inteira se mudou para o novo prédio, com exceção de alguns lobos. Alguns se mudaram para as montanhas.

— Tudo bem então. Bem, eu tenho alguns nomes de machos da antiga alcateia dela. Eu vou pesquisá-los hoje à noite. Um boletim foi emitido com os desenhos que você me enviou. A prioridade será aumentada agora que estamos lidando com um assassinato. Alguma outra coisa que você queira me contar? — Ele deu um pequeno sorriso. — Você sabe, tendo em mente que eu sou um profissional da lei.

— Ryan mencionou que ele estava na festa com uma garota chamada Lindsay. Pode ser coincidência, mas Kalli tem uma assistente com o mesmo nome. Ela trabalha no HVU, e é uma estudante universitária. Você pode verificar?

— Claro, quer dizer, nós não sabemos como eles sabiam que ela possuía o CLI. A melhor aposta é que alguém do hospital descobriu sobre a pesquisa. É possível que os lobos foram lá procurar pela Kalli e de algum modo se misturaram com essa Lindsay. Se a Lindsay soubesse sobre a existência da droga, ela pode ter falado.

— É, eu não sei. É pouco provável, mas eu concordo, alguém no hospital deve ter descoberto sobre a pesquisa. De acordo com a Kalli, ela não tem uma vida muito social fora do hospital e do abrigo.

— Mais alguma coisa?

— Amanhã à noite é o baile do prefeito. Na noite seguinte nós temos um encontro com o Jax Chandler, o Alfa de Nova Iorque. Estou esperançoso de que vai ser um encontro útil. Além disso, não tem mais nada que eu possa dizer para você... oficial da lei e tudo mais.

Um entendimento silencioso se instalou entre os dois homens. Tristan era letal quando provocado, como era a maioria dos sobrenaturais. Qualquer que fosse o tipo de justiça deles, Tony não queria saber os detalhes. Não era seu lugar julgar os meios, seu propósito era achar um assassino. E se Tristan achasse o cara antes dele, bem, então era melhor assim.

— Escuta, cara, nós daremos o nosso melhor para achar esses filhos da puta. Eu coloquei a autópsia do Toby como prioridade. O médico legista começará amanhã cedo. Serei honesto, não tenho certeza do que mais ela irá encontrar, mas os assassinos podem ter deixado um traço. Extraoficialmente, hemorragia por ferimento a bala e ferimentos a faca estão listados como a causa da morte — Tony especulou.

— Eu gostaria de pegar o corpo dele o mais rápido possível. Você pode me mandar uma mensagem quando acabar? Nós o levaremos para casa. O enterro precisa ocorrer o mais rápido possível — Tristan disse para ele calmamente. Casa significava o complexo deles nas montanhas. Enquanto não era sempre que eles eram forçados a enterrar um deles, os Lobos Liceu aderiam aos seus próprios rituais fúnebres.

— Claro. Serão provavelmente uns dois dias antes de eles liberarem o corpo. Novamente, eu sinto muito pelo seu lobo. Eu entendo que ele estava na faculdade — Tony estendeu a mão para o Tristan em condolências.

Tristan acenou com a cabeça tristemente, apertando sua mão. Ele não queria revelar a explosiva fúria que implorava por libertação. Mas a hora dela chegaria. A vingança estava vindo e ele planejava surfar na onda dela, até que o último lobo envolvido na morte de Toby fosse nada mais do que pelos e ossos.

CAPÍTULO CATORZE

Depois de finalmente acomodar Ryan no apartamento de Julie, eram quase três da manhã. Mesmo que transformar tenha curado as feridas de Ryan, isso fez pouco para ajudar as cicatrizes emocionais que cortaram fundo. Ao invés de Ryan voltar para o pequeno apartamento que ele arrumou para os garotos, Julie e Tristan concordaram que ele deveria ficar com ela. Apesar de ela ter duas irmãs mais novas, parecia que a atenção feminina extra ajudaria na recuperação.

Tristan dormiu até as onze horas da manhã, revirando-se enquanto tentava superar seus sentimentos por Kalli e o fato de que ele a mandou passar a noite na casa do Logan. Quando sentou na mesa de jantar, bebendo café e trabalhando, ele não teve como não notar o vazio em sua volta. Mesmo estando há um dia, ele ficou estranhamente acostumado a tê-la por perto. Ele sorriu, pensando que ajudava ela gostar de andar pela casa de roupa íntima.

Claro, agora que sabia sua verdadeira natureza, isso não o surpreendia tanto. Não era como se os lobos fossem conhecidos por sua modéstia. Mesmo que o remédio suprimisse sua transformação, ele não podia apagar os sinais de que ela era lobo. E agora fazia total sentido porque o seu lobo a queria tanto. Era como se estivesse olhando para uma imagem, pensando que só via uma mulher. Mas se você olhasse mais de perto, o lobo era revelado, expondo a ilusão ótica. Ciente da miragem, ele agora podia ver tanto a mulher quanto o lobo, e ele nunca mais seria enganado pela ilusão.

Tentou focar em seu e-mail, notando que a Mira enviou para ele três dossiês diferentes em potenciais imóveis para aquisição. Tristan considerou pedir a opinião de Logan antes de continuar com as negociações. Na realidade, ele poderia tomar a decisão sozinho, mas uma parte dele estava só procurando por uma desculpa para ver Kalli. Impossibilitado de resistir, pegou seu telefone e tocou no número do Logan.

— Logan aqui.

Tristan mal podia escutá-lo através da estática na ligação. O que ele disse? E ele escutou cachorros latindo? Que porra é essa?

— Sou eu. Você consegue me escutar? — perguntou, parecendo um comercial de televisão.

— Mandei uma mensagem para você. — Foi a última coisa que ele escutou antes da ligação cair.

Seu telefone apitou, alertando a ele para a mensagem de Logan.

No abrigo de animais com a Kalli. Sinal de telefone ruim.

Onde eles estavam? Num abrigo de animais? Cacete. Ninguém escutava? Ele especificamente instruiu para todo mundo ficar em casa exceto por atividades essenciais. E o Logan estava com a Kalli em um abrigo? Merda. Estavam sozinhos por menos de doze horas e já estavam fazendo coisas juntos? Ele ficava em carne viva pensando sobre Kalli, dormindo na cama de Logan. Ele imaginava se Logan foi até ela como ele foi naquela primeira noite. Será que ela mostrou seus belos seios para ele? Pensamentos de seu beta com Kalli quase o deixavam louco.

Ele digitou uma resposta irritada.

Onde você está? Endereço?

Tristan precisava vê-la, incerto sobre o que diria. Ainda estava com raiva por ela ter mentido. Mas se sentia horrível por não estar perto dela. O dilema estava acabando com ele. Encarar isso de frente era a única opção. Pegando seu capacete, saiu de seu apartamento, descendo para pegar sua Harley.

Do estacionamento, podia escutar latidos e miados. O grande galpão industrial fora convertido em um abrigo animal com um bom tamanho. Entrou na colorida recepção e notou que a parede atrás da recepcionista estava pintada com várias pegadas de cor neon. Existia algo infantil e divertido no ambiente. Notou uma pilha de bolas numa cesta, com um aviso instruindo cães e seus futuros donos a "pegar uma e brincar".

Uma mulher mais velha, com cabelos grisalhos presos em um coque, estava na mesa.

— Olá! Quer adotar? — perguntou com expectativa.

— Não dessa vez, me desculpe. Eu estou aqui para ver a dra. Williams. Meu amigo Logan está aqui com ela — ele conseguiu dizer. Impressionado com a recepção, ele não podia se lembrar de ter visto um abrigo animal tão animado. Era bem diferente do abrigo da prefeitura. Sabia que Kalli era uma das donas e imaginou se a senhora na frente dele era sua parceira.

— Ah, sim, nós estávamos esperando por você, sr. Livingston. Eu sou a Sadie. A dra. Kalli e o Logan estão logo ali atrás.

Ela destrancou a porta e o encaminhou para o corredor. Um grande malamute latiu algumas vezes, enquanto pulava e lambia sua mão. Uma mureta mantinha o cão dentro de uma enorme área interna para correr e brincar, completa com brinquedos de parquinho azuis e verdes. Tristan chutou que pelo menos vinte cachorros estavam correndo e brincando, enquanto um jovem homem ficava de olho, ocasionalmente jogando uma bola para eles.

Tristan esfregou a cabeça do imenso filhote e Sadie riu.

— Ah, não ligue para ele, ele é só um bebezão. Nós encontraremos um lar definitivo para ele um dia desses. Vamos lá, rapaz, deixe o sr. Livingston em paz. Vamos lá — instruiu. — Por aqui. — Apontou para uma sala de reunião toda em vidro, que parecia também funcionar como um escritório. Pinturas coloridas de grama e flores na parte de baixo do vidro obscureciam a visão.

— Tris, aqui — Logan chamou, saindo de uma sala na esquerda. Gatos de todos os tipos diferentes estavam pintados na porta.

— Oi.

— Sr. Logan — Sadie falou. — Sinto que você ainda sairá daqui com um gatinho.

Ele deu de ombros, sorrindo calorosamente para ela.

— Assim que eu tiver permissão do meu locatário.

— Está bem então. Bom, eu vou deixar vocês dois. Tenho que voltar para a recepção. — Sadie desceu o corredor.

Tristan começou a rir.

— Sério? Um gatinho?

— Sim, por que não? Um lobo não pode receber um pouco de amor?

— Claro, eu vou correr para comprar aquela blusa escrita: "Lobos de verdade amam gatos" que você sempre quis — brincou.

— Então? — Logan perguntou sem fazer a real pergunta.

— O quê? — Tristan respondeu indignado.

— Por que você veio correndo para cá, Tris?

— Eu senti sua falta. — Ele sorriu.

— Tá bom. Você está aqui para vê-la?

— Talvez — Tristan admitiu, olhando para os cachorros.

— Você sabe que eu te respeito. Você é o meu Alfa. Nós crescemos juntos. Nós caçamos juntos. Porra, você sabe onde isso está indo. Escuta, sobre a Kalli...

— Não, Logan — Tristan avisou.

— Não o que? Dizer para você pegar leve, porque eu vou. Porra, todos nós estamos arrasados por causa do Toby. Mas mandar ela para mim na noite passada... Isso foi frio, cara. — Logan olhou pelo vidro, imaginando se Kalli podia escutá-los.

— Eu sei. Mas eu precisava sair de perto dela. Você não entende, Logan. Ela está me deixando maluco. Um minuto ela está se submetendo para mim na minha varanda e a próxima coisa que eu sei, ela está envolvida na criação dessa terrível droga. Eu estava tão puto. Não consigo pensar direito quando estou perto dela. E agora que eu sei que ela é lobo... Caralho, o que eu devo fazer? — Tristan esfregou os olhos com o punho. Quanto mais falava sobre ela, mais agitado ficava.

Logan andou até um sofá que ficava ao lado do escritório e se jogou nele. Ele deixou a parte de trás da cabeça apoiar nos travesseiros, olhando para o teto.

— Deixa eu te contar o que aconteceu na noite passada quando eu, isso mesmo, *eu* levei a Kalli para a *minha* casa... para a *minha* cama. — Ele abaixou o queixo, olhando para o Tristan novamente.

— Eu não posso saber, Logan. Não me conte. Que parte de "eu não consigo pensar direito quando o assunto é ela" você não entendeu? — Ele levantou as mãos como se isso fosse impedir as palavras do Logan de o atacarem.

— Eu vou te dizer o que aconteceu. Nada. Porra nenhuma. Ela chorou a metade do caminho para casa. E então eu tive o prazer de vê-la coletar as coisas dela da sua casa como se alguém a tivesse chutado na barriga. Então, como o babaca que eu fui por te escutar, eu a levei para o meu quarto de hóspedes. E, pelos próximos trinta minutos, eu a escutei chorar até que finalmente caiu no sono.

Tristan cerrou os punhos e deu as costas para o Logan. Se ele já não se sentisse mal o suficiente, Logan o estava forçando a encarar o que havia feito.

— Por que você está me dizendo isso? Fui eu que mandei você levá-la. Eu sabia que a minha ordem teria consequências — ele falou.

— Essa manhã. — Logan gemeu, colocando a mão no coração como se estivesse revivendo uma ótima lembrança. — Ah, cara, você sabe quão bela ela é quando acorda? Andando pela casa de roupa íntima como se estivesse sozinha? Ela não tem ideia do que faz com um lobo.

Tristan grunhiu. Ah, ele sabia muito bem quão bela ela era.

— Então quando ela me pediu para trazê-la aqui, o que eu iria fazer? Seus olhos estavam todos inchados, mas graças à deusa ela parou de chorar. Ela precisava ver os animais, então como eu não iria obedecer? Pode ter tido alguma relação com aquele short rosa que mal a cobria... bom, você entente. Mencionei que ela cozinha de roupa íntima? Ela diz que eles são pijamas, mas eles são justos em todos os lugares certos. — Logan sorriu como se fosse o gato que comeu o canário.

— Chega, Logan. Eu já entendi. Você sabe muito bem que, como o Alfa, tem horas que eu sou forçado a tomar decisões difíceis. E algumas decisões que nem sempre são populares, mas é assim que funciona a liderança. Preciso pensar no melhor para a alcateia. Preciso pensar direito. Toby está morto por causa da droga dela. Das mentiras dela — ele lembrou o Logan.

— Não, Toby está morto porque algum babaca está lá fora atacando a nossa alcateia. E não é ela. Ela mentiu? Sim. Mas eu nunca vi você ser nada além de justo e piedoso com os seus lobos. Ela precisa dessa parte de você, Tris.

Tristan sacudiu a cabeça. Amava Logan como um irmão, mas somente um Alfa entendia o peso da responsabilidade que ele carregava. Não podia ter essa distração. Ele precisava da ajuda dela para pegar os criminosos, nada mais, nada menos.

— Vem aqui — Logan disse para ele, quase que instantemente reconhecendo seu tom insubordinado.

Tristan o encarou com um aviso.

— Meu Alfa? — Logan perguntou, abaixando os olhos respeitosamente. — Me diga que essa pessoa, essa loba que sofreu abuso, essa bem aqui, é um perigo. Olhe para ela e me diga que ela é um perigo para a sua sanidade, para a alcateia.

Tristan andou até ele e olhou por cima da grama pintada para ver a Kalli deitada no carpete, coberta em filhotes. De barriga para baixo, estava segurando um próximo de seu rosto, sussurrando elogios enquanto assoprava beijos para o bebê peludo. Dois dos pequenos filhotes estavam dormindo, enrolados com as cabeças perto dos pés dela. Lutando por uma corda, outros dois rolavam como uma bola.

Tristan suspirou com a visão, seu coração se aqueceu.

— Ela daria uma mãe maravilhosa — ele falou sem pensar. Assim que as palavras saíram de sua boca, ele se encolheu. *Que porra é essa?*

Logan tossiu, engasgando com a declaração.

— Chocado que você notou, e ainda disse em voz alta, mas sim, ela daria.

Kalli podia sentir a presença dele sem nem olhar para cima. Ela pulou sua dose de CLI essa manhã, sentindo como se fosse vomitar só de olhar para o remédio. Ele era a razão que o garoto estava morto. Ficar perto de Tristan era confuso para ela: pensamentos de correr como loba passavam por sua mente. Ela queria tanto odiá-lo, nunca mais falar com ele depois que a tinha mandado embora. Mas seu coração e sua loba imploravam para estar de volta nos braços dele.

— Oi — disse indiferentemente, sem olhar para ele quando a porta abriu. Ela temia começar a chorar novamente.

— Oi. — Deusa, ela estava resplandecente, com filhotes e tudo, mas ele se controlou.

— Você quer um filhote?

— Ah, hum, eu não acho que tenho tempo por agora para cuidar de um... — ele gaguejou. *De grande macho Alfa para adolescente desajeitado em trinta segundos*, pensou para si mesmo. Isso era exatamente o que ela fazia com ele e o motivo dele precisar de espaço.

— Não, eu quis dizer, você quer segurar um filhote? — perguntou como se estivesse oferecendo uma trégua. E de várias formas ela estava. Dessa vez ela estava dando um presente para ele.

— Hum, sim, claro. Onde você me quer? — Olhando para o firme traseiro dela, ele sabia onde queria estar.

Ela sentou, tirando as pernas debaixo das cabeças aquecidas dos filhotes. Esticando os braços, ela gentilmente colocou um filhote em suas mãos grandes.

— O nome dele é Lowell. Não conte para os outros, mas ele é o meu favorito — ela sussurrou como se eles pudessem entender.

— Lobinho[8]? — Tristan sorriu, acariciando o pelo branco e preto. Pela

---

8 O nome Lowell, de origem inglesa, significa Little Wolf, que é a tradução para pequeno lobo, lobinho.

maneira como ela falava com eles, estava tentado a acreditar que talvez eles realmente entendessem.

Ela deu de ombros.

— Eles me fazem me sentir melhor. Sei que tecnicamente eles precisam de mim, mas eu preciso deles. Eles são como crianças. Esses caras... — Ela pegou um branco e o beijou na cabeça peluda. — A mamãe deles foi atropelada por um carro. Ela não sobreviveu. Então eu os estou criando, desde as três semanas de vida. Eles são vira-latas. Belos, doces vira-latas.

— Kalli, eu sinto muito — ele se desculpou suavemente enquanto esfregava o rosto no filhote. *Ela estava certa, eles o faziam se sentir melhor,* ele pensou. Ou talvez era alívio que sentia, desculpando-se por sua reação.

Kalli travou com as palavras dele.

— Está tudo bem. Eu estava bem na casa do Logan. — Ela desviou o olhar, forçando-se a não chorar. — Falei com aquele detetive ontem à noite e contei tudo para ele. Eu planejo ficar por perto para te ajudar a encontrar quem fez isso com Toby. Não vou tentar ir embora... não que eu estivesse segura em algum outro lugar.

— Obrigado. Agradeço por isso. Amanhã nós temos um grande encontro como o Alfa de Nova Iorque. Eu irei precisar de você lá.

— Ok — ela concordou calmamente. A última coisa no mundo que queria fazer era estar na companhia de mais um Alfa. Era como se sua autoimposta seca de lobos a tivesse alcançado e agora ela estava encarando um tsunami deles.

— A outra coisa é que nós precisamos começar a trabalhar num antídoto para o CLI. Independentemente de pegarmos os lobos que fizeram isso, existe o fato de que eles têm alguns dos seus comprimidos.

Kalli pensou nisso por um minuto antes de começar a falar.

— Eu ainda tenho a minha pesquisa, então posso certamente começar a elaborar um antídoto. Irei precisar de um laptop e eventualmente de equipamento de laboratório. Mas eu preciso te dizer, pode demorar um pouco para fazer. Semanas, na melhor hipótese, mas provavelmente perto de um mês.

— O que for preciso. Posso conseguir as coisas que você precisa. O que mais?

— A questão é que existiam por volta de trinta comprimidos no pote que eles roubaram. E, honestamente, o processo para criar o CLI é bem complicado. Então mesmo que eles quebrem a composição química com certa facilidade, será mais difícil para duplicar o processo com um produto final que é o mesmo. O ponto é que nós temos um pouco de tempo, antes que possam fazer mais e distribuir. Mas você também deveria saber que quando eles descobrirem, é só uma questão de tempo antes que alguém decida transformá-lo em uma arma mais funcional, como colocá-lo em uma bala ou dardo por exemplo. Ele pode ser aperfeiçoado para efetivamente impedir a transformação, se alguém realmente tentar — explicou.

— Bom saber. Bem, não é realmente “bom saber”, mas isso nos dá mais incentivo para achar esses caras, rápido. — Tristan tremeu ao pensar como o CLI podia ser usado como uma arma táctica. Não somente lobos podiam usar uns contra os outros, mas também poderia ser usada por humanos e vampiros contra os lobos.

— Uma última coisa. Hoje à noite tem um compromisso beneficente que eu preciso ir. O prefeito fará um baile para levantar dinheiro para as bibliotecas. Além de ter me comprometido com isso há meses, quero que quem quer que seja responsável veja você em público com a alcateia. Pode ajudar a tirá-los das sombras. — Tristan inspecionou o medo que apareceu nos olhos dela e foi embora tão rápido quanto veio. Sua lobinha ficou adepta a esconder suas emoções. Ele fez uma nota mental de que precisava ajudá-la com isso. Ela não estava fazendo nenhum favor para ele ou para si mesma escondendo suas emoções.

O estômago dela embrulhou com o pensamento de sair em público, mas ela devia isso para ele, devia para os Lobos Liceu. E ela não pode deixar de notar que ele não disse: “em público comigo”. Ele especificamente disse: “em público com a alcateia”. Ciente da diferença e cheia de ansiedade, ela relutantemente acenou com a cabeça.

Tristan colocou o filhote no chão, pegou a corda e a sacudiu no rosto dele. Imediatamente, o filhote mordeu as fibras, recusando-se a soltar. Dando uma pequena sacudida na corda, o filhote copiou os movimentos do Tristan. Rapidamente, o filhote estava rosnando e a sacudindo fortemente, recusando-se a soltar seu prêmio.

— Olhe o seu Lowell, doutora. Ele é realmente algo. — Tristan riu. — Que menino durão você é — cantou em sua melhor voz de cachorro, fazendo suaves barulhos de rosnado. Ele sorriu largamente, sentindo-se orgulhoso do filhote que segurava tão bem.

— Ele gosta de você — ela reconheceu, rindo da maneira que Lowell ferozmente desafiava o Tristan. Tinha algo especial em observar o Alfa mais letal da Costa Leste brincar gentilmente com um pequeno cachorrinho.

O rosto de Tristan se transformou com um sorriso, prendendo Kalli com o olhar.

— Ele é um Alfa, Kalli. Olhe como ele está segurando forte. Ele está reivindicando isso, relutante em compartilhar com outro lobo. Eu também não deixo os outros pegarem o que é meu.

— É verdade? Um reconhece o outro? Talvez seja por isso que eu o ame tanto — ela flertou.

— Sim, ele definitivamente não está compartilhando. Ele sabe o que é dele. — Tristan continuou olhando no olho dela, dando um sorriso sensual.

Kalli perdeu o fôlego, sentindo como se ele estivesse olhando em sua alma. Envergonhada, abaixou a cabeça em um filhote novamente. Ele estava insinuando que ela era dele? Na noite passada, ele estava com tanta raiva, justificada, mas mesmo assim, ele a mandou embora com o seu beta. Talvez ela tenha entendido errado a intenção dele, mas com certeza ele a jogou para o seu amigo. E não era como se Logan fosse qualquer porcaria. Com seu cabelo castanho volumoso, mandíbula esculpida e corpo esbelto e musculoso, ela estava certa que as garotas vinham em bandos para ele. Mas mesmo que achasse Logan atraente, não estava necessariamente atraída por ele.

Mas com o Tristan, ele acendia cada nervo do corpo dela e a enchia de desejo toda vez que o via. Mesmo estando completamente vestido, de calça jeans e uma camiseta preta, ela lutava para resistir ao desejo de devorá-lo ali mesmo. Ela ponderou que podia pular as refeições e o lamber da cabeça aos pés. Sacudindo a cabeça, ela corou com o pensamento. Sua loba deve estar colocando esses pensamentos em sua mente. Mesmo assim, teria que estar sete palmos abaixo do chão para não querer pelo menos beijar cada um dos músculos abdominais que ela sentiu na noite passada. Era como se ela só tivesse tido um aperitivo, e estivesse faminta pela refeição completa. Não era como se eles estivessem fazendo algo remotamente sexual, só sentados no chão, acariciando cachorros. E mesmo assim a química insana conseguia penetrar cada um dos escudos emocionais que ela construiu cuidadosamente no quarto de hóspedes de Logan ontem à noite.

Ela percebeu, naquele segundo, que existia mais coisas no que estava acontecendo entre eles. Além do pedido de desculpas e perdão dele, ela queria todas as partes dele. Os sentimentos eminentes ameaçavam rasgar o coração dela em pedaços se ele não os retornasse. Mas a realidade da situação era que em um único ato de não contar a verdade para ele, ela destruiu o frágil senso de confiança que eles haviam criado ao se conhecerem. Sentada no chão, ela podia senti-lo remendando, mesmo que ainda não consertado, mas existia um ar de sinceridade que não existia antes. Sem mais segredos. Sem mais mentiras. Emocionalmente, ela estava despida. Ele podia ou reivindicá-la ou ir embora.

Tristan se recusava a soltá-la de seu olhar, observando as emoções conflitantes em seu rosto. Ele podia dizer que ela estava lutando para esconder a excitação, e ele amava que mesmo depois de tudo que tinham passado na noite anterior, ela não podia esconder sua reação dele. Mas ela mentiu, e bem, ele agiu como um completo babaca mandando-a para Logan, como se ela não fosse nada mais do que uma fêmea para ser usada pelos machos. Algo que ele sabia que a feriria profundamente, dadas suas experiências no passado em uma alcateia.

Ele se arrependia da ação, mas não estava certo de como proceder. Cheio de raiva na noite anterior, ele pediu para a Mira o acompanhar para o baile. Justificou isso dizendo para si mesmo que precisava de Mira com ele para responder perguntas de negócios. Mas enquanto se sentava ao lado de Kalli numa sala cheia de filhotes, ele estava na dúvida em levar Mira. Enquanto contemplava sua situação, o alarme de seu telefone tocou, lembrando-o de uma importante reunião, uma que ele não podia perder.

— Kalli, eu... eu sinto muito, eu preciso ir. Tenho uma ligação com o Japão em trinta minutos e preciso voltar para o escritório — explicou. — Eu disse a verdade. Sinto muito por como eu reagi ontem à noite. Estou arrasado com o que aconteceu com o Toby, e tudo saiu do controle.

— Sinto muito por não ter contado a verdade antes. Se eu tivesse contado para você, talvez os garotos não tivessem se ferido — respondeu em um sussurro quase inaudível. Por mais que tentasse empurrar a dor para baixo, viu-se começando a chorar novamente. Uma lágrima escorreu por sua bochecha rosada, sua boca partiu e sua língua saiu para lamber o lábio superior.

— *Chérie*, olhe para mim. — Tristan colocou a mão no rosto dela e secou a lágrima com o dedão. Ele resistiu deixar seu dedão escorregar entre seus lábios rosa e quentes para ela poder sugar seu dedo. Quem ele estava enganando? Ele queria que ela sugasse mais do que seu dedo... Só o pensamento desses lábios carnudos em volta de seu duro comprimento mandou o sangue correndo para a sua virilha. Ele tentou sacudir as imagens eróticas correndo por sua mente. *Não seja um idiota egoísta, Tris. Controle-se.* Ele teve que desviar o olhar e respirar fundo antes de continuar. Ele tentou focar em suas palavras e não nas coisas atrevidas que queria fazer com ela.

— O que aconteceu não foi sua culpa. E sobre eu e você, nós vamos ver, ok? Eu ainda meio que estou processando o que aconteceu, e preciso estar na minha melhor forma nos próximos dias. Escute, eu te vejo hoje à noite.

Kalli jurou que ele iria beijá-la quando passou o dedão calejado perto de sua boca. Mas no lugar de um beijo, ele a abraçou gentilmente e levantou para ir embora.

Depois que ele foi embora, suas palavras reverberaram em sua cabeça: "E sobre eu e você, nós vamos ver, ok?" O que isso devia significar? Eles quase fizeram amor ontem, e agora ele estava no "vamos ver". Ela sorriu tristemente, perguntando-se se tudo que ela estava sentindo era real ou estava em sua imaginação. Com certeza parecia real, mas a falta de intenção dele fazia imaginar se precisava proteger seu coração. Emocionalmente exposta, ela não podia se sentir mais vulnerável.

Embora brincar com filhotes a tenha coberto de amor e felicidade, um banho quente realmente ajudou Kalli a relaxar seus pensamentos. Era como se tivesse deixado o estresse descer pelo ralo enquanto decidia criar coragem. Ponderou que não importava o quanto seus hormônios a deixasse doida de desejo, seria de seu melhor interesse deixar o cérebro falar no futuro. Permitir que seu coração determinasse como ela lidava com as próximas semanas perto de um Alfa iria somente acabar em mágoa. Ela era uma doutora bem-educada e com compaixão, e estava na hora de começar a agir assim. Adolescente apaixonada e sofredora não estava funcionando para ela. Ou Tristan iria perdoá-la e assumir seus sentimentos ou não iria. No meio tempo, estava na hora de apertar os cintos e se controlar. Enquanto o jato quente atingia o seu rosto, decidiu que estava na hora de isso acabar. Gostando ou não, estava presa vivendo com o Logan, enquanto tentava ajudar a pegar os assassinos.

Saindo do banheiro em nada mais que uma toalha, suspirou em surpresa ao encontrar Logan esperando por ela. Ajeitando o cabelo no espelho, virou e sorriu abertamente para ela. Ela não teve como não corar enquanto admirava o quão lindo ele estava em seu smoking. Enquanto ela não era geralmente modesta, sentiu-se extraordinariamente despida, já que estava nua sob a pequena toalha.

Logan olhou para ela dos pés à cabeça. *Nenhum dano em olhar,* ele ponderou. Tristan era um completo idiota por mandá-la embora, e então ele iria aproveitar as recompensas. Ele ficou duro vendo-a nervosamente puxar a toalha que mal cobria os seios. Se ela virasse, ele estava certo que teria outro show de suas firmes nádegas. Seu cabelo longo e preto escorria pelas costas em cachos molhados. De olhos arregalados, ela começou a rir quando ele rodou, mostrando sua roupa chique como um modelo.

— Belo smoking, Logan. Você está bonito — comentou. — Mas você sabe que, por mais que eu ame sair do banheiro para encontrar um cara gostoso me esperando, isso parece um pouco estranho. — Ela sorriu e começou a secar o cabelo com uma toalha, imaginando o que Tristan ia pensar se ele chegasse aqui nesse minuto e a encontrasse quase nua com o beta dele sentando na cama. Ele provavelmente ficaria furioso. *E ele mereceria isso*, a parte dela ainda com raiva pensou.

— Gostoso, é? Espere até você ver meus passos de dança, garota. Fred Astaire, baby — brincou.

— Você não me disse que a Julie ia trazer algo para eu usar nessa porcaria de baile? — perguntou, mudando o assunto. Só restava ter esperanças de que ela esqueceu e então Kalli teria uma desculpa válida para fugir.

— Ah, sim, algo especial foi entregue. Mas não pela Julie — afirmou com um pequeno sorriso.

Ela olhou para ele curiosa, imaginando o que era e quem havia escolhido a roupa. Andando para o closet, viu um vestido elegante de cetim vermelho escuro. Sapatos de salto combinando estavam no chão.

— Isso é... isso é lindo. Sério, eu nunca usei nada com isso na minha vida, — ela exclamou, admirando-o na sua frente no espelho.

— Fala sério, vocês doutores não vão para esses eventos o tempo todo?

Ela revirou os olhos para ele.

— Hum, sem chance. Eu sou estritamente uma garota da classe trabalhadora. Você fez isso, Logan?

— Não, senhora. Parece que você tem um admirador secreto. Mas eu jurei segredo, então não perca seu tempo perguntando — ele provocou com uma piscada. — E, por mais que eu tenha aproveitado olhar o seu belo corpo nessa pequena toalha, nós temos que ir logo ou chegaremos atrasados. — Ele levantou e andou para a porta.

Kalli se aproximou dele e, nas pontas dos pés, beijou-o no rosto.

Logan colocou a mão no rosto como se tivesse sido afetuosamente marcado.

— Por que isso? Não que eu ligue.

— Por ter sido uma ótima pessoa comigo depois de tudo que aconteceu ontem à noite, por ter me levado no abrigo hoje, por me deixar ficar aqui. Por um monte de coisas — ela disse feliz, supondo que o Tristan havia comprado aquele vestido maravilhoso para ela. Ela o colocou de volta no closet e voltou para a cômoda para pentear o cabelo.

— De nada, Kalli. Sabe, você é importante para essa alcateia e para o Tristan. Muito mais importante do que você sabe — disse misteriosamente.

Kalli sorriu, sem saber como responder. A que ele estava se referindo era um mistério para ela.

— Não tenho muita certeza sobre isso, mas juro que darei o meu melhor para ajudar — prometeu.

Ele virou para sair, e olhou por cima do ombro.

— Ah, e doutora... Não se esqueça de olhar dentro da caixa na cômoda. Tem algo especial ali dentro que vai ficar ótimo em você.

Ele queria dizer para ela que Tristan tinha trazido tudo para ela, mas não era seu papel fazer isso. *Tudo no seu tempo*, pensou, mas esperava que ele contasse logo para ela. Podia ser uma noite longa e miserável se Tristan não reconhecesse seus sentimentos por ela antes de eles saírem. Enquanto Logan andou pelo corredor, rezou para as coisas darem certo.

CAPÍTULO QUINZE

A viagem de limusine para o *Four Seasons* não foi nada mais que um pesadelo. Desde o minuto que Tristan pegou Mira, ela o estava enchendo de perguntas sobre a Kalli e o relacionamento deles. Somado ao interrogatório constante, ela parecia carinhosa demais, o que só significava uma coisa: problema.

Não ajudava que ele não conseguia parar de pensar em Kalli, desde que saiu do abrigo. Sua raiva sumiu depois de refletir nas razões porque ela estava com medo de contar para ele. Não era como se ele não soubesse como as coisas costumavam ser duras nas alcateias. Acasalamentos forçados e brutalidades eram coisas comuns, mas progressivamente, a maioria das alcateias abandonaram as práticas antigas. Tanto ele quanto o Marcel lideravam conscientemente suas alcateias com autoridade e imparcialidade, recusando a viver existências barbáricas. Queimando de raiva, desejou ter podido prevenir o abuso que ela sofreu na mão dos lobos. Não era de se espantar que teve medo dele e de Logan.

Intrigado, descobriu que sua atração por ela só ficou mais profunda depois de conversar no abrigo. Mesmo estando vulnerável, ainda queria ajudá-lo. Sim, ela precisava de sua proteção. Mas poderia ter ido para a polícia e pedido proteção. Ele estava certo que o Tony iria protegê-la. E retornou o favor enviando-a para Logan, como se eles não tivessem compartilhado momentos íntimos. Viu a dor nos olhos dela, sabia que estava chorando por causa dele e, além de se desculpar, as coisas pareciam não resolvidas. Ele se sentia vazio, como se não tivesse dito o que precisava dizer. Ao tratar o pedido para ela ir ao baile como uma transação de negócios, deixou de mencionar que iria com a Mira, algo que não pensaria duas vezes em fazer. Mas a sua conexão com Kalli batia forte em seu coração.

Na volta para casa, ele decidiu que precisava consertar a confusão que fez com as coisas. Mesmo que cancelar com Mira não fosse uma opção, iria ajeitar as coisas com a Kalli durante o baile. Depois de sua conferência telefônica, visitou Ryan, feliz de ver que ele estava aproveitando a atenção feminina que estava recebendo na casa de Julie. Felizmente, ele parecia um pouco melhor emocionalmente e estava até perguntando sobre voltar para o trabalho. Enquanto estava lá, consultou Julie sobre o melhor lugar para comprar vestimentas femininas para o baile. Em algum ponto das suas compras, considerou que devia ter ficado maluco, fazendo compras para uma mulher. E talvez estivesse. Geralmente não era o tipo de fazer compras para si mesmo, quanto mais para outra pessoa. Em um esforço para fazer as pazes, procurou algo especial para Kalli, para se redimir mesmo que suas palavras não tenham melhorado seus sentimentos feridos. Se fosse honesto consigo mesmo, admitiria que queria que todos os homens no salão hoje soubessem que ela era *dele*, que estava usando algo que *ele* deu para ela.

A parte cínica dele, que convidou Mira por causa da raiva, dizia que as compras não eram nada mais que despesas de negócio. Kalli era um meio para alcançar um fim. Um disfarce. Uma isca. Quem quer que o esteja atacando estava de olho na sua alcateia, então ele daria algo para pensarem. Eles tinham os comprimidos, mas não tinham a pesquisa. Queria que estivessem cientes de que ele sabia o que eles sabiam e estava indo atrás deles. Uma demonstração pública de confiança, na sequência da morte de Toby, falava da sua forte constituição e poder nessa cidade. Seus lobos não eram ovelhas, esperando o abate. Eles eram lobos, a céu aberto, fortes com sua alcateia e prontos para atacar e matar.

Enquanto era verdade que ele a queria no baile por todas essas razões, a principal era que estava fascinado por ela. Segredos fora do caminho, desejava o toque dela, seu beijo. Hoje à noite ela seria dele em todos os sentidos que poderia imaginar.

— Tristan, seja um querido, e coloque um *Grey Goose* para mim. Esse trânsito está horrendo hoje — Mira comentou, tirando-o de seus pensamentos. Eles estavam completamente parados no engarrafamento da noite.

Tristan colocou a bebida e entregou o copo para ela. *Essa vai ser uma noite e tanto*, pensou. A única benção seria ver Kalli no vestido incrível que ele escolheu.

— Obrigada. — Ela bebeu devagar, imaginando por quanto tempo teria que realmente trabalhar. — Alguma coisa que eu precise saber sobre hoje à noite? Parker e Maine estarão lá. Ambos passaram nas investigações de segurança, então vou trabalhá-los hoje à noite, tentar descobrir se considerariam vender suas propriedades na orla. — Ela esfregou a mão na coxa de Tristan, chegando perto de sua virilha.

Tristan gentilmente pegou o pulso dela e o colocou de volta em seu colo.

— Não hoje à noite, Mir — avisou. — E sim, eu gostaria que você conversasse também com o prefeito para ver se tem alguma grande negociação ou novos jogadores na cidade. Ele gosta de você e parece soltar a língua na sua presença. Preciso manter um olho na competição.

— Sem problemas, mas você me deve uma dança — flertou.

— Nós veremos — ele desconversou.

Ela apertou os lábios e revirou os olhos.

— Sério, Tristan? O que está acontecendo? Essa noite deveria ser divertida. E por divertida, quero dizer nós comermos, bebermos, dançarmos e então irmos embora para dançar um pouco mais, pelados no quarto. Você, eu, talvez o Logan, mas ele vai estar de mãos cheias com a humana.

Ele a encarou.

— Ah, desculpe, desculpe, híbrida, o que quer que isso signifique. Fala sério, até você tem que admitir que se parece com um pato, anda como um pato, grasna como um pato... Bom, você entendeu. — Fungou.

— Ela é lobo. Ela só não sabe disso ainda — ele a informou.

— Certo, boa sorte com isso.

— Eu não preciso de sorte, *chère*. Eu sou Alfa, e ela é toda minha — falou lentamente.

Mira ficou completamente parada, tencionando todos os músculos do corpo.

— Você está de sacanagem comigo? Você acabou de dizer o que eu acho que você disse?

— Olha a boca suja, Mir. Cruzes... — Ele suspirou. — Eu não vou repetir o que acabei de dizer, porque não irá fazer nenhuma diferença. Você precisa aceitar isso, porque eventualmente ela será parte dos Lobos Liceu. Sei que não gosta muito quando eu namoro outras mulheres, mas ciúmes não lhe cai bem.

Tristan esperava que Mira fosse surtar quando descobrisse que ele ia trazer a Kalli para a alcateia. Não era como se tivesse planejado convidá-la de cara para se juntar, porque não queria assustá-la. Quanto mais considerava a situação, mais abraçava a ideia de manter a bela doutora na sua cama e na sua vida. Não estava certo de como isso ia funcionar ou se eles iriam durar, mas, sem dúvida, ela pertencia à sua alcateia, com ele. Na noite passada, esteve perto de fazer amor com ela na varanda. Mesmo jurando que precisava que ela contasse a verdade, não podia ter certeza de que não a teria tomado de qualquer jeito se Logan não os tivesse interrompido.

A eletrizante conexão entre eles era inabalável. Seu lobo a queria como nunca quis nenhuma outra. Isso assustava Tristan, porque no fundo ele sabia que o animal dentro dele nunca ficaria satisfeito até que ela estivesse gritando o nome dele, se submetendo para ele em prazer sem parar. Conjurava todos os tipos de pensamentos. Poderosa deusa, ele disse hoje ao Logan que ela seria uma boa mãe, e quando disse isso, não estava pensando nos filhos dos outros. Estava pensando nos seus. Sacudiu a cabeça, rindo internamente. Logan deve ter pensado que ele perdeu a cabeça. Tentou sufocar o desejo, tentando negar quão profundos eram os seus sentimentos.

Mira se mexeu no assento, ciente de que ele estava pensando novamente naquela mulher estúpida. *Claramente, estava com um parafuso solto*, pensou.

— Eu não posso acreditar que você poderia seriamente considerar deixar aquela vira-lata entrar na nossa alcateia. Depois de tudo que aconteceu? Argh. Você está liderando com o seu pau e não com a sua cabeça.

Tristan se endireitou no assento, colocando distância entre ele e Mira. Era verdade que eram amigos, mas existia um limite para quanta besteira ele aturaria, mesmo dela.

— Mira — rosnou alto. — Pare com isso. Kalli pertence ao meu lado. Não se oponha a ela ou a mim hoje à noite. Fui claro? Se você me insultar novamente, haverá consequências. — Ele não discutiria mais sua vida amorosa com ela. Se ela não entendia o que ele estava dizendo, então problema dela, porque francamente isso não importava. Como Alfa, faria o que quisesse. Ela precisava seguir em frente e passar por cima disso.

Mira também não gostava de Sydney, porém sobreviveu. Mas era diferente, Kalli era lobo. A ideia de outra loba a substituindo na cama dele, quanto mais no seu coração, deixava-a horrorizada. Ele sabia que isso ainda ia ganhar maiores proporções, mas hoje à noite não era a hora. Era melhor ela cortar seu tom desagradável, ou seria punida. Ele não hesitaria em puni-la publicamente só para provar um ponto.

— Olhe, estamos aqui. Graças à deusa podemos sair desse carro. — Ele respirou aliviado.

Dizer que Kalli ficou decepcionada quando descobriu que Tristan não a acompanharia para o baile seria um eufemismo. O fato de que ele estava indo com Mira só piorava a situação, acabando com qualquer sonho grandioso que ela possuía sobre tentar manter o relacionamento deles. Se alguém tivesse jogado um balde de água fria nela, suas esperanças não poderiam ter sido mais amortecidas. No segundo em que Logan lhe contou, ela considerou voltar para o quarto, arrancar o vestido e pular na cama embaixo das cobertas. Mas mesmo com a sua mentira anterior, ela geralmente era uma mulher que mantinha sua palavra. Disse para ele que iria, então iria, mesmo que cuspindo fogo o tempo todo.

Ela e Logan entraram no grande salão e o barulho das conversas foi acentuado pela orquestra tocando Bolero. De braços dados, eles entraram no mar de convidados, juntando-se à nata da sociedade da Filadélfia. Eram tantas pessoas, bebendo, dançando e conversando, que Kalli falhou em ver o propósito da presença deles. Ninguém a notaria.

O peito de Logan estufou, honrado em ter uma acompanhante tão bela. Quando entrou na sala mais cedo, ele quase caiu no chão. Ela estava linda em seu vestido justo de cetim sem mangas. O tecido vermelho escuro acentuava sua pequena cintura antes de cair em uma longa cauda. Seu cabelo escuro cacheado, preso, mostrava graciosamente os brincos de diamante que ele entregou por Tristan.

Kalli estava sorrindo, até o momento em que explicou que Tristan não viria com eles. Com a notícia de que viria com a Mira, o humor dela mudou. Nenhuma lágrima estragava sua maquiagem perfeitamente aplicada, mas seus lábios apertados e a dor em seus olhos revelavam suas emoções conflitantes. Logan desejava que Tristan tivesse cancelado sua vinda com Mira, dada suas sensacionais compras durante a tarde. Enquanto ela estava no banho, Tristan entrou no quarto dela sem ser notado, trazendo o vestido e os sapatos. Ele deu os brincos para Logan, falando para ele ter certeza que ela os colocasse, e então o fez jurar não contar para ela. Logan tentou convencê-lo a falar com Kalli, mas Tristan insistiu que ele e Mira tinham negócios para fazer durante o baile.

Depois de essencialmente chamá-lo de idiota, Tristan saiu correndo do seu apartamento. Logan já aturou os ataques de Mira, então entendia porque Tristan não queria cancelar. Mira iria surtar se Tristan a largasse no último minuto. Tristan também perseverou com sua principal desculpa para não vir com Kalli, de que ele não conseguia se concentrar nos negócios perto dela. Embora isso talvez seja completamente verdade, Logan também estava tendo dificuldades em se concentrar. Tristan sabia muito bem que precisava consertar as coisas com Kalli. Alguns abraços em filhotes não eram o suficiente para fazer as pazes.

Na opinião de Logan, eles precisavam conversar ou foder. Qualquer um serviria contanto que se entendessem para as coisas poderem progredir. Logan silenciosamente se parabenizou quando escutou que ela era parte lobo. Suas visões faziam total sentido agora. Mesmo assim, Tristan precisava aprender sobre sua companheira no seu próprio tempo. Por mais que isso o matasse, Logan se recusava a interferir.

Olhou para Kalli enquanto andavam pela multidão. O luxuoso salão era incrível e magnífico ao mesmo tempo. Podia dizer que Kalli sentia como se estivesse equilibrada em cima de uma bola e pudesse cair a qualquer momento.

— Você está bem — Logan a assegurou, acariciando seu braço.

— Obrigada. Eu só não sabia o que esperar. Vocês frequentam essas coisas sempre?

— De vez em quando. Tristan doa um bando de dinheiro, e as festas servem um propósito para os negócios. Vários clientes, presentes e futuros, para falar. É provavelmente o que ele está fazendo agora.

— Sim, certo. Negócios, tenho certeza — comentou sarcasticamente.

— Ele realmente está trabalhando, Kal. Mas sinto que ele não será o mesmo até te ver. Venha por aqui. — Ele a levou em direção ao bar e pediu duas taças de champanhe.

Seguramente apoiada no balcão de mogno, Kalli virou para observar as pessoas. Ela perdeu o fôlego quando viu Alexandra vindo direto em sua direção. Ela segurou o braço de Logan, apertando tão forte que quase tirou sangue. *O que ela está fazendo aqui?* Tristan não a avisou. Como um míssil se aproximando de um submarino, era difícil sair da linha de fogo. *Tarde demais*, pensou, preparando-se.

— Ah, rato, vejo que você garantiu o beta. Muito bem, tenho certeza — desdenhou.

Medo e ódio inundaram o rosto de Kalli, suas bochechas ficaram vermelhas. O deboche da Alexandra foi a última gota, mandando Kalli em uma inevitável explosão. Ainda sem tomar o CLI, sua loba atacou. Um baixo rosnado emanou de dentro dela, um que nem tentou segurar. Sua fera queria sair quando foi com raiva para cima da vampira.

— Cai. Fora. Cadela — Kalli cuspiu para ela alto o suficiente para sua voz ser escutada pelos convidados em volta. — É isso mesmo, olhe em volta e veja quem está assistindo. Você vai notar que eu estou cagando e andando para quem me vê ou escuta, já que essa é a primeira e provavelmente a última vez em que sou convidada para uma coisa dessas. Estou te dizendo agora, fique longe de mim, ou aquela faca de prata ali na carne assada será a última coisa que você verá antes de eu cortar a sua garganta.

Alexandra arfou, surpresa com a explosão da Kalli. Logan assistiu com curiosidade, surpreso em quão efetivamente ela havia colocado a socialmente consciente Alexandra em seu lugar. Envergonhá-la em um evento público era um destino quase pior do que a morte para a Alexandra, que amava mais do que qualquer coisa ser alguém de importância na Filadélfia.

— Ah, eu vejo que o rato cresceu suas presas. Ficar com os lobos fez isso com você, eu suponho. — Revirou os olhos em desgosto. — Muito bem, não precisa ficar nervosa. Só pensei em dizer oi educadamente, mas posso ver que você não está pronta para isso. Tchau, tchau! — ela cantou, indo embora fervendo. Acenando para o prefeito, virou e cruzou o salão como se o horrível incidente não tivesse acontecido.

Tristan travou com o som de um rosnado. *Que porra é essa?* Esse era um evento mista, com humanos e sobrenaturais. Não existiam rosnados em bailes beneficentes. Qual dos seus lobos estava causando a confusão? Rapidamente varrendo o salão, procurou pelo dono do rosnado. Em segundos, viu Kalli atacando Alexandra. O que quer que ela tenha dito, deve ter feito a sanguessuga fugir.

Estupefato com a beleza dela, ele mal podia respirar. Deusa, a mulher era espetacular. O belo vestido vermelho a agarrava em todos os lugares certos e ele notou um pequeno sorriso crescendo em seu rosto angelical, provavelmente feliz por ter castigado Alexandra. Ele precisava chegar até ela, segurá-la. Prestes a correr pelo salão, Mira o parou com uma mão no braço. Gesticulou na direção de um cliente elusivo em pé na sua esquerda.

Logan riu, vendo Kalli triunfar sobre a filhote do demônio que comandava os vampiros.

— Ei, garota, eu odeio dizer, mas, cara, você acabou com ela... E aquele rosnado. O que foi aquilo?

— Dance comigo, Logan — Kalli declarou, precisando se mover.

— Seu desejo é uma ordem.

Eles cruzaram o piso e Logan a segurou em seus braços. Por mais belo que Logan estivesse, ela queria Tristan. Ela podia sentir que ele estava perto. A música ficou mais alta em seus ouvidos e ela se moveu no ritmo da batida clássica, completamente consciente da presença dele. Apoiando a cabeça no ombro do Logan, ela finalmente viu Tristan perto do buffet, cercado por Mira e um homem baixo e careca.

Ele olhou nos olhos dela, e o seu coração começou a acelerar. Não estava certa se era a expressão pensativa ou a postura agressiva, mas ela podia claramente sentir que ele estava agitado. Logan a rodou, e ela perdeu os olhos dele momentaneamente, e então os encontrou novamente. Seu olhar predatório eletrizava o ambiente, arrepiando a pele dela. Tristan andou na direção deles e sua respiração falhou. Como um coelho em alerta do lobo, congelou, com exceção dos passos de dança que fazia, cegamente seguindo o Logan. Tristan chegou ao lado deles e ela se forçou a encará-lo de frente. Visivelmente extravagante, Tristan era sofisticação encharcada de sensualidade. Sua dominância era aparente para todos os homens, mulheres e sobrenaturais no salão, não teria como negá-lo.

Até Logan parou de dançar para respeitar seu Alfa. Abaixando os olhos em submissão, curvou-se levemente.

— Obrigado pela dança — sussurrou, soltando-a.

Antes que tivesse a chance de dizer uma palavra, Tristan colocou a mão em volta da sua cintura, puxando-a para ele, para ficarem pressionados juntos. Ela podia sentir a ereção mal contida dele roçando em sua barriga. Segurando um gemido, sentiu-se ficar molhada. Apertou as coxas tentando esconder sua excitação, todos os sobrenaturais em uns quinze metros saberiam que ela estava excitada.

— Não — Tristan ordenou.

— Não o quê? — conseguiu perguntar.

— Não tente esconder isso. O seu cheiro delicioso.

— Mas eles saberão que eu... — As palavras de Kalli sumiram quando perdeu sua linha de pensamento. Deus, ele era incrível.

— Quero que eles saibam. Quero que todos saibam que você é minha.

— Mas eu pensei... Quer dizer, você veio com ela. — Ela olhou para a Mira.

— Somente negócios, nada mais. Mesmo assim, sinto muito que não te trouxe comigo. Claramente eu sou um idiota em te deixar sozinha com o meu beta. Todos os homens nesse salão estão olhando para você, Kalli.

— Não — ela negou, sacudindo a cabeça.

— Sim. E eles deveriam. Porque você é magnífica. Tudo sobre você, desde o vestido atraente que eu comprei até o seu rosnado sensual. Minha deusa, você sabe o que faz comigo? Sinta — sussurrou, roçando-se nela.

— Tristan... — Ela respirou fundo. Estava prestes a ter um orgasmo só de dançar com o homem. Não podia imaginar o que aconteceria se fizessem amor.

— Você gostou de dançar com o Logan?

— O que? Logan?

— Sim, o Logan. Você gostou de ter o seu delicioso corpo pressionado no dele?

— Ah, Deus, Tristan.

— Está tudo bem, Kalli. Você achou isso excitante? Me diga a verdade.

— Outro teste? — Ela suspirou.

— Verdade?

— Está bem, sim, mas ele não é... ele não é você. Ninguém que conheci na minha vida é como você — admitiu.

— Ah, viu como é fácil dizer a verdade, *ma chérie*? Talvez você gostaria de explorar dois homens ao mesmo tempo? — provocou com um sorriso sensual, como se estivesse aproveitando completamente isso.

Ela corou, sem negar.

— Algum dia nós vamos explorar esse seu pequeno fetiche, mas hoje você é minha. De fato, acho que você será minha por um longo tempo.

— Confiante, hein, lobo?

— Você esperaria algo menos?

Ele a rodou, continuando a roçar contra ela. Apertando seu braço em volta da cintura dela, subiu a palma da mão pelo seu braço para o pescoço, até alcançar o rosto. Acariciando sua bochecha, passou o dedão pelo lábio inferior dela.

— Eu te quero tanto, Kalli. Desculpe-me por tudo. Não deveria ter te mandado para o Logan. Eu estava com raiva, mas, porra, preciso de você.

Ela gemeu e jogou a cabeça para trás, publicamente desnudando o pescoço para ele. Submissão, verdade, ela daria isso para ele com certeza. Mas o que ele precisava aprender era que também era dela, e depois de hoje à noite ela não tinha nenhuma intenção de abandoná-lo.

CAPÍTULO DEZESSEIS

A visão de submissão dela o fez perder o controle.

— Nós vamos embora. Agora — incitou, não deixado espaço para discordância.

Pegando-a em seus braços, ele a tirou da pista de dança enquanto Logan sorria com a cena e Mira olhava com raiva. Em segundos, chegaram ao perímetro do salão. Tristan abriu uma porta que dava para uma sala nupcial e puxou Kalli para dentro, apressadamente trancando a porta. Tristan não podia esperar, precisava dela agora.

Sem palavras, capturou os lábios dela em um beijo irrestrito. Kalli colocou os braços em volta do pescoço dele, fervorosamente colocando a língua em sua boca, como ele fez com a dela. Famintos, o beijo passional só aumentou a excitação.

— Vestido. Tire agora — Tristan ordenou por entre os lábios deles.

— Hum. Sim. Zíper. Lado — ela concordou ofegante.

Descendo a mão, ele rapidamente abriu o vestido até cair no chão.

— Ah, *chérie*, você é tão linda. — Seus lábios moveram rapidamente para sugar e morder o pescoço dela.

— Sim — ela gritou ao jogar a cabeça para trás contra a parede, perdida na sensação da boca dele em toda a sua pele. Kalli ofegava loucamente, ansiando onde ele a tocaria em seguida.

— Baby, eu não posso esperar. Preciso estar dentro de você — ele grunhiu.

Deusa, ela era tão deliciosa que ele não sabia onde tocar primeiro. Seus lábios se moveram para a aréola rosada e ele chupou forte, enquanto massageava a macia pele do traseiro dela. Movendo os dedos em volta da calcinha fio dental, ele a agarrou, arrancando-a do corpo dela. Espalmando seu torço, ele escorregou as mãos pela barriga até os dedos roçarem na área púbica dela. Esfregando para cima e para baixo, colocou o dedo do meio nos lábios macios, encontrando o centro do prazer dela. Incansavelmente, pressionou seu grosso dedo dentro dela, e então continuou com dois. Queria ir devagar, mas, perdido no momento, pressionava para dentro e para fora, levando-a para perto do orgasmo.

— Ai, meu Deus, Tristan, por favor, isso é tão bom — gritou. — Me fode, por favor.

Impossibilitado de esperar mais, ele abriu a calça, liberando seu pau duro como pedra. Ele se acariciou, enquanto continuava a fazer mágica com os dedos.

— Não posso esperar, baby. Você está pronta?

— Sim! — gritou em frustração ao senti-lo sair de sua quentura.

Ele a virou de frente para a parede. Ela estava perto de gozar, sentindo como se fosse se desfazer a qualquer segundo.

Tristan prendeu os pulsos dela em uma mão, colocou as mãos dela na porta e abriu suas pernas com a outra, inclinando-a levemente, para poder ver dentro dela.

— Ah, Kalli. Você está tão molhada. Tão pronta — ele ofegou, escorregando o dedo pela divisão da bunda dela até achar sua umidade. — Quero ser gentil, mas preciso de você, rápido. Você é tão... — Antes que pudesse terminar a frase, meteu dentro do apertado canal dela.

— Sim! Isso! Ai, Deus! — Kalli gritou. Ela não ligava que todas as pessoas do salão a escutassem.

— Caralho, Kalli, sua boceta é tão apertada. Tão, tão apertada. Você está bem, *chérie*? — Por mais que a quisesse muito, Tristan não era um amante egoísta.

Kalli podia jurar que se sentiu esticar, a dor sumiu em segundos, e ela precisava de mais.

— Por favor, não pare. Eu preciso... eu preciso... — Estava sacudindo a cabeça. Ela estava perto, mas ele precisava mover.

Tristan começou a entrar e sair dela, devagar no início, aumentando o ritmo. Logo ele estava batendo forte contra ela, seu saco encontrando a bunda dela. Ele acariciou seu seio, e podia sentir que ela estava prestes a gozar. Porra, realmente queria que a primeira vez deles durasse mais, mas a intensidade mais do que compensava pelo tempo. Com o dedão e o indicador, beliscou o mamilo.

— Sim, mais — ela demandou. Colocando a mão para trás, ela agarrou o cabelo dele.

Encorajado pela selvageria dela, Tristan usou a outra mão para tocá-la.

Achando seu prêmio, esfregou o clitóris dela, levemente no início, e então aumentando a pressão.

Kalli sentiu como se estivesse fora do seu corpo. Adorava a sensação do pau dele metendo nela. Seu corpo estava pegando fogo, as mãos dele estavam em todos os lugares. Mas, quando ele aumentou a pressão no botão sensível dela, ela explodiu em delírio e uma onda orgástica a inundou. Sacudindo com o clímax, Kalli gritou o nome dele tão alto que jurou que as pessoas no prédio ao lado iriam escutá-la.

Tristan viu estrelas quando a boceta dela apertou em volta dele. Ele gozou forte dentro dela. Escutou-a chamar o seu nome, mas era como se ele tivesse sido sugado por um redemoinho de prazer de onde não tinha como escapar. Pulsando dentro dela, resistiu à vontade de morder o seu macio pescoço. Deusa, ele queria marcá-la. Torná-la dele, não somente agora, mas para sempre. Seu lobo uivou em êxtase, implorando para acasalar com ela. Tristan tentou ignorar. Não podia ser. Não era verdade. Não podia ser. Deixando de lado a necessidade agonizante, resistiu ao impulso.

— Kalli, baby, você está bem? — Ele queria ter sido gentil na primeira vez deles, mas vê-la na pista de dança o deixou no frenesi libertino, desejando-a mais do que o ar. Esperava não a tê-la assustado com o encontro maravilhoso, mas animalesco, deles.

— Deus, sim. Isso foi maravilhoso. Por favor, me leve para casa... para podermos fazer isso novamente — completou, rindo, a testa apoiada na porta.

Tristan deu uma risada baixa e sensual.

— Minha lobinha, você quer mais, é?

— Eu não sou completamente loba — ela o lembrou. Não queria estragar o clima, mas estava extremamente ciente de como os outros veriam sua condição híbrida.

— Você é minha. Eu não ligo para o que você é — ele garantiu, saindo de dentro dela. Ajeitou a roupa e fechou o zíper, e então virou-a, ansioso para ver sua expressão corada, que ele colocou ali. — Isso é o que é importante, sabia?

Ele segurou o rosto dela carinhosamente. Podia ver através das ansiedades dela. O que ele disse era verdade. Não ligava que ela fosse uma híbrida, ele só queria que ela fosse fiel à sua natureza. Queria que ela se sentisse segura, protegida e amada o suficiente para se deliciar em sua própria pele.

— Você é linda depois de fazer amor — comentou distraidamente. Seu peito contraiu com o pensamento de perdê-la.

Ela corou, ainda imersa no brilho do momento. Sua pele esfriou e ela foi lembrada de que estava nua.

— Você é bem deslumbrante, mas isso não é justo. Está completamente vestido e eu... bem. — Ela riu e gesticulou para o seu corpo nu. Colocando o vestido, ela o fechou rapidamente. Desistindo do seu penteado agora destruído, tirou os grampos e sensualmente sacudiu os cachos, passando os dedos pelo cabelo.

— Imagino quão rápido a limusine pode andar? — ele provocou. — Estou pensando que não posso esperar para te ter na cama para nós podermos fazer isso novamente, como você disse.

Ela olhou para ele, fingindo estar chocada.

— Ei, foi você que sugeriu. E esse lobo gosta de agradar. — Piscou.

— Bom, se você está perguntando, acho que ela pode ir bem, bem rápido — ela ronronou, inclinando-se para beijá-lo na bochecha.

— Vamos para casa, *ma chérie* — Tristan sugeriu, abraçando-a. A casa dele era agora a casa dela, e ele descobriu que não queria que isso fosse diferente.

Depois de sair sorrateiramente pela porta de trás, o Tristan segurou Kalli por quase todo o caminho para casa. Ela caiu no sono no carro depois de eles fazerem amor intensamente, e ele achou fascinante quão gostoso era simplesmente observá-la descansar. Quando a limusine chegou no *Livingston One*, ele a segurou em seus braços, tirando-a do carro e andando para o seu elevador privado. Quando eles chegaram em seu andar, os olhos dela abriram e ela acordou. Sorrindo, passou a mão pela bochecha e mandíbula dele.

— Nós estamos em casa? Meu Deus, isso é que é serviço bom — brincou com um bocejo.

— Eu gosto do som disso — Tristan respondeu, acostumando-se com o espaço que ela estava tomando em seu coração.

— O quê?

— O som da sua voz dizendo que o meu apartamento é a sua casa. E não diga para o Logan que eu disse isso. Ele vai dizer que eu estou dócil.

— Meu Alfa, não existe nada dócil em você — Kalli flertou, passando a palma da mão no abdômen dele.

— Você é insaciável e eu gosto disso. — Ele a beijou suavemente em seus lábios quentes, gentilmente, em total contraste com o beijo deles no hotel.

Separando devagar do abraço, eles deram as mãos, ambos admirados com a crescente conexão. A atração não era somente física, como talvez Tristan tivesse esperado, era mais do que isso. Kalli e Tristan ficaram em pé no vestíbulo, impossibilitados de articular a gravitação visceral os atraindo um para o outro. Ciente das imensas emoções surgindo, Tristan quebrou o contato e acenou para Kalli segui-lo no corredor.

— Venha comigo — ele sorriu, gesticulando em direção ao quarto de hóspedes que ela ocupou previamente. — Pedi para moverem suas coisas de volta para cá enquanto estávamos no baile. Claro, prefiro ter você na minha cama daqui para frente.

Kalli mal podia acreditar que ele fez isso enquanto estavam fora. O homem era uma força da natureza.

— Muito confiante, hein? Como você sabia que eu iria querer voltar? — provocou.

— Confiante é o meu nome do meio, baby. É claro que você iria querer voltar. Que garota consegue resistir ao meu charme sulista? — falou lentamente.

— Charme? É isso que você chama o que aconteceu na pista de dança, né? — Ela levantou uma sobrancelha para ele.

— O que aconteceu entre nós... — Ele imediatamente foi para trás dela, passando as palmas das mãos pela barriga e apoiando-as embaixo dos seios dela, até escutar um pequeno gemido. — Isso, minha lobinha, é energia sexual crua entre um homem e uma mulher. É incontrolável, você sabe. É um crime até tentar. E tem mais de onde isso vem. Muito, muito mais.

Kalli sentiu sua cabeça cair para trás no ombro dele. A voz sensual, cheia de pura sedução, a fazia cambalear. Mas antes que ela pudesse relaxar completamente, ele andou para trás na direção da porta. Porra, o homem era inquietante. Novamente, ele a deixava tão excitada que ela sentia como se estivesse andando na corda bamba.

— Vá em frente e se refresque. Vou pegar uma garrafa de vinho. Te encontro no meu quarto. — Ele sacudiu as sobrancelhas para ela.

Kalli soltou o fôlego que não estava nem ciente de estar prendendo. Ela estava começando a entender o que significava ser Alfa. Era como se ele pudesse fazer quase tudo. Ele era tão certo de si mesmo e de tudo que fazia. Mas ao invés de ser abertamente arrogante, o senso de humor de Tristan brilhava no meio de sua dominância. E como um gato atraído pela árvore de Natal, ela simplesmente não conseguia resistir de brincar com os enfeites.

Depois de ir ao banheiro e pentear o cabelo, ela removeu os sapatos com um gemido.

— Doloridos? Por que você não me deixa dar um beijo para curar? — Tristan se apoiou no batente.

Kalli quase caiu da cama de surpresa. Ele era rápido e furtivo. *Lobo sorrateiro.*

— Acho que talvez precise colocar um sino em você — brincou, tendo dificuldade de levantar sem parecer terrivelmente estabanada. Era o melhor que ela podia esperar, graciosa não era mais uma opção.

— Desculpa, *chérie*, lobos não usam sinos. Acho que você terá que usar esses sentidos de lobo que a deusa te deu, mas nós vamos conversar sobre isso depois. Venha comigo. Eu tenho algo para você.

O banheiro da suíte não era exatamente o que Kalli havia imaginado que seria. Em contraste com sua grande masculinidade, e algumas vezes imagem de *bad boy*, seu quarto era aconchegante e convidativo. O piso claro de bambu contrastava com as paredes marrons, contribuindo para a sensação de espaço aberto, conjurando pensamentos de correr por um campo de trigo dourado iluminado pela lua. Uma antiga cama de quatro colunas, feita em mogno e de tamanho king chamava a atenção, entalhes intricados adornavam as longas colunas. O fogo dançava na lareira a gás, aparentemente apreciando a suave música zydeco[9] tocando no quarto.

— Uau. Isso é... lindo. Lindo como se pertencesse à Casa & Jardim.

— Obrigado. Felizmente, já que esse é um prédio novo, fui capaz de personalizar tudo para o meu gosto antes de me mudar.

— Você projetou isso?

— Claro que sim. Não sou somente um talento para a dança. — Ele piscou.

— Hummm... talento para dança, é? É assim que agora é chamada uma sedução pública em um evento beneficente?

— Baby, você ainda não viu nada. Venha — ele ordenou.

Os dois entram no banheiro da suíte e Kalli soltou um suspiro de espanto. Outra lareira ganhou vida ao ligar um interruptor. Ela deu luz a um banheiro espetacular. Janelas do chão ao teto mostravam o céu noturno,

9 A música zydeco é um estilo norte-americano derivado do folk, que tem como principal característica o uso do acordeon.

o que realçava a sutil iluminação. A imensa banheira de hidromassagem estava aninhada no canto, esperando por eles.

Tristan andou até lá e abriu a torneira. Colocando na água macios flocos de lavanda, ele continuou a preparar o espaço acendendo as velas em volta da banheira.

Kalli ficou em pé sem conseguir falar. Ela nunca conheceu um homem como ele em toda a sua vida.

— Alfa, você é especial — ela conseguiu dizer, tendo perdido toda a capacidade de se expressar com o seu espanto.

— Claro que eu sou, *chérie* — ele brincou e prosseguiu para colocar duas taças de vinho e as apoiar em um baú restaurado que servia como mesa. — Você esperava menos?

— É só que eu nunca... nunca... Bem, ninguém nunca fez esse tipo de coisa para mim — ela coaxou, impossibilitada de terminar. Lutando para esconder a emoção fervilhante subindo por sua garganta, secou uma única lágrima.

Tristan a observou. Tão forte e bonita, mas incrivelmente frágil. Saber que alguém havia abusado dela o enraivecia. Não era de se estranhar que ela tentasse tanto engolir seus sentimentos. Ele não podia imaginar que ela nunca teve alguém a tratando com gentileza, o tipo de gentileza que era feito de dentro do coração da pessoa, incondicionalmente, sem esperar nada em retorno.

— Venha aqui, Kalli — ele ordenou com uma voz suave.

Ela obedeceu, ainda observando o ambiente.

— Você está com muitas roupas, sabia?

— Você também — ela rebateu.

— Bom, então... — Dando a ela um sorriso de boca fechada, ele silenciosamente indicou sua intenção.

Esticou a mão para a lateral dela, achando o zíper escondido que ele havia se familiarizado mais cedo naquela noite, e o puxou para baixo. O vestido caiu nos tornozelos dela e ela pegou a gola dele.

Completamente nua, ela puxou devagar o tecido sedoso da gravata dele, tomando cuidado para tirar o nó, e então a jogou no chão. Deu um sorriso brilhante para ele e desabotoou cada botãozinho da camisa. As abotoaduras bateram no chão logo antes de ela remover o paletó e a camisa. *O homem parecia um deus grego*, pensou enquanto ela balançava suas pálpebras perto do abdômen desnudo dele em um beijo de borboleta.

Mantendo sua coluna perfeitamente reta enquanto continuava olhando no olho dele, ela ajoelhou no chão, abrindo sua calça. A ereção dele saltou para frente quando sua calça caiu no chão. Sem tocar a pele recentemente exposta, ela continuou a despi-lo, removendo seus sapatos e meias.

Tristan enrijeceu de excitação, vendo Kalli descer pelo seu corpo, despindo-o devagar. A respiração quente dela provocava seu pau grosso e rígido. Mas ele estava mais fascinado pelas nuvens de paixão que estavam à espreita no olhar dela. Enquanto a maioria das pessoas não tinha coragem de olhá-lo diretamente nos olhos, ela o fazia entusiasticamente, desafiando-o a ir até ela.

Por mais que quisesse os lábios quentes dela em volta de seu comprimento, primeiro precisava que ela se sentisse amada. Depois da maneira bruta que a tinha tomado mais cedo, em uma alcova de um salão, não havia nada que ele desejasse mais no momento do que simplesmente cuidar dela.

— Venha, Kalli. — Respirou fundo, ignorando seu desejo pulsante. Contente com a obediência dela, ele a levou para a água fumegante e fechou a torneira.

Kalli permitiu que ele a ajudasse a entrar na banheira. Ela estivera perto de engoli-lo inteiro, enquanto ajoelhava em sua frente. Mas, com as palavras dele, ela consentiu, permitindo que a levasse para o divino local que os esperava. Tristan sempre parecia saber o que era melhor. *Ele alguma vez estava errado?* A questão passou por sua cabeça quando relaxou, submergindo no sublime paraíso. Era só o que ela precisava, e ele sabia disso. Viu-se olhando para ele, pensando em como o lobo conhecia quase tudo.

Ele rapidamente a seguiu para dentro das bolhas, mas se acomodou do lado oposto. Como se sentindo o iminente protesto dela por falta de contato, puxou seu pé e apoiou os próprios pés ao lado dos quadris dela.

Kalli suspirou, descendo mais fundo na banheira.

— Me dê esses belos pés. — Começou a inspecionar os pés dela, com as unhas perfeitamente pintadas de azul metálico. — Você pensa demais.

— O quê? — murmurou.

— Eu posso ver você pensando, *chérie.* O que quer que seja, você só precisa aceitar. — Ele sorriu sabidamente. Esfregando as solas dos pés, foi premiado com um gemido agradecido. — Vocês mulheres com esses saltos altos... Por mais que eu tenha gostado de te tomar por trás usando nada além dos saltos agulha, e porra você estava gostosa, eu não duraria cinco minutos com essas câmaras de tortura.

Kalli riu.

— Hummm... de alguma maneira eu acho que você conseguiria. Depois dos últimos dias, estou pensando exatamente o que você não pode fazer?

— Ficaria feliz em ensinar os meus truques para você.

— Aposto que ficaria. Algo me diz que eu aproveitaria as suas lições. — Ela esfregou um pé na coxa dele provocativamente.

— O segredo é aproveitar tudo que a vida lhe dá — ponderou.

— Trabalhe muito. Divirta-se ainda mais?

— Algo assim. Mas é mais que isso. Veja você, por exemplo. Eu pensei muito sobre os seus motivos para tomar esses comprimidos. Eles a privam de sua natureza. — Ela escutou silenciosamente. — Me conte sobre a Carolina do Sul, Kalli.

— Eu te contei quase tudo. Você sabe como é uma alcateia. Você não é criado somente pelos seus pais. Minha mãe, ela de alguma maneira conseguiu viver naquele inferno. Meu pai era verbalmente abusivo desde que eu posso me lembrar, mas era a minha mãe quem me protegia. Quando ela morreu... eu fiquei sozinha. O Alfa, Gerald, ele não era nada mais do que um brutamontes. E quando eu fiz dezesseis anos, meu corpo estava começando a parecer menos com o de uma criança. Então acho que essa foi a deixa para mandar me buscarem uma noite. Claro, eu fui, por que quem diz não para o Alfa? — Kalli aquietou, como se estivesse revivendo a horrível experiência.

— Ele te estuprou?

— Não, felizmente. Ele me pegou, arrancou a minha blusa, tentou me maltratar... mas eu lutei contra ele. Consegui pegar um desses telefones antigos que estava em cima da mesa dele, bati em sua cabeça. Claro, isso me rendeu uma porrada de volta. E foi aí que ele me informou do meu "papel" na alcateia. Acho que ele não queria que eu estragasse suas preciosas linhagens sanguíneas. Alguns dias depois, fugi para Nova Iorque. Eu me escondi. Passei pela faculdade. Você sabe o resto. — Ela distraidamente passava as mãos para cima e para baixo nas canelas dele.

Tristan forçou cada músculo em seu corpo a relaxar enquanto a escutava recontar o que havia acontecido. Tenso de raiva, tentou focar nela e não nos seus próprios sentimentos.

— Você sabe, estou vivo há bastante tempo, vendo o modo como a maioria das alcateias progrediu. Nos dias de hoje nós recebemos bem os híbridos, proibimos acasalamentos forçados etc. Não posso remover a dor, mas posso te prometer isso — Tristan disse, uma expressão séria tomando seu rosto. — Se esse Gerald ainda está vivo, ele não ficará por muito tempo.

Enquanto Kalli escutava, não se atreveu a dizer não para ele. Ela queria Gerald morto, a loba dentro dela gritava pela garganta dele.

— Quando você se transformou pela primeira vez? — Ele mudou a linha de questionamento ficando no tópico que ele mais queria aprender sobre, o passado dela.

— Não até o meu segundo ano na faculdade.

— Como você conseguiu isso? — A maioria dos lobos se transformava pela primeira vez no início da adolescência.

Kalli mordeu o lábio, envergonhada em dizer para ele como havia atrasado isso.

— Eu passei fome.

— O quê? — Tristan perguntou incrédulo.

— Eu sei, é horrível. Eu mal comia o suficiente para me manter. Mas se eu tivesse me deixado transformar enquanto estava na alcateia, você sabe que eu teria sido estuprada na próxima lua cheia. Que seja... funcionou. Claro que assim que eu fui embora, comecei a comer normalmente novamente. Mesmo assim, demoraram alguns anos para o meu sistema se recuperar. E então, um dia, eu não podia pará-la.

— E?

— E eu encontrei um lugar seguro e isolado no estado de Nova Iorque. Eu me transformava sozinha — admitiu, sabendo que ele perguntaria se ela não colaborasse. — Mas, quando eu comecei a tomar o CLI uns dois anos atrás, foi a primeira vez na minha vida que eu realmente pude parar de me esconder. Bom, acho que ainda estava me escondendo, mas debaixo dos olhos de todo mundo. As pessoas podiam me cheirar o quanto quisessem, mas, para todos os efeitos, eu era humana. Não havia nenhuma loba para ser encontrada.

— Bom, agora você pode parar de se esconder. Eu falo sério, Kalli. Não deixarei nada acontecer com você. Você pode parar de tomar os comprimidos — ele falou categoricamente.

— Eu não sei, Tristan.

— Você precisa aprender a confiar em mim. Nós precisamos de outra lição?

— Acho que as suas lições podem ser viciantes. — Ela sorriu. — Sério, eu sei que eu tenho seu apoio. Mas é que a minha loba me assusta. Bem, talvez não ela exatamente, mas a transformação em si. Eu só me transformei sozinha. Acredite em mim, sempre foi uma bosta, por falta de uma expressão melhor.

— Talvez você só precise de um bom professor.

— Um alfa forte e viril, talvez?

— Sim, alguém que iria amar nada mais do que ver uma loba encantadora na floresta. Com esse seu cabelo escuro, eu mal posso esperar para ver a sua coloração.

— Eu preciso pensar sobre isso — ela desconversou.

— Melhor pensar rápido, *chérie*. Depois do encontro amanhã, nós estamos indo para as montanhas pela próxima semana mais ou menos. A lua cheia está chegando em alguns dias. Lembro que se você não tomar mais nenhum desses comprimidos, você será capaz de se transformar. Mas talvez demore um pouco mais para você ser capaz de se transformar livremente. Não é bom brincar com a Mãe Natureza. — Tristan se inclinou para frente, deixando suas mãos subirem para acariciarem a parte interna da coxa dela. Seus dedos a massageavam magicamente. Chegando perto do topo das pernas, ele voltou em direção aos pés, provocando de propósito a vontade dela.

Kalli desceu mais na banheira, ativamente procurando as mãos dele.

— Ah... — Ela suspirou em frustração, tentando se concentrar no que ele estava dizendo. — Mãe Natureza, é? Está certo disso?

— O Alfa está sempre certo — ele brincou, inclinando-se para trás novamente.

Impossibilitada de aguentar a provocação dele por mais um segundo, Kalli sentou reta. Seu cabelo foi para frente, seus bicos pequenos e endurecidos aparecendo por entre os cachos molhados. Ela se inclinou, engatinhando na direção dele, até estar cara a cara com Tristan, meros centímetros dos seus lábios. Colocou os joelhos nos lados das pernas dele e se inclinou para beijar o pescoço. Tentando quebrar o controle dele, continuou seu ataque, pressionando os lábios em todos os lugares menos nos seus lábios. Deu um beijo na pálpebra dele e sentiu as mãos em sua cintura, puxando-a para ele. Falou no ouvido dele:

— Eu preciso de você... agora — sussurrou.

Não familiarizado em ser a presa, Tristan teve distintamente o sentimento de que ela estava prestes a fazer isso dele. Teve dificuldades em ficar parado, deixando-a tomar a liderança. Mesmo assim, a pele escorregadia dela encostou na dele, que quase perdeu o controle.

— Kalli — gemeu. — Você está me matando. — Procurando os seios descaradamente expostos dela, capturou um rígido mamilo com a boca. Deleitando-se nela como um homem faminto, mudou para o outro lado, alternando sua atenção.

Kalli colocou a mão entre as pernas dele, fechando-a em volta de seu membro inchado. Cheia de desejo, podia sentir seu próprio centro contraindo em antecipação. Empunhando o sexo dele para cima e para baixo, esfregou a ponta dele em suas dobras pulsantes.

— Caralho, isso. — Tristan levantou os quadris enquanto ela algemou o sexo dele com os dedos.

Deslizando a cabeça do seu pau devagar entre os lábios, pressionou contra o centro pulsante dela. Ela parou por um momento para olhar no olho dele, antes de descer completamente no pau dele.

— Tristan! — Kalli inspirou rapidamente e as paredes de seu sexo expandiram para acomodá-lo. Segurando nos lados da banheira, sua cabeça caiu para trás em êxtase.

— Sim, baby! — Tristan chiou. — Me monte. Me monte, forte. — Metendo nela, ele segurou sua cintura. Deusa, ela era tão perfeita. Ao vê-la levantar e abaixar, ordenhando-o, pensou que iria desmaiar.

Pressionando para baixo para encontrar cada estocada dele, Kalli se remexia contra ele enquanto apertava seus os ombros. Podia sentir seu clitóris esfregar na pélvis dele, arremessando-a em direção a um orgasmo. Tristan soltou a cintura dela, que sentiu a mão dele ir para o seu traseiro. Respirou fundo com a deliciosa sensação da ponta dos dedos dele descendo entre as suas nádegas. Seu toque inesperado somente serviu para estimulá-la quando ela aumentou o ritmo.

Tristan grunhiu enquanto sua carne dura penetrava o íntimo apertado dela. O centro quente dela o apertou e ele lutou contra seu orgasmo. Pelos sons ofegantes, sabia que ela estava próxima de gozar. Esfregando o dedo indicador no traseiro dela, ele circulou a pele apertada, visualizando tomá-la ali algum dia.

— Ai, Deus, por favor, sim, faça isso — ela encorajou quando o sentiu.

— Ah, sim, deixe-me entrar, Kalli. Deixe-me entrar por inteiro, *amour.* — Enquanto ele provocava seu botão por trás, inclinou-se em direção ao seio dela. Pegando um em sua boca, gentilmente puxou o mamilo com os dentes.

Sensações avassaladoras dominaram seu corpo, catapultando-a em um orgasmo como nunca sentiu. Água vazou pelos lados da banheira quando ela convulsionou de prazer, gritando o nome dele.

— Deusa, isso! — Tristan rugiu enquanto o melhor e mais longo clímax de sua vida rasgou por ele. Seu sêmen jorrou fundo dentro do ventre dela e ele lutou contra o desejo de marcá-la. Sabia naquele momento que eventualmente se entregaria à sua luta interna para reivindicá-la como dele, sua companheira. Era difícil para ele entender, mas seu lobo demandava isso.

Recuperando do orgasmo, Kalli gentilmente se levantou dele, e deitou em seus braços. O coração dela acelerava enquanto contemplava os cenários e como as coisas ficariam a longo prazo. Como nenhum outro homem ou lobo que ela conheceu, Tristan a arrebatava em um tornado de desejo e emoção. Desejava que isso fosse tudo que sentia pelo homem segurando-a tão apertado. Quanto mais ele dizia para ela que ela era dele, mais estava começando a acreditar. Assustada com seus próprios sentimentos que cresciam a cada hora, descobriu que a única coisa que podia fazer naquele momento era segurá-lo de volta. Ponderou que se as coisas continuassem, ela talvez nunca o soltasse.

CAPÍTULO DEZESSETE

Fazer amor pela manhã era excessivamente satisfatório, Tristan pensou para si mesmo. Foi a primeira vez que ele passou a noite com uma mulher em sua própria casa e certamente podia se acostumar a ter a Kalli vivendo com ele. Vê-la fazer o café da manhã, dessa vez só de avental, provou ser outra regalia. Determinada a começar a trabalhar no antídoto, ela pediu para usar o laptop dele, que a acomodou em seu escritório para fazer a pesquisa. Enquanto ela trabalhava, Tristan escolheu cuidar dos seus negócios do lado de fora, tendo que dar prosseguimento com os clientes do baile de ontem. Sentado em sua varanda, relaxou. Pegar um pouco de sol era bom. O inverno chegaria logo, e a brisa gelada não seria tão gostosa.

A única coisa o incomodando era a necessidade que sentiu de marcá-la após fazerem amor. A vontade torturante ameaçava crescer em uma compulsão, e ele não tinha certeza de como conter isso. Estava tão contente todos esses anos como um lobo solitário. A necessidade de acasalar era um mito para ele. Como um lobo poderia abandonar sua liberdade para dedicar sua vida eterna para outro era além de sua compreensão. Até a noite passada, ele havia somente escutado histórias sobre o desejo anormal que afligia tanto o homem quanto o lobo.

Rezava para isso não estar acontecendo, negação era um lugar prazeroso, até que seu lobo usasse as garras para voltar para sua mente, demandando ser alimentado. Ao contrário do homem, ele não ligava para o desejo do macho humano por liberdade. Tinha toda a autonomia que poderia precisar dentro do santuário da alcateia. A companheira completava o seu ser e ele precisava dela como um peixe precisava de água para sobreviver. Não existiam pensamentos profundos sobre se deveria ou não reivindicá-la; ao contrário, ele aceitava o acasalamento com a mesma facilidade que aceitava sua necessidade de se alimentar.

Tristan contemplou como realmente se sentia. Em dado momento, chamou a Sydney para morar na sua casa, fazer amor com ela sempre que possível. Mas nunca considerou marcá-la, reivindicá-la ou acasalar com ela. O pensamento nunca passou por sua cabeça, não importa quão bom o sexo era. Mas com Kalli, não somente ele pensou sobre isso, como efetivamente se restringiu de mordê-la, marcando-a como dele para todos os outros verem. Temia que a necessidade estivesse crescendo, e não estava certo de quantas vezes mais poderia fazer amor com ela sem fazer isso. Logicamente, não existia uma solução para o enigma, exceto reconhecer que talvez tenha encontrado sua companheira. Ponderou que o melhor que podia fazer era segurar firme, porque certamente sabia que não estava saindo fora.

Seus pensamentos mudaram para negócios e ele não podia controlar quão inquieto estava de ansiedade para o encontro de hoje à noite. Se Jax Chandler fosse de alguma maneira responsável pelas mortes de Paul ou Toby, ele estava pronto para matar. Vingança era algo que Tristan levava a sério. Pessoas tinham famílias. A morte sempre trazia consequências tanto para o executor quanto para o prisioneiro. Infelizmente, como Alfa, foi forçado a fazer justiça mais vezes do que gostaria de contar, mas esse era um peso e uma responsabilidade da sua posição. As cicatrizes em sua alma manchada de sangue falavam sobre o alto preço que um Alfa pagava em retorno pela segurança de sua alcateia.

Tristan escutou as portas de correr se abrirem e viu Logan fazendo uma xícara de café. Podia jurar que tinha escutado risada antes do Logan enfiar o nariz pelo lado da porta de vidro.

— Ei, George, como estão as coisas?

— O quê?

— George Hamilton, você sabe. O homem bronzeado. Eu pediria para você colocar uma roupa, mas isso seria como pedir para um tubarão virar vegetariano — brincou, vendo Tristan jogado na espreguiçadeira usando somente suas cuecas boxer.

— Os meninos precisam respirar. Afinal, quando você pode e tudo o mais — ele riu. — Deusa, esse tempo não é ótimo? Eu amo setembro.

— Bom ver que você está de bom humor hoje, considerando que estamos prestes a botar pra quebrar hoje à noite.

— Tudo parte do trabalho, meu querido Watson. E eu devo dizer que já era hora. — Tristan ajustou seus óculos escuros. — Todo mundo pronto para cair na estrada?

— Sim, Simeon e Declan irão com a gente. Eles estão prontos. Kalli vai?

— Ah, sim. Ela está tão pronta quanto pode. É o que é. Você fica perto dela, ok?

— Eu vou amar Alfa, — ele falou prolongando, como se fosse realmente gostar.

— É, não se acostume com isso, sabichão.

— Então, você vai falar sobre isso? — Logan perguntou com um sábio sorriso.

— Falar sobre o que? Eu posso ser Alfa, mas não leio mentes. — Ah, mas ele sabia exatamente o que o Logan estava perguntando.

— Você. Ela. Pista de dança. Ah, e os claros sons de gritos que só acompanham um bom sexo. Nada como o som de "me foda" reverberando pelo *Four Seasons*. Clássico, irmão. — Logan bateu no ombro de Tristan, morrendo de rir.

— O que foi? — Tristan respondeu com um sorriso reservado.

— Você está acabado, cara. Não que eu culpe você. Kalli é uma doce loba. Ah, eu amo quando estou certo... — Logan declarou.

— Sobre o que?

— Ah, nada. Às vezes é melhor deixar a natureza seguir o seu curso. Mas você saberia tudo sobre isso, não saberia, Alfa? — Logan riu, se jogando na cadeira.

Tristan franziu a testa. Cacete, Logan e as suas visões. Tristan não queria nem saber as imagens que estavam passando pelos sonhos do seu beta. Não era nada além de problemas. Negócios eram diferentes, mas sua vida amorosa estava fora de alcance. Decidindo não o encorajar, ignorou o comentário. Um Alfa sabia quando segurar suas cartas, então manteve a boca fechada.

No caminho para o encontro, Kalli ficou quieta enquanto escutava Tristan e Logan repassarem diferentes cenários. Cada um deles estava vestido de preto com botas resistentes, em caso de existirem detritos no local do encontro. Dada a alta probabilidade de transformações e violências, o local foi escolhido pela privacidade, não conforto. Eles concordaram em um prédio abandonado em uma área isolada de *Camdem* para o encontro.

Considerado território neutro, o Alfa de Nova Jersey deu permissão a eles para usar o local, dada a morte recente de um lobo Liceu.

A limusine parou na frente do prédio dilapidado e eles saíram na rua. Simeon, um lobo musculoso, que competia com qualquer campeão mundial de luta, liderava o grupo, alerta para qualquer sinal de uma emboscada. Simeon acenou com a cabeça, sinalizando que estava tudo em ordem para Tristan e Logan. Em volta de Kalli, eles continuaram em direção ao prédio de tijolos vermelhos de dois andares. Antes um corpo de bombeiros da vizinhança, as janelas tinham sido fechadas com madeira, cobertas de pichações.

O silêncio ensurdecedor lembrava Kalli da desolação que sentiu durante sua infância. Mas, hoje à noite, existia uma boa chance que a desconcertante reticência seria cortada com gritos de morte antes do amanhecer. Ela jurou sentir o odor doentio dos lobos de sua antiga alcateia, mas os cinco homens que estavam na longa mesa de madeira não eram familiares. Eles chegaram perto da mesa e os estranhos se levantaram.

— Alfa. — Tristan acenou com a cabeça em respeito ao lobo alto e atraente que estava no centro da mesa.

Exalando poder, suas fortes características faciais acentuavam sua aparência nórdica, cabelos loiros curtos davam lugar a penetrantes olhos azul-claro. Quando notou Kalli, ela instintivamente abaixou a cabeça em respeito, e segurou forte no braço de Logan.

— Alfa, é um prazer encontrar com você hoje — respondeu friamente.

— Devemos nos sentar? — Tristan sugeriu, preferindo surpreendê-los fingindo um posicionamento relaxado. Mas seu corpo estava tenso, como uma vespa pronta para atacar. Seu lobo andava de um lado para o outro, ansiosamente esperando a batalha.

— Certamente. Esse é o meu beta, Gilles.

Kalli podia jurar que eles eram gêmeos, mas manteve seus pensamentos para si mesma. A última coisa que planejava fazer era falar nesse encontro. A única razão para ter concordado em vir foi para identificar os lobos, se a oportunidade aparecesse.

— E você conhece Logan. Essa aqui é a Dra. Williams. Ela está aqui como testemunha. Você também deve saber que ela é minha e está sob a minha proteção.

— Entendi — Jax comentou, olhando para Kalli.

Ela jurou que podia senti-lo despindo-a, mesmo ela estando mais abotoada que uma freira. Optando por um simples aceno de cabeça, ela engoliu, continuando a agarrar o braço de Logan, esperando não estar cortando a circulação dele.

— Por mais que eu esteja aproveitando as elegantes acomodações, vamos tratar de negócios. Há pouco mais de uma semana, dois lobos incendiaram o meu clube, Eden. Os mesmos lobos são suspeitos no assassinato de um jovem lobo que ocorreu há dois dias. Desenhos dos suspeitos foram enviados para você pelo Logan. Eu seria negligente em não mencionar que as circunstâncias e os detalhes que levam à morte de um lobo são confidenciais nesse momento, já que está ocorrendo uma investigação policial. Enquanto a P-CAP presumivelmente foi notificada do assassinato, acredito que nós concordamos que, como lobos, nós preferimos obedecer às nossas próprias regras — Tristan pausou e Jax silenciosamente reconheceu suas palavras com um pequeno sorriso.

— Somado a isso, como você deve ter sido notificado pelo Marcel, outro jovem lobo foi morto em Nova Orleans há duas semanas. Placas de Nova Iorque foram encontradas em um carro roubado. Entendo que ele encaminhou o retrato dos lobos mortos que dirigiam o carro, mas, até o momento, nenhum Alfa assumiu a responsabilidade. Estou formalmente solicitando a sua assistência na apreensão dos suspeitos em ambos os assassinatos. Com todo respeito, e de nenhuma maneira isso é uma acusação, preciso da sua confirmação de que a sua alcateia não está envolvida em nenhum dos casos.

A expressão profundamente séria tomou o rosto de Jax, e ele se direcionou ao Tristan.

— Alfa, por favor, aceite as mais sinceras condolências em meu nome e da minha alcateia inteira. Eu não me ofendo de que você precisa de confirmação, e estou feliz em informar para você que eu não concordei ou ordenei um ataque aos Lobos Liceu ou à alcateia do Marcel. Mas, depois de ver o desenho e uma cuidadosa distribuição do retrato, trouxe um presente para você. Chame isso de uma oferta de paz depois do desentendimento que tivemos sobre a sua irmã, caso queira.

Tristan olhou atentamente para o Jax. Ele podia sentir seu lobo se aprontando para se transformar tendo cheirado sangue. A energia do cômodo pulsava com tensão, ele sabia que teria seu prêmio.

— Traga-o para cá! — Jax gritou, sem nunca tirar os olhos de Tristan.

Uma porta de madeira vermelha, com a tinta descascando, abriu de repente e um homem sujo e atarracado enrolado em pesadas correntes de prata foi jogado no espaço aberto por um robusto capanga de arma em punho.

Os olhos de Kalli foram para a arma. Ela imaginou que balas de prata vinham em armas reluzentes, balas para matar lobos. *Respire fundo. Respire fundo.* Ela jurou que, pelo jeito que seu coração estava acelerado, iria precisar de uma boa dose de oxigênio quando saísse dali... Se sair viva. Mas assim que o homem foi jogado na luz, ela engasgou. *Sato. Alcateia Wallace da Carolina do Sul.* Alívio momentaneamente a inundou até que percebeu que: número um, o outro lobo não estava presente; e dois, ele seria punido.

Facilmente identificando o homem como um dos lobos dos desenhos, Tristan virou para a Kalli.

— Você conhece esse homem, Dra. Williams? — perguntou formalmente.

— Sim, Alfa — ela coaxou, encolhendo-se no Logan. Era como se fosse uma jovem menina novamente, escondendo-se. Ela sentiu os olhos de Sato nela e olhou para o outro lado. — Eu... hum... eu acho que o nome dele é Sato. Não tenho certeza do sobrenome. Mas, sem dúvidas, esse homem estava no incêndio, e ele é parte da Alcateia Wallace da Carolina do Sul.

— Sua cadela da porra! — gritou com ela. Mesmo acorrentado, ele era formidável. Provocando Kalli, continuou a gritar. — Você não é nada mais do que uma puta híbrida traidora! Gerald ainda está esperando por você, mocinha. Ah, sim, você deve a ele. Ele a terá deitada em dois tempos, abrindo essas pernas sujas e...

Antes que tivesse a chance de terminar, Tristan o silenciou, empurrando-o contra uma parede, esmagando sua laringe com a força de seu braço.

Kalli lutou por ar, tentando controlar sua crescente raiva e medo. Olhou para o outro lado da mesa e viu Jax rindo como se estivesse gostando de ver o ataque de Tristan. Como se sentisse que Kalli estava prestes a surtar, Logan a puxou para mais perto, colocando um braço protetor em volta dela, e colocou o dedo nos lábios, sinalizando para ela ficar em silêncio.

— Você matou o meu lobo, o meu filho — Tristan rugiu, sem afrouxar o braço.

Um sorriso maléfico apareceu no rosto do homem.

— Nem é tão durão agora, Alfa, né? Aquele garoto era a sua fraqueza. Nós o estripamos bem.

Um barulho alto ressoou pelo cômodo quando o Tristan bateu a cabeça do lobo na parede, deixando um buraco no reboco.

— Onde está o outro lobo? — Tristan cuspiu nele.

— Como se eu fosse te contar. Mas, não se preocupe, ele ainda está lá fora. Na verdade, ele provavelmente encontrará você antes... Ele queimou o seu clube depois que fomos expulsos. E a sua cadela, Gerald está procurando por ela. Você pode me matar, mas isso não será o final para nenhum de vocês — zombou, cuspindo saliva no ar com cada palavra falada.

Os olhos duros como aço de Tristan focaram no assassino. Em uma voz fria e baixa, ele deliberadamente e devagar entregou a sentença de morte, cada palavra cheia de intenção.

— Hoje à noite você vai morrer como o Toby. E, como ele, você vai correr pela sua vida. A confusão e o desespero irão ameaçar dominar os seus sentidos, pavor irá dominar todo o seu ser. Você irá implorar à deusa pela sua desprezível e miserável vida enquanto eu a assisto escorrer dos seus olhos. Você tem uma dianteira de trinta segundos, mas, saiba disso, nos próximos cinco minutos a sua vida irá acabar.

Tristan o soltou, arrancando as correntes do homem tão facilmente quanto se estivesse rasgando papel. O cheiro acre de pele da mão do Tristan queimando na prata ficou no ar. Como um animal enjaulado, o homem saiu correndo, roupas voando no processo enquanto ele se preparava para se transformar.

Kalli segurou o fôlego, tentando não hiperventilar com a visão. Testemunhar o furor de Tristan em primeira mão a sacudiu como eletricidade. Ela nunca tinha visto um Alfa tão feroz e primal, um macho puramente espetacular. Odiava Sato e tudo que ele representava, então não sentia nenhuma simpatia pelo assassino. Seu único arrependimento é que ela não poderia testemunhar a morte dele.

Tristan arrancou sua jaqueta de couro, camiseta e calça jeans em segundos. Assim que o ar atingiu sua pele nua, ele instantaneamente se transformou em sua fera. Virando a cabeça somente uma vez para olhar para Kalli, uivou e correu para a escuridão.

Furtivamente, o lobo preto entrava e saia das sombras, sentindo o cheiro de sua presa. Ele se agachou no chão, escutando um choramingo distante. Correndo em máxima velocidade, foi na direção de seu inimigo, que tentou se esconder em um galpão próximo. Imagens de Toby passaram por sua mente, aumentando a raiva, a necessidade de vingança. A sede de sangue dançava em sua língua.

Ele virou em um canto e um lobo cinza emaranhado entrou em uma casa abandonada. Tristan chegou mais perto perseguindo. Internamente, riu, sabendo que o lobo tinha essencialmente se prendido com seus próprios ferros. Curvando-se para baixo, andou calmamente para a entrada escurecida. Podia sentir o cheiro do sangue do lobo no cômodo, que deveria ter se cortado na rua.

Um rato guinchou no canto, distraindo Tristan momentaneamente. Ele rosnou ameaçadoramente na direção do roedor, e ele saiu correndo. Ainda sentindo o cheiro de Sato, ele subiu as escadas, que levavam para algum tipo de sala de visitas. O inimigo à espera rosnou, chamando Tristan para atacar rápido, aumentando as chances de que cometeria um erro. Mas Tristan não iria fazer isso rápido. Sato não mostrou clemência para Toby, perseguindo-o, e estripando-o devagar. Então ele planejava fazer o mesmo com o Sato, infligindo o mesmo puro terror que Toby deve ter sentido. Circulando Sato, Tristan mostrou os dentes, aproximando-se, depois recuando e voltando. Ele o mordeu, arrancando um pedaço do pelo de Sato, um jato de sangue atingiu o chão. *Foi assim que você fez Toby se sentir? A dor das balas rasgando a pele dele. O cheiro de seu próprio sangue enchendo suas narinas enquanto ele tentava se transformar.*

Sato chorou de dor, mas se recusava a recuar. O grande lobo cinza avançou com boa velocidade, pulando na cabeça de Tristan. Dentes cortaram sua orelha enquanto sangue e pelos voaram no ar. Recusando-se a ganir, Tristan deixou a dor inflamar sua raiva. Rapidamente se virou até seus dentes estarem firmemente plantados no couro de Sato. Quanto mais forte o lobo tentava sacudi-lo, mais forte Tristan o segurava, sem o matar... ainda. Sato se remexeu até cair de costas, mostrando a barriga submissamente. Tristan ia soltá-lo, mas Sato rangeu os dentes em uma última tentativa de atacar o Alfa. Antecipando o ataque, Tristan agiu, enfiando os dentes na área macia embaixo do queixo. Sangue encheu sua boca e ele despedaçou a pelagem e a carne resistentes. Devagar ele o destruiu, pedaço por pedaço, até que sua presa parou de se mexer. Soltando o lobo, Tristan circulou o corpo, até que se transformou em um invólucro do que costumava ser o Sato. Garganta arrancada, a corda sanguínea da espinha no chão empoeirado, dando evidência da morte.

Tristan uivou em luto pelo espírito do lobo, sempre existia uma consequência por tirar uma vida. Como Alfa, a pesada cicatriz em sua alma se consolidou. Responsabilidades e vinganças pela alcateia eram sérias. Em suas ações e pensamentos, sentiu como se tivesse levado Toby um passo mais perto da paz. Outros também iriam pagar, mas por hoje, ele vingou sua alcateia.

Tristan entrou no armazém, nu e ensanguentado, fresco da matança. Kalli gritou o nome dele, lutando para se soltar de Logan. Abafando seus gritos, o silencio parecia espelhar o tenebroso temperamento de Tristan. Mesmo tendo ficado fora menos de quinze minutos, sua expressão sombria falava de guerra. Rapidamente colocando sua camiseta e calça jeans, ele colocou os sapatos e aproximou-se da mesa.

— Estou grato pelo seu presente, Alfa. Claramente, isto é somente o começo. Uma batalha. Você deveria saber que, depois das notícias de hoje, nós vamos atrás da Alcateia Wallace. Por favor, entre em contato diretamente comigo caso receba mais alguma informação do outro lobo — Tristan falou sem emoção. Seus olhos âmbar normalmente calorosos, pareciam mais escuros, tingidos com tristeza.

— De nada, — Jax respondeu. Levantando da mesa, ele estendeu a mão. Tristan a apertou e Jax sentiu sua cautela. — Alfa, isso precisava ser feito. Se há uma coisa que eu sei, é o peso que nós dois compartilhamos. Boa sorte na sua perseguição dos outros.

Tristan acenou com a cabeça de acordo. Pegando Kalli de Logan, ele a abraçou apertado.

— Vamos. Nossos negócios aqui acabaram.

Antes de sair, Tristan virou para Simeon.

— O corpo está na terceira casa na esquerda. Depois de irmos, pegue alguns dos rapazes e envie-o para a Carolina do Sul.

— Pode deixar, chefe. — Simeon sabia o que fazer sem Tristan precisar dizer mais nada. Era uma mensagem para os lobos da Alcateia Wallace, e ele ficaria feliz em ajudar a entregar.

CAPÍTULO DEZOITO

A vibração macabra continuou bem depois de eles saírem do armazém. Em vez de uma leva de comentários consoladores, uma contemplação silenciosa cobria o carro. No caminho sobre a ponte para a Filadélfia, Tristan recebeu uma ligação de, Tony informando que o corpo de Lindsay, assistente de Kalli, foi encontrado no estacionamento da HVU mais cedo naquela noite. Ela foi encontrada enfiada embaixo do carro, garganta cortada. O ato covarde foi pego em vídeo e um dos desenhos batia com o suspeito: o segundo lobo, Morris.

Tony disse que eles acreditavam que os dois lobos haviam visitado o hospital procurando por Kalli, quando ela estava presa por Alexandra. Durante a visita, uma troca de informação ocorreu entre Lindsay e os suspeitos. Uma busca intensiva em computadores mostrou evidências de que ela tinha sido responsável por hackear diversas máquinas no hospital, incluindo o de Kali. Uma grande quantia foi recentemente depositada na conta de Lindsay, sugerindo que ela vendeu Kalli e possivelmente outros. Tony disse que era cedo demais para dizer nesse momento. Eles não tinham certeza do motivo do assassinato, mas ponderavam que talvez os lobos quisessem arrumar as pontas soltas depois da morte de Toby.

A notícia da traição e morte da Lindsay enraiveceu Kalli. Mas ela segurou suas emoções, recusando-se a derrubar uma lágrima ou gastar seus pensamentos com a garota idiota que ajudou a matar Toby. O incidente só serviu como mais um incentivo para ajudar Tristan a encontrar o outro lobo. Vendo a demonstração de poder de Tristan mais cedo, não ficou nenhuma dúvida de que ele seria pego.

Quando finalmente chegaram ao *Livingston One*, foram recebidos pela Julie e pela Mira, ambas oferecendo ajuda. Logan discretamente contou o que aconteceu no encontro para ambas as mulheres, enquanto Tristan e Kalli foram para o apartamento dele. Normalmente jovial e confiante, Tristan parecia distante e estranhamente reservado. Como Tristan, Kalli sabia que as coisas estavam longe de acabar, especialmente desde que suspeitavam que o CLI estava nas mãos do Gerald.

— Preciso tomar um banho — ele murmurou, andando na direção da suíte principal. — Você quer se juntar a mim?

— Claro, hum, eu só preciso parar no meu quarto por um segundo, está bem?

— Ok, me encontre lá.

Ela acenou com a cabeça, desejando poder tirar a dor dele. Tristan precisava de conforto hoje à noite, e ela jurou que faria tudo em seu poder para ajudá-lo. O assassinato parecia ter um preço alto para o Alfa, ou talvez ele estivesse de luto por Toby. Observá-lo durante uma batalha havia sido tanto excitante quanto exaustivo. Ela não podia nem imaginar o que isso tinha feito com ele, mas ela iria até lá, cuidaria dele, e o faria ficar inteiro novamente. Kalli sabia que existia uma tarefa peculiar que precisava completar antes de se entregar completamente para ele, o que a permitiria recomeçar a vida.

Entrando no banheiro, olhou para si mesma no espelho. Respirando fundo, tirou a roupa preta que usou para o encontro. Mesmo depois de tirá-la, a taciturna camada de violência ainda grudava em sua pele. Precisava esquecer os acontecimentos dessa noite tanto quanto qualquer um, mas não podia parar de pensar em Tristan, no homem e no lobo. Deleitando-se com sua animalesca demonstração de dominância, ela não podia mais negar sua verdadeira pessoa.

Completamente nua, colocou os dedos em volta do pote laranja na pia, que continha o CLI. Remorso pela morte de Toby ainda permanecia, mas orgulho por sobreviver todos esses anos sem ter sido detectada surgiu em suas veias. Não tinha sentido se arrepender do que sua infância podia ou devia ter sido. Só existia o agora. E, sem dúvidas, Tristan e os Lobos Liceu comandavam seu futuro. Em sua mente, seu alter ego acordou, entusiasticamente saltitando de ansiedade. Abrindo a tampa branca, ela olhou uma última vez para os comprimidos antes de jogar todos no vaso sanitário.

Ao invés de ir para o seu quarto, Tristan resolveu virar e ir em direção à cozinha. Arrancou suas roupas, removeu os sapatos e jogou tudo em um saco plástico preto. Mandou uma mensagem para o serviço de limpeza, que chegou em segundos para levá-lo para o incinerador a fim de descartar. O cheiro de morte não era algo que alguém pudesse lavar de uma roupa. Pegando uma garrafa de conhaque e dois copos, foi para o seu santuário privado.

Tristan deixou o jato quente arder sua pele e sua consciência foi para a Kalli. Ponderando sobre isso o dia todo, tinha dificuldades em compreender sua necessidade de reivindicá-la. Mas, lá no fundo, sabia exatamente o motivo. Mesmo que os comentários enigmáticos de Logan o tenham irritado mais cedo, deu-se conta em algum momento da tarde que o seu beta sabia certamente o que ele estava renegando. Mas sua atitude teimosa não podia mais negar o destino. Sem nunca realmente ter entendido como eram as coisas para os outros lobos acasalados, a chamada de sua companheira era uma música que ele desejava como nenhuma outra.

Aceitar e fazer algo sobre essa nova constatação eram duas coisas completamente diferentes. Kalli ainda não aceitou sua própria loba, então ele não iria jogar essa nova informação nela tão cedo. Refletindo sobre o encontro, rezou para não tê-la assustado muito. Mas como disse para ela, não tem como se esconder a verdadeira natureza de alguém. E a sua era letal.

Apoiou a testa no azulejo frio quando o cheiro calmante de Kalli entrou no banheiro. Com a visão periférica, podia ver o roupão branco cair no chão, mostrando a pele sedosa e morena. Através dos tijolos de vidro, viu os cachos pretos escorrerem pelas costas dela quando removeu o elástico e os grampos que prendiam seu cabelo.

No reflexo do espelho, Kalli perdeu o fôlego quando notou a sensual silhueta dele. Como um animal poderoso, Tristan esticou os braços para cima, apoiado na parede do chuveiro. Entrando no banho, admirou a visão de sua pele molhada e bronzeada. Suas costas musculosas desciam para as sólidas curvas de suas nádegas e pernas poderosas. Jatos de água jorravam de cada parede, e quando ela o alcançou, gotas mornas desciam pelo seu corpo ágil, mas curvilíneo.

A centímetros do corpo dele, colocou as mãos em seu ombro, tracejando os dedos para cima até segurar os seus bíceps duros como pedra. Acariciando-os gentilmente, suas mãos desceram para os músculos definidos das costas dele. Escutou-o chiar, sua cabeça rolou para trás em contentamento. Suas mãos exploraram a cintura fina dele até seus braços estarem completamente em sua volta. Chegando para frente para abraçá-lo, seus seios esmagaram as costas e suas pernas ficaram ao lado dele. Abrindo os dedos, tocou seu maravilhoso peito largo, descendo para o abdômen definido embaixo da pele quente.

— Você está bem? — perguntou amavelmente, fechando os olhos enquanto pressionava suavemente a bochecha nas costas dele.

— *Chérie*, não existe nenhum lugar que eu preferiria estar agora — murmurou. — Deusa, é tão gostoso ter você assim. Tão perfeito. — Ele se moveu para virar de frente para ela, que parou o movimento.

— Shhhh... meu Alfa, me deixe cuidar de você hoje à noite — sussurrou, pegando o sabonete. — Relaxe, baby.

Fazendo espuma em suas pequenas mãos, ela derrubou o líquido escorregadio sobre as clavículas, massageando o pescoço até ele soltar um pequeno gemido. Suas mãos continuaram seu ataque, esfregando os globos de seu traseiro e descendo pelo centro. Esfregando suas coxas, ela o virou gentilmente de frente para ela.

Ele ficou em silêncio observando-a, aproveitando o contato de suas mãos macias na pele. Ela enxaguou as mãos para enchê-las com um shampoo. Esticando-se para alcançar seu cabelo, os mamilos endurecidos rasparam o peito dele. Ele suspirou de desejo ao senti-los, mas permitiu que lavasse bem o cabelo ensanguentado. Tirando o excesso de espuma, ela gentilmente inclinou a cabeça dele para o jato de água.

Novamente, voltou a lavá-lo com espuma. Movendo-se da parte baixa dos seus braços para os bíceps, ela cuidadosamente cuidou dele até os seus dedos. Kalli perdeu o fôlego com a visão do peito bronzeado e esculpido. Ele abriu os olhos e olhou bem nos dela enquanto ela o limpava, descendo até a barriga. Mantendo contato visual, deixou seus dedos traçarem deliberadamente o musculoso v que levava até a virilha dele. Descendo as palmas das mãos, abriu as pernas dele. Um suspiro irregular escapou seus lábios enquanto ela segurou em sua mão seu saco aveludado, sua cabeça caiu para trás para se apoiar no azulejo, deleitando-se com a sensação. Enrolando a outra mão em volta de sua ereção, ela subiu e desceu, passando o dedão pela cabeça carnuda.

Tristan nunca em sua vida havia sido tão aberto e vulnerável para uma mulher, deixando que ela explorasse seu corpo livremente. Do primeiro toque dos dedos dela em seus ombros até o arranhar de unhas em seu peito, ele tencionou em excitação, deixando-a fazer sua mágica. Ela pediu para que ele relaxasse, mas a agonizante excitação percorria o seu corpo como se tivesse tocado um fio desencapado. Precisou de cada pedaço de autocontrole para não correr para fazer amor com ela. Em vez disso, submeteu-se por vontade própria para a doce dor de sua estimulação provocante, ansiando o próximo toque. Como se ela estivesse fazendo um ritual de purificação, ele sentiu a nuvem sombria em sua alma se erguer.

Ele olhou profundamente nos olhos dela e a intensa afeição que sentia por Kalli provocou os seus lábios. Queria contar o que ela significava para ele. Mais do que desejo, estava caindo rápido sem um paraquedas. Mordeu o lábio em resistência, segurando as palavras que ameaçavam expor seu coração. Um choque percorreu o seu corpo e as pequeninas mãos dela massagearam sua carne quente e inchada.

— Kalli — gritou em prazer antes de ela soltá-lo. Amavelmente, ela virou o corpo dele mais uma vez, enxaguando-o até ficar limpo. Ele aceitou o direcionamento, novamente seus olhos se encontrando.

Como se estivesse dançando uma sensual rumba, ela recusou-se a soltá-lo de seu transe. Sorrindo, elegantemente ajoelhou na frente dele, passando as unhas na frente de sua coxa. Tristan respirou fundo. A visão de sua bela fêmea nua de joelhos, abrindo os lábios, enviou sangue pulsando em seu já duro pau. Incrivelmente deslumbrante, seu cabelo encharcado grudava em sua pele. Mamilos endurecidos roçavam em suas coxas e ela se inclinou para frente. Colocando a língua para fora, lambeu a parte de baixo de seu membro ereto. Podia jurar que tinha morrido e ido para o paraíso quando os lábios quentes o envolveram.

Kalli saboreou o seu sabor e o sugou fundo. Soltando o sexo dele de sua boca, colocou a mão em volta do pau enquanto lambia seus testículos, rolando-os sobre sua língua. Mais uma vez colocou sua carne rígida na boca, engolindo-o por inteiro devagar. Enfiando os dedos nas nádegas dele, puxou-o em sua direção até que começou a entrar e sair de seus lábios. Ela gemeu enquanto a excitação de saboreá-lo incitou seu próprio desejo. Seu centro doía, implorando para ser tocado.

A intoxicação de suas ações se espalhou por seu corpo e Tristan lutou para falar.

— *Mon amour*... por favor. — Segurou seu cabelo. — Não consigo parar. Vou gozar.

As palavras dele inflamaram a excitação dela, tomando-o mais rápido e mais fundo. Recusando-se a soltar, segurou o traseiro dele, encorajando-o a meter mais forte, levando-o para mais perto de seu iminente orgasmo.

Sem conseguir resistir aos lábios dela apertados em volta de sua ereção pulsante, gritou o nome dela, ofegando:

— Kalli!

Seu grito de entrega ressoou e ele se deixou levar pelo seu erótico orgasmo. Grunhindo enquanto ela o engolia, jorrou tudo dentro dela, seus lábios e língua incansáveis deixando-o seco. Ele esticou as mãos, puxando-a para os seus braços, a água morna do chuveiro acariciando seus corpos entrelaçados.

O peito de Kalli parecia apertado, tão inchado de emoções, que não podia olhar para ele sem revelar seus sentimentos. *Resistir à tentação de se apaixonar por ele iria ser difícil*, pensou. Tudo sobre ele, do jeito que ele conversava alegremente, ao seu resplandecente lobo preto a cativavam. Seu Alfa, o homem magnífico em seus braços, era dela.

CAPÍTULO DEZENOVE

— Anastas — Kalli confidenciou.

— Hummm — Tristan respondeu, preguiçosamente fazendo círculos na parte de dento da sua palma enquanto deitavam entrelaçados na cama dele. Depois de desligar o chuveiro, ela insistiu em secar cada centímetro quadrado dele com uma toalha macia e aquecida. Em minutos, jogaram-se na grande e convidativa cama do Tristan.

— Anastas. Kalli Anastas. Esse é o meu nome verdadeiro.

— Anastas — repetiu, as palavras rolando de sua macia língua com um sotaque grego. — Ele combina com você. Obrigado por confiar em mim com isso. Viu, minhas lições já estão funcionando.

— Sim, professor, elas realmente estão, mas acho que talvez eu requeira várias outras demonstrações, maiores e mais práticas. — Ela levou a mão dele para os seus lábios e deu um rápido beijo. — Tristan riu. — E eu tenho outra coisa para compartilhar com você — Kalli continuou.

— Compartilhe.

Ela aquietou, apoiando-se nos antebraços e na barriga para poder olhar diretamente para ele.

— Os comprimidos. Eles já eram.

— Já eram?

— Já eram. Do tipo: eu os joguei no vaso sanitário. Do tipo: estou retornando para a minha natureza como um Alfa inteligente me encorajou a fazer. — Ela sorriu, lembrando-se da conversa anterior deles.

Tristan a puxou para os braços dele e a beijou devagar e gentilmente.

— *Mon amour*, eu estava esperançoso... mas você precisava tomar a decisão sozinha. E agora não tem nada nos impedindo.

— Nos impedindo de que? — Ela o olhou inquisitivamente.

— É só que estou ansioso para compartilhar essa parte de mim com você. Quero correr, caçar e... — Ele cortou suas palavras de propósito, incerto de quanto das suas emoções deveria revelar.

— E? — Ela deixou a questão no ar, mas mesmo assim ficou sem resposta.

Ele simplesmente sorriu para ela, um pouco protelando, um pouco perdido nela completamente.

— Sr. Livingston — ela desafiou. — Confiança vale para ambos os lados. Você precisa que eu lhe ensine uma lição?

— Tenho certeza de que você me ensinaria, *chérie*. A parte assustadora é que eu talvez goste.

— Vamos lá, Tristan. Fale logo — reclamou, em uma tentativa de acelerar a conversa, morrendo de curiosidade para saber o que ele queria fazer com ela.

— Primeiro deixe-me perguntar uma coisa. — Ele ficou parado, preparando-se para a resposta dela. — Hoje no encontro. Quais foram as suas impressões? Diga a verdade.

— De primeira, eu estava apavorada. Eu estava sufocando lá. Vivi com medo de lobos a minha vida inteira. E então, lá estou eu em um encontro entre todas as coisas, com dois machos Alfas seriamente letais. — Ela revirou os olhos.

— Letais?

— Letais com certeza. E então vendo Sato, eu estava dividida entre me esconder e matá-lo eu mesma. A questão é que sei que existe uma parte de mim, uma imensa parte, que odeia violência, mas eu queria Sato morto. Não só o queria morto, estava extasiada com o seu poder, sua força. Queria assistir enquanto você acabava com ele. — Ela soltou um longo fôlego. — Ai, Deus. Isso parece horrível, não parece?

— Não. Vingança é agridoce. Sem dúvidas ele merecia depois do que fez com você, mesmo se foi indiretamente. E ele matou o Toby. O homem não tinha remorso. Ele faria isso novamente — Tristan concluiu pensativamente.

— Então, agora que você sabe todos os meus segredos, o que se passa? O que mais você quer fazer comigo? Além de me levar para o mau caminho? — Ela riu.

Ele colocou as mãos no rosto dela, deixando o dedão tocar em sua boca.

— Kalli, eu... eu estive sozinho por tanto tempo. Mas agora. Encontrando você. Meu lobo. Porra, eu estou incrivelmente travado hoje — ele bufou frustrado.

Kalli riu e chegou mais perto dele, deitando novamente em seu peito.

Talvez seria mais fácil para ele se não tivesse que olhar para ela enquanto dizia o que precisa contar?

— Ok, vamos lá. Eu nunca vivi com uma mulher na minha vida adulta. Cheguei perto com a Sydney, mas ela não era minha companheira. E eu nunca senti essa necessidade... essa necessidade de reivindicá-la... Nem com a Mira. Nunca senti esse desejo... essa necessidade de marcar alguém. De reivindicar alguém.

— O que você está dizendo?

— Eu não posso mais resistir... a essa necessidade. Eu não sei como explicar. No início eu culpei o meu lobo. É isso, mas não é. Você e eu... Tem algo sério entre nós. Quer dizer, o sexo é maravilhoso, mas não é só isso. Preciso ter você... ter você do tipo "você é minha". E não como "minha" sendo parte da alcateia. É mais. Muito mais do que isso. — Ele respirou fundo, com medo de estar estragando toda a conversa.

— Está tudo bem, Tristan. Eu sei. Eu também sinto algo forte por você. — *Eu estou me apaixonando por você.* — Eu queria poder me passar por tímida e fingir que não sinto isso, mas não posso. Eu quero isso... o que está acontecendo entre nós. E a minha loba, bom, ela está insistindo comigo desde o minuto que você me colocou no colo no seu carro — ela admitiu suavemente.

— Eu quero reivindicar você, Kalli. Te marcar. Você entende o que estou dizendo? — Cansado de evitar a questão, ele colocou todas as suas cartas na mesa. Se não contar para ela agora, acabaria fazendo isso na próxima vez que fizessem amor. A decisão estava além do seu controle.

O estômago de Kalli dançou com borboletas. Ela nunca havia sido reivindicada antes, mas sabia que isso seria um sinal para a alcateia de que ela era sua potencial companheira. Sua loba rolou em submissão, mostrando o pescoço, esperando pela marca dele.

— Faça isso. Eu quero ser sua. Eu sei que eu demorei um pouco para confiar, mas você me mostrou quão é importante que eu seja eu mesma. Mas na próxima lua... eu precisarei da sua ajuda.

O orgulho de Tristan cresceu com as palavras dela. Respirou aliviado; ela também sentia isso. Não estando pronto para mencionar que realmente acreditava que ela era sua companheira, ele celebrou o fato de que ela queria isso.

— Baby, você não tem ideia do quanto vou te ajudar. Sua primeira transformação com a alcateia, eu te prometo que será uma experiência mágica — ele declarou. — Você irá carregar a minha marca. Mas você precisa saber que não existe outra para mim daqui para frente. — Ele desceu a mão, agora circulando seus bem bonitos, bem duros, mamilos rosados.

— Alfa, você está desistindo de suas safadezas? — provocou.

— Sem chance, *chérie*. Estou somente sendo completamente sincero. Todas as práticas safadas agora serão reservadas para você. — Ele beliscou o mamilo dela, apreciando escutá-la gritar de prazer. Declarar sua intenção de marcá-la inflamou a excitação dela. Seu delicioso aroma encheu o quarto. Sua lobinha estava incrivelmente excitada. Deusa, ele amava que ela fosse tão responsiva. Verdade seja dita, ele amava tudo sobre ela.

— Ah — ela gemeu com o seu toque. — Conte-me mais sobre essas práticas safadas. Hummm... não acho que possa esperar. — Ela se viu involuntariamente movendo seus quadris na perna dele.

Ele virou, abrindo uma gaveta e pegando uma pequena bolsa preta. Um sorriso sombrio apareceu no seu rosto, ciente de que estava prestes a forçar os limites.

— Um mistério? — perguntou, mordendo o lábio nervosamente. *Ele estava planejando isso? O que está na porra da bolsa?*

— O que? Eu sei como comprar mais do que vestidos e brincos. Na verdade, acho que essa pequena loja talvez se torne um dos nossos lugares favoritos — ele se gabou, antecipando brincar com ela. Kalli quase se despedaçou com sua obscura intrusão na última vez que fizeram amor. Ele abriu a bolsa, gesticulando para ela olhar dentro.

Kalli engasgou e retirou o pequeno plugue. Seus olhos arregalaram para ele sem acreditar.

— Eu... eu não sei, Tristan, — ela gaguejou, tentando esconder sua excitação.

— Sem esconder suas verdadeiras emoções, *chérie*. Eu sei a verdade. A maneira que você se despedaçou da última vez que eu a toquei com os meus dedos, pensei que um pequeno brinquedo seria bom. Por mais que eu amaria te ter lá, e eu vou — ele disse em uma voz baixa e sensual, derretendo as preocupações dela — isso não vai acontecer hoje. Mas eu sei que você amará esse brinquedo aqui. Você não confia em mim? Talvez você precise de outra lição? — Ele respirou, descendo a mão pela barriga dela.

— Ah, sim — Kalli gemeu em antecipação, seus dedos provocando abaixo do umbigo dela.

— Só o pensamento de eu tê-la lá a excita, não excita? Sua bela pele corada e respiração acelerada te entregam. — Ele escorregou a mão em sua calorosa umidade, pressionando um dedo no centro dela. — Ah, sim. Você está encharcada.

— Tristan, sim.

— Eu preciso sentir o seu gosto, baby. — Tristan virou Kalli de barriga para cima, colocando o rosto entre as pernas dela. Seu hálito quente passou por sobre a área púbica dela enquanto ele continuava a enfiar e tirar o dedo de seu quente centro. Com sua outra mão, passou dois dedos pelos lábios inferiores dela, gentilmente a separando para expor sua preciosa pérola.

— *Mon amour*, sua boceta é bonita pra cacete. Tão macia. Agora relaxe, e me deixe saborear você — ordenou logo antes de mergulhar em seu sexo dolorido. Com uma boa lambida de sua língua, ele encostou no clitóris dela, que gritou em êxtase.

— Ai, meu Deus. — Ela agarrou os lençóis, apertando-os em seus punhos. A língua sedosa dele roçou seu nervo sensível e ela quase voou da cama. Começou a ofegar loucamente enquanto ele incansavelmente a lambia.

Passou a língua pelas dobras dela, saboreando seu creme melado. Adicionando outro dedo grosso, metia nela enquanto aumentava a pressão em seu clitóris inchado. Sem parar, mexia a língua, atacando seus sentidos.

Kalli sacudia a cabeça de um lado para o outro enquanto o orgasmo dançava ao seu alcance. Arfadas deram lugar a gritos incoerentes e ela implorava pelo clímax.

— Tristan, por favor, eu não posso... eu preciso... sim.

Sua súplica era música para os ouvidos dele. As paredes dela começaram a tremer, ele chupou o seu clitóris e pressionou a língua ao mesmo tempo.

O orgasmo que a atingiu a sacudiu até o cerne.

— Tristan! — falou silenciosamente, sem parar, sentindo como se tivesse saído de seu corpo. Empurrando os quadris na boca dele, procurou tirar proveito do clímax que fez seu corpo tremer da cabeça aos pés. Quando a soltou, estava respirando tão rápido, que era como se tivesse corrido uma maratona. Seu rosto corou e ela voltou para a realidade, ciente de como tinha se entregado.

Não dando a ela tempo para pensar, Tristan a virou de barriga para baixo. Ajustou sua posição, para que os braços e a cabeça dela ficassem confortáveis no travesseiro. Puxando os quadris dela para cima, abriu as pernas dela para que encaixasse bem em sua entrada.

Frustrada com o vazio, ela choramingou em protesto.

— Calma, baby — ele a lisonjeou. — Eu poderia me deleitar em você o dia inteiro, mas está na hora do seu brinquedo.

Kalli acenou em concordância com a cabeça no travesseiro, ansiosa para ele penetrá-la. Ela estava pegando fogo de desejo. Os dedos dele passaram por suas dobras escorregadias novamente e ela soltou um suspiro de alívio. Kalli se remexeu em direção a ele, procurando seu toque, e pode sentir um líquido frio escorrer por seu traseiro.

— Relaxe agora, Kalli. Empurre na minha direção — instruiu enquanto pressionava o pequeno plugue em seu buraco traseiro.

— Ahhhh... Tristan. — Isso é... isso é... Eu não posso... — ela chiou, enquanto empurrava para trás.

— Você está fazendo isso, *chérie*. Assim. Quase lá.

A pequena queimação que sentiu foi rapidamente substituída por uma sensação de saciedade que nunca havia sentido. Estranho, mas erótico, Kalli amava a sensação disso dentro dela. Moveu-se em direção a ele, gostando do estranho estímulo que aumentava sua fome.

— Está completamente dentro, baby. Só se acostume com isso por um minuto. — Ele empurrou a ponta de borracha mais para dentro, mexendo de um lado para o outro. O modo como estava se remexendo, ele decidiu que ela gozaria se ele continuasse. — Assim. Sinta. Respire.

— Sim, Tristan. Eu preciso de você dentro de mim agora.

Sua ereta virilidade pulsava em excitação. Colocando uma mão embaixo da barriga dela e segurando o plugue no lugar, colocou a cabeça de sua ereção na pele mais macia dela. Centímetro a centímetro glorioso, ele entrou nela até estar completamente dentro.

Kalli inspirou fortemente e ele entrou nela. Não existiam palavras para descrever a incrível sensação de estar completamente preenchida. Ele começou a mover e ela se encontrou empurrando na direção dele na mesma cadência. Suspiros acelerados acompanhados por ondas de prazer fundo dentro de seu ventre, levando-a para o limite. Ele brincava com o plugue, tirando-o e colocando de volta, ao mesmo tempo em que entrava nela.

Ela tremeu, sem condições de segurar o tsunami que estava ameaçando cair sobre si mesma.

— Tristan! Me fode! Mais forte! Sim! Eu vou gozar. Por favor — ela gritou no travesseiro, convulsionando em orgasmo.

O centro dela apertou seu pau e suor apareceu na testa dele. A sensação do plugue através da fina barreira acariciava seu pau enquanto ela pulsava em volta dele. Kalli começou a gritar e Tristan meteu nela sem parar, cada vez mais forte. O som da sua pele encontrando a dele ecoava pelo quarto. Respirando forte, seu corpo foi tomado pelo delírio da explosão simultânea. Com um grito descontrolado de satisfação, ele segurou a barriga dela com as duas mãos até as costas estarem pressionadas em seu peito. Com uma última metida, ele rugiu. Caninos estendidos, ele mordeu forte o ombro dela, marcando-a para sempre como dele.

Kalli levantou para aceitar sua mordida, ainda perdida no crescente de seu clímax. Os dentes dele encontraram sua pele dourada e ela gritou de prazer quando o poder do Alfa entrou em seu corpo. Por mais que ela fosse dele nesse momento, ele era dela em retorno.

CAPÍTULO VINTE

A viagem para as montanhas demorou um pouco mais de duas horas. Tristan explicou que o enterro não aconteceria até o anoitecer. Nessa época do ano, o sol se punha por volta das sete e meia, então eles tinham tempo suficiente para se acomodarem antes de o ritual começar. Logan já havia ido para as montanhas, assim como a maioria dos lobos da cidade. Depois de terminar várias ligações de negócios, Tristan e Kalli saíram por volta do meio-dia em uma grande caminhonete que puxava um pequeno trailer com a Harley. A temperatura quente de setembro era uma boa época para andar de moto, e o Alfa estava ansioso para sair com Kalli em sua moto.

Já que estava no início do mês, algumas folhas estavam começando a mudar de cor, preparando as árvores para seu descanso no inverno. No final de setembro, a folhagem estaria no seu auge. De Bordos da Montanha a Liquidâmbar, as folhas brincavam no vento aquecido do outono. A rota panorâmica ajudava a acalmar os pensamentos acelerados de Kalli. Ela distraidamente passava os dedos no local que Tristan a marcou. A pele não estava cortada ou com cicatriz, mas o doce formigamento de sua mordia permanecia. Enquanto crescia, contaram para ela que cada alcateia possuía suas próprias marcas distintas. Quando reivindicada, a marca ou ficaria mais proeminente enquanto o casal traçava o seu caminho em direção ao acasalamento, ou sumiria, se o par se separasse.

Quando ela olhou seu ombro no espelho naquela manhã, a marca parecia uma pequena tatuagem rosa no formato do símbolo do infinito, como se dois círculos se entrelaçassem. Ela supôs que o símbolo combinava com ela, lembrando-a de como se encaixavam juntos perfeitamente. Assim que ele mordeu a pele dela, a sua loba acordou. Ela lutava impotentemente para emergir, implorando para reivindicá-lo também. Mas, já que ela não havia se transformado em tanto tempo, era impossível. Ela precisava se transformar novamente para poder marcá-lo.

Imaginou nervosamente como seria se transformar em sua loba com

Tristan ao seu lado. No passado, ela havia sido completamente solitária na experiência. Mas quanto mais tempo passava com o Tristan, mas queria compartilhar tudo com ele: seu corpo, sua mente e sua loba.

— Ei, nós chegamos — Tristan comentou, tirando-a de suas contemplações.

Largos pinheiros ficavam em volta de uma impressionante cerca de ferro, que parecia capaz de facilmente empalar alguém que tentasse passar por cima dela. Tristan parou o carro ao lado de um painel de segurança. Digitando um código, as portas abriram, permitindo acesso ao complexo não identificado.

— Olhe ali. — Ele apontou para uma grande construção em formato de chalé. — Esse é o clube. Quadras de tênis e a piscina estão atrás dele. Tem uma pequena loja de artigos gerais ali que nós cuidamos. Têm miudezas, alguns alimentos... coisas desse tipo. Nós meio que mantemos o local como um resort, mas algumas pessoas ficam aqui o ano todo.

Eles continuaram por uma estrada curva, que levava ao que poderia melhor ser descrito como um condomínio de chalés no meio das imensas árvores.

— Esses aqui, na sua maioria, pertencem a famílias. Nós também temos um prédio de apartamentos, onde a maioria dos lobos solteiros fica. A minha casa é quase no topo da montanha. Logan fica comigo na maior parte do tempo, mesmo tendo um apartamento. Ela tem quartos suficientes e eu gosto da companhia — explicou.

Eles passaram por uma área descampada e Kalli ficou surpresa em ver vários cavalos num campo, um celeiro ao fundo.

— Vocês mantêm cavalos?

— Sim. Janie cuida dos estábulos. Ela dá aulas para os filhotes, e alguns de nós a pagamos para cuidar dos nossos cavalos.

Virando numa entrada à direita, uma casa de dois andares ficava envolta pela floresta.

— E aqui é o meu lar — declarou.

— É linda, Tristan, sério. — Admirando o chalé de madeira marrom clara, Kalli imaginou como seria crescer aqui. Um imenso contraste com o luxuoso arranha-céu, ele era aconchegante e convidativo.

— Você gostou? — perguntou orgulhoso. Era o seu escape da cidade e ele esperava que sua mulher urbana fosse gostar do campo. Adorava seu tempo nas montanhas, e esse era realmente seu santuário. Era importante que Kalli amasse isso aqui tanto quanto ele.

— O que tem para não gostar? Ei, nós temos tempo para fazer uma caminhada? — perguntou excitadamente.

Tristan riu. Afeto encheu o seu coração. Como sua companheira, ela encaixava nele como uma luva. Quanto mais tempo passava com ela, mais forte o vínculo deles ficava. Amava ficar com ela, conversar, fazer amor. Sacudiu a cabeça silenciosamente quando percebeu. A marca era só o começo. Por mais que quisesse negar os sentimentos no fundo do seu coração, estava se apaixonando por ela. E era tudo tão natural, como se estive destinado a ser.

Nunca pensou que viveria para ver o dia em que consideraria acasalar com uma fêmea. Mas agora, felizmente, seu mundo foi virado de cabeça para baixo por uma loba mestiça de cabelo preto que gostava de cozinhar de roupa íntima. Ele riu.

— O que foi? — Kalli sorriu como se tivesse lido os pensamentos dele.

— Nada. Só pensando em como eu gosto de ver você cozinhando de roupa íntima.

Kalli começou a rir com ele.

— Bom, acho que é bom que nós nos conhecemos, considerando sua preferência por nudez, Alfa. Posso ver porque você gosta dessa casa isolada — brincou.

— Espere até você ver a banheira de hidromassagem. Tenho planos para você — prometeu, saindo do carro sem esperar por uma resposta. Seu pau se mexeu só de pensar sobre o corpo gostoso dela sentado em cima dele enquanto as bolhas quentes massageavam a pele dos dois.

Um teto alto abobadado, com uma lareira de pedra que ia do chão ao teto, os recebeu quando entraram na casa. A sensação arejada era contrabalanceada pelo brilho do fogo aceso a gás. Um sofá de couro em forma de U ficava no piso de carvalho na frente da lareira. A decoração em geral era limpa e clássica, com madeiras expostas atenuadas por tons de marrom terrosos. Uma moderna cozinha branca, completa com balcões de granito preto se fundia com a grande sala.

Considerando que Kalli passou toda sua vida adulta vivendo dentro de apartamentos do tamanho de caixas de fósforos, a casa espaçosa era extraordinariamente aconchegante e relaxante. Invocando pensamentos indo de assar marshmallows a fazer amor na frente do fogo e perseguir crianças pequenas, Kalli se abraçou. Internamente questionou seus próprios sentimentos. Não era como se quando garota, ou até como mulher jovem, tivesse tido sonhos de se casar e ter uma família. Mas tudo sobre Tristan estava mudando como ela via o mundo, como se sentia em relação a tudo. Ele era como a peça perdida no quebra-cabeça que era a sua vida.

Enquanto ela explorou, Tristan colocou as malas no chão e começou a preparar algo especial.

— Eu tenho uma surpresa para você — anunciou da cozinha.

Ela olhou para vê-lo matutando na cozinha. *Tristan estava preparando uma refeição?*

— Essa surpresa inclui comida? Porque se incluir, estou dentro.

— Você trouxe calça jeans? — perguntou. — Por mais que eu goste do acesso fácil, você realmente precisa de calças para essa surpresa. E também, botas ou tênis seria bom.

— Você é mau! Acesso fácil, né? De algum modo isso não me surpreende. Você é algo especial, lobo. — Ela riu.

— Ei, eu sou *o lobo* para você.

— Isso você é — ela o assegurou. — Bom, eu amo uma boa surpresa. Mas amo comida ainda mais.

E eu realmente amo você. As palavras passaram pela sua mente e ela riu com o pensamento. Deus, estava em apuros e sem um meio de escapar. Nesse ponto não tinha como lutar contra a corrente. Cruzando o cômodo, pegou um pedaço de queijo no balcão e enfiou na boca antes que pudesse dizer alguma coisa que divulgaria seus verdadeiros sentimentos.

— Sem adivinhar. E sem mais comida também, até chegarmos ao nosso destino secreto — disse misteriosamente.

— Malvado — ela brincou, imaginando o que aconteceria em seguida.

Várias emoções apareceram. Ela já estava nervosa para conhecer a alcateia. Como as pessoas reagiriam com uma híbrida que não tinha se transformado em dois anos? Uma híbrida que criou a droga que impediu Toby de se transformar? Eles a culpariam pela morte dele? E então tinha a marca, a reivindicação dele do seu corpo e alma. Como eles se sentiriam em relação ao Alfa deles, que a marcou como sua fêmea? Sua mente acelerava tentando descobrir o que ele possivelmente poderia ter planejado como uma surpresa. Nos recantos de sua mente, ela considerava as lições esclarecedoras e bem sensuais que ele deu a ela. *Confiança.* Ela respirou fundo e tentou colocar em uso sua educação.

— Isso! É! Maravilhoso! — Kalli gritou enquanto tentava não assustar o cavalo ou cair dele, ambos parecendo possibilidades. — Eu amo isso! Sério. Não posso acreditar que essa é a minha surpresa. Muito obrigada!

— Calma, *chérie*, a Snowflake é bem relaxada, mas você precisa olhar para onde está indo — Tristan avisou.

Ele a fez cobrir os olhos no caminho para os estábulos. Quando ela viu os cavalos arrumados, pulou como uma criança no Natal. Uma maneira tão básica de se conectar com a natureza, uma caminhada pela floresta. Mas, para a Kalli, ele podia dizer que era uma primeira experiência. Desejava poder criar várias primeiras vezes para ela enquanto construíam uma vida juntos. Lutando para não se mover rápido demais, ele jurou para si mesmo que iria pacientemente esperar ela se ajustar a ser lobo novamente, e então diria que ela era sua companheira.

Nesse ritmo, Tristan honestamente não entendia como ela não sabia. Mesmo só se conhecendo há dias, seu lobo podia reconhecer a alma que ele estava esperando a mais de cem anos. Era a parte humana de Tristan que havia resistido. Primeiro havia lutado contra a confusão mental, incerto de como possivelmente queria marcar uma fêmea. Mas agora sua principal preocupação era garantir que a transformação dela fosse prazerosa e, finalmente, que ela fosse aceita pela alcateia. Aceitação era algo que teria que ganhar por si mesma. Mas ela era extremamente forte, apesar de ser híbrida. Se dada a chance, ele estava quase certo de que ela receberia o respeito e a confiança deles.

Eles se aproximaram do lago em suas montarias e Tristan olhou um de seus lugares favoritos para descansar. Seja como humano ou como lobo, ele amava se deitar na grama macia, escutando os sons da natureza, relaxando perto da água.

— Opa! Puxe as rédeas, Kal. Nós vamos parar aqui — instruiu.

Descendo do seu cavalo, fez um carinho apreciativo no animal. Tirando os arreios, colocou um cabresto, que mantinha na mochila, e então amarrou a coleira de couro em volta de um galho de árvore. Como lobo, preocupava-se com o conforto do cavalo, já que planejava um agradável almoço que talvez durasse várias horas. Kalli seguiu o seu exemplo e também desceu. Ele repetiu o processo com o cavalo dela, garantindo que tanto a égua quanto o garanhão estivessem seguros e contentes.

— Essa é a melhor surpresa que alguém já fez para mim, sabia? Está bem, essa talvez seja a única vez que alguém fez algo assim para mim. É tão... eu não sei. É especial. Maravilhoso. Os cavalos. As montanhas. O lago. E você... — ela ficou admirada. Era Tristan que tinha mudado suas percepções sobre a vida na alcateia e o que significava ser Alfa.

Tristan veio por trás de Kalli, colocando os braços em volta da cintura dela. Beijou a orelha dela e por um longo tempo somente a segurou, enquanto os dois olhavam para a água.

— Tristan — sussurrou.

— Sim, baby.

— Ninguém nunca fez nada assim por mim — disse, tentando não chorar. — Não diga que não é nada demais, porque é.

— Eu quero fazer isso por você. Mesmo se não existisse essa coisa... essa conexão entre a gente. Eu só quero ver você feliz, não trancada em um corpo humano, negando à sua loba o que é direito dela.

— Como sempre, você está certo — brincou levemente.

— Viu, eu sabia que você começaria a ver as coisas do meu jeito. — Ele sorriu abertamente. — Vamos lá, vamos almoçar, e então nós vamos conversar. Eu diria que estou tão faminto que poderia comer um cavalo, mas não quero ofender nossas montarias.

Tristan procedeu para esticar uma fina manta na grama macia enquanto Kalli arrumava as comidas e bebidas. Depois de aproveitar um agradável piquenique no sol, eles deitaram no tecido aquecido, apreciando o sol.

— Você está muito longe — Tristan reclamou. — Preciso de você ao meu lado.

Kalli obedeceu, rolando de costas para ficar de barriga para baixo, apoiando a cabeça no peito dele. Ela preguiçosamente colocou sua coxa em cima da perna dele.

— Muito melhor, *mon amour*.

— Hummm... sim — respondeu.

— Nós precisamos conversar sobre hoje à noite, o funeral do Toby. Ele provavelmente irá demorar várias horas. Para ser sincero, não fui a muitos enterros de lobos. Você sabe, com toda a história de imortalidade. Mas acontece de vez em quando.

— O que vai acontecer? — Kalli perguntou, esfregando a mão no peito dele.

— A primeira parte não é muito diferente de alguns rituais humanos. Nós nos reunimos em volta do túmulo, falamos sobre nossas experiências com aquela pessoa, o que a tornava especial. Demora um pouco porque somos muitos. E então nós corremos, e ficamos de luto. Nós celebramos a vida do Toby, confortamos uns aos outros.

— Eu não posso correr — comentou.

— Eu sei, baby. Foi por isso que eu quis conversar.

— Eu irei para a parte humana e pularei a outra. Quer dizer, não posso me transformar e, para ser honesta, estou um pouco preocupada de como a alcateia irá reagir por eu estar aqui.

— Eles ficarão bem. Você é minha. Eles confiam em mim. — Prendeu-a com o olhar.

— Está bem — ela suspirou, sabendo que ele provavelmente estava certo, mas que isso não a impediria de se preocupar.

— Mas nós não demoraremos. Eu irei para casa logo depois da corrida. — Tristan apertou a coxa dela, desejando que pudesse correr com ele. — Mas então amanhã à noite... nós iremos correr juntos. É a lua cheia.

— Sim, é. — Ela respirou fundo e soltou.

— Essa é a outra razão que nós precisamos conversar. Você nunca se transformou com outros lobos. Isso... isso pode ser avassalador... Coisas podem acontecer.

— Coisas? Que coisas? — Kalli sentou ereta com preocupação, olhando para os aconchegantes olhos âmbares de Tristan. Ela tentou não entrar em pânico, mas "coisas" não soavam bem.

— Volte para cá e relaxe — ordenou, puxando-a de volta para os seus braços. — Não é ruim. É só que, às vezes, quando nós nos transformamos em uma alcateia, todos os seus sentidos são ampliados. E, ao mesmo tempo, você está em contato com os outros.

— Sim. — *Isso não soava tão ruim*, ela pensou.

— Você sabe que nós somos bem sexuais, *chérie*. Não que nós não podemos controlar nossas necessidades, porque nós podemos. Mas a tentação está lá, lobos podem participar ou recusar. Cada lobo decide quão longe ele irá. E, claro, não significa não, mesmo para os lobos. A maioria dos lobos tem excelente moderação e controle. Mas às vezes, em uma lua cheia, eles, por falta de uma palavra melhor, "cedem" aos seus impulsos.

Kalli tensionou nos braços dele.

— Você está dizendo o que eu acho que está dizendo?

— Ok, aqui está o negócio. Amanhã, os seus hormônios e a sua libido vão reagir fortemente à atração da alcateia. Antes de você correr, depois que você correr... Você vai querer... bem, você sabe, um escape.

— Sexo?

— Bem, sim, mas pode ser avassalador. Mas eu estarei lá para você. De fato, acho que amanhã, quando você se transformar, talvez só você e eu devêssemos correr juntos. Não quero você se perdendo ou se machucando.

— Ou sendo fodida? — falou sem pensar, prestes a surtar.

— Não, *chérie*. Isso não acontecerá como lobo. Mas depois...

— O que, Tristan? O que vai acontecer depois? — Ela escutou sua voz aumentando enquanto sua ansiedade piorava.

— Depois, nós vamos para casa. Você e eu. E eu vou te foder até perder os sentidos, baby — provocou. — Lembra-se da outra noite no baile?

— O que sobre isso? — Ela falou bruscamente, sabendo onde isso estava indo.

— Logan é o meu beta. Eu confio nele com a minha vida. E, por mais que isso irá me matar, eu confio nele com você, conosco... juntos. Depois dessa primeira transformação com o pack, você será capaz de controlar isso. Mas, nessa primeira vez, quero que isso seja especial para você, Kalli.

— Eu sei. Mas Tristan, o que exatamente você está dizendo? Não é que eu não esteja aberta a experimentar diferentes coisas com você. E eu não vou mentir, o Logan é legal e atraente, mas ele não é... ele não é... você. É você quem eu quero reivindicar.

Tristan se inclinou para frente, capturando os lábios dela em um beijo suave.

— Eu sei, baby. Eu só quero que nós fiquemos bem... para a transformação ser a coisa mais incrível que você já experimentou. Logan gosta de você. Você estará segura conosco. Nós cuidaremos de você, eu prometo.

— Você tem certeza disso, Tristan? Você sabe que está me assustando. Eu não quero me tornar algum tipo de maníaca por sexo amanhã à noite — insistiu.

Tristan riu.

— Não é de modo nenhum assim, Kal. Na verdade, eu estou fazendo um péssimo trabalho em explicar essa coisa toda. Tudo que posso te dizer é que será lindo, sua transformação, a gente fazendo amor, tudo.

— Isso é tão doido. Não é como se eu nunca tivesse me transformado, mas sempre fui eu sozinha. Quão patético é que eu não sei nem algo tão básico, como que cor eu sou, ou como caçar com outro lobo?

— Isso virá naturalmente. Tudo isso. Nosso vínculo, Kalli, é isso que é novo... para nós dois. Você pode senti-lo? — sussurrou.

— Sim. — Ela passou dois dedos por cima da sua marca. — Nunca senti nada assim por nenhuma outra pessoa em minha vida, Tristan.

— Eu me sinto do mesmo jeito. Minha marca... — Tristan colocou seus dedos embaixo dos dela, traçando o símbolo, — Eu quero que todo mundo a veja e saiba que você é minha. Você mudou tudo para mim.

— Nem perto do tanto que você mudou as coisas para mim. Fiquei com medo por tanto tempo, que eu esqueci quem eu era e como confiar. E você está mudando isso, e é inacreditável sentir novamente. Mas não posso imaginar o que fiz por você.

— Vamos colocar assim, eu estive sozinho por muito, muito tempo. E nunca em todos esses anos eu quis ficar com uma fêmea... uma mulher.

Deus, ele queria contar para ela como ela era sua companheira e o quanto a amava. Mas ela ainda não tinha nem se transformado. Não queria assustá-la.

— Quando você diz todos esses anos, o que você quer dizer? Qual a sua idade?

Tristan riu.

— Velho o suficiente para saber que eu sou um papa anjo em relação a você, minha lobinha.

— Mas você parece como se tivesse uns trinta anos, em anos humanos. E isso ainda forçando. Pode entregar — Kalli pressionou com um sorriso.

— Nascido em 1862. Você faz as contas. — Ele sorriu.

— Então isso coloca você perto de cento e cinquenta anos? — Ela calculou rapidamente.

— Isso é o que eu ganho por me apaixonar por uma mulher tão inteligente. Bem rápida nos cálculos, né?

— Você sabia que, mesmo como mestiça, eu ainda carrego o benefício da imortalidade? Ironicamente, ambos os meus pais estão mortos de qualquer modo.

— Ah, mas a sua mãe era humana. E seu pai, bem, ele lutou e perdeu. Até vampiros podem morrer. É só o jeito da...

— Natureza? — Kalli terminou a frase dele, rindo.

— Viu? Minhas lições estão grudando em você, pequeno gafanhoto — Tristan provocou. — Tenho muitas coisas maravilhosas que eu mal posso esperar para te ensinar.

— Acho que está na hora de te ensinar uma lição ou duas, oh, todo poderoso — ela brincou, movendo a mão pela perna dele, passando pela junção de suas coxas. — Mas ser a estudante definitivamente tem suas vantagens.

Tristan tencionou enquanto a mão dela passou sobre ele. A evidência de sua crescente excitação pressionava contra o zíper da calça jeans. Puxando-a para mais perto, ele beijou o topo de sua cabeça.

— Baby, qualquer papel que você queira está ótimo para mim. Você está pronta para um pouco da lição de "como fazer" ao ar livre?

Kalli gritou o nome dele em deleite quando a deitou de costas. Montando-a, ele colocou a mão por baixo da camiseta dela, acariciando seu seio.

— Sim, por favor — ela gemeu, pronta para receber tudo e qualquer coisa que ele quisesse dar para ela. Seu coração estava perdido para ele.

CAPÍTULO VINTE E UM

Depois de fazer amor no lago, Tristan e Kalli voltaram para o celeiro, devolveram os cavalos e correram para casa para se arrumarem para o memorial de Toby. Incerta sobre o que usar, Kalli decidiu por uma calça jeans capri e uma camiseta regata preta. Às seis e meia da noite, só tinha esfriado um pouco depois de um dia na casa dos trinta graus. Tristan a avisou que ficariam sentados por um bom tempo e que deveria se vestir confortavelmente. Colocando um par de sandálias, ela desceu as escadas para encontrá-lo junto de Logan relaxando nos sofás, mas tendo uma séria conversa. Assumindo que era sobre Toby, ela quietamente foi para o lado do Tristan.

— Olá, nós só estávamos falando como nós vamos correr hoje à noite. Felizmente, não temos muitos funerais por aqui.

— Oi, Kalli — Logan saudou, atraente em um par de jeans e uma camiseta branca, seus pés descalços apoiados na mesa de centro.

— Ei, Logan — respondeu, olhando para o Tristan pedindo orientação. Por alguma razão, ela ficou um pouco preocupada sobre como as pessoas iriam reagir à marca de Tristan, sua reivindicação dela.

— Ele sabe, Kalli. Está tudo bem. Nós conversamos sobre tudo. — Tristan a assegurou, apertando a coxa dela rapidamente.

Tipo como eu vou me tornar uma maníaca sexual amanhã à noite, ela pensou para si mesma.

Como se Tristan pudesse ler seus pensamentos, ele continuou com um sorriso sensual.

— Ele sabe sobre a gente, e sim, nós conversamos sobre amanhã à noite.

Logan interrompeu, querendo tranquilizar Kalli.

— Está tudo bem. Eu entendo porque você criou o CLI e escondeu sua loba. Autopreservação é importante pra cacete quando você está sozinho. Mas agora você tem a gente. — Ele olhou para o Tristan e de volta para a Kalli. — E nós não vamos deixar nada acontecer com você. Nem hoje à noite, nem amanhã ou nenhum outro dia.

— Obrigada — ela reconheceu, forçando-se a se manter serena. — Não é... não é fácil crescer em uma alcateia como eu cresci... sozinha. Só quero que você saiba que eu realmente agradeço por ter você e Tristan olhando por mim.

Tristan colocou um braço em volta dela, puxando-a para ele.

— Logo, toda a alcateia estará lá para você. E nunca mais você estará sozinha.

Kalli deu um pequeno sorriso para ele, entregando-se ao desejo de se aconchegar nele, de tocá-lo.

— Não posso imaginar como foi para você todos esses anos... se transformando sozinha. Isso não é certo. Você vai amar correr com a alcateia. Tristan disse que vai correr com você amanhã à noite. Eu irei liderar a alcateia e encontrar com vocês depois. — Ele olhou nos olhos de Tristan e sorriu. — Eu não vou mentir, Kalli. Eu estou honrado em fazer parte da sua transformação e em te ajudar com as suas... hum... necessidades. Você sabe... se uma *necessidade* aparecer.

— Ai, meu Deus. Isso é tão embaraçoso. — Ela suspirou, colocando as mãos na frente dos olhos. Suas bochechas ficaram vermelhas. — Tem algo que você dois não discutem?

Tristan o encarou.

— O que você não entende sobre “fica frio”? E sobre amanhã, não se acostume com isso, lobo. Ela é minha.

Logan riu, gostando de provocar seu amigo.

— Sim, sim, sim. Como se eu nunca estivesse certo disso. Falo sério... eu sou o grande vidente.

— Compartilhe as suas visões... parece que você está escondendo coisas de mim, irmão — Tristan acusou.

— Não posso compartilhar todos os meus segredos. De qualquer modo, é o destino. Quer dizer, olhe a sua marca, ela é linda.

— Isso é. Ela é minha, e eu quero que toda a alcateia saiba disso.

— Obrigada, vocês dois. Eu não poderia estar mais feliz de tê-la. E logo, estarei deixando minha própria marca em você, meu Alfa — ela ronronou abertamente. Ela não ligava que Logan estivesse ali para escutá-la. A maneira como se sentia... Ela queria gritar do topo das montanhas. Reivindicá-lo seria uma das primeiras coisas que faria quando sua loba reemergisse.

Tristan deu um rápido abraço nela.

— Ei, eu já volto. Eu só quero verificar uma coisa antes de irmos, está bem? — Subiu as escadas correndo, deixando a Kalli e o Logan sozinhos.

— Então, você vai ficar aqui hoje à noite? — Kalli perguntou para Logan. — O Tristan disse que geralmente você fica com ele, e eu quero que você saiba que, só porque estou aqui, nunca quero que isso mude. Vocês dois tem a sua coisa, e eu não quero me intrometer ou deixar as coisas estranhas comigo estando aqui.

— Estranhas, não. Melhores, sim. Estou realmente aguardando com expectativas para ver você fazendo o café da manhã. — Ele sorriu, referindo-se à sua roupa para cozinhar, ou melhor, a falta de roupa.

Kalli riu.

— Hum, eu acho que realmente não tem como negar a minha loba. Ela fica com calor quando cozinha.

Uma batida na porta os interrompeu. Kalli foi atender. Ao girar a maçaneta, os cabelos na sua nuca arrepiaram.

Surpresa em ver Kalli na casa de Tristan, Mira congelou na entrada.

— O que você está fazendo aqui? — Ela fungou. — Posso entrar?

— Fique à vontade. — Mesmo com o seu instinto para dizer não, Kalli a conduziu para o vestíbulo. Uma onda de raiva inundou o seu corpo, e ela lutou para se controlar. *Quem essa loba pensa que é?*

— Onde está o Tristan? — Mira perguntou bruscamente.

— Mira, venha se sentar — Logan insistiu, sentindo que as coisas podiam ficar complicadas.

— Por que ela está aqui, Logan? Isso é assunto da alcateia. Quero falar com o Tristan.

Logan levantou.

— Vamos lá, Mir. Vamos tomar alguma coisa antes de irmos. Não faça isso.

Mira virou para a Kalli, aprontando-se para atacá-la, quando notou a marca de Tristan. Furiosa, andou até ela, gesticulando para o seu pescoço.

— Me diga que isso não é o que eu penso? Me diga agora!

Enquanto Kalli estava mais do que acostumada a lidar com humanos irados no hospital, a mera presença de Mira na casa do Tristan a deixava furiosa. Não era só a raiva de Mira em relação a ela. Não, essa mulher ameaçava o seu vínculo com Tristan, e ela não tinha nenhuma tolerância para a intrusão. Sua loba, reconhecendo a agressiva fêmea alfa, almejava sua submissão, nada menos serviria.

Quando Kalli não respondeu imediatamente, Mira tentou subir para procurar Tristan. Instantaneamente, ela rosnou e bloqueou o acesso para a escadaria. Com suas mãos segurando o corrimão, recusou-se a deixar Mira dar outro passo.

— Vamos deixar algo claro, Mira. Tristan vai descer quando ele estiver pronto e sim, isso é exatamente o que você pensa. — Ela puxou a alça para o lado para a Mira poder ter uma visão desobstruída da marca de Tristan, e então ela se inclinou em direção à Mira, encarando-a. — Tristan me reivindicou. E depois de amanhã à noite, ele será reivindicado como meu. Então você tem duas opções: pode ser respeitosa nessa casa, ou então pode cair fora. Entendo que você é amiga de Tristan por um bom tempo, mas estou te avisando que não vou tolerar esse absurdo. Não quero escutar mais uma palavra sair desses seus lábios bem pintados antes de você tomar sua decisão. E se você está pensando em me desafiar, pode vir.

Silêncio cobriu a casa enquanto Kalli ficou imóvel, esperando por uma resposta. Logan mordeu os lábios em um sorriso apertado e olhou para Tristan, que veio resgatar Kalli depois de escutar o discurso de Mira. Tristan sorriu de volta para Logan, cheio de orgulho, levantando uma sobrancelha para o seu beta. Eles discutiram rapidamente essa possibilidade mais cedo. Enquanto era natural que Mira se sentiria ameaçada, Tristan e Logan concordaram que Kalli não permitiria que outra fêmea se intrometesse no seu relacionamento, ainda mais agora que ela parou de tomar os comprimidos. Sua loba, que ele suspeitava que também era uma Alfa, iria proteger seu companheiro. Não querendo interferir, os dois homens esperaram as mulheres resolverem o conflito.

Mira, sentindo Tristan, abaixou os olhos em submissão. Não tinha como discutir com a sua marca, ele selecionou a Kalli como uma potencial companheira. Mesmo sabendo que não era a companheira de Tristan, estava devastada que ele reivindicaria uma mestiça. Pior, isso significava que ela seria deixada de lado a favor de sua companheira.

— Eu serei respeitosa nessa casa — Mira disse. Ela virou em seus saltos e pisou duro em direção à porta.

Logan tentou pará-la.

— Mir, espere.

— Eu encontrarei vocês no funeral — cuspiu, sem olhar para ele. Batendo a porta, foi em direção ao campo.

Tristan desceu os degraus e sorriu para a Kalli.

— Tudo bem?

— Sim, desculpa. Eu não vou aturar com a porcaria de atitude de "eu sou a fêmea alfa" dela. Eu sei que ela é sua amiga, mas...

— Ei, eu estou orgulhoso de você. E eu concordo que ela estava sendo desrespeitosa. Gosto da Mira, mas você é a minha... — *Companheira.* — Você é minha. Ela precisa aprender o lugar dela. Além do mais, amo como você quer me reivindicar. Estou esperando por isso também. — Ele colocou as mãos em volta da cintura dela e beijou-a gentilmente nos lábios.

— Eu sou sua — ela sussurrou em resposta.

CAPÍTULO VINTE E DOIS

Tristan designou Willow para liderar o memorial. Na preparação tradicional, uma cova sem marcação é cavada em campo da propriedade. Toby, enrolado em um tecido de linho liso, foi carregado para o local por Tristan, que, com a ajuda dos outros, colocou o lobo morto em seu lugar de descanso final. A sepultura aberta estava coberta por um céu limpo e estrelado. Acomodando-se em volta, vários membros da alcateia esticaram toalhas e mantas na grama orvalhada.

Kalli sentou-se quietamente, observando o protocolo. Ela foi a vários funerais humanos, mas nunca participou de um com uma alcateia. Silenciosa em seus pensamentos, olhou para Mira, que estava a encarando friamente. Ela a ignorou. Não era o local para discussões. Não, era a hora de ficar de luto e refletir. E Kalli, mas do que ninguém, podia compreender perda.

Tristan ficou em pé solenemente na frente de sua alcateia e respirou fundo em preparação para o tributo.

— Lobos Liceu, hoje à noite nós celebramos a vida de nosso jovem Toby. Seja estudando ou trabalhando duro, ele sempre tinha uma palavra gentil para todo mundo e fazia o seu melhor para apoiar nossa alcateia. De ir atrás dos filhotes e os ensinar a caçar, a correr atrás das moças, Toby viveu sua vida ao máximo. Ele mostrou vários atributos de Alfa, e talvez teria comandado sua própria alcateia um dia. O grande espírito do nosso irmão agora brilha dentro da Lupus lá em cima, brilhando sobre nós. Hoje nós compartilhamos nossas experiências e nosso amor com ele e uns com os outros.

Vários dos membros da alcateia sorriram ao se lembrar de suas ações, e choraram abertamente de tristeza, percebendo que ele realmente se foi. Era uma coisa descobrir que alguém havia morrido, mas era outra ver a concha vazia de seu corpo deitado na terra. O caráter definitivo de sua morte violenta não podia ser negado. Notando que Kalli estava sozinha, Logan se levantou e sentou ao lado dela, protetoramente colocando um braço em volta de seu ombro.

— Mas antes de começarmos a relembrar, quero tirar alguns minutos para ter certeza de que cada um de vocês sabe que o perigo continua. O garoto deitado nessa cova serve como uma fria lembrança de que os imortais são passíveis do chamado da morte. A alcateia sempre tem que permanecer forte no meio da batalha, já que a sobrevivência de nossa espécie é uma guerra sem fim. Inimigos nunca deixarão de existir, meus amigos. Em somente mais alguns dias, nós entraremos novamente na ofensiva para erradicar esses que procuram nos atingir. Até eles estarem contidos, nós precisamos continuar diligentes em casa em nossos esforços para proteger a alcateia e nosso território — declarou.

Tristan estava planejando um ataque à Alcateia Wallace, mas mantinha suas estratégias em segredo, dadas as circunstâncias. Era claro para ele que Sato não podia estar trabalhando sozinho. Talvez alguma vez ele tenha fingido ser um lobo solitário para poder viajar livremente entre territórios, mas as investigações de Tristan sobre Gerald indicavam que mesmo a alcateia deles não sendo grande, eles cometiam atrocidades há mais de um século. O Alfa não podia aceitar outro ataque aos lobos Liceu ou à Kalli. Eles precisavam ser enfrentados, rápido e sem misericórdia.

Voltando seus pensamentos para Toby, olhou para os rostos com expressões cheias de luto e continuou.

— Como vários de vocês sabem, a morte de Toby foi vingada ontem. O sangue de um lobo responsável pela sua morte foi derramado em retribuição. Mas a luta ainda não terminou. Existe outro lobo que compartilha a culpa nesse horrível ato, um que logo terá o mesmo destino — ele rosnou. — Mas, hoje à noite, nós honramos o Toby. E então vamos ficar de luto em memória, como só os lobos fazem. Eu irei começar. — Tristan ajoelhou gentilmente, olhando para a cova. — Toby. Filho. Vou sentir tanto a sua falta. Te ensinar como andar de moto será uma lembrança que eu sempre guardar. Mesmo que tenha arranhado bem a minha Harley na sua primeira tentativa, você me deixou orgulhoso. — Ele riu suavemente com a memória. — A expressão no seu rosto quando eu te dei a sua própria moto no seu aniversário no ano passado... foi como se *eu* estivesse recebendo o presente. Irmãozinho, você foi mais do que um filhote adotado para mim.

Quando eu correr hoje à noite, sei que você sempre estará em espírito conosco. Fique em paz, Toby. — Tristan deu um pequeno sorriso na direção das constelações e uma lágrima solitária escorreu por sua bochecha.

Kalli começou a chorar quietamente enquanto escutava Tristan falar sobre o garoto que ele amava. Desejava poder voltar no tempo e encontrar outra maneira de se esconder ao invés de criar o CLI. Se ele não tivesse tomado isso, talvez ainda estivesse vivo. Talvez sua mera presença no território dos Lobos Liceu houvesse trazido a guerra pela Alcateia Wallace. Mesmo depois de todos esses anos, deveria saber que eles nunca a deixariam ir embora. Enquanto ela era menor do que um ômega, eles a viam como propriedade deles. As horríveis palavras de Sato para ela confirmaram que o ódio deles ainda estava vivo.

Um por um, os lobos compartilharam suas despedidas, compartilhando memórias de Toby. A experiência lembrou-a de um funeral quacre[10] que ela foi uma vez quando os pais de um colega seu haviam falecido. Belas histórias eram contadas com lágrimas e risadas. Sentada com Logan e Tristan, escutando os grilos cantarem sua música, ela se sentiu estranhamente tranquila com a alcateia. Quando todo mundo que queria falar terminou, já era quase meia-noite.

Tristan sussurrou no ouvido de Kalli, quando a última pessoa a falar terminou.

— *Chérie*, nós vamos correr agora. Eu te encontro em casa em algumas horas. — Ele a beijou na bochecha, levantou e andou para pegar uma pá.

— E agora, meus lobos, nós vamos retornar o corpo de Toby para a magnífica Terra. Nós somos uma alcateia em vida e na morte. — Tristan enfiou o frio metal na imensa pilha de terra. Com um movimento, as partículas marrons e vermelhas se espalharam sobre a forma enrolada em linho abaixo. Vários se juntaram para ajudar, cavando e jogando, até que o local do enterro estava selado. Jovens filhotes colocaram flores silvestres e sementes na terra solta, em uma tentativa de trazer um novo ciclo de vida para a cobertura estéril.

Lobos não colocavam lápides, pois, pelo cheiro, eles sempre saberiam onde seus entes queridos estavam enterrados. E em seus corações, acreditavam que as almas perdidas retornavam para a deusa da natureza de onde eles vieram. Sua terra era vida. Quando brincarem ou andarem por esse

10 Quacres é o nome dado aos membros de um grupo cristão chamado de Sociedade dos Amigos.

campo, eles se lembrarão de Toby e do seu grande espírito em sua alcateia.

Em preparação para a corrida, os membros da alcateia começaram a se despir. Sentindo-se como uma intrusa, Kalli acendeu sua lanterna e começou a caminhada de volta para o chalé. Por curiosidade, parou brevemente e olhou para trás, para ver o seu Alfa tirar as roupas, logo antes de se transformar em seu espetacular lobo preto. Seu corpo magro e bronzeado brilhava sob as estrelas dando lugar a uma pelagem escura e brilhosa. Fascinada, Kalli sentou em uma pedra, observando a extraordinária visão. De longe, admirava seu Alfa, e seu coração apertou enquanto ansiava estar com ele.

Apaixonar-se por um homem como o Tristan era fácil. Sua beleza física não se comparava com sua carismática personalidade e astuto intelecto. Ela perdia o fôlego em como ele abordava tudo em sua vida com paixão e vigor, dos negócios a fazer amor. Nunca testemunhou tanta compaixão e dominância em um homem. Hoje à noite, vê-lo comandando seus lobos tanto como homem quanto como fera a excitava.

Naquele momento de reflexão, Kalli percebeu que o amava. Não tinha como confundir a dor em seu coração. Sua marca formigou no ombro e ela foi lembrada que era dele. Sua loba implorava para reivindicá-lo em retorno. *Companheiro*. A palavra passou pelos seus pensamentos de forma tão natural como nadar em um dia quente de verão. Kalli soltou um pequeno gemido quando Tristan correu de um lado para o outro, alegremente encurralando os filhotes que queriam brincar nas bordas. Ela se entregou à sua própria fantasia, imaginando-o brincando com os filhos deles. Ele daria um pai maravilhoso. Passando as mãos pelo cabelo com um suspiro, ela mais uma vez desejou poder correr com ele, diminuir sua dor. Falando seus pensamentos em voz alta, sussurrou.

— Eu te amo, Tristan. Corra bem hoje à noite.

Como se ele a tivesse escutado, o lobo preto parou e olhou para ela. Seu olhar penetrante disse a ela que ele sabia o tempo todo que ela estava assistindo. Dando um pequeno sorriso, acenou de longe e começou sua caminhada de volta para a casa.

Tristan escutou as palavras, um mero sussurro nos lábios dela. Seu coração batia acelerado com a confissão dela. Sua companheira o amava. Ele queria poder ir até lá, dizer que também a amava, e fazer amor com ela a noite inteira até ela gritar o nome dele sem parar, mas isso teria que esperar algumas horas. Sua responsabilidade com a alcateia vinha primeiro.

Ele soltou um uivo comemorativo, e sua alcateia prestou atenção, aprontando-se para seguir suas ordens. Respeitando o seu comando, os Lobos Liceu correram pela noite.

Tinham passado quase dois dias desde que ela tomou o CLI e a sua proximidade com a alcateia deixou sua pele coçando para se transformar. Mas somente a atração da lua cheia poderia iniciar sua transformação depois de suprimir sua loba por tanto tempo. Sua loba estava arranhando para escapar, para correr com seu Alfa. Quando Kalli chegou de volta no chalé, sentia como se estivesse pegando fogo com a necessidade de se transformar. Como no passado, podia sentir a mudança chegando. Mas ao invés de resistir à transformação, seu corpo e mente a desejavam. Mesmo ainda estando apavorada, ela sabia que, com Tristan, estaria segura. E, como sua loba, ela planejava marcá-lo na primeira oportunidade.

Estar com os outros lobos mexia com as suas emoções de um modo que ela nunca imaginou possível ou esperou. Ver a pele nua deles se transformando em pelagem a levou a uma excitação silenciosa. Ela esfregava os seus membros, que formigavam em antecipação. Tudo parecia amplificado, som, toque, cheiro. Segura dentro das paredes de madeira da casa de Tristan, os gritos da noite ainda eram audíveis para sua hipersensível audição. Com todos os sentidos em alerta, tomou um banho quente, tentando diminuir as avassaladoras sensações dominando o seu corpo.

Mesmo a água tendo ajudado a diminuir as sensações, sentia como se estivesse agarrada à beira de um precipício, pedras escorregando sob seus pés. Enrolando sua pele nua no roupão fino de algodão do Tristan, fez um copo de chá calmante de camomila. Mas encontrar as trufas de chocolate na dispensa foi como encontrar ouro em uma mina. Quando o assunto era chocolate, para Kalli a resposta era sempre sim. Ela mordeu a deliciosa guloseima e um pequeno gemido de prazer escapou dos seus lábios. *Ah, sim. Depois de sexo, era a melhor coisa do planeta.*

Pegando sua caneca morna e um livro de uma das estantes de Tristan, ela subiu as escadas numa missão para se perder dentro das páginas. Depois de ler por trinta minutos em uma poltrona, entregou-se à exaustão e optou pelo colchão. Segundos depois de se deitar na cama de Tristan, descobriu que não conseguia mais manter os olhos abertos. O cheiro dele no travesseiro acalmava cada nervo em seu corpo. Como um animal, Kalli esfregou o rosto nele, desejando que os fortes braços dele estivessem em volta dela. Tirando o roupão, entrou embaixo do macio lençol e abraçou o sono, esperando pelo retorno dele.

— Hummm, Tristan — Kalli ronronou, inalando o aroma masculino de seu Alfa. Beijando a pele dele, com os olhos ainda fechados, passou a língua no mamilo dele, provocando-o com os dentes até endurecer. Sentindo os braços dele puxarem-na para mais perto, desceu a mão pelo peito. Achando a crescente evidência de sua excitação, colocou os dedos macios em volta dele.

— Kalli — gemeu. Tristan não pensou em nada além de Kalli pelas últimas três horas. *Ela o amava.* Depois de correr, tomou um rápido banho e deitou ao lado do corpo quente dela. Podia dizer que ela não estava completamente acordada, mas também não estava dormindo. O toque da mão dela mandou o sangue correndo para o seu pau. Sentindo a dominância ainda fresca em seu sistema, prendeu o pulso dela, demandando tomar a liderança.

Ela protestou com um pequeno gemido, mas ele a recompensou com um beijo longo, enviando paixão pelo sangue dela. Em um movimento fluido, ele a virou de costas, abrindo as pernas delas com os joelhos até estar confortavelmente encaixado no topo dela. Suportando seu peso com os cotovelos próximos à cabeça, seus dedos entraram no cabelo dela, segurando as mechas pretas enquanto continuava a beijá-la profundamente.

Kalli beijou Tristan de volta ofegante, intoxicada por sua essência. Ela acolheu a pressão do seu corpo prendendo-a na cama, permitindo-o comandar enquanto eles faziam amor. Querendo ser completamente possuída por ele, abriu seu coração e mente, submetendo-se ao prazer. O coração feminino dela doía para ser dominado. Molhada e desesperada pelo toque dele, entregou-se à ansiedade agonizante.

Soltando os lábios dela, Tristan abaixou a cabeça e sugou um bico rosado. Gentilmente, ele circulou a língua em volta da pulsante aréola até que ficasse duro. Mudando para o seio oposto, ele continuou seu excitante ataque.

— Você é tão perfeita — murmurou enquanto lambia e sugava sua sensível pele.

— Tristan — ela sussurrou em resposta, completamente perdida em seu toque. Levantou os quadris até sentir a ponta de seu sexo ereto.

— Kalli. Abra os olhos — Tristan encorajou.

Com pálpebras pesadas, ela olhou no universo da alma dele.

Tristan olhou nos olhos dela enquanto passava o dedão nos seus lábios.

— Eu também te amo. Você é minha como eu sou seu. Você é a minha companheira — ele declarou enquanto entrava nela.

A boca de Kalli abriu em um suave grito quando ele meteu nela de uma só vez. Tristan gentilmente colocou a mão na bochecha dela, enfiando o dedão em sua boca. Ela fechou os lábios em volta do dedo, permitindo que ele empurrasse sua bochecha no frio travesseiro, expondo seu pescoço para ele. Ela gemeu em resposta à deliciosa sensação de ser puramente dominada por seu amável Alfa. Sua boca, as paredes elásticas de seu apertado interior, seus seios inchados e todo o resto de seu curvilíneo corpo eram deles para ele tomar como quisesse. Ela o ofereceu para ele em uma bandeja, deleitando-se no êxtase percorrendo sua consciência.

Com a passional submissão dela, Tristan quase gozou. Era como se pudesse sentir o exato momento em que a Kalli o presenteou com sua confiança sem limites. Ela se entregou livremente e ele iria tomar tudo que ela ofereceu.

— Me sinta, Kalli — ele instruiu e começou a se mover dentro dela. — Nos sinta.

Ele começou a enfiar seu pau entrando e saindo do centro dela, provocando cada gemido de seu corpo. Beijando seu pescoço esticado, ele gentilmente mordeu em sua marca, lembrando-a de sua reivindicação. Ela enfiou as unhas nas costas dele, sentindo como se fosse explodir a qualquer segundo. Seu completo ser, inflamado em excitação, sofria por um clímax.

— Isso, baby, me sinta dentro de você — ele encorajou e ela soltou um grito de prazer. — Nós fomos feitos um para o outro.

Tristan esfregou a pélvis no clitóris dela, que se remexeu para cima, saboreando cada segundo da junção deles. Mandando-a para o limite do êxtase, ele entrou nela novamente.

— Por favor — suplicou. — Eu preciso gozar. É tão bom... tão perto... por favor.

Arrebatando-a sem parar, ele continuou a colocá-la em estado de euforia. Ele lutava pelo seu próprio fôlego enquanto ela arfava, soltando gritos com cada funda penetração que recebia. O poderoso membro dele criava o orgasmo dela, que gemia quando os espasmos dominavam seu corpo. Kalli gritou o nome de Tristan, aceitando as incontroláveis ondas de seu clímax, esfregando-se nele enquanto a penetrava.

— Porra, sim, Kalli, eu posso sentir você em volta de mim. Tão apertada. Eu vou gozar — Tristan gritou, quando ela pulsou em volta dele. Entregando-se ao seu orgasmo, ele a mordeu novamente, abafando seus gemidos masculinos de satisfação enquanto explodia fundo dentro do centro dela.

— Eu te amo — ela sussurrou, recuperando-se devagar da experiência erótica.

Tristan saiu de dentro dela gentilmente, mas nunca a soltou. Caiu de costas e trouxe-a junto para se apoiar em seu peito. Com uma mão entrelaçada com a dela em sua barriga, acariciava o cabelo com a outra.

— *Mon amour*, o que você faz comigo? — Seu coração floresceu com emoção. Amá-la o consumiria para sempre, e ele não podia imaginar viver sua vida de nenhum outro jeito.

CAPÍTULO VINTE E TRÊS

Desde o minuto que Kalli acordou, seus sentidos estavam incontrolavelmente sensíveis. Enquanto fazer amor durante toda a noite trouxe lágrimas de felicidade, agora ela se sentia inquieta, exausta e com milhares de sensações bombardeando seu corpo e sua mente. Ela sabia imediatamente que os sinais básicos de sua iminente transformação haviam oficialmente começado. Mas isso era diferente. Sintomas exponencialmente exagerados, ela assumia que era a influência da alcateia que criou a intensificação dos efeitos. Cada nervo e sentido estava em alerta. O cheiro das flores silvestres. O som dos pássaros. Era muita coisa. E também tinha sua fome.

Revirando a geladeira, cozinhou um imenso banquete de ovos, bacon, panquecas, linguiças e torradas. Faminta, comeu cinco ovos, vários pedaços de bacon e duas panquecas. Enquanto normalmente Tristan adorava ver a sua lobinha cozinhando o café da manhã, ele tentou confortá-la, mas não tinha muita coisa que podia fazer para diminuir a evidência de sua aflição. Sua primeira transformação perto da alcateia seria difícil, ele estava certo. Mas quando ela passasse dessa dificuldade, aprenderia a controlar a maneira que a alcateia aumentava o modo animalesco de uma pessoa.

Tristan ficou em pé atrás de Kalli enquanto ela sentava bebendo chá, as mãos tremendo enquanto o líquido âmbar derramava pelas bordas da xícara. Esfregando os ombros dela, ele massageou os nós e ela gemeu de alívio.

— *Chérie*, que tal nós corrermos? Vai ajudar a liberar um pouco da tensão.

— Me desculpe, Tristan. Não sei o que está acontecendo comigo. Tudo foi tão especial ontem à noite... — Suas palavras sumiram quando se lembrou da intensidade da noite.

— Está tudo bem. Venha aqui. — Tristan a segurou pelas mãos, levantando-a e abraçando-a. — Hoje à noite vai ser mais especial do que ontem. Mal posso esperar para ver a sua bela loba. Prometo que vai ser incrível. Você aprenderá a confiar na liberdade que é ser um lobo. O cheiro das árvores e dos animais. O gosto da caça. Nós vamos correr e então voltar para cá, entrar na banheira de hidromassagem... Celebrar. E pela parte sexual, será o que é... E com você é sempre incrível.

— Mas e se eu me perder? Surtar? E Logan... Eu posso seriamente morrer de vergonha de poder atacá-lo como se estivesse no cio. — Ela suspirou.

— Lembre quem é o Alfa, *chérie*. Não importa o que acontecer mais tarde, você é minha. Confie em mim quando eu te digo que a sua loba não irá esquecer, nem o lobo do Logan. Eu controlarei o que acontece, prometo. Agora vamos lá. Coloque os seus sapatos. Nós vamos caminhar. Quero te mostrar tudo durante as horas do dia, antes de hoje à noite. Aqui é um bonito lugar.

— Tristan — disse quietamente olhando em seus olhos dourados. — Sei que nós não conversamos sobre as coisas na noite passada. Sobre acasalar... Quero que você saiba que eu estava falando sério. Eu te amo. Quero te reivindicar hoje à noite... depois da transformação.

— Ah, baby, você irá. E, acredite em mim, mal posso esperar. — Ele abriu um imenso sorriso. — E depois que toda essa confusão com a Alcateia Wallace acabar, nós vamos anunciar o nosso acasalamento para os Lobos Liceu, e fazer um ritual formal... Só eu e você.

— Eu não sei como... Quer dizer, não estive perto de lobos tempo suficiente para saber como isso funciona. Só posso sentir dentro de mim. Eu quero você... ficar com você. Deus, isso é tão louco.

— Não, não é. Mas, de certo modo, sei como você se sente. Antes de você, toda a necessidade de acasalar não fazia o menor sentido. Mas agora, está perfeitamente claro.

Ela sorriu, sabendo que tudo sempre era ligado à natureza para Tristan. Kalli desejava poder ser tão confiante, sabendo o que fazer e o que dizer. Mas a cada minuto que ela passava com ele, ficava cada vez mais ciente do vínculo de acasalamento. Mais do que o amor de um humano, ele ligava os lobos eternamente. Orgânico e instintivo, o acasalamento iria vinculá-los irrevogavelmente através dos tempos.

Tristan levou Kalli para uma longa e tortuosa caminhada pela floresta, parando para ensiná-la sobre as plantas e até apontando o habitat natural de pequenos animais e répteis. Como veterinária, ela achou isso fascinante. Estava maravilhada com o quanto ele conhecia sobre o ambiente e a conservação. Quando chegaram a uma pequena nascente, ela estava excepcionalmente relaxada. Ele mostrou como alimentavam a nascente. A água limpa e fresca corria do cano na rocha para o cantil de aço inoxidável que ele estava enchendo. Ela bebeu o néctar, observando-o pensativamente, imaginando o que exatamente ele não era capaz de fazer. Seja pilotar uma Harley ou identificar uma cobra coral, ele fazia tudo com um ar relaxado de segurança e um sorriso.

Quando voltaram, Tristan a direcionou para almoçar e tirar um cochilo; algo que, infelizmente, ele insistiu que não incluía sexo. Em vez disso, ele a despiu, massageando cada músculo até que caiu no sono em suas mãos. Ele sabia que o corpo dela estava guardando energia para a transformação. Comendo. Bebendo. Exercitando-se. E, finalmente, dormindo. Era tudo que ela precisava para fazer uma transformação tranquila para lobo.

Depois de um longo cochilo, Tristan acordou Kalli. Faixas vermelhas pintavam o céu escurecendo enquanto o sol descia atrás do horizonte. Usando somente roupões de algodão, tanto Kalli quanto Tristan estavam de pé no último degrau da larga varanda de cedro que ficava em volta da parte de trás do chalé. O harmonioso som de cigarras e grilos cobria de tranquilidade a mente da Kalli.

Na distância, ela escutava o latido de lobos, já cantando em celebração da lua cheia. Tentáculos de seu poder de Alfa dançavam ao longo de sua pele enquanto ela tirava a roupa. Completamente nua para o crepúsculo, fechou os olhos e respirou fundo em preparação para a sua transformação. Sua loba regozijou em apreciação, não mais confinada nos recantos de sua alma. Não, hoje à noite a loba comandaria o seu ser e, na verdade, Kalli estava se deliciando com a possibilidade. A força gravitacional da quintessência da alcateia a lembrava de como essa mudança representava um marco em sua nova vida. Não mais uma loba solitária, ela iria reivindicar seu companheiro e pertencer ao grupo de lobos.

Virando para Tristan, levantou os olhos para encontrar os dele. Ele sorriu para ela, desfrutando a pura alegria que Kalli estava sentindo por finalmente aceitar sua natureza. Hoje à noite, ele tomaria conta dela, garantindo que conhecesse a terra e estivesse confortável com ele antes de a introduzi-la à alcateia. Ele esperava que certas fêmeas, como Mira, tentariam desafiá-la. E, enquanto ele estava completamente confiante nas tendências de Alfa dela, hoje não teria nenhuma luta. Hoje era sobre ajudar Kalli enquanto ela redescobria sua loba e aprendia a controlar o excitante, mas que algumas vezes distraía, ataque aos sentidos e à libido quando na presença de outros lobos.

— Eu estou pronta, Tristan. — Respirou fundo. — Minha loba está aqui e mal pode esperar para correr.

— Está bem, *chérie*. Lembre-se sobre o que nós conversamos. A tendência de querer ir com os outros será forte, então preste atenção em mim. Nós a apresentaremos para a alcateia em outra noite. Logan está com eles e ele os deixará saber que você está por perto, mas foram instruídos a te deixar em paz. — Ele jogou seu roupão nas tábuas de madeira e segurou a mão da Kalli. — Seus olhos cerraram em uma expressão séria. — Tendo dito isso, espere a influência ser grande. Isso significa que você pode se sentir anormalmente agressiva se um deles se aproximar, especialmente com a sua necessidade de me reivindicar. Você também estará excepcionalmente faminta, então nós iremos caçar. Dado que você só caçou sozinha, vou te ensinar como caçar em par. E, eventualmente, nós caçaremos com a alcateia, como um time. É muito melhor dessa maneira... Poder em números e tudo mais. Além disso, nós trabalhamos coletivamente para ensinar os filhotes a pegar as presas.

— Alguma outra coisa que eu deveria saber? — Ela sorriu, escutando-o repetir o que já havia dito durante a caminhada.

Amava o jeito como ele se preocupava tanto em cuidar de sua alcateia, dela, garantindo que estivesse preparada para o que podia acontecer. Dadas suas horríveis experiências no passado, tinha altas expectativas baseadas somente nos fatos que Tristan contou para ela. Riu para si mesma, vendo o quanto passou a confiar nele. Há uma semana, considerava sua vida a de uma humana, revoltada com a vida como loba. Era incrível como o seu Alfa tinha mudado seu pensamento, sua vida.

Tristan enrolou o dedo em um de seus longos cachos e deu um pequeno puxão, em uma tentativa de ganhar o foco dela. Podia ver as engrenagens rodando e precisava lembrá-la para manter o foco, então ela ficaria segura e calma dentro da floresta. Com um pequeno sorriso, lembrou-a sobre o outro tópico que ela realmente queria evitar discutir.

— A última coisa que quero te lembrar é um dos meus tópicos favoritos, sexo. Sei que nós conversamos sobre isso, mas a sua libido estará pegando fogo. Qualquer lua cheia nos excita, mas essa sendo a sua primeira com a alcateia fará você de você uma garota fogosa — provocou, piscando.

Ela revirou os olhos.

— Por favor, não vamos falar sobre isso.

— Não fique envergonhada. Esse é só o nosso modo de viver... Querer ficar perto desses que nós amamos. E, no seu caso, aprender a controlar isso, mas não se preocupe com hoje. Nós vamos ver o que acontece depois de nos transformarmos de volta. Tenho tudo preparado para te ajudar a relaxar depois. Não importa o que aconteça hoje, estarei lá para te proteger... sempre. Nunca se esqueça disso, Kalli. — Sua voz ficou séria. — Pronta?

Kalli deu um sorriso confiante. Graças ao Tristan, ela honestamente estava pronta.

— Claro que sim. Vamos fazer essa coisa. Veja se consegue me pegar, lobo!

Soltando a mão de Tristan, ela correu a toda velocidade e se transformou facilmente em sua loba.

Tristan suspirou maravilhado com a bela visão dela. Pelagem branca esplêndida com toques de cinza nas costas e nas pernas, correndo pela grama verde. Ela circulou em volta dele, correndo rápido, completamente absorvida em sua liberdade. Tristan ficou de pé e ela circulou mais uma vez, diminuindo a velocidade quando veio ficar de frente. Caindo nos pés descalços dele, ela alegremente abaixou a cabeça na direção do chão, olhando-o com o rabo abanando, os quartos traseiros levantados no ar.

Esticando a mão, Tristan passou a palma por sua pequena cabeça, em aprovação, esfregando suas orelhas.

— *Chérie*, você é deslumbrante. Simplesmente linda, baby — falou.

Ela ladrou em resposta e começou a perseguir o vento em largos círculos, como se estivesse encorajando-o a se transformar. Correndo como um míssil na direção dele, rapidamente desviou e correu na direção da floresta. Parando, olhou ansiosa por cima do ombro, esperando que Tristan se transformasse.

Ele sorriu com a exuberância dela. Depois de toda a angústia com a transformação, era ela que estava correndo círculos em volta dele. Ou assim ela pensou. Harmoniosamente, Tristan se transformou em seu lobo belo e magistral. Andando na direção dela, procurou sua submissão. Esperando a perseguição, Kalli correu na direção da floresta. Vendo sua presa,

Tristan passou correndo por ela, encurralando-a no chão. Alegremente, ela virou de barriga para cima, mostrando o pescoço em derrota. Ele lambeu o focinho dela, assegurando-a de sua afeição. Com uma mordiscada, ela lembrou a ele que estava na hora de caçar, sua loba estava faminta por uma presa. Livre para correr pela terra, procurava exploração e esporte. Tristan cutucou a barriga dela, encorajando-a a levantar. Seguindo o seu Alfa, eles saltaram na noite.

Circulando um campo aberto, Kalli viu um coelho na grama. Tristan sentiu a distração dela, esperando para ver como lidaria com caçar com ele por perto. Abanando o rabo, orelhas levantadas, ela instintivamente focou em sua presa. Tristan assistiu atentamente, preparado para cercar o coelho pelo outro lado se ela errar. Quietamente se aproximando do animal, ela atacou durante a corrida, quebrando o pescoço dele, resultando em uma morte instantânea. Compartilhando seus espólios, eles comeram o pequeno lanche e correram para a nascente para beber água.

Enquanto bebia a água, Kalli congelou. Ela sentia a alcateia se aproximando. Orelhas abaixadas, o pelo nas suas costas levantou quando o primeiro lobo apareceu. Uma loba branca menor seguiu o sedoso lobo cinza. Kalli, desacostumada a estar na alcateia, imediatamente os reconheceu como Mira e Logan. Subordinados seguiam, ficando cautelosamente atrás do par. Tristan chegou para frente para bloquear o acesso deles. *Que porra eles estavam fazendo?* Ele disse ao Logan que não queria ninguém perto da Kalli. Rosnando, avisou para não chegarem mais perto. Mas Mira o ignorou, e continuou a avançar em direção a ele. Mesmo se abaixando em submissão, ela avançou de qualquer modo. Em um sinal de dominância, Tristan a encarou.

Vendo Mira se aproximar de Tristan, a postura de Kalli se endireitou. Ameaçada, ela levantou o rabo e deu um passo na frente de Tristan. Emitindo um rosnado baixo, olhou nos olhos de Mira em um raivoso e ameaçador ato de intimidação. Quando ela se recusou a se submeter, Kalli manteve sua postura confiante e mostrou os caninos. Pronta para atacar, no momento ela resistiu à agressão que implorava para escapar. Não queria somente um sutil sinal de submissão, queria Mira de costas no chão.

Em segundos, Mira desviou o olhar e, ganindo, rendeu-se às ameaças de Kalli.

Logan, observando a interação acontecer, sabia que Tristan iria ficar puto para cacete por ele ter deixado a alcateia vir perto de Kalli. Mas eles estavam correndo há mais de uma hora e estavam perto da nascente. Esperava que Tristan tivesse movido Kalli a tempo. Podia sentir a confusão e a surpresa dos subordinados quando Kalli, que não foi formalmente apresentada à alcateia, não só estava marcada pelo Tristan, mas acabou de forçar Mira a se submeter publicamente.

Tristan quase teve um ataque do coração quando sua lobinha desafiou Mira. Depois de testemunhá-la acabar com a mulher na sua casa no dia anterior, era só uma questão de tempo antes que a confrontasse sem reservas na frente da alcateia. Mesmo sabendo que isso precisava ser feito, esperava atrasar o confronto até que Kalli tivesse a chance de ficar confortável com sua loba. Ele também queria tempo para anunciar sua intenção em acasalar com Kalli para que, quando Mira se submetesse, fosse menos amargo. Enquanto Mira era atualmente a fêmea Alfa, ela não era sua companheira. Os subordinados da alcateia esperavam que sua companheira fosse a fêmea mais forte e mais inteligente, e depois daquela demonstração de dominância, ela era.

A alcateia foi embora e Kalli uivou em jubilação. Não tinha a mínima chance, depois de tudo que passou, de ela permitir outra fêmea perto do seu macho. Mira, sem dúvidas, era formidável. Ela reconhecia que esse não seria seu último desafio. Mesmo assim, confiança corria por suas veias. Forçar Mira fisicamente em submissão era um prazer que sua loba um dia faria acontecer, disso ela estava certa.

Tristan uivou junto com Kalli, orgulhoso de sua coragem e autoafirmação. Sua mulher era compatível com sua própria constituição autoritária. E, enquanto ele confiava no destino e na natureza, não tinha como não ficar maravilhado em como ela se encaixava com ele precisamente de todas as maneiras. Acariciando o lado dela com o seu focinho, ela retornou a ação. A pura adrenalina da noite trouxe uma onda de emoções que eles queriam explorar. Cutucando-a para frente, ele a comandou para seguir. Estava na hora de celebrar o sucesso da primeira corrida deles juntos, uma das muitas na eterna vida dos dois.

CAPÍTULO VINTE E QUATRO

— Aquilo foi fenomenal! — Kalli exclamou, deixando o jato de água quente limpar sua pele. Um imenso chuveiro a céu aberto entregava a água quente ao lado da banheira de hidromassagem externa. Cheia de desejo e excitação, ela gritou de prazer quando Tristan deu um tapa em seu traseiro. — Ei, qual o motivo disso?

— Eu não pude resistir com você balançando o seu rabo para mim daquele jeito a noite inteira. Um homem tem seu limite. Ver sua loba me deu várias ideias safadas... Umas que eu tenho certeza que você gostará — ele prometeu em uma voz baixa e sensual. Saindo do chuveiro, pegou no gancho uma toalha de praia limpa e colocou em volta da cintura, gotas de água escorrendo por seu corpo ágil. — Vou entrar para pegar algumas coisas. Vá em frente e entre na banheira, eu já volto.

Kalli suspirou em antecipação, lavando o resto da sujeira de sua pele. Como sempre, ele estava certo sobre tudo. Estava faminta quanto atacou sua presa e, então, com sua agressão em direção à Mira, proteger o seu Alfa ficou proeminente na mente de sua loba. Agora seu desejo por ele estava enfurecido como um incêndio florestal. Ela não fazia ideia do que ele estava pegando ou planejando, mas era melhor se apressar.

Entrando na banheira, suspirou e a água borbulhante a acariciou em todos os pontos certos.

— Ai. Meu. Deus. Isso é tão bom — declarou, afundando na banheira até o pescoço. Fechando os olhos, ela apoiou a cabeça no macio estofamento ao longo da borda. Uma porta rangendo fez com que abrisse os olhos. Gloriosamente nu e ereto, Tristan saiu da casa com uma bandeja cheia de coisas. Comida? Champanhe? Alguma outra coisa que ela não conseguia identificar?

Nesse momento, a única sustância que ela queria era o Tristan, como ele estava, e dentro dela. Sorriu preguiçosamente, observando-o encher três taças, presumivelmente uma para o Logan, que ainda não havia chegado. Imaginou se ele estava bem, dada a sua briga com Mira. Ela sabia que eles três eram amigos de infância e desejava que as coisas pudessem ser diferentes, mas agora que tinha Tristan, não iria deixar outra loba tentar empurrá-la. Existia um novo xerife na cidade, e ela não iria tolerar a desagradável interferência da Mira.

Tristan entrou na banheira devagar, pegando Kalli. A tensão sexual entre eles estalava no ar. Precisava dele e de muito mais. Como prometido, estava ali para ela.

— Venha aqui, *mon amour* — sussurrou no ouvido dela, lambendo sua marca, mandando um raio de desejo para o centro já pulsante dela.

— Tristan, eu estou tão... Eu não posso esperar para ter você dentro de mim, por favor — implorou. Todos os nervos dela gritavam pelo toque dele.

— Sim, baby, eu sei. Eu sei do que você precisa. — Ele a colocou em cima dele, então ela sentou, montando-o. Colocando a mão entre as pernas dela, ele roçou o seu clitóris. Planejava tomá-la forte e rápido a primeira vez.

Ela gritou com o rápido carinho em seu botão.

— Ai, Deus, sim!

— Assim é melhor? E que tal isso? — Guiando sua cabeça inchada para a entrada dela, puxou-a para baixo, penetrando-a com seu pau duro como pedra. Bem fundo dentro dela, ele a preenchia completamente. — Ah, sim, Kalli.

— Sim, é isso. Me fode! — gritou alto na noite.

Sabendo como aliviar a tensão, Tristan capturou os lábios dela passionalmente, enfiando a língua em sua boca. Enrolando o longo cabelo dela em seu punho, beijou-a, perdido em sua essência deliciosa.

Kalli retornou o violento beijo, chupando e mordendo. A excitação animalesca dominou o seu ser e ela tomou tudo que ele deu e pediu mais.

— Ah, sim! Mais forte! Sim! Tristan! Tão perto!

— Isso. É, tome tudo de mim. Sinta o quão duro você me deixa. — Procurando dar a ela o orgasmo que precisava, escorregou a mão por entre suas pernas. Circulando e pressionando seu clitóris, sentiu-a convulsionar em volta dele. — Se solte.

Ele aplicou pressão em sua sensitiva pérola e ela se despedaçou, gritando o nome dele, esfregando-se fortemente na pélvis dele. No calor de seu clímax, estendeu os caninos e mordeu fundo no ombro do Tristan, efetivamente o reivindicando para sempre. Uma parte dela desejava que isso pudesse ser um processo gentil, mas a sua loba selvagemente territorial insistiu em reivindicá-lo em seus termos, deliberadamente carnais. Não tinha como duvidar de suas intenções.

Tristan quase se rasgou ao meio quando ela o marcou. O prazer de sua mordida se estendeu por todo o corpo dele, que lutou para não gozar.

— Sim, Kalli. Eu sou seu, — ele grunhiu através da doce dor.

Kalli lambeu sua mordida, apoiando a cabeça no seu ombro, enquanto ele continuava duro dentro dela. Sentindo-se libertada, ela podia sentir o desejo começar a crescer novamente.

Tristan sugou o pescoço dela, beijando atrás da orelha.

— Deusa, eu te amo, mulher. É tão bom sentir você em volta de mim.

— Eu também te amo — gemeu e relaxou contra ele.

— Descanse um minuto, *chérie*, nós só estamos começando. — Ele olhou para cima e encontrou Logan sorrindo para ele do outro lado da banheira, ele os estava assistindo fazerem amor. Como Kalli e Tristan fizeram, ele estava tomando banho.

Kalli viu Logan quando ele inclinou a cabeça para trás e fechou os olhos para enxaguar as bolhas de sua tensa pele. Como uma estátua esculpida em uma fonte, água escorria por seus músculos definidos. A visão dele esfregando as mãos em sua dura forma masculina fez com que ela se contraísse ainda mais forte em volta de Tristan.

Intelectualmente, ela sabia que quaisquer sentimentos sexuais que tivesse por Logan eram somente causados pela extraordinária experiência de aprender a se transformar com a alcateia. Tristan a avisou que isso aconteceria. Ela não amava Logan, em nenhum sentido da imaginação, mas a imensa atração sexual da noite a afetava. Uma pontada de culpa a atingiu, ciente de que sua libido estava fora de controle. Mortificada com seus desejos escondidos, enfiou o rosto no pescoço do Tristan, desviando o olhar. Deus a ajude, ela queria fazer amor com os dois hoje à noite.

Tristan sentiu Kalli se contrair em volta dele, seus olhos indo para Logan. Sentindo o interesse dela, estava dividido entre terminar o que começaram e esperar Logan se juntar a eles. Amando seu beta e sua companheira, queria exaurir seu elevado desejo sexual em conjunto, certo de que isso provaria ser uma aventura provocativa e admirável. Seus instintos animais viscerais encorajavam a interação sexual. Amava os dois incondicionalmente e, como Alfa, o que quer que acontecesse, tanto Kalli quanto Logan estariam sob o seu comando.

Ele sorriu para ela, apreciando que ela estava realmente linda na floresta quando se tratava de viver como lobo. Não era mais sobre secretamente se transformar uma vez por mês para acabar logo com isso... Não, ela estava aprendendo como saturar sua mente com a experiência, aprender o poder da alcateia e a aceitar a felicidade que vinha com ser lobo. O acasalamento deles seria tanto uma afirmação de vida quanto uma experiência transformadora, uma que eventualmente afetará todos os membros dos Lobos Liceu. Nada seria mais o mesmo e ele não queria isso de nenhuma outra maneira. Enquanto pela maior parte da sua existência ele nunca imaginou ou quis uma companheira, sabia certamente que agora Kalli estava em sua vida, nunca mais seria capaz de viver sem ela.

Tristan saiu dela, mas a manteve junto dele em um abraço.

— Está tudo bem, Kalli, eu também quero isso — sussurrou no ouvido dela. — Lembre que não acontecerá nada que você não queira.

— Eu estou fora de controle — confessou, recusando-se a olhar para ele.

— Não, você não está. Você só está em contato com a alcateia e com a sua transformação. Natureza, lembra, baby? Na próxima vez que correr com a alcateia, você ainda se sentirá um pouco assim, mas terá melhor controle. Prometo que cuidarei de você. Hoje, só aproveite como se sente, como nós vamos fazer você se sentir.

— Ao contrário de sentir como se eu pudesse sair da minha pele só para gozar? — brincou, finalmente olhando nos olhos dele. — Deus, eu realmente sou uma loba no cio.

— Hum, ainda não, mas algum dia. E eu não vou mentir, estou ansioso por isso, *chérie* — sussurrou. O pensamento dela grávida com os seus filhos aquecia o seu coração. Ela daria uma excelente mãe.

— Nem me diga o que vai acontecer quando eu entrar no cio. Tudo que eu sei é que já não consigo ficar sem te tocar. Não posso acreditar nos pensamentos indecentes passando pela minha cabeça. — Ela riu. — Você tem certeza de que isso é normal?

— Perfeitamente. Agora alguém precisa de outra lição de confiança? — perguntou com uma risada, ciente de todas as coisas indecentes que planejou fazer com o delicioso corpo dela em alguns minutos.

— Acho que sim — provocou de volta, beijando suavemente a bochecha dele. — Você está planejando me ensinar, Alfa?

— Ei, pessoal — Logan interrompeu com um sorriso. — Parece que estou perdendo toda a diversão.

— Ei, você — Kalli respondeu enquanto admirava a visão de seu corpo brilhando.

— Entre, irmão — Tristan chamou por ele, um olhar de entendimento mútuo passando pelos dois. Eles discutiram em detalhes como a transformação afetaria Kalli e os outros na alcateia. Como líderes, estavam bem conscientes das implicações de adicionar outro membro na alcateia e os efeitos colaterais da transformação de Kalli. Enquanto não era comum ser uma loba solitária como ela era, não era sem precedentes, então eles sabiam o que esperar.

Logan languidamente entrou na água quente, gemendo de prazer.

— Ah cara, isso é tão bom.

— Sim, é. Você sabe o que é ainda melhor? — Tristan levantou uma sobrancelha para ele. — Segure-a para mim, está bem? Quero massagear os pés dela. Minha garota correu bem hoje à noite.

O coração de Kalli acelerou, escutando Tristan oferecê-la para Logan como um pedaço de carne assada. *Que porra ele está fazendo? Confiança, confiança, confiança.* Ah, Deus, ela sabia que devia confiar em Tristan com tudo depois do que passaram, mas ele não estava fazendo isso ser fácil.

Tristan a puxou em direção a ele novamente e gentilmente beijou-a.

— Você está bem, *chérie*. Agora me dê o seu pé. — Facilmente movendo o corpo pequeno de Kalli, ele a arrumou para que as suas costas estivessem apoiadas no peito do Logan. — Isso. Só relaxe e nos deixe cuidar de você.

Logan não tentou tocar em Kalli, simplesmente deixou que se apoiasse nele como se estivesse sentando em uma cadeira. Eles só relaxaram no vapor quente.

Mas quando Tristan começou a massagear a sola dos seus pés, Kalli soltou um gemido de satisfação.

— Ah, isso é maravilhoso. Por favor, não pare nunca. — Deixando sua cabeça apoiar no peito do Logan, ela fechou os olhos.

Tristan sorriu para o Logan, que estava aguardando as instruções.

— Logan, por que você não massageia a nossa lobinha? Ela foi tão bem hoje à noite, você não acha?

Logan retribuiu o sorriso, dada a permissão para tocá-la. — Sim, ela foi. E eu tenho que dizer que gostei de vê-la se mostrando Alfa, mantendo sua posição.

— Que cadela — Kalli disse bruscamente. — Sei que vocês são amigos, mas não vou recuar.

— E nem deveria — Tristan concordou. — Mas aquilo não deveria ter acontecido hoje, porque pedi para o Logan manter a alcateia longe. Você é uma garota feroz, você sabe disso. Mas, sério, Mira sabe muito bem que não deveria ter se aproximado de mim lá, especialmente desde que eu reivindiquei você. Tenho certeza de que a submissão não caiu bem para ela, mas o ego dela irá sobreviver.

— Sim, eu sinto muito sobre isso, cara, mas pensei que vocês estavam saindo da nascente. Mas, porra, assistir a sua mulher rosnar me excitou! — Ele riu. — Dominância é atraente. — Ele sacudiu as sobrancelhas e eles riram.

Logan gentilmente colocou as mãos nos ombros de Kalli, descendo devagar pelos seus braços. Quando finalmente alcançou os dedos dela, ele moveu para os quadris, a ajustando para que sua firme ereção ficasse aninhada no traseiro dela. Subindo as mãos pela barriga dela, ele finalmente chegou onde queria. Segurando os seios irresistíveis em ambas as mãos, ele gentilmente os apertou.

O pulso de Kalli acelerou em excitação. Seus olhos abriram na direção de Tristan, que a observava atentamente.

— Respire, Kalli — ele a lembrou. — Deusa, você está radiante hoje. Vendo você nos braços do Logan... Isso realmente me excita, baby.

Com as palavras dele, a sua excitação cresceu novamente. A expressão predatória nos olhos de Tristan fez sua boceta apertar. Ela o queria dentro dela novamente. Ter Logan tocando-a enquanto ele assistia só servia para crescer seu desejo ainda mais.

— Ela é tão macia — Logan comentou com Tristan, enquanto deu um beijo na orelha dela. A evidência da crescente excitação dele pressionava o traseiro dela e Kalli se remexeu em excitação.

Passando a mão das pontas dos dedos dela até o interior de suas coxas, Tristan encostou na pélvis dela e retraiu novamente, aumentando seu desejo. Escutar a respiração dela falhar quando quase tocou seu centro mandou uma onda de sangue para sua virilha. — Logan, sente na borda. Preciso sentir o gosto dela... assim — encorajou.

Usando suas coxas musculosas, Logan levantou para que ele e Kalli sentassem na larga borda da banheira. Exposta para a noite, Kalli respirou fundo quando o ar frio atingiu a sua pele e seus bicos expostos endureceram.

Como um leão perseguindo sua presa, Tristan a olhou nos olhos, avançando até que empurrou os joelhos da Kalli e de Logan completamente abertos, seu rosto a meros centímetros do topo de suas coxas.

— Hum, uma boceta tão linda, olha, Logan. Ela está tão molhada para a gente, não está, Kalli? — Traçando seu dedo indicador pelas dobras escorregadias dela, esfregou para cima e para baixo, evitando seu centro inchado.

No passado, Kalli teria ficado ofendida com uma conversa tão indecente, mas as palavras de Tristan a sobrecarregavam. Não mais uma suposta humana tímida e assustada, ela procurava a experiência e tudo que Tristan oferecia. As mãos de Logan continuaram a massageá-la, agora dando especial atenção aos seus mamilos, rolando-os entre o dedão e o indicador. Kalli levantou os quadris procurando a boca dele, impossibilitada de esperar. Ela tencionou quando o hálito de Tristan roçou seus lábios vaginais.

— Tristan, por favor, não me provoque — implorou.

Por mais que Tristan quisesse prolongar o prazer dela, sabia que hoje, de todas as noites, ela desesperadamente desejava extravasar. O corpo dela estaria pegando fogo de desejo e ele planejava encharcá-la de amor. Colocando a língua para frente, lambeu para abrir os lábios dela e enfiou dois firmes dedos nela ao mesmo tempo.

— Sim! — Kalli gritou.

— Você é tão doce — murmurou na umidade dela. Circulando-a com a língua, ele lambeu sua pele dourada. Lambia seu creme de mel, gentilmente colocando-a em seus lábios. Virando os dedos para cima, acariciou a faixa de nervos que ficavam fundo dentro dela.

— Aí, ah, sim, aí — ela confirmou. Remexendo-se, ela enfiou as duas mãos no cabelo dele, prendendo-o contra ela. Ele colocou os lábios em volta do clitóris dela e chupou, o orgasmo a atingiu fortemente. Ela lutou por ar, tremendo nos braços do Logan enquanto Tristan continuava a sugar seu clitóris, drenando cada onda dela.

— Tristan — ela arfou, impossibilitada de juntar um pensamento coerente. As coisas que esse homem fazia com ela a levavam além do limite. Quando estava começando a se recuperar, ele a virou para ela ficar de quatro no degrau da banheira.

— Kalli, tome o Logan, enquanto eu tomo você. — Ela escutou Tristan dizer. Abrindo os olhos, ela olhou para Logan. Aninhada entre as pernas dele, sua dura ereção implorava para ser tocada. Ele foi se tocar, mas ela o parou.

— Logan, venha para mim — ela comandou. Que Deus a ajude, mas ela também o queria. Ele não deu nada além de segurança desde que o conheceu. E aqui ele estava na frente dela, lindo e cheio de desejo.

Obedecendo a companheira do seu Alfa, ele se inclinou para frente, sua ereção perto da boca quente dela. No calor do momento, não mais envergonhada, Kalli o desejava. Tristan queria isso tanto quanto ela, então, quando ele pressionou no centro dela, ela abriu os lábios e passou a língua no sexo ereto de Logan. Seu gosto era masculino, picante e delicioso. Ela o tomou completamente em sua boca. Gemeu suavemente, e Logan jogou a cabeça para trás, forçando-se a deixá-la chupar em seu próprio ritmo.

A visão de sua mulher satisfazendo Logan mandou um pulso hedonístico para a já pulsante ereção de Tristan. Devagar, ele entrou na Kalli, alargando as paredes de seu corpo.

— Ah, Kalli — gemeu. — Tão maravilhoso.

Ela gemeu de excitação, aproveitando a sensação de Tristan dentro dela enquanto chupava Logan cada vez mais forte, dando prazer a ele.

Tristan meteu na quentura no meio de suas pernas.

— Ah! Sinta quão bons nós somos juntos. — Colocando suas mãos na bunda dela, ele entrou e saiu devagar, o tempo todo observando Kalli cuidar do Logan. A rápida energia fluía entre os três, levando a tensão sexual para um novo patamar.

Massageando as nádegas macias dela, Tristan passou o dedo pelo meio da bunda da Kalli e acariciou seu botão. Ela gemeu em resposta, remexendo-se na direção do seu toque. Lembrando-se de como ela gostou da experiência anal que tiveram na outra noite, e no modo que ela se despedaçou com o brinquedo, ele estava morrendo de vontade de aumentar o repertório deles.

— *Mon amour*, eu quero ter você aqui hoje à noite. — Ele respirou, pressionando o dedo em sua pele enrugada enquanto continuava seu ritmo sensual. — Vai ser tão bom. — Ele jurou que ele faria isso ser a experiência mais maravilhosa e prazerosa que ela já teve.

Seus sentidos inundaram, seu pulso acelerou com o pensamento. Momentaneamente soltando Logan de sua boca, ela hesitou em admitir o que secretamente queria.

— Eu... Eu não sei. — Ela respirou fundo.

— Confiança — ele a lembrou com um pequeno tapa na bunda. O ardor mandou um raio para sua já dolorida boceta, elevando seu desejo. Ela jurou que podia sentir a umidade escorrer em resposta à demanda dele.

— Ah, sim. Sim, faça isso — respondeu com urgência. Parte dela imaginava o que estava errado com ela por gostar de senti-lo espancando seu traseiro. Mas, novamente, tudo era tão bom. Seu corpo vibrava em excitação, esperando o próximo movimento dele.

— Eu acho que ela gosta de ser espancada — Logan observou quando ela o colocou na boca novamente. — Ah, definitivamente. Kalli, isso é tão bom.

Kalli chiou quando um líquido frio escorreu pelo seu traseiro, entendendo o que o Tristan estava fazendo com ela. Seu dedo generosamente lubrificado entrou nela e Kalli empurrou contra ele.

— Tristan, sim. Por favor. — Ele adicionou outro dedo e uma pequena sensação de queimação a atingiu. — Eu... eu não posso...

— Respire, baby. Só dê um minuto para o seu corpo. Nós temos que ir devagar.

Relaxando com o toque dele, a queimação foi substituída por plenitude enquanto ele empurrava para dentro e para fora, seus dedos agora abrindo, preparando-a para ele. Um prazer erótico que nunca conheceu corria por seu corpo, cada parte dela cheia com os homens que confiava.

Logan se removeu da sua boca, apoiando a testa dela em suas pernas, para que pudesse relaxar enquanto o Tristan a penetrava. Deitado na larga borda, perpendicular a eles, olhou para o rosto dos dois. A posição também o liberava para poder se masturbar e ter uma mão livre para tocar Kalli.

— Ok, *chérie*, vou entrar devagar. Estou bem aqui. Agora empurre para trás um pouco enquanto eu entro em você — instruiu.

Kalli suspirou na coxa do Logan quando Tristan enfiou os primeiros centímetros de seu pau duro em seu anel apertado.

A leve dor logo foi substituída por uma plenitude maravilhosa. Ela respirou ofegante e ele a penetrou devagar, sabendo do seu vigoroso comprimento.

— Ai, meu Deus, Tristan. Por favor, não pare — gritou ao sentir sua sombria intrusão.

— Você é tão gostosa, Kal. Tão apertada. Você está bem? — perguntou, suas mãos apertando os quadris dela.

— Sim, por favor, faça amor comigo — gritou, acenando com a cabeça. Cheia de um apetite que nunca conheceu, não podia mais aguentar. Tão fora de controle, mas tão cheia de êxtase, precisava dele por inteiro, cada pedaço que ele estivesse disposto a dar.

Com cuidado, ele entrou e saiu dela, cuidando para ter certeza que estava aproveitando cada toque. Descendo a mão para a barriga dela, ele a levantou até que estavam ambos de joelhos. Seu peito encostado nas costas dela, ele segurou os seios, beliscando os mamilos até endurecerem.

Ela soltou um gemido, dominada pela sensação das mãos dele nela, a totalidade.

— Tristan, eu te amo — gemeu.

— Eu também te amo, baby. Nos sinta.

Logan estava prestes a explodir com a visão deles, tão bela. Tristan olhou para ele, mandando-o ficar em contato. Com sua mão livre, Logan enfiou um dedo longo e grosso na escorregadia umidade de sua excitação, acariciando seu clitóris.

— Ai, meu Deus, eu... eu... — Ela tremeu extasiada com mais um toque em seu corpo. Tristan entrava e saía dela enquanto Logan pressionava em seu centro. Pecaminosamente radiante, ela se jogou na direção do orgasmo. Gritando o nome do Tristan sem parar, um frenesi de ondas convulsionantes passou pelo seu corpo inteiro. Ele a segurou fortemente, enquanto ela se sacudiu de um lado para o outro, gritando em um ardor descuidado. Ela tremia e Tristan gemeu baixo e forte, seu corpo tenso pelo orgasmo. — Ah, eu estou gozando! — Ele segurou firme no corpo dela e a forte culminância de suas explosões continuou a passar pelos seus corpos. Logan grunhiu, um forte clímax o fazendo tremer, seu sêmen jorrando em seu definido abdômen.

Por um longo minuto, o trio descansou em suas respectivas posições, impossibilitados de se mover. Devagar, Tristan saiu de Kalli, pegando-a em seus braços. Levando-a para o chuveiro, ele ligou o jato morno, cuidadosamente lavando seu corpo enquanto ela apoiava o rosto no seu peito.

A noite não podia ter sido mais perfeita, Kalli pensou enquanto se agarrava a Tristan. Como se tivesse renascido, ela rompeu a cortina de apreensão e medo que havia atormentado sua vida. Ela era lobo e mulher, dentro e fora. Seu Alfa. Sua alcateia. Agradecida por seu despertar, ela sussurrou "eu te amo" antes de finalmente se submeter à gratificante exaustão que tomou o seu corpo e mente.

CAPÍTULO VINTE E CINCO

Os pássaros cantavam dos galhos das árvores e raios de sol irrompiam pela claraboia. Kalli podia jurar que tinha morrido e ido para o paraíso depois da noite mágica que passou correndo com o Tristan, e depois fazendo amor com ele sob as estrelas. Nem mesmo a participação de Logan parecia estranha em retrospecto. Tudo era como Tristan havia dito que seria, natural e amável.

Ela se sentia como a mulher mais sortuda do mundo. Depois de anos de abuso e de se esconder, podia finalmente aceitar sua loba e tudo que ela era. Verdade, ela ainda era uma veterinária conceituada, que iria continuar a fazer seu trabalho na universidade e no abrigo. Mas era como se um grande pedaço dela tivesse sido descoberto: amor, companheirismo e ser membro de alcateia. Pela primeira vez na sua vida, ela se sentia completa.

— Ei, o que você está pensando? — Tristan perguntou sonolento.

— Como você faz isso?

— O quê?

— Saber o que eu estou pensando? — Ela riu.

Tristan beijou o topo da cabeça dela.

— Não é que eu saiba exatamente o que você está pensando. Realmente não consigo explicar além de dizer que crio um vínculo com cada membro da alcateia. Eu os sinto, e eles, de certo modo, me sentem. Posso empurrar sentimentos, poderes, na falta de uma palavra melhor. Isso pode causar excitamento ou acalmar, coisas assim. Intimidação, se for desafiado. É difícil explicar, é só uma parte de mim.

— E comigo? O que você sente? — Ela passou os dedos pelos contornos do peito dele.

— Ah, com você eu sinto muito mais cada emoção, é como se fosse aumentado de alguma maneira. Sinto o que você está sentindo, o que está pensando. É tudo parte de eu reivindicar você e você me reivindicar. Nossos corpos e mentes trabalham em preparação para o nosso acasalamento, então nós nos acostumamos a funcionar como um, liderar como um. Como minha companheira, você terá prestígio na alcateia. Mas a dominância que você demonstrou sobre a Mira ontem, como loba, bem... Vamos dizer que as línguas estarão abanando no lugar dos rabos essa manhã.

— E como a alcateia se sente hoje?

— Eles se sentem bem sobre a estabilidade de eu ter uma companheira, algo que queriam por um bom tempo, mas nunca pensaram que teriam. E, francamente, nem eu. Mas agora que tenho você, não vou soltar.

— Sobre isso... nosso acasalamento. Eu não sei... Quer dizer, nunca tive uma fêmea para me explicar isso. Conheci lobos acasalados, mas nunca entendi realmente como eram... os detalhes.

Ele sorriu, lembrando-se da inocência dela.

— Não é realmente complicado. Quer dizer, tecnicamente nós já estamos no meio do caminho, tendo reivindicado um ao outro e tudo. — Ele traçou a marca dela com o dedo indicador. — Nós só temos que declarar nosso comprometimento um com o outro enquanto fazemos amor, e então trocar, você sabe, mordidas. Mas um pouco mais forte dessa vez, para termos uma troca de sangue. Claro, depois, nós anunciaremos formalmente nosso acasalamento na frente da alcateia. Nós podemos fazer uma recepção mais tradicional se você quiser. Vai ser lindo, como você. E dali para frente, nós estaremos acasalados, poderemos ter filhos. Então, como você se sente sobre isso?

— Parece maravilhoso — ela respondeu, mentalmente pausada no pensamento sobre filhos.

— Como você se sente em relação a filhos?

— Honestamente, nunca pensei nisso antes de te conhecer. Mas vendo você no outro dia no funeral, brincando com os filhotes... eu realmente gostaria de ter filhos algum dia. Você daria um ótimo pai.

— E você daria uma ótima mãe. Vendo você com os filhotinhos... me faz querer ter uma ninhada inteira — ele brincou um pouco, esperando não a assustar demais.

O coração de Tristan apertou ao escutar as palavras dela. Ela queria ter os filhos *dele*. Nunca pensou que teria uma companheira, quanto mais ter filhos, até aquele dia que a viu no abrigo, cuidando de todos os animais. Riu para si mesmo, percebendo a virada de cento e oitenta graus que deu na última semana. Sempre acreditou na ideia de que ninguém deveria brincar com a Mãe Natureza. E ela estava dando uma lição nele.

Mudando de assunto, perguntou como ela sentia em relação à noite anterior.

— Então, como você está se sentindo hoje? Sobre a sua corrida? Sobre a nossa louca sessão de amor na banheira de hidromassagem? — Ele riu.

— Você vai direto ao ponto, não vai? — Ela riu. — Eu me sinto ótima. Um pouco dolorida em todos os lugares certos, mas estou me sentindo inteira. Tão completa. Me transformar na noite passada com você foi a coisa mais fenomenal que já aconteceu comigo. Bom, sem contar o que fizemos depois. Aquilo foi maravilhoso também.

Ela aquietou em um modo sério, segurando o rosto dele e olhando direto em seus penetrantes olhos âmbar. Emoções inéditas surgiram em seu peito, lágrimas ameaçavam cair.

— É só que... eu quero que você saiba quão agradecida eu sou por você. E não, nunca diga que não é nada. Tudo que você fez por mim, eu nunca tive isso antes... Você me fez... você me fez completa. Não posso nem dizer "completa novamente" porque nunca senti como se pertencesse ou me senti confortável em minha própria pele. E então, todos esses anos, ficando apavorada. Por sua causa, estou segura, fiel à minha natureza e, o mais importante, amada.

Tristan se inclinou, beijando as lágrimas dela, e somente a segurou. Ele a amava tanto. Sabia que ela não queria que ele tivesse pena. Só queria dizer obrigada, e ele acolhia o agradecimento dela com amor.

O som de um telefone tocando interrompeu o momento e ele se esticou para pegá-lo.

— Tristan — atendeu. — Segurando o telefone na mão, falou com Kalli. — A Janie quer saber se você pode olhar uma de nossas éguas. Ela está doente e o Dr. Evans a viu há alguns dias, mas Janie se sentiria melhor se você olhasse novamente hoje... Já que você está aqui.

Kalli acenou com a cabeça, sorrindo em concordância. Secretamente, estava feliz que alguém da alcateia pensaria em pedir a ajuda dela. Mesmo que ela e o Tristan só estivessem nas montanhas nos finais de semana, ficaria feliz em ajudar a cuidar dos cavalos no futuro.

— Ela pode ir. Vou deixá-la aí daqui a uma meia hora, no meu caminho para o clube. Até mais tarde. — Desligando o telefone, Tristan se espreguiçou devagar, colocando as mãos em volta dela novamente. — Bom, baby, por mais que amasse ficar na cama o dia inteiro, você tem um encontro com um cavalo e eu tenho uma reunião cedo. Nós vamos repassar o plano para quando formos para a Carolina do Sul amanhã.

Quase pulando da cama, Kalli sentou ereta e olhou inquisitivamente para ele.

— Carolina do Sul? Quando nós vamos? Eles o encontraram?

Tristan retornou o olhar dela com uma expressão séria.

— Você, minha querida lobinha, não vai a lugar nenhum. E sim, nós encontramos Gerald. Espero que o lobo que matou Toby esteja com ele, ou que ele saiba a localização dele. Logan tem todas as informações, e nós vamos voar amanhã à noite no jatinho.

Por mais que Kalli quisesse ver Tristan rasgar a garganta de Gerald, ela ainda tinha um saudável de medo do homem que queria machucá-la. Considerando todas as coisas, deveria estar feliz que Tristan não queria levá-la com ele. Mas seu lado protetor não podia deixá-lo ir sozinho.

— Tristan, me escute, eu conheço o lugar. Sei como andar na floresta, onde eles se escondem, os lobos. Posso ajudar — ela sugeriu, tentando convencê-lo a deixá-la ir.

— Sem chance, baby. — Levantando da cama, andou para o outro lado do quarto. Não teria a mínima chance de ele colocá-la em perigo.

— Por favor. Só pense sobre isso. Gerald é cruel. Ele não joga dentro das regras.

Tristan virou antes de entrar no banheiro. Seus olhos cerraram naquela carranca predatória que ela viu no encontro.

— Não sobrará ninguém depois que isso acabar, Kalli. Pouparei as mulheres e filhotes, mas subordinados que o apoiarem morrerão. Está tudo sob controle. Quanto a você, ficará aqui. Fim de papo.

O estômago de Kalli embrulhou enquanto pensou sobre o Tristan, Logan e os outros indo atrás da alcateia Wallace. Impiedosos, eles entrariam para matar todas as vezes. Enquanto ela estava confiante de que Tristan venceria Gerald no mano a mano, eles jogavam sujo, muitas vezes usando armas humanas que podiam machucar lobos, enfraquecendo suas presas. Talvez Tristan pensasse que ela ir não era uma opção, mas perdê-lo também não era. Quietamente, resolveu tentar convencê-lo a levá-la depois de verificar os cavalos.

— Pare de se preocupar — Tristan ordenou quando parou o carro na frente do celeiro. — Sério, você tem que se esquecer disso e confiar que eu vou cuidar de tudo. Tenho novidades para você: não é a minha primeira vez em uma situação dessas. Não serei capaz de fazer o meu trabalho se você estiver lá comigo. É literalmente impossível de me concentrar quando estou perto de você. — Ele deu um pequeno sorriso para ela. — Agora cuide do meu bebê... Isso é, do meu grande bebê de quatro patas.

— Bebê, é?

— É a Jellybean que está doente. Ela é uma garota dócil, eu mesmo a escolhi. E sim, ela é meu bebê. Então vá dar uma olhada nela, tá bom? Janie pode te dar uma carona de volta se você quiser.

— Não, acho que uma caminhada de volta para a casa me fará bem. Vou usar o caminho que você me mostrou ontem. Deve demorar só uns dez minutos, certo?

— Sim, o chalé está aberto. Devo terminar em algumas horas, está bem?

Kalli se inclinou, dando um rápido beijo nos lábios dele. Considerou beijá-lo mais profundamente, mas passou a língua pelos lábios dele. Ele relutantemente resistiu, rindo suavemente.

— Se você continuar com isso, juro que vou ter você em cima daquele palheiro em cinco segundos. Não acho que Janie aprovaria que nos comportássemos como coelhos nos seus estábulos.

Ela sorriu contra os lábios dele.

— Mais tarde. Você me deve — ela provocou sedutoramente.

Com uma beijoca na bochecha dele, ela abriu a porta do carro, fechou e entrou no celeiro. Janie, uma mulher pequenina com cabelos vermelhos curtos, acenou para ela entrar. Olhando em volta, Kalli considerou talvez dar um passeio, mas infelizmente não pensou sobre isso quando escolheu um short para vestir. Admirou as instalações bem arrumadas. O estábulo já possuía perto de doze cavalos, e parecia poder ter outros doze.

— Janie? — Kalli perguntou, estendendo a mão.

— Kalli? — Elas apertaram as mãos e ela rapidamente levou-a na direção da baia da Jellybean. Ela era um belo cavalo Palomino Quarto de Milha Americano, tendo um metro e quarenta e dois de altura com uma cabeça pequena e refinada e um corpo forte e musculoso.

Aproximando-se devagar, Kalli esticou a palma, deixando o cavalo cheirá-la antes de gentilmente acariciar seu pescoço. — Essa é uma bela garota. Agora o que parece estar errado? Você é um bebê doente? — falou.

Janie abriu um sorriso para ela.

— Você realmente é a companheira do Tristan, não é?

Kalli acenou com a cabeça, sorrindo igualmente.

— Sim, eu sou. Ou, eu deveria dizer que serei. Por quê?

— Eles são os bebês dele também, sabia? Eu fico feliz de ter você na alcateia. Ele precisa de uma boa mulher — ela ofereceu. — E eu não poderia ficar mais feliz que agora nós temos uma veterinária no grupo.

— Adoraria ajudar com eles quando estiver aqui, mas sou mais uma generalista. Sem muita experiência com esses bebezões, infelizmente. Mas eu ficaria feliz em verificar os sinais vitais dela. O que o Dr. Evans disse?

— Ele disse que ela estava melhor. Foi diagnostica com influenza. Ela parece bem, mas eu estou preocupada, sabe? Ela está presa na baia, isolada. Achei que, já que você estava aqui, podia dar uma olhada nela.

— Eu adoraria. Você tem um estetoscópio a mão? — Kalli alegremente entrou na baia para começar seu exame.

Depois de verificar os sinais vitais da Jellybean, estava feliz em reportar que a grande garota estava se recuperando bem. Janie e Kalli conversaram sobre cavalos por mais de uma hora antes de ela decidir ir para casa. Prometendo voltar mais tarde para uma montaria, saiu em direção ao caminho.

Aproveitando a tarde quente, Kalli aproveitou o seu tempo nas trilhas, feliz de que lembrava seu caminho pela floresta depois da corrida. Chegando à nascente, sentou em uma pedra, tentando decidir a melhor maneira de convencer o Tristan a levá-la com ele para a Carolina do Sul. Estava certa de que poderia ajudá-lo, mesmo se concordasse em ficar no carro. Talvez pudesse dar assistência remotamente por uma escuta, dando informações sobre o local.

Perdida em seus pensamentos, escutou um galho quebrar. Seus sentidos de lobo, tendo voltado ao normal, não detectaram nenhum tipo de animal ou lobo. Ela cheirou o ar novamente, imaginando se talvez estivesse errada. O cheiro familiar de humano entrou em suas narinas. Ela sabia que, às vezes, humanos entravam no complexo para trazer suprimentos para o clube ou ajudar com os cavalos, mas também sabia que nenhum deles deveria estar na floresta.

Como um cervo em alerta, parou, varrendo as árvores. Não vendo nada, decidiu se transformar. Pelo menos, chegaria em casa mais rápido. No pior caso, correria mais rápido que um predador humano. Agachando em uma posição defensiva, preparou-se para transformar, chamando sua loba para a superfície. Mas quando foi levantar a camisa numa tentativa de tirar a roupa, uma coberta escura caiu sobre ela. Lutando para removê-la, assobiou de dor. Com prata no meio da trama, ela foi efetivamente cegada e presa. Braços fortes a seguraram e ela lutou para escapar. A prata a impedia de se transformar, enfraquecendo todo o seu copo. Gritando por ajuda e remexendo-se, ela pulou quando uma agulha afiada entrou na sua coxa. Tranquilizante. Murmurando o nome de Tristan em silêncio, ela caiu no chão da floresta, coberta pela escuridão.

Eles passaram longas horas revendo as informações, incluindo mapas e nomes, em preparação para o ataque. Logan, responsável pelas armas, trabalhou junto com Declan para carregar o avião e localizar os equipamentos a prova de balas necessários. Enquanto Tristan normalmente não usava armas, ele estava ciente de que Gerald gostava delas. E ele planejava acabar com ele de qualquer modo possível.

Você sabe onde Kalli está?

Apareceu na tela do seu celular quando terminou com os lobos. A mensagem da Janie não o deixou imediatamente em pânico até ver que eram quase cinco horas da tarde e ele estava fora por quase quatro horas.

Digitando o número do celular da Janie, ele esperou.

— Onde ela está? — falou bruscamente quando ela atendeu a ligação.

— Eu não sei, Tris. Nós iríamos montar horas atrás. Tentei ligar na casa, mas sem resposta. Estava esperando que ela estivesse com você.

— Tranque o celeiro, Janie. Tranque todas as portas até o Simeon ir te buscar.

— O que está errado?

— Só faça isso. Não deixe ninguém entrar. Pegue o revólver no escritório e espere pelo Simeon, agora.

Finalizando a chamada, ele gritou para o grupo.

— Logan! A Kalli sumiu. Simeon, para o celeiro, agora! Leve o Declan. Se transforme em lobo quando chegar lá, comece a correr pela propriedade. Algo está errado. Eu posso sentir. Logan, o carro! Vamos para o chalé agora. Ligue para a Mira, diga para ela que estamos em isolamento. Todos os lobos precisam estar do lado de dentro e prontos para se transformar.

Saindo correndo do prédio, Tristan e Logan pularam no carro e correram para o chalé. Quando chegaram lá, Tristan estava furioso. Reviraram a cabine, mas podia dizer pelos cheiros que ela não esteve em casa desde a manhã. Ela sumiu.

Tristan começou a andar de um lado para o outro como um tigre enjaulado, pensando onde ela poderia estar, quem a teria levado.

— Porra, Logan. Como eles puderam invadir a propriedade? Não tem a mínima chance de que alguma alcateia estranha poderia colocar um pé em nossa terra sem ninguém sentir o cheiro deles. A única maneira que alguém poderia ter entrado era como humano. Que entregas nós tivemos hoje?

— Tinha uma entrega de comida agendada para hoje cedo, mas se algo tivesse dado errado, o gerente do serviço teria nos ligado. Mas você está certo, um humano tem que ter feito isso. Os lobos saberiam se outro lobo tivesse invadido a nossa propriedade. E se alguém foi atrás dela, por que a Kalli não teria se transformado? Ela deveria ser capaz de se transformar livremente agora... depois de ontem à noite — Logan ponderou.

— Um humano. A porra de um humano. Ou... — Ele parou quando uma horrível possibilidade passou por sua mente. — Um lobo fingindo ser humano. O CLI. Ninguém teria sentido o cheiro deles. Eles podem tê-la levado por sobre a cerca para qualquer lugar. Nós temos que correr o perímetro. Caralho! — Ele enfiou o punho na parede em frustração.

— E se eles a prenderam com prata, ou até a drogaram, eles podem tê-la impedido de se transformar — Logan adicionou.

Tristan sentiu como se alguém tivesse enfiado a mão no seu peito e arrancado seu coração pela raiz. Eles entraram nos Lobos Liceu e a levaram. Seu sangue bombeava de raiva. Removendo as roupas, instantaneamente se transformou, correndo pelo quintal para o campo. Logan o perseguiu. Quando chegaram ao limite mais distante, eles quase tinham abandonado as esperanças, mas logo Tristan parou de repente e se transformou de volta em humano. Correndo para a cerca, pegou um pedaço de flanela vermelha. Levando-o para o nariz, respirou fundo, memorizando cada molécula do odor.

— Lobo. Não é dos nossos — falou bruscamente, passando os dedos pelo cabelo.

Entregando para Logan, olhou por cima da cerca que levava para um fino pedaço de floresta perto de uma pequena estrada. Nenhum carro. Nenhum lixo. Nenhuma pista. Mas não importava, porque ele sabia para onde eles a levaram. E ele sabia exatamente quem a pegou. Quando encontrasse Gerald, arrancaria a garganta dele veia por veia. Se ele não era um homem morto antes, tinha acabado de assinar sua sentença de morte.

— De volta para o clube. Quero todos os lobos lá. Quero ter certeza de que mais ninguém está desaparecido e se alguém viu alguma coisa — Tristan ordenou.

Silenciosamente, Logan acenou com a cabeça. Seu Alfa estava prestes a deixar um caminho de destruição em seu rastro e ele rezava para encontrarem a Kalli. Xingando suas visões, não podia acreditar que não tinha visto isso acontecendo.

Membros da alcateia enchiam o salão multiuso do clube. Uma vibração de conversas nervosas ecoava nas paredes de cedro. Depois de uma rápida troca de roupas no vestiário, um agitado Tristan entrou na área aberta, partindo o mar de pessoas. Instantaneamente tudo ficou tão quieto, que você podia escutar um alfinete cair. Todo mundo sentou, cautelosamente observando o Alfa deles.

Olhando para Logan, que também se vestiu rapidamente, Tristan avaliou a situação.

— Todos os lobos contabilizados?

— Sim, todo mundo aqui com exceção do Simeon. Eu o mandei para o aeroporto para garantir que o jatinho está pronto para hoje à noite e para mudar os planos de voo. Nós estamos prontos para ir.

— Escutem todo mundo — Tristan começou em um tom completamente sério. — Nós sofremos uma invasão de segurança esta tarde. Acreditamos que pelo menos duas pessoas, possivelmente lobos tomando o CLI, entraram na propriedade dos Lobos Liceu pelo portão norte. Em algum lugar entre o celeiro e a minha cabine, eles sequestraram Kalli.

A multidão soltou um pequeno estrondo de murmúrios com a notícia.

— Acalmem-se — ordenou. — Agora, eu sei que a maioria de vocês a notou na corrida de ontem à noite na nascente. Eu estava planejando uma introdução formal para a alcateia mais para frente nessa semana, mas agora parece que não tem outro modo de eu fazer isso. Então, para os que não estavam escutando as fofocas, ela é minha. Eu a reivindiquei.

Alguns suspiros puderam ser escutados. Tristan acenou com a cabeça em resposta. Enquanto a maioria dos lobos sabia que ele havia reivindicado a Kalli, parecia que alguns não sabiam da notícia. Boa parte da alcateia ainda estava alegremente surpresa que ele encontrou alguém depois de liderar os Lobos Liceu por mais de cinquenta anos como um lobo solteiro.

— E ela é a minha companheira — adicionou e o salão ficou em silêncio novamente.

Todos eles registraram a seriedade da situação. A companheira de um Alfa foi sequestrada. Tristan e a alcateia sofreriam imensamente se algo acontecesse com ela. Ele simplesmente não se recuperaria de uma perda dessas. Mesmo que certamente fosse em frente sem ela, provavelmente teria que deixar de ser Alfa por causa do terrível luto. Teriam lutas internas e desafios pela sua posição, apesar da posição de Logan.

— Como eu disse, planejava apresentá-la formalmente para vocês depois que nós acabássemos com a alcateia Wallace. Nós íamos completar o nosso acasalamento logo depois. Mas agora... — Suas palavras sumiram temporariamente quando o pensamento de Kalli morta passou pela sua mente. Isso o matava, mas ele se recusava a mostrar fraqueza na frente da alcateia. Como sempre, precisavam que ele fosse uma rocha, e ele nunca os decepcionava. — Hoje à noite nós vamos derrubar a Wallace. Mas, antes que isso aconteça, quero saber quem esteve na propriedade hoje. Ellie disse que o clube estava trancado. Nenhum humano esteve aqui depois da entrega de comida pela manhã. Janie me disse que o Dr. Evans está fora da cidade, por isso ela chamou Kalli para ver os cavalos. Alguém aqui deve ter visto algo, sentido o cheiro de algo. Se você tiver alguma coisa para dizer, agora é a hora. Eu quero a verdade — ele demandou.

Uma tosse quase inaudível veio do fundo do salão quando Julie levantou.

— Alfa. — Ela abaixou os olhos. — Voltando da cidade no meu carro, passei pelos estábulos. Notei que as éguas estavam no campo sul. Os meninos estavam no campo do norte. Vi dois homens perto deles, mas presumi que eram trabalhadores do Dr. Evans. Os estagiários, você sabe.

Eles vêm com ele às vezes. Não parei. Eu devia ter parado. Eu... eu sinto muito. — Uma lágrima escapou com a percepção de que ela poderia ter visto os invasores.

— Eles estavam indo na direção do celeiro ou do campo?

— Na direção dos campos, para a floresta.

— Julie, isso é realmente importante. — Tristan olhou diretamente para ela. — O que mais você se lembra? O que eles estavam fazendo?

— Só andando. Eles estavam usando mochilas, mas, novamente, o Doutor às vezes também tem uma bolsa. Minhas janelas estavam abaixadas e eu cheirei os humanos. Nada parecia estranho... Então continuei dirigindo — ela murmurou.

— Você viu ou sentiu o cheiro de alguma outra pessoa além da Janie, Kalli ou os cavalos? Humanos? Lobos? Animais?

Reconhecimento apareceu no seu rosto. Seus olhos foram para o outro lado do salão e então para o chão.

Tristan correu para ela, pegando-a pelo braço.

— Olhe para mim, Julie — ele insistiu fortemente. — Quem mais estava no celeiro?

Julie levantou o olhar para ele, mas então seu olhar se fixou em Mira, que estava sentando na frente do salão. Inspecionando suas unhas perfeitamente pintadas, ela fingiu ignorar Julie.

— Você tem certeza? — Tristan cuspiu e sua voz aumentou.

— Sim, como lobo. Eu não a vi, mas senti o cheiro dela no celeiro. Tenho certeza — Julie confessou, sacudindo a cabeça.

A atmosfera no salão crepitou com uma onda de medo como eles estivessem esperando um vulcão entrar em erupção.

Tristan fechou os olhos, respirando fundo enquanto contemplava os cenários do envolvimento da Mira. Não era possível. Ela estava furiosa por causa da Kalli desde o início, ciumenta até. A submissão pública na nascente só serviu para aumentar sua raiva. Mas eles eram amigos há tanto tempo. Ela sabia que ele a reivindicou. Isso o destruiria, mas, pela Deusa, ele precisava saber se ela estava envolvida no sequestro.

— Mira! — Tristan gritou e os outros se encolheram. Cada lobo podia sentir as poderosas ondas de raiva emanando do Alfa deles.

Mira levantou a cabeça em atenção ao escutar o seu nome. Com uma postura confiante, ela levantou e o encarou, colocando uma mão no quadril. Por dentro ela tremia de medo, mas não podia deixá-los saber. Ela fez a coisa certa em mandá-la embora. Kalli era uma puta mestiça que iria poluir a alcateia. Ela não pertencia aos Lobos Liceu. Ele a agradeceria eventualmente.

— Sim — Mira respondeu categoricamente.

— Mira, você é minha amiga há muito tempo, mas eu só vou fazer essa pergunta uma vez. E eu espero a verdade. Você entende? — Tristan rosnou.

Abaixando o olhar um pouco, mas ainda mantendo contato visual, ela acenou com a cabeça.

— Sim, Tristan. Como sempre.

Logan começou a se aproximar do par, mas Tristan levantou uma mão, fazendo-o parar. Ele deu um olhar de aviso para ele e cerrou os olhos para a Mira novamente.

— Você está envolvida no sequestro da Kalli? — Tristan perguntou numa voz baixa e ameaçadora.

— Eu... eu só estava correndo. Não fiz nada — ela protestou.

Sentindo a trapaça, Tristan fez algo que não faria normalmente. Abrindo-se, ele deixou sua mente tocar a da Mira. Ele queria que ela sentisse uma pequena porção da pura fúria pulsando pelo seu ser.

Isso a atingiu e Mira gemeu de dor.

— Tristan, não — implorou.

Logan correu para frente. Como beta, as emoções de Tristan passavam por ele como se ele mesmo as tivesse sentindo. Tristan levantou a mão novamente, impedindo-o de se mover, o tempo todo sem tirar os olhos de Mira.

— Fique de fora, Logan. Não me desafie — ordenou. — Mira, o que você fez?

Olhando para o chão, ela sacudiu a cabeça de um lado para o outro em negação, mas se sentiu compelida a contar para ele. Ele saberia. Não tinha como mentir para ele. Certamente entenderia que ela fez isso pela alcateia. Endurecendo seus nervos, olhou diretamente nos olhos dele.

— Não, eu não a peguei pessoalmente. Mas sim, eu liguei para eles a pegarem. Ela não é da alcateia.

As palavras o atingiram e a cortante agonia da traição cortou o seu coração.

— De joelhos! — comandou, enfurecido pelo que ela fez com ele. Quando ela se recusou a escutar, seu poder foi expelido, transbordando, forçando-a para o chão. Ficando para trás, manteve seus punhos cerrados ao seu lado. — Por que, Mira? Nós somos amigos há mais de um século. Como você pode fazer isso comigo? Com a alcateia?

Mira tropeçou para o chão, submetendo-se. A onda de raiva de Tristan a segurou no carpete.

— Eu fiz isso pela alcateia! Ela não pertence aqui — gritou em rebeldia. — Eu sou dos Lobos Liceu. Filha do Alfa. Sei como as coisas deveriam ser. Você não escutava. Algo precisava ser feito. Ela tem sua própria alcateia! E agora ela está lá! Você nunca a pegará de volta!

— Correção, Mira. Você *era* a filha do Alfa. Você *era* dos Lobos Liceu. Eu não acredito que você deixaria outros entrarem no nosso território... pegar a minha companheira. Mas você me traiu. A alcateia. Você colocou todo mundo em risco. Não consigo entender isso. — Tristan sacudiu a cabeça, ainda sem conseguir acreditar que sua melhor amiga fez isso com ele. Ciúme mesquinho era uma coisa, questionar a sua liderança era um desafio direto. Nada disso podia ficar sem punição. — Mira, se você fosse um macho, eu a mataria aqui mesmo por traição. Mas, em respeito à nossa amizade, eu por este meio removo a sua linhagem.

Mira gritou quando percebeu o que ele estava prestes a fazer com ela.

— Não Tristan! Você não pode!

— Silêncio! — Ele urrou, mandando outra onda do seu poder, silenciando sua desobediência. — Não só você nos traiu convidando perigosos inimigos para as nossas terras, você desafiou o seu Alfa. Em um desafio físico, dificilmente você sobreviveria. Então, tenho que considerar uma alternativa viável. Você começará uma nova vida em outra alcateia. Eu notificarei outros possíveis Alfas hoje à noite. Enquanto isso, você ficará confinada no seu chalé e não pode sair desse complexo. Amanhã, irei informar sua nova localização.

Mira bateu com os punhos no chão.

— Não, não, não... Essa é a minha alcateia. Você não pode fazer isso!

— É aí que você está errada, Mir. Já está feito. Não me desafie ainda mais, ou eu vou tomar uma atitude drástica. Agora se levante e saia da minha frente. Declan, atribua guardas para a Mira. Ela não é mais Lobos Liceu. Por isso, ela não está permitida a sair de seu chalé ou interagir com os outros.

— Sim, senhor — Declan acenou com a cabeça.

— Logan, descubra com quem Mira falou na alcateia Wallace. Veja o que ela sabe e então me encontre no jatinho. Eu faria isso, mas juro que talvez a mate. Honestamente, meu lobo está demandando nada mais do que a morte dela, mas ela sempre esteve conosco. A deusa me ajude, mas preciso mostrar misericórdia para ela.

Uma expressão fria encobriu o rosto de Mira quando Declan a levou para fora do salão. Membros da alcateia desviaram o olhar, incrédulos de que ela deliberadamente trouxe estranhos para o santuário deles. Era um milagre que mais ninguém foi sequestrado ou morto. Tristan, ciente de como sua raiva os afetou, se concentrou em mandar um ar de paz para a multidão aflita.

— Meus lobos — ele falou com eles calmamente. — Mantenham uma vigilância assídua até eu retornar. A Willow estará no comando enquanto eu estiver fora. Estou pedindo para vocês ficarem dentro de casa, nada de correr até nós termos certeza de que a situação na Carolina do Sul foi contida. Entendido?

Com um aceno de cabeça na direção de Willow, Tristan correu para o seu carro. Esperava que a Mira ficasse magoada por ele escolher uma companheira, mas nunca esperou esse nível de traição. Ela colocou toda a alcateia em risco por causa de um senso de lealdade equivocado. Imperdoável, mas ele não conseguia se forçar a fazer a retribuição merecida: morte. Torcendo que ela encontre paz em uma nova alcateia, ligou o carro e deixou os seus pensamentos voltarem para a Kalli.

Instintivamente, assumiu que Gerald a manteria viva, talvez a torturasse, ao invés de matá-la. Relatos indicavam que só existiam duas fêmeas na alcateia depois que ele matou todas, uma a uma. Nenhum filhote foi listado, mas Tristan suspeitava que podiam de alguma forma não terem sido detectados no sobrevoo. Restavam onze machos que ficavam de guarda todas as horas do dia.

Agora que Kalli podia se transformar, teria uma chance de ficar viva. Ela era forte e inteligente. Se uma oportunidade para escape aparecesse, ele estava confiante de que ela aproveitaria. Esfregando a mão no rosto em frustração, considerou como a teriam transportado. Drogas ou prata seriam as maneiras mais fáceis de garantir que não se transformasse. Certamente teriam tirado Kalli da Pensilvânia de avião, sabendo que ele viraria o estado do avesso procurando por ela. Olhando para o relógio, viu que eram sete horas. Se conseguissem sair na próxima hora, chegariam às dez. Todos os músculos de seu corpo tencionaram. Sangue fervendo, ele estava pronto para abraçar a justiça recíproca que viria de suas mãos hoje à noite.

CAPÍTULO VINTE E SEIS

Kalli vomitou no chão, sem conseguir controlar sua náusea. Incerta da droga que usaram, pensou que deveria ser algum tipo de tranquilizante animal. Limpando o cuspe de sua boca, abriu os olhos, tentando avaliar o ambiente a sua volta. O cheiro irrefutável de urina humana e fezes permeava o pequeno cômodo de cimento onde eles a colocaram. Seu pulso queimava e a algema de prata, presa numa antiga cama de metal, cortava sua pele. O colchão rasgado arranhava suas pernas, mas pelo menos eles não a prenderam totalmente. Ela lutou para sentar, mas conseguiu com um suspiro e se apoiou no concreto frio.

Mesmo estando escuro, seus olhos rapidamente se ajustaram à luz. Vendo as estéreis acomodações, notou uma pequena janela quadrada na parede na metade da direção do teto. Na verdade, era mais um buraco, e não deixava um meio de escapar. O portal tinha trinta por trinta centímetros e estava sem o vidro, permitindo que a brisa fresca da montanha entrasse no cômodo. Fungando no ar, umas agitações de memórias doloridas disseram a ela exatamente onde estava. *Alcateia Wallace*. No coração da *Blue Ridge Mountains:* cachoeiras espetaculares, vistas panorâmicas, flores silvestres. E, mesmo assim, a única coisa que esse lugar representava para Kalli era uma vida inteira de abusos e tortura.

Coração acelerado, ela lutou para permanecer calma quando a porta do cômodo abriu de repente. E, apesar do raio brilhante de luz a cegar, nunca esqueceria o horroroso cheiro de Gerald ou o de whisky no seu bafo. Dizendo a si mesma que era mais forte dessa vez, ela fortificou sua mente, preparando-se para o ataque.

— Olha o que o gato trouxe. Nossa pequena puta híbrida pensou que se esconderia de nós. Sempre encontramos o que é nosso. — Ele riu e se aproximou dela, colocando um holofote no seu rosto. — O velho Morris deu sorte, não deu? Pensou que acharia alguma coisa na cidade grande. Estava procurando por algumas cadelas para trazer para cá. Nós temos poucas, você vê. Mas sabíamos que teriam muitas garotas para pegarmos. A cidade grande não sentiria falta delas. Mal sabia ele que te encontraria.

— Eu não sou quem você pensa que sou — protestou.

— Ah, sim, eu sei quem você é. Diploma chique, escutei que você criou uma droga para esconder a sua loba. — Ele riu. — Funcionou muito bem. Os idiotas dos Liceu nem souberam que nós estávamos lá. Bom, agora que temos você, você vai fazer mais desses comprimidos. Nós podemos vendê-los nas ruas. Tenho grandes planos para você, sabia?

Sufocada com o odor, Kalli se encolheu na presença dele. Como se estivesse em um pântano à noite com jacarés, podia ver traços vermelhos de luz refletindo nos olhos pretos dele. Queria tanto se transformar, mas, enquanto estivesse presa com prata, não podia. Se de alguma maneira ela pudesse tirar a algema, poderia chamar sua loba. Em sua mente, tomou a decisão de morrer lutando. Morrer parecia uma opção melhor do que uma vida inteira na Wallace. Não importava o que acontecesse com ela, ela não o deixaria manufaturar o CLI. Ele nunca seria capaz de fazer isso sem ela.

— Eu não pertenço mais aqui. — Ela cuspiu nele. — Meu companheiro. Ele virá atrás de mim.

Ele passou um dedo no pescoço dela. Colocando uma garra na bainha de sua camiseta, ele a rasgou, revelando a marca do Tristan.

— Reivindicada, eu vejo. Mas acasalada, ainda não. Posso ver uma cadela acasalada, e você não é uma. Perto, mas não é.

Recusando-se a recuar, Kalli desafiadoramente sentou com seu sutiã exposto, não aceitando que ele visse quão aterrorizada ela estava.

— Meu companheiro virá atrás de você. Você estará morto pela manhã.

— Talvez será você quem estará morta depois que eu deixar alguns dos meus homens terem você. Sem muitas cadelas por aqui. E agora, aqui você está, caindo nos nossos colos.

Ele desceu a mão pelo peito dela, mas quando tentou segurar seu seio, Kalli o acertou no meio dos olhos com a palma da mão, batendo no nariz dele.

— Cadela do caralho — gritou enquanto sangue jorrava de suas narinas. Em resposta, ele acertou Kalli no rosto com as costas da mão. Sua cabeça esmagou no bloco de concreto com um estalo audível.

Ela viu estrelas quando a dor irradiou pelo seu rosto e então para a parte de trás da cabeça. Fingindo estar inconsciente, manteve os olhos fechados. Não era difícil de fingir, dada a lesão na sua cabeça. Ela suspirou de alívio quando escutou a porta bater e ele foi embora, deixando uma coleção de xingamentos no seu rastro.

Revirando seu cérebro por um meio de escapar, ela precisava se soltar dessa algema. Não era o Houdini, mas assistiu vários programas de televisão onde as pessoas abriam as próprias algemas. *O que eles usavam? Um cartão de crédito? Não, isso era para portas. Vamos lá, Kalli, pense. Um clip de papel? Um alfinete?* Onde ela conseguiria um alfinete? Seu cabelo, ainda preso num rabo de cavalo, só tinha um elástico. Ela ainda estava de sapato, mas eles só tinham cadarços. Então ocorreu-lhe que ela estava usando um sutiã com arame. Ela não estava feliz com a ideia de se despir dentro de sua prisão do inferno, mas se ela pudesse tirar a algema, poderia abrir a porta, se transformar e não precisaria de suas roupas.

Depois de conseguir abrir o sutiã, ela mordeu o tecido até um pequeno buraco aparecer. Tirando o arame, ela o entortou de um lado para o outro até quebrá-lo em duas partes. Ela começou a tentar abrir a fechadura inserindo o pequeno arame entre as ranhuras e a catraca. Em um minuto, a fechadura abriu. Sorrindo para si mesma, tinha seu próprio plano para o Gerald e o plano envolvia ele e uma cama suja.

Desafiar o Alfa enquanto presa com prata pode não ter sido a ideia mais inteligente que ela já teve, mas nunca negaria seu companheiro. Tristan estava vindo buscá-la. Solta da algema envenenada, podia sentir isso em seu sangue. Sua loba veio para a superfície e ela jurou que podia senti-lo na terra, no ar. Ela estava certa, naquele momento, que Gerald iria, realmente, terminar como um pedaço de carne cadavérico e sem vida antes do nascer do sol.

Carregados e prontos para disparar, os Lobos Liceu tocaram o chão. Em uma aterrisagem suave, o avião taxiou na pista privada num pequeno pedaço de terra nas montanhas. Assim que pararam, Tristan, Logan, Declan, Gavin e Shayne saíram do avião e entraram em duas caminhonetes que estavam esperando. Tristan podia senti-la assim que eles chegaram ao solo rochoso.

Podia sentir o cheiro de sangue no ar e jurou que teria sua vingança.

O complexo Wallace ficava na frente da montanha, com uma miríade de trilhas levando para a densa vegetação. Eles pararam a mais ou menos um quilometro de distância do perímetro. Perto da meia-noite, a lua minguante iluminava o chão da floresta enquanto navegavam o terreno sorrateiramente. Aproximaram-se do complexo de casas e Tristan sinalizou para Simeon pegar o ponto mais alto. Ele, um antigo Navy SEAL, era um atirador de precisão. Ciente de que os lobos Wallace tinham uma inclinação a utilizar armas, Tristan instruiu Simeon a derrubar qualquer lobo que estivesse com uma na mão. Mas não o Gerald. Não, Gerald era só do Tristan.

Levantando a mão, Tristan apontou para a direita, ao redor da grande estrutura dilapidada. Sentindo o cheiro de Kalli, podia dizer que ela estava próxima, a uns cem metros de distância pelo menos. Logan, também sentindo o cheiro dela, foi designado para levá-la para um local seguro. Como beta, era o único lobo que Tristan confiava para garantir o resgate. Nenhuma palavra era necessária para comunicar seu propósito quando trocaram olhares. Furtivamente, Logan correu com Gavin ao redor do prédio e a música alta tocava na noite.

A missão primária de Tristan era aniquilar Gerald. O homem era uma ameaça que precisava ser domada. De maneira deliberada, com sua confiança habitual, andou para a porta da frente. Armados com balas de prata, Declan e Shayne o flanqueavam. Como um míssil, Tristan chutou a porta e entrou no tumulto. O som de balas quebrando as janelas ressoou, enquanto Tristan sagazmente analisava os lobos a sua volta, procurando por Gerald. Shayne e Declan começaram a lutar assim que entraram. Transformando-se em lobo, o pelo literalmente começou a voar. Cinco lobos caíram no chão em uma poça de sangue e Simeon executava suas ordens.

Os olhos de Tristan travaram no robusto lobo agachado no canto, rosnando enquanto cada um dos seus caía no chão. Intrepidamente se aproximando dele, seus pés nunca pararam de se moverem. Imagens de Toby deitado morto no chão passaram por sua cabeça, seguidas por sua companheira, abusada e quase quebrada, nas mãos do monstro na sua frente. Tristan não queria matar Gerald rapidamente, planejava fazê-lo sofrer do modo que tinha feito com os outros.

— O que você quer, lobo? Não pode ver que estávamos só aproveitando uma bebida? — As palavras mal saíram da boca de Gerald antes de Tristan agarrá-lo pela garganta.

— Gerald? Alfa da alcateia Wallace? — Tristan perguntou com um rosnado.

— Sim, o que isso quer dizer para você? Essa aqui é a minha terra. Vocês precisam cair fora.

— Onde estão as mulheres e os filhotes?

— Eu tenho uma cadela lá embaixo se você a quiser, mas não tenho nenhuma outra nesse momento. Nós as estamos pegando no norte — Gerald admitiu livremente, não reconhecendo Tristan como o Alfa dos Lobos Liceu.

— Declan! No andar de baixo, agora! Garanta que Logan tirou Kalli daqui — Tristan gritou.

Sacudindo Gerald pela gola de sua camisa, ele o jogou contra a parede. Um pequeno ponto vermelho apareceu acima da sobrancelha de Gerald quando o laser do Simeon travou na larga proeminência de sua testa.

— Abaixe a arma, Si — Tristan instruiu, levantando dois dedos no ar. Uma bala no cérebro era boa demais para Gerald, muito fácil. Depois de toda a dor e sofrimento que ele infligiu em homens, mulheres e crianças através dos anos, iria ser derrotado à moda antiga. Tristan não era alguém que podia ser acusado de fugir do protocolo das alcateias. Queria que ele se submetesse como lobo e morresse como tal. Não existia outra maneira de fazer reparações pelas atrocidades que o homem causou para muitos.

Com um grunhido, Tristan o jogou no outro lado do cômodo, onde bateu numa pilha de cadeiras de alumínio. Além do som de metal arranhando, a respiração ofegante de Gerald era o único som audível. Lobos Wallace mortos, já tendo partido desta vida, proporcionavam um fundo macabro para o iminente fim de Gerald. Tristan sorriu friamente quando notou que Morris, o lobo que ajudou a matar o Toby, estava entre os mortos, uma bala de prata na cabeça. Simeon o eliminou. Ainda vestido, segurava uma pequena arma. Sacudindo o corpo sem vida com a sua bota, um pequeno pote de comprimidos caiu do bolso de sua camisa. *CLI*. Sem nunca tirar os olhos de Gerald, Tristan pegou o pote e o jogou para o Shayne, que se transformou de volta para humano.

Indignado com a morte desnecessária de Toby e o sequestro de Kalli, Tristan andou na direção do Gerald, que estava olhando a Glock que caiu nos escombros. Chutando o metal cinza fora de alcance, ele ficou de pé sobre o lobo musculoso e fervilhante. Com uma entrega ameaçadora, Tristan o informou de sua sentença de morte como se fosse um juiz em uma corte. Seu olhar ameaçador penetrava na criatura maldosa que pegou sua companheira.

— Gerald, lobo de Wallace. Considere-se informado do meu desafio para a sua alcateia. Deste minuto para frente, qualquer fêmea e filhotes que você escondeu estarão sob a minha proteção. Eu o comando a se transformar. Na frente dos meus lobos, nós faremos esse desafio — Tristan ordenou, com uma atitude fria. Precisava ser feito desse jeito. O respeito dos seus próprios lobos era tão importante quando erradicar Gerald. Lobo contra lobo, foi assim que ele foi criado e assim que ele morreria.

Arrancando sua blusa e calças, Tristan se transformou em lobo em segundos. O lobo marrom de Gerald o atacou, mandíbula mordendo, mas Tristan desviou do ataque, rosnando em resposta. Orgulhoso, o Alfa preto circulou em volta do marrom, olhos presos nele. Com suas orelhas para frente e rabo levantado, Tristan mostrou os caninos. Seu lobo demandava a morte do que teve coragem de desafiá-lo por sua companheira. Olhos selvagens, ameaçadores e mirados em Gerald, o lobo de Tristan se manteve perto do chão, preparando-se para o ataque. Pulando, ele correu para Gerald. Em um movimento submisso, Gerald saiu correndo do prédio. Com sua presa se movendo, Tristan perseguiu, uma onda de adrenalina inundou seu sistema, antecipando a morte.

Gerald só correu algumas centenas de metros antes que Tristan o derrubasse, arrastando-o para o chão coberto de folhas. Engajado em um combate ritualístico tão velho quanto o tempo, Tristan prendeu o lobo marrom com as patas da frente, expondo as áreas vitais. Relutante em se submeter, Gerald continuou a lutar, mordendo um pequeno corte na para trás do lobo preto. Com o pescoço arqueado e caninos de fora, Tristan agarrou a garganta macia e vulnerável de Gerald, arrancando um grande pedaço de pelo e carne. O cheiro de sangue fresco atingiu a floresta. Furioso e violento, rasgou a garganta do lobo marrom até a cabeça estar presa por uma única vértebra.

Tristan. Kalli o sentiu no instante que ele aterrissou na montanha. Seu cheiro único, carregado para ela pelo vento, fornecia uma energia renovada. Ela se levantou, mas cambaleou. Tomada pela tontura, caiu de volta na cama suja. Pensou que deveria se transformar, mas sua cabeça latejava em protesto. Colocando a mão no cabelo, sentiu o largo galo inchando na sua cabeça. *Preciso me transformar.* Mas então um barulho do lado de fora da janela a chamou para a noite. Sentindo como se fosse desmaiar, grunhiu, levantando-se de joelhos até que seus dedos sentiram a borda da pequena janela.

— Tristan! — gritou sem parar, rezando que alguém iria escutá-la.

A respiração dela falhou quando uma mão encontrou a dela. Impossibilitada de ver, ela a segurou desesperadamente.

— Kalli! — Logan gritou no pequeno buraco escuro. Ele mal podia ver o rosto da Kalli através da máscara de sangue e fios de cabelo preto que grudavam em sua pele. Ele olhou melhor e xingou. Tristan iria matar Gerald mil vezes por atacar sua companheira.

— Logan. Por favor — Kalli tossiu. Entre vomitar e gritar, sua garganta estava em carne viva. — A porta está trancada, não tem como sair. Preciso me transformar. Minha cabeça.

Logan olhou para o Gavin.

— Kalli, aqui está o Gavin. Ele é nosso. — Gavin se ajoelhou ao lado do Logan e permitiu que Logan colocasse a sua mão na de Kalli. — Segure a mão dele. Está tudo bem. Ele vai ficar com você. Vou dar a volta para te pegar. Já chego aí. Você vai ficar bem.

— Tristan? Onde ele está? Por favor, nada pode acontecer com ele. — Ela chorou.

— Confie em mim, Kal, Gerald é que precisa se preocupar. O Tris vai ficar bem. Segure firme. Eu estou indo. — Ele escutou ela soltar um pequeno soluço com as suas palavras. Ela poderia ser forte, mas Logan podia dizer que ela estava à beira de quebrar.

Sem dúvida, Tristan ia surtar quando visse o rosto de Kalli. Seu Alfa, uma máquina de matar bem lubrificada, não precisava de outra razão para atacar Gerald. Temendo que a presença dela poderia distraí-lo em sua busca, Logan saiu correndo velozmente. Quando achou a entrada de trás, escutou um rosnado seguido de um silêncio arrepiante vindo do outro cômodo. Ficando focado, ele foi para as escadas que eram escondidas em uma alcova na cozinha. Descendo os degraus, encontrou-se em uma complicada série de túneis. Parando para cheirar o ar úmido e mofado, sentiu o cheiro dela. Nos recantos escuros, escutou choro, vozes de mulheres e crianças. Explorando as cavernosas passagens, Logan xingou, vendo que estava em algum tipo de prisão subterrânea. Iria precisar trabalhar para soltar esses lobos, mas os ferimentos de Kalli precisavam de atenção imediata. Finalmente chegando onde acreditava que ela estava presa, puxou uma maçaneta enferrujada. *Trancada.* Um barulho o alertou que alguém estava perto. Aliviado, encontrou o lobo de Declan andando na direção dele.

— Ei, Dec. Eu preciso que você se transforme. Ajude-me a abrir essa porta.

Declan se transformou de volta e se preparou para ajudar Logan. Empurrando os ombros na madeira pesada, ela quebrou. Logan entrou correndo no cômodo, achando Kalli esticada para o alto, ainda segurando a mão de Gavin. Gentilmente soltando os dedos dela dos dele, pegou-a em seus braços. Ela estava tremendo, provavelmente de choque. Logan enrolou sua camisa em volta dela. Precisava que ela se transformasse para poder se curar.

— Vamos lá, Kalli, garota. Você está bem — persuadiu, tentando mais se convencer do que a ela. Sentiu o galo de tamanho significante na parte de trás da cabeça. Sangue ainda escorria do corte em seu rosto, seus olhos estavam fechados de tão inchados. Tristan ia surtar sabendo que fizeram isso com ela.

— Você precisa se transformar, baby — ele insistiu.

Kalli sacudiu a cabeça, tremendo nos braços dele.

— Eu sei. Só preciso de um minuto. Estou cansada. Minha cabeça...

— Você precisa se transformar, Kalli. — Sentindo que a estava perdendo, tomou a decisão de levá-la para Tristan.

Arrebatado por sua presa, Tristan congelou quando sentiu o cheiro do sangue de Kalli. Ele rapidamente virou a cabeça e viu o seu beta, carregando uma Kalli machucada e ensanguentada em seus braços. Entrando na floresta, Logan caiu de joelhos.

— Tristan, por favor. Ela precisa se transformar. Eu acho que ela tem uma concussão, mas eu não sei quão séria é. Ela está indo e voltando. Por favor — implorou suavemente, ciente de que Tristan ainda estava completamente selvagem, sua fera no limite. Vendo sua companheira machucada só iria inflamar seu fervor animalesco. Mas Logan sabia que ela precisava do seu Alfa. Ele era o único que podia alcançá-la, forçar sua loba a ressurgir.

Soltando um rugido, Tristan olhou para o Logan, segurando sua companheira machucada. O animal nele, já agitado, rosnou para Logan. *Sua companheira. Sangue.* Ele andou na direção dele, mostrando os caninos.

Logan abaixou os olhos e gentilmente colocou Kalli na terra fria.

— Tristan — ele sussurrou. — Sua companheira. Gerald, ele a machucou. Ela precisa que você diga a ela para se transformar. Acho que ela sabe do que precisa, mas está muito fraca. Mas ela irá te escutar, o Alfa dela.

Logan saiu de perto do corpo de Kalli devagar, tomando cuidado para não olhar diretamente para Tristan. Os outros lobos abaixaram as cabeças e as orelhas, fechando os olhos para fendas, demonstrando submissão. Satisfeito que não teria nenhum desafio e todos os lobos estavam reverentes, Tristan andou até a Kalli e lambeu o rosto dela. Seu lobo choramingou alto e ele continuou a cutucá-la.

A consciência do que acontecia Kalli o atingiu e Tristan voltou para sua forma humana. Colocando-a gentilmente em seus braços, contra sua pele nua, tirou o cabelo do rosto dela.

— *Mon amour.* — Ele segurou um grito. O que fizeram com a sua companheira? — Preciso de você, baby. Vamos lá, preciso que você se transforme para mim.

Os olhos de Kalli abriram.

— Tristan — ela sussurrou. *Seu Alfa.* Ele estava perto.

— *Chérie*, me escute, você tem uma lesão séria na cabeça. Vou te ajudar, está bem? Feche os olhos. Isso... — ele a orientou em tom gentil e ela obedeceu. Forçar-se a permanecer calmo era extraordinariamente difícil, mas ele precisava que sua aura ficasse plácida. Respirando fundo, concentrou-se em enviar seus poderes para ela, tentáculos de amor fluíam da sua mente para a dela.

— Lembre-se da nossa confiança, Kalli. Visualize a sua loba. Ela está bem ali na superfície. Agora se transforme — ele comandou.

Kalli sentiu uma onda de emoção passar pela sua mente. O som da voz de Tristan falou com sua loba. Escutando o comando do Alfa, ela emergiu. Aconchegando-se nos braços dele, passou o focinho no seu peito, lambendo, saboreando.

Tristan soltou o fôlego, agradecendo à deusa que ela escutou. Sua lobinha estava perfeitamente aninhada em seus braços. Segura. Ele viu o Logan, que assistiu maravilhado. Acenando com a cabeça para o seu beta em agradecimento, Tristan retornou sua atenção para Kalli.

— Você é linda, baby. Olhe para você. — Ele beijou a cabeça dela, esfregando sua pelagem até a cabeça dela cair para trás de prazer.

— Logan, nós temos que sair daqui — disse para o beta, não deixando Kalli sair de perto.

Logan se levantou.

— Tris, tem mulheres e filhotes lá embaixo. Talvez sete ou oito almas pelo que eu pude cheirar. Não tenho certeza, mas temos que pegá-los.

Limpando o rosto nas costas da mão, Tristan suspirou.

— Cristo, eu sabia que ele não podia ter acabado com a alcateia inteira. Leve o Dec e os outros com você. Solte-os. Nós vamos levá-los para casa. Quando nós voltarmos, decidimos tudo. — Tristan olhou em volta, vendo Simeon em uma árvore.

— Simeon, apronte o avião. Alguma chance de conseguimos um voo fretado para os outros?

— Sim, com certeza, chefe. Pode deixar — respondeu, descendo.

— Certo, obrigado — Tristan aceitou. Olhou de volta para Logan, estendendo a mão para cima para o seu beta. — Logan, não posso te agradecer o suficiente por soltá-la. Vou levar Kalli de volta agora, te encontro de volta no chalé.

Logan apertou a mão do seu Alfa, com imenso respeito. O que fizeram não foi fácil, mas precisava ser feito. Não mais sob ameaça, eles retornariam para seu território.

Logan virou para pegar os subordinados da alcateia presos e Tristan se transformou de volta em seu lobo preto. Esperando pacientemente para Kalli se localizar, ele contemplou as pontas soltas. O que continuava um mistério era quem tinha encenado o ataque aos lobos de Marcel. Nem Gerald e nem Jax assumiram a responsabilidade. Mesmo assim, claramente os lobos que atacaram a sua irmã pertenciam a um Alfa, disso ele estava certo. Lobos solitários raramente se envolviam em táticas de guerras territoriais. Ponderou que Marcel ainda tinha motivo para continuar cauteloso.

Kalli se aproximou, puxando sua mente de volta para sua principal prioridade. Vendo-a andar em direção a ele, seu coração inchou. *Sua companheira.* Assim que eles retornassem, eles fariam isso ser oficial. Logo ele iria comandar os Lobos Liceu, não mais sozinho.

CAPÍTULO VINTE E SETE

Passaram exatamente vinte e quatro horas desde que deixaram a Carolina do Sul e, pela primeira vez em sua vida, sentia-se livre. Como uma águia plainando no céu, ela se regozijou na majestosa paisagem que era sua nova vida. Completamente curada de sua transformação, eles concordaram que hoje à noite iriam acasalar oficialmente.

Sem reservas, ela estava deitada perfeitamente nua na cama dele, esperando Tristan vir até ela. Ele abriu a porta do banheiro e deu um sorriso sensual para ela, seu próprio corpo nu em sintonia com o desejo dela. Nunca alguém a ser dominado, Tristan imediatamente a virou de barriga para baixo, montando em suas pernas.

Não bem sentando no traseiro dela, sustentou seu peso com suas pernas musculosas. Ele se inclinou para frente para massagear as costas dela, sua dura excitação encostava em sua pele. Ela se remexeu na cama em antecipação, apreciando completamente a sensação de sua ereção aveludada contra sua própria pele.

— Sim — Kalli gemeu quando Tristan desceu seus dedos mágicos até a base da coluna dela.

— Eu disse hoje para você o quão linda você é?

— Hum... talvez somente cinco vezes. — Sorriu.

— Ah, então eu preciso dizer sem parar até você esquecer o número exato. —Beijou o ombro dela suavemente. — Mas antes, hoje à noite, nós vamos acasalar. E o rumor diz que será uma bela experiência depois que eu provar o seu sangue.

— É verdade? — murmurou no travesseiro, encantada com o toque dele.

— Foi o que me contaram. Mas a única maneira de eu ter certeza é se nós — ele pausou para beijar vagarosamente as costas dela, para cima e para baixo, dando arrepios — experimentarmos. Testar as coisas, como dizem. Você está pronta, minha lobinha?

— Mais do que você pensa. — Esticando o pescoço para olhar para ele, olhou seus nos olhos. — Meu Alfa, me foda.

Tristan colocou os braços em volta do pequeno corpo dela. Capturando um seio com a mão, desceu a outra para o calor molhado, circulando o centro de nervos. Continuando a lamber e beijar as costas dela, sorriu quando a Kalli gemeu em deleite.

Roçando na mão dele, Kalli sentiu uma onda de desejo. Seu orgasmo se aproximava em sua mente, seu centro dolorido, precisando de alívio. A ereção dele pressionou em seu traseiro e ela tremeu de excitação.

— Tristan, ah, Deus.

— Isso, baby. Tão perto, não está?

— Sim! — ela gritou quando ele inseriu um dedo em seu quente interior. Incansável, aplicou pressão em seu clitóris, mandando-a para o clímax. Ela tremeu na cama, o corpo duro e quente dele pressionado no dela, seu peito em suas costas.

Antes que ela pudesse se recuperar, ele a virou de lado e gentilmente abriu suas pernas, entrelaçando os membros deles devagar. Aninhados juntos, segurou sua ereção inchada e a escorregou para cima e para baixo nas dobras molhadas dela, cobrindo-se na umidade dela.

Segurando a bochecha dela, ele olhou em seus olhos, como se estivesse vendo dentro de sua alma. Presos um no outro com um propósito, ele entrou no canal quente e apertado dela devagar. Kalli perdeu o fôlego quando ele a penetrou, mas nunca perderam contato visual. Ela colocou a mão em volta do ombro dele, entrelaçando os dedos da outra mão na sua.

Rosto com rosto, peito com peito, eles fizeram amor. Em um momento singular no tempo, eles se conectaram sem palavras, a conexão emocional em volta do coração deles como uma banda de aço. Movendo-se juntos, devagar e deliberadamente, o desejo deles cresceu. Ofegantes, o pulso deles acelerava, famintos um pelo outro. Tristan começou a perder o controle quando alcançaram o topo do prazer.

— Kalli — ele arfou. — Eu te amo com tudo que eu sou. Você é minha. Minha alma. Minha companheira.

— Tristan. Você é meu tudo. Meu companheiro.

Antes que ela pudesse dizer mais alguma coisa, Tristan a beijou. Um beijo passional, amoroso, representando o amor eterno e a conexão que os empurrava em orgasmos simultâneos. Derramando-se fundo dentro dela, Tristan estendeu seus caninos. Penetrando na sua marca, o sangue doce dela solidificou o vínculo do acasalamento.

Kalli tremeu em volta dele, apertando-o, seu orgasmo achando o caminho para cada célula de seu corpo. Ela mordeu Tristan e a poderosa essência dele aplacou sua mente e sua alma. Tudo que era Alfa e homem se juntou em sua mente. Como uma explosão solar, chamas de amor inflamaram, dançando no universo deles.

Recuperando-se do clímax, eles seguraram forte um no outro. Tanto Kalli quanto Tristan relaxaram no doce abraço, não querendo abrir mão da intimidade que passava entre eles. Um vínculo forjado em amor e confiança, que nenhum deles sonhara que podia existir. Um novo mundo de liderança dos Lobos Liceu os aguardava.

EPÍLOGO

O avião particular pousava em Nova Orleans e a mente de Logan corria. Fazia muito tempo desde que esteve em casa e estava ansioso para ajudar Marcel a descobrir quem pode ter matado Paul. Ele olhou para as mulheres e crianças que resgatou, que estavam amontoadas em seus assentos. Ele e Tristan tomaram a decisão de realocar os lobos restantes da alcateia Wallace em sua antiga alcateia ao invés de mantê-los na Filadélfia.

Três mulheres e quatro crianças, todos sujos e maltratados, ganhariam uma nova chance na vida. Depois de falar com eles, descobriu que foram mantidos na prisão improvisada de Gerald por mais de um ano. Aparentemente, o antigo Alfa da alcateia Wallace não queria nem ter que ver o rosto deles, quanto mais escutá-los. Então ele os condenou a viver em um inferno subterrâneo.

Logan estava indignado que alguém poderia tratar outra alma de uma maneira tão desumana. Claro, ele cresceu escutando os rumores de violência nas antigas alcateias, mas nunca em todos os seus anos testemunhou algo tão horrível. Não era de se admirar que Kalli tinha tanto pavor de lobos e criou o CLI para se manter escondida. Refletindo sobre o destino das mulheres, ponderou que elas também poderiam começar novas vidas para si mesmas. Mas, como Kalli, elas provavelmente eram emocionalmente traumatizadas pela violência. Mesmo com um novo lar e alcateia, a vida não seria fácil para elas, não importando as boas intenções de todo mundo.

Julie o acompanhou no longo voo. Ele observou como ela tomou a iniciativa e estava os ajudando a sair do jatinho. Deusa, ele esperava que uma boa dose de sua cura ajudasse muito no processo. Acenou para Katrina, irmã de Logan, que veio para o aeroporto ajudar. Ela os levaria para o complexo de Marcel no *bayou*. Deu um sorriso triste para ele e um aceno de cabeça enquanto ela ajudava as mulheres e seus filhotes a se ajeitarem em uma grande limusine que estava esperando na pista. Mesmo relutante em deixá-los ir, garantiram que eles estavam em boas mãos. Dando tchau, entrou em uma limusine separada que esperava por sua chegada.

Ao invés de ir em direção ao campo, Logan foi para a cidade. Marcel estava preso na mansão do *Garden District*, trabalhando nos negócios, e Logan queria atualizá-lo sobre o que ocorreu na Carolina do Sul. Mais importante, precisava deixar claro que ainda tinha alguém lá fora, que ele temia planejar outro ataque aos lobos. Nem Jax Chandler, ou a alcateia Wallace, ou qualquer outra alcateia assumiu a responsabilidade pela morte de Paul. E suas visões diziam que tinham mais mortes para chegar... outro lobo morto. Então quando Tristan sugeriu que ele acompanhasse os lobos da Carolina do Sul para sua nova casa na Louisiana, ele rapidamente concordou. Sentia que se pudesse falar com o Marcel pessoalmente, poderia entender melhor o que estava acontecendo, esclarecer seus sonhos e ajudar a pegar o assassino.

Centros comerciais, igrejas e os famosos cemitérios acima do solo passavam pela sua linha de visão na curta viagem para a cidade. Eles entraram no *Warehouse District*, enquanto ele foi cercado de memórias antigas. Durante o final dos anos mil e oitocentos, Marcel, Tristan, Mira e ele faziam viagens de final de semana para o *French Quarter*, frequentando bailes de Carnaval, socializando até altas horas da madrugada. Mais tarde, na virada do século, eles testemunharam o início do Jazz ser tocado em cabarés de *Storyville*. E, até hoje, ele nunca se cansava de andar pelas ruas, apreciando a arquitetura histórica. Não importava por quanto tempo vivesse na Filadélfia, Nova Orleans era seu lar.

Refletindo sobre tempos mais felizes com Mira, o pensamento de sua traição o cortava fundo. Quando Tristan a mandou para viver com o seu irmão mais velho, Blake, na alcateia de *Wyoming*, ele concordou completamente com a decisão. Mesmo a amando, nunca mais seria capaz de confiar nela depois que colocou toda a alcateia em perigo. Ela era sortuda que Tristan não a matou. *Talvez com o tempo, machucados se curariam*, ele pensou, *mas não tão cedo.*

Abriu a porta do carro e respirou fundo, lembrando de suas intenções. Cigarras cantavam na noite quando ele inspirou o morno ar sulista. Amava tudo sobre Nova Orleans, das amêndoas cristalizadas a comer camarão creole, a sentar em seu barco no pântano, escutando música enquanto assistia os jacarés ao sol. Não tinha muito que ele não gostava na *Big Easy*. Suspirou, desejando que essa viagem fosse por prazer, mas não era.

O som de um baixo rosnado emanando da casa o alertou primeiramente de que algo não estava certo. Ele rapidamente subiu os degraus correndo e entrou pela grande porta. Chegou na grande sala iluminada pela lua e escutou o som de tiro quando Marcel caiu no chão. Um homem forte, vestido de preto, enfiou a arma em suas calças e correu para a porta dos fundos.

— Vá — Marcel balbuciou, segurando o lado do seu pescoço enquanto o sangue vermelho escorria no chão creme de mármore italiano.

Logan caiu de joelhos e arrancou a blusa, segurando-a contra a ferida aberta.

— Você precisa se transformar, Marcel — implorou.

— Me deixe. Não o deixe escapar disso. Vá pegá-lo — Marcel ordenou. Uma mulher soluçando correu para o seu lado, trazendo uma toalha para ajudar a parar o sangramento.

— Ligue para a emergência — Logan gritou antes de correr atrás do homem, determinado a cumprir o desejo de Marcel.

Seguiu o atacante, pensando onde estava o beta de Marcel. *Onde está todo mundo? Quem é essa jovem mulher?* Impossibilitado de raciocinar com tudo que estava acontecendo, focou em sua tarefa. Em segundos, Logan alcançou o criminoso que estava tentando escapar pela saída dos fundos. Sem sucesso, mas furiosamente, ele puxava a tranca que prevenia que ele saísse. Sentiu o cheiro de lobo e tentou segurá-lo.

— Que porra é essa? — Logan gritou quando o homem virou e o socou na boca.

Tropeçou, mas conseguiu derrubá-lo no chão, segurando-o pela cintura. Eles dois caíram no chão fazendo barulho, lutando por controle. O homem estendeu suas garras, arranhando o rosto de Logan em uma tentativa de se transformar enquanto ainda vestido. Mas Logan conseguiu colocar um braço forte em volta do pescoço do assassino, apertando até um alto estalo ressoar pelo cômodo. O lobo morto caiu imediatamente em cima de Logan. Sem hesitação, ele xingou, removendo o capuz. *Calvin. O beta do Marcel.* Ele desafiou Marcel?

Logan jogou o corpo para o lado e correu de volta para o lado de Marcel, sirenes tocando na distância. Logan congelou quando o viu esparramado no chão. Ah, deusa, não. Ele caiu de joelhos, segurando seu velho amigo, colocando-o no seu colo.

— Marcel, por favor, cara. Você precisa se transformar — implorou.

— Muito tarde... é prata — Marcel sussurrou. — Não vou resistir.

— Porra, Marcel. Nós precisamos de você. Você não pode me deixar. Tristan. Katrina. Cacete, a alcateia toda. Sua família. Nós precisamos de você. Agora, vamos lá, transforme-se — ordenou.

Marcel tossiu sangue e sacudiu a cabeça.

— Onde está a emergência? — Logan gritou, olhando para a mulher não identificada chorando no canto.

— Calvin. Foi o Calvin — Marcel grunhiu.

— Sim. Ele está morto. Eu o matei.

Logan não podia pensar. Ele matou o beta do Marcel. Calvin era o segundo lobo mais forte da alcateia. E Marcel, o Alfa, estava morrendo nos seus braços. Isso não podia estar acontecendo.

— Logan, você é o Alfa agora.

— Não... Escute, Marcel, você vai sair dessa. Eu não sou...

— Sim, você é. Tristan vai entender. É como isso funciona. Você sabe. Você também é meu irmão... Tem que fazer isso. Não tem escolha.

Logan estava chorando, sacudindo a cabeça, puxando a cabeça de Marcel para o seu peito. *Deusa, não. Por favor, deusa, não.*

— Diga isso — Marcel forçou, comandando-o.

— Não, eu não posso. Por favor, não nos deixe, Marcel.

— Diga isso!

Resignado, Logan respirou fundo. Ele podia sentir os batimentos de Marcel falharem. Tristan estava certo sobre a natureza e a porra do destino. Ninguém podia lutar contra ela. Logan segurou seu amigo silenciosamente, escutando seu pulso diminuir. Ele jurou vingança pelo seu amigo... sua alcateia. A vida desapareceu dos olhos de Marcel, Logan olhou profundamente para ele e assegurou seu amigo.

— Eu sou Alfa.

SOBRE A AUTORA

Kym Grosso é a autora best-seller do New York Times e do USA Today de uma série de romance erótico paranormal, The Immortals of New Orleans, e de uma série de suspense erótico, Club Altura. Além dos livros de romance, Kym escreveu e publicou vários artigos sobre autismo, e é passional sobre a sensibilização do assunto. Ela é também uma autora contribuinte do Chicken Soup for the Soul: Raising Kids on the Spectrum.

Em 2012, Kym publicou seu primeiro romance e hoje é uma autora de romance em tempo integral. Ela vive no subúrbio da Pensilvânia e tem um desejo não tão secreto de se mudar para a praia no sul da Califórnia, onde ela pode escrever enquanto escuta o barulho do oceano.

Inscreva na newsletter de Kym para receber atualizações e notícias sobre novos lançamentos: http://www.kymgrosso.com/members-only

Links de mídia social:

Website: http://www.KymGrosso.com
Facebook: http://www.facebook.com/KymGrossoBooks
Twitter: https://twitter.com/KymGrosso
Instagram: https://www.instagram.com/kymgrosso/
Pinterest: http://www.pinterest.com/kymgrosso/

The GiftBox
EDITORA

A The Gift Box é uma editora brasileira, com publicações de autores nacionais e estrangeiros, que surgiu no mercado em janeiro de 2018. Nossos livros estão sempre entre os mais vendidos da Amazon e já receberam diversos destaques em blogs literários e na própria Amazon.

Somos uma empresa jovem, cheia de energia e paixão pela literatura de romance e queremos incentivar cada vez mais a leitura e o crescimento de nossos autores e parceiros.

Acompanhe a The Gift Box nas redes sociais para ficar por dentro de todas as novidades.

www.thegiftboxbr.com

/thegiftboxbr.com

@thegiftboxbr

@thegiftboxbr